Weltkreis

Erasmus Schöfer

# Tod in Athen

Ein Gegenwartsroman

Weltkreis

*Dieser Roman ist ein kollektives Werk*
*Ich habe nützliche Kritiker gehabt*
*Allen die mitgedacht haben Dank*

*E. S.*

Mit Zeichnungen von Christian Karden

# Nachricht von Sisyphos

Gewisse Erleichterung deutlich.

Der Fels nutzt sich ab, ist tragbar geworden.
Rollt nicht mehr bis ins Tal.
Öfter finde ich ihn in halber Höhe des Bergs.

Steigt sich besser jetzt, kann ausschaun.

Bei klarer Sicht Ausblick in das Jahrtausend,
da ich den Stein zum Gipfel trage und er,
vom Wind erfaßt, als Staubkorn davonfliegt.

# *KATINA*

## *Ein Abschied in die Zukunft*

*Also Viktor, Vik, lieber Freund, ich versuch mal, dir von Sotiria zu erzählen, was du noch nicht weißt. Wird schon klappen mit diesem Ding. Was sollen wir anders machen, wenn die Ärzte mich nicht zu dir lassen. Meiner Mutter hab ich manchmal solche Berichte nach Kreta geschickt, statt Briefen, weil sie nicht gut lesen kann. Ein Radio mit Kassettenspieler hat heut fast jede Familie bei uns. Wird sicher jetzt noch einfacher sein, das Erzählen, wo ich dich wirklich sehe. Also technisch ist es kein Problem, ich meine nur – vielleicht wird alles ein bißchen durcheinandergehn, verstehst du? Aber wenigstens hörst du dann meine Stimme. Eine Art Gruß von draußen an dein Bett.*

*Es gäb ja vieles, aus den letzten Tagen mit Sissu. Zum Beispiel dieser Morgen in Poulithra, eh wir nach Athen zurückgefahren sind. Ich glaube, es war der wichtigste Tag unserer Ferien. Bestimmt der schönste. Fing schon in der Nacht an. Verschlafen hab ich noch im Bett gesessen, im Rücken die kühlen Eisenstäbe, ein Doppelbett, ein altes Bauernbett aus dem vorigen Jahrhundert mit einem Eisengestell wie ein Baldachin für das Moskitonetz, das Kopfende geschmiedet, sehr einfach, vom Dorfschmied, aber schön, gibts heute kaum noch, ich fühl die Stangen an meinen Wirbeln wie gestern,*

*wollte aufwachen. Mein Kopf noch ganz leer, so plötzlich war ich hochgeschreckt, und Sotiria huscht im Zimmer herum, barfuß auf den Dielen, lautlos, hat eine Kerze angezündet, kämmt sich die Haare. Langsam dämmert es mir – Abfahrtstag, ja, Reise, packen, der Bus – aber jetzt schon? Müssen wir wirklich schon los? Wie spät ist es?*
*Vier Uhr, sagt Sotiria, wir wollten ans Meer, Tinka – Tinka hat sie mich genannt oder Katinka, wenn sie ein bißchen zärtlich sein wollte, aber erst seit den Ferien, dort hat sie sich das ausgedacht. Ist die russische Form von Katina. Kommst du nicht mit? hat sie gesagt, Abschied nehmen.*
*Jetzt – mitten in der Nacht? Verbiestert war ich noch, und draußen hat der Hahn von unserem Bauern gekräht, wie bestellt, direkt vor der offenen Tür. Ob sie den bestellt hat? Hat sie gelacht, klar, extra für dich, hab ihn bestochen mit Kuchen, und ob sie mir einen Tee kochen sollte.*
*Da bin ich auf, und wie ich meine Sachen zusammensuch, vom Boden, steigt mir der Abend wieder rauf ins Gedächtnis, das Abschiedsessen beim Nikos, auf der Platia, ich denk, ich muß zu viel getrunken haben. Wenn dus nicht mehr weißt, meint sie, muß es wohl so sein. Scheiß Retsina. Haben wir über das Tanzen geredet, sie fands schön, ich auch. Der Stavros mit seiner Bouzouki und Sideris, ein anderer Fischer, mit der Fidel. Die dicken rissigen Finger mit Dreck unter den Nägeln auf dem schmalen Holz, immer wieder diese flinken Finger, die kaum Platz hatten zwischen den Saiten, und darüber das lachende Gesicht, die schwarze Fischermütze in den Locken und Schweiß auf der Stirn. Obwohl ich das alles kannte, von zu Hause, hab ichs mit ganz neuen Augen gesehn. Zum ersten Mal seit zwei Jahren wieder auf einem Dorf! Hab gemerkt in den drei Wochen, wie sehr mich die Großstadt entfremdet hat, von meiner eignen Kindheit.*
*Wir haben geschwitzt, vom Tanzen, von der Musik, vom*

*Wein, ungeheuer lustiger Abend. Wir waren fast die einzigen griechischen Frauen, die getanzt haben, die vom Dorf trauen sich ja immer noch kaum, mitzutanzen. Und so paradox – ein paar von den Fremden haben besser getanzt als wir! Die deutschen Mädchen, hat Sissu gemeint, die lernen unsre Tänze, und in Athen kennt sie bald keiner mehr. Vielleicht hast du auch einen gelernt, auf Leros? Wenigstens den Kalamatianos?*

*Wie ich mich angezogen hab, ist mir noch der rothaarige Engländer eingefallen, ja, Steve hieß er, hab von dem erzählt, der hat mir sein Zelt angeboten, mit Luftmatratze und Wellenplätschern, direkt am Strand. Hat Sotiria gelacht, weil der Typ ihr dasselbe gesagt hat, auch die Liebe auf den ersten Blick geschworen, und wir haben überlegt, wem von uns er zuerst seine Gunst bezeugt hat. Wir haben gedacht, jetzt wissen wir, wie die griechischen Jungs es mit den Touristinnen anstellen. Bei uns griechischen Frauen dürfen sie sich das ja nicht erlauben, diese Kamaki-Tricks.*

*Draußen war es stockfinster. Der Mond längst untergegangen. Kein Funken Licht in den Häusern. Sotiria hatte eine Taschenlampe, aber das hat mich gestört, dies Flackern, da konnten sich die Augen nicht an die Dunkelheit gewöhnen. Ein Sternenhimmel – ich hab gedacht, ich schau ins Universum. Das gibts nie hier in der Stadt. Hast du vielleicht auch mal gesehen, da draußen auf deiner Insel.*

*Wir sind den Hügel hoch, den Eselpfad, zwischen den Dornen, jeden Stein hab ich gespürt durch die dünnen Sohlen von meinen Sandalen, ganz zerkratzte Waden hinterher. Ich wollte öfter stehenbleiben, nach den Sternen schauen, hab auch eine Sternschnuppe gesehen, aber Sotiria hatte es eilig. Mir ist meine Kindervorstellung wieder eingefallen, daß der Himmel ein großes schwarzes Kopftuch wär mit Mottenlöchern darin und darüber alles Licht. Ich glaube, meine Großmutter hat mir das so erzählt, als Märchen. Und mein*

*Traum, ja. Verrückter Traum. Da war nämlich noch ein anderer Mann, an dem Abend, ein Norweger, so ein Stiller. Wir sprachen kaum etwas, schöne Augen hatte der, ein bißchen traurig, oder philosophisch, siehst du – mit dem hätt ich mir etwas vorstellen können, hab ich auch, aber nicht am letzten Abend, wenn ich weiß, daß ich am Morgen fortfahre. Wenn ich den am Anfang der Ferien getroffen hätte. Obwohl es dann mit Sotiria nicht so schön geworden wäre, so ungestört. Jetzt bin ich froh, daß es so gelaufen ist. Von dem hab ich jedenfalls geträumt, und das fiel mir ein, als wir durch die Dunkelheit zum Meer gingen.*
*Nichts hast du gehört als das Knirschen der Kieselsteine unter den Sandalen. Kein Wind. Nicht mal das Meer. Nur manchmal, fern im Tal, ein Hahn, dem ein anderer antwortete und noch einer – als ob sie sich zukrähten. Als ob sie den Raum hörbar machen wollten. Sotiria hat gemeint, sie wären Schreihälse, hätten schon die ganze Nacht Spektakel gemacht, die Gockel. Da hab ich gemerkt, daß sie schlecht geschlafen hatte. Immer vorm Reisen, hat sie behauptet. Ich weiß nicht, ob das stimmt.*
*Das letzte Stück Weg ging bergab, ziemlich steil, bis Sissu stehenblieb. Da waren die Felsen. Jetzt müßten wir warten. Das Meer war eine riesige dunkle Fläche, kein Stern drin gespiegelt, und dicht unter uns so ein schläfriges Plätschern, verschlafene kleine Wellen, und als ob es kühl heraufwehte. Ich hatte einen Schauder, nur mit meiner dünnen Bluse, da hat Sotiria mich umarmt. Ich sollte nicht frieren. Sie hat mich gewärmt mit ihrem Körper, ich habe ihr Haar, ihre Haut gerochen, das war schön. Wir hatten ja drei Wochen zusammen in dem großen Bett geschlafen, ganz schwesterlich, waren ziemlich vertraut – obwohl du im Sommer einen anderen Körper nicht so nah vertragen kannst, wegen der Hitze. Deshalb war das unsere erste richtige Umarmung. Und die letzte. Fast. Ich hab das nicht als Abschied empfun-*

*den, wie konnte ich, höchstens als Abschied von den Ferien. Es war eher ein Versprechen auf die Zukunft, unsere gemeinsame Zukunft in Athen.*

*Eine Zukunft von zwei Tagen, ja.*

*Kannst du das verstehen, als Mann, dieses vertrauensvolle Gefühl, was da übergeht von einem Körper zum andern? Also ganz ohne Erotik. Zärtlich schon. Ich hab genau Sotirias kleine Brüste gespürt, neben meinen, und das hat mir gefallen.*

*Ich sah plötzlich, über ihre Schulter, daß irgendwas am Himmel sich veränderte. Was war das? Eine leichte Verfärbung in der schwarzen Tinte. Kann man den Morgen ahnen? Oder den Horizont? Eben gab es noch keinen, jetzt ein kaum wahrnehmbarer Strich als Grenze zwischen Meer und Himmel.*

*Sotiria hat sich umgedreht und mit ruhiger Stimme festgestellt: Ja – sie fängt an, unsere Abschiedsvorstellung. So wie ein Reiseleiter. Der sagt: Ja, das ist unsere Akropolis. Oder so. Selbstverständlich und doch fremd. Man kann es nicht beschreiben, wie eigenartig unwirklich jedes Wort, jeder Satz in dieser Situation wurde, selbst ganz einfache.*

*Ich hab mich hingehockt, die Arme um die Knie, weil mir gleich wieder kalt war. Und Sissu, als ob sie ein Kochrezept beschriebe: Es sickert herauf. Es wird ein Tropfen Milch ins Nachtmeer geschüttet. Und noch einer. Und noch einer.*

*Die Veränderung geschah aber immer schneller, da wurde mächtig nachgekippt, Licht nämlich, und es stieg hoch von unten nach oben, und ich sagte: Wie das wohl funktioniert? Begreifst du das? Ich sollte es einfach anschauen, hat sie gesagt. Ich war, glaube ich, ein bißchen eigensinnig. Ich wollte wissen, warum das Licht nicht plötzlich da ist, wie wenn ich meine Schreibtischlampe einschalte. Wie die Sonne das macht, daß sie hier schon leuchtet, obwohl wir sie nicht sehen. Nicht sehen und doch sehen. Du hättest das sicher gleich physikalisch erklären können. Schickt sie aus der Türkei ein paar Strahlen vor, die über den Horizont rutschen auf meine Netzhaut? Wo doch Strahlen sich gerade ausbreiten – soviel weiß ich auch.*

*Sotiria dachte, daß sie uns in der Schule nur Homers rosenfingrige Morgenröte beigebracht haben, nur die Poesie, Aristoteles schon nicht mehr, Naturwissenschaft ist nichts für Frauen.*

*Ich war zornig in dem Augenblick, was alles mein Kopf nicht weiß, der schon zwanzig Jahre mit mir durch Griechenland läuft. Wollte gleich als erstes nach unserer Rückkehr einen finden, der Physik studiert, hier am Polytechnio, der erklären kann, warum wir das Sonnenlicht sehen, obwohl wir die Sonne nicht sehen, und auch nichts am Himmel war, was ihre Strahlen reflektieren konnte. Jetzt weiß ich es immer noch nicht. Hab natürlich daran nicht mehr gedacht, nach allem, was passiert ist. Man könnte sich vielleicht auch damit zufriedengeben zu sagen: Ist eben ein Wunder, nicht? Denn selbst wenn du bis in die Atome rein weißt, wie das alles funktioniert, bleibt ja doch noch erstaunlich genug, daß es funktioniert.*

*Sotiria hat mich wahrscheinlich nicht ernstgenommen, war in anderen Gedanken, ihr Gesicht konnte ich noch nicht sehen. Ich hatte plötzlich den Eindruck, daß die Sterne funkeln, viel stärker als vorher. Als ob sie mich anfunkeln, mir zublinzeln. Müßte man mal zurückfunkeln können. Hat Sissu gelacht, das könnten wir nur in den Liebesliedern, bei den Dichtern.*

*Allmählich sind die Berge drüben aus dem Meer gewachsen. Oder es waren Wolken, das kann man zuerst nicht unterscheiden. Sie fand, es sei, als ob die Erde anfängt zu sprechen. Als ob sie buchstabiert: Berg. Und Tal. Und Insel und Meer.*

*So ein durchsichtiger blauer Rauch stieg auf, im Osten, vom*

*Rand des Meeres, dehnte sich aus, eine unmerkliche Bewegung. Also Farbe – das ist das Seltsame. Und nicht Gelb, sondern Blau. Ja ist denn die Sonne blau in der Türkei, hinter dem Horizont? Ich hab Späße gemacht, weil auch der Horizont etwas so Festes, Greifbares schien – wär ich dahinten, wollte ich mich auf den Bauch legen, an der Kante festhalten und über den Rand schauen. Das war wohl ein alter Menschentraum, hat Sissu gemeint, und ob das von meinen kretischen Großmüttern wär. Weil ich noch ein bißchen weitergesponnen habe, von einem Türken, der jeden Morgen über den Horizont guckt, der Sonne ins Schlafzimmer, daß sie rot wird vor Scham und zornig aus dem Bett springt. War aber von mir.*

*Sagt Sotiria plötzlich, das wär nun der letzte Sonnenaufgang, für dieses Jahr. Das war seltsam. Ich hab natürlich nicht viel dabei gedacht, zuerst, Sissu hat auch erklärt, was sie meinte – daß es eben in Athen keine richtigen Sonnenaufgänge gibt, in all dem Beton und Abgas, aber jetzt, hinterher, wenn die Gedanken wieder zurückkehren zu den letzten Tagen und noch deine Fragen im Kopf dazu, denkt man, es hätte vielleicht auch etwas anderes bedeutet.*

*Sie hat mir dann eine Geschichte erzählt, die hat mich sehr traurig gemacht. Wenige Sätze nur. Eine ziemlich typische Geschichte bei uns, deshalb konnte ich sie mir sofort vorstellen. Ihre Mutter stammt aus diesem Dorf, wo wir waren, Poulithra, daher besaßen sie das kleine Haus, und Sotiria hat dort früher jeden Sommer verbracht, mit ihren Eltern und ihrer Schwester. Der Platz zwischen den Felsen sei ihr Geheimplatz gewesen, als Kind, und der Stein lag noch da, auf dem sie gesessen hatte, mit zwölf, in einer Nacht, als der Vater ihr die Zöpfe abgeschnitten hatte. Ja, tatsächlich. Sie muß wunderschöne starke Zöpfe gehabt haben, wenn du ihr dichtes dunkles Haar gekannt hast, auf dem Bild sieht man es. Das war wohl, als ob man ihr die Kindheit oder die Schön-*

*heit abgeschnitten hätte. Der eigene Vater. Ich hab es selber getan, mit sechzehn, weil ich erwachsen sein wollte, das ist etwas anderes. Obwohl es mir heute auch leid tut.*
*Sie hätte auf dem Stein gesessen und gedacht, es soll nicht mehr Tag werden. Und dann sei er eben doch gekommen, der König Helios, wie in dem Lied. Wir haben ein Volkslied, das fängt damit an, daß der König Sonne aus dem Meer steigt. Sotiria sagte, immer in den Ferien ginge sie zum Abschied auf den Felsen, um zu sehen, ob der König Helios noch aus dem Meer steigt und unser Leben weitergeht. Seltsam, nicht? Wörtlich so. Der Satz hat mich getroffen, schon an dem Morgen. Ich hab ihre Hand genommen, über ihr Haar gestrichen, wollte ablenken, hab gefragt, ob sie die Zöpfe wenigstens aufgehoben hat? Da kam ein ganz bitteres Lachen von ihr, nein, er hat sie verkauft, und das Geld auf ihr Sparbuch, für die Aussteuer. Bei der Bank, wo er Angestellter war. Der sorgsame Vater. Ich hab einen Zorn gehabt in dem Augenblick!*
*Ach, jetzt hast du wieder stärkere Schmerzen, Viktor, ich seh es. Wenn ich dir helfen könnte! Ich kann dir nur erzählen, von diesem schönen Morgen, und hoffen, daß du mich hörst. Wenn nicht heute, dann morgen vielleicht.*
*Dieses Blau, weißt du, daß veränderte sich jetzt allmählich in Rosa. Es wurde immer höher geschoben und schluckte die Sterne weg. Von unten das Rosa. Das Rosenfingrige. Der Homer wär nur nicht früh genug aufgestanden, daß er mit Rosa angefangen hat, meinte Sissu. Oder sie hätten nur dies eine Wort gehabt, unsere Vorfahren, für das Himmelsschauspiel. Hab ich gemeint. Aber hundert für ihre Waffen und Kriege, wenn du das mal liest, wie sie da geschwelgt haben! Na ja, Männer eben.*
*Ich wollte von ihr wissen, warum sie mich mitgenommen hatte, zu ihrem Geheimplatz. Sie hat nachgedacht. Ich konnte schon lesen in ihrem Gesicht, das rosa Licht darauf. Sie*

*sah angestrengt aus, vielleicht übernächtigt. Weil du meine Freundin geworden bist. Das war ihre Antwort. Und: Es gibt nichts Schöneres als unsern Sonnenaufgang.*
*Als ob sie mir diesen Sonnenaufgang zum Geschenk machen wollte, als ihrer Freundin.*
*Ich wußte gar nichts zu antworten. Im Bett gelegen hätte ich noch! Und wie mufflig war ich gewesen, als sie mich geweckt hat. Mir war plötzlich bewußt, daß sie sehr einsam sein mußte, und was diese drei gemeinsamen Wochen für sie bedeuteten. Für mich ja auch! Aber wir hatten bis dahin über unsere Gefühle kein Wort gesprochen. Und jetzt holt sie aus ihrer Tasche – sie hatte ihre Umhängetasche mit – holt sie ein Buch raus, es waren die Nachbarschaften der Welt von Ritsos, und liest mir daraus eine wunderschöne Stelle vor – ach schade, daß ich den Band nicht mitgebracht habe – eine Stelle, wie für diesen seltsamen Abschied von unsern Ferien geschrieben. Diesen halb traurigen, halb erwartungsvollen Abschied. Das Buch ist nach unserm Bürgerkrieg geschrieben, in einem Lager zum Teil. Es ist auch von den Toten die Rede, in den Versen, aber vor allem von der Sonne. Die uns am Abend nach der Arbeit, nach der Pflicht, in die Augen lächelt und verspricht: Ich komme wieder, gewiß doch komme ich wieder. Und diese Zeile, die ich mir jetzt ganz festhalte: Nein, wir sind nicht auf die Welt gekommen, nur um zu sterben. Natürlich hatte der Satz vor einer Woche noch eine andere Bedeutung für mich, das ist klar. Ich hab ihn viel allgemeiner verstanden.*
*Weil der Ritsos am Schluß von einem Tischler spricht – er macht immer solche konkreten Vergleiche – wie der zur Arbeit geht und seine Kinder anlächelt, daß er wiederkommen wird, mit einem Brot unter dem Arm, deshalb habe ich an meinen Vater gedacht. Wie der mich manchmal morgens, vor Tag, mit zum Fischen genommen hat. Was sehr ungewöhnlich war – mich, ein Mädchen. Aber ich konnte mich*

*an keinen Sonnenaufgang erinnern. Für uns war der Sonnenaufgang nur eine Form von Wetter, gut oder nicht gut. Da hat Sotiria sehr protestiert und es nicht geglaubt. Sie kannte nur das Bild von meinem Vater, das über meinem Schreibtisch hängt – vielleicht hast du es bemerkt – seine Augen, meinte sie, er hätte nur keine Worte gehabt auszudrükken, was er damit gesehen hat.*

*Sie beneidete mich um einen Vater mit solchen Augen. Versteh ich, hatte sie recht, ich hab wirklich Glück gehabt mit meinem Vater.*

*Der Sonnenaufgang war auch noch längst nicht zu Ende, es sah aus – Blut, oder Feuer, wir konnten nicht so schnell schauen, wie der Himmel sich veränderte. Erst recht nicht das ausdrücken – wie sollte ein einfacher Fischer das können? Der nie Literatur gelesen hat, außer dem Rizospastis. Es gibt noch viel zu wenige Sonnenaufgänge in unserer Literatur, dachten wir. Und Sotiria sagte: Dies ist jetzt unser Sonnenaufgang. An jedem Tag, an jedem Ort ein eigener Sonnenaufgang, aber dies ist unserer. Heut sind wir die Dichter. Ich natürlich: Dichterinnen! Hat sie gelacht. Aber nur ganz kurz.*

*Und ich, weil ich beobachtet hab, wie es so langsam unmerklich heller wurde, sah auf unsere Füße, das weiß ich noch genau. Sotirias krumme Zehen gegen meine, die waren jetzt deutlich sichtbar. Hab vermutet, daß das Stadtkind zu enge Schuhe getragen hat. Bei uns auf dem Dorf sind wir noch barfuß zur Schule. Und im Winter die viel zu großen Stiefel von meinem Bruder.*

*Ich hab geredet, was weiß ich, von den Inselbergen, die immer dicker, immer plastischer wurden, oben am Himmel flog ein Düsenflugzeug aus der Nacht in den Morgen, schnurgerade, lautlos, sah aus wie ein Reißverschluß zwischen den Sternen, der Kondensstreifen, hab mir vorgestellt, daß die Piloten schon über den Horizont sehen konnten, wollte Soti-*

*ria ablenken, weil ich merkte: sie war traurig, auf eine tiefere Weise traurig, trotz der Schönheit um uns herum.*
*Hab sie dann doch danach gefragt – unsere gemeinsamen Ferien, daran war nichts zu betrauern. Und der Abschied davon? Mich hat eher der Gedanke beflügelt, daß wir nun zusammen nach Athen fuhren, mit diesem Erlebnis der vergangenen Wochen im Gedächtnis, ich hab mich gefreut auf die Arbeit. Da antwortet sie, und das hat mich wie ein Schreck getroffen: Wie schön der Frieden ist. Ich mag nicht kämpfen, Katina. Genau so. Sie wollte es dann erklären, daß wir sagten, es sei ein Kampf gegen den Staat oder gegen den Krieg, aber es seien doch fast immer Menschen, Unternehmer oder Polizisten oder selbst Nachbarn, was ja stimmt, es sind lebendige Menschen, zu denen man eigentlich freundlich sein möchte, wie zum Beispiel auch ihr Vater, sie könnte ihn nicht hassen, obwohl er politisch ihr Gegner wär, sie wollte ihn lieben. Solche Gedanken, Vik. Sotiria. Ich hab sie erst kaum verstanden. Bis mir dann doch eingefallen ist, was ich dir auch von ihr erzählt habe, an unserem Abend, wie sie sich manchmal verhalten hat.*
*Sie war plötzlich wieder sehr lustig, kam mir gleich etwas gezwungen vor, dies Umschalten, machte den Vorschlag, einen Leserbrief an den Rizospastis zu schicken, daß sie im Wetterbericht jeden Tag kurz schildern sollten, wo in Griechenland ein besonders toller Sonnenaufgang war. Mit der Begründung, daß die Leser im Kampf nicht vergessen sollen, welche Schönheiten es auf unserer Erde gibt. Ich hab das nicht ernst genommen, die Redakteure würden uns natürlich auslachen, aber sie hat die Idee weitergesponnen, wir könnten zur Begründung von unserm Sonnenaufgang erzählen und ein Preisausschreiben vorschlagen, für Berichte über Sonnenaufgänge, ausdrücklich, um den Genossen das Bewußtsein zu schärfen. Bewußtsein wofür? Ja für die Schönheit der Welt. Und ich: Du willst die Redakteure in Verle-*

*genheit bringen, weil sie uns begründen müßten, warum das nicht geht. Obwohl der Gedanke an sich nicht falsch ist. Sie hat gesagt, ich sollte nicht so ängstlich sein, man müßte auch Schwieriges fordern dürfen ohne Skrupel, und jetzt sollte ich lieber schauen und staunen. So wie du gesagt hast, man muß Schwieriges aussprechen dürfen bei uns – weißt du noch? Aber ich konnte mir gar nicht aus dem Kopf schieben, was sie mir reingetan hatte. Und sie plötzlich – wieder so ein Satz: Ich glaub, ich bin ungeheuer sehdurstig!*
*War das ihre Begründung?*
*Ach Gott – entschuldige, Viktor, wenn mir Tränen kommen. Es ist – ich muß an ihre Augen denken – was aus denen geworden ist.*
*Du siehst auch nicht schön aus, jetzt, aber verglichen mit ihrem armen Kopf –*
*Was ich rede –. Nimm es nicht ernst, du.*
*Sotiria war da richtig begeistert, wollte mich wohl anstecken, und ich hab auch versucht mitzuhalten, wir haben uns gegenseitig angefeuert, kann man sagen, oder die Sonne hat uns angefeuert, hat die Wolken über dem schwarzen Meer angestrahlt, wie Saurier, dicke Elefanten, verrückte Wolkentiere, die das Gold gefressen haben, und davon strahlte ihre Haut, fand Sissu, auch alles um uns herum, die Felsen, wurden rot, wurden verzaubert. Und plötzlich, fast ein Witz nach dem ganzen Aufwand, taucht ein Stückchen Feuer aus dem Meer, nur ein winziges Stück glühendes Metall, und ich: Ja, ist das dein König Sonne? Ich denk, nach der Vorankündigung macht der lässig eine Flanke über den Horizont, steht da in seiner vollen Größe, der blonde Typ? Nein, sagt sie, das ist schon in Ordnung so, erst diese pompöse feierliche Morgenmusik, und dann steigt er ganz langsam aus dem Wasser, damit man sich nicht erschrickt als kleiner Mensch.*
*Ging aber doch ziemlich schnell, wie er hochkam, immer strahlender, immer blendender, ich sag, Kerl, hat der sich ei-*

*nen angefressen in der Nacht, den ganzen Bauch voll Gold, wie ein dicker Buddha, und sie, überhört das, meint, alle Maler der Welt zusammen könnten niemals diese friedliche Gewalt von Schönheit darstellen, wie jetzt die Landschaft verwandelt war, und hat dagestanden, ganz versunken, sagt, als ob sie mich vergessen hat: Augen – könnt ihr euch das merken?*

*Ich hab gedacht, nein, können sie unmöglich, aber das stimmt nicht, in einer solchen Situation, einem solch einmaligen Augenblick des Lebens prägt man sich offenbar viel mehr ein als gewöhnlich. Gewiß nicht jedes Detail, mehr die großen Bilder. Und die Gefühle, die Gedanken dabei.*

*Ich habe in den Tagen danach immer wieder Bilder dieses Morgens vor mir gesehen. Wie könnte ich sie sonst dir erzählen. Ob du sie dir dadurch vorstellen kannst, das ist eine andere Frage. Vielleicht wenn du mal ähnliches erlebt hast.*

*Sotiria hat sich dann ausgezogen, ihr Kleid, ihre Sandalen. Nein, vorher, als sie aufgewacht ist aus ihrer Versunkenheit, hat sie noch gesagt, daß der König Helios ein großer Liebhaber sein muß, weil er so viele Kinder hat, uns alle, denen er das Leben gegeben hat. Zusammen mit der Mutter Erde. So ungefähr. Wir nackten Kinder, hat sie gesagt, und das muß das Stichwort gewesen sein. Als sie nackt auf dem Felsen stand, strich sie sich mit den Händen über den Körper, als ob sie sich auch noch die Haut ausziehen, noch nackter sein wollte, dachte ich, aber wahrscheinlich nur, weil ihr kalt war.*

*Ich hab mich wohl etwas erschrocken umgeschaut. Natürlich war um diese Zeit kein Mensch in der Nähe. Nur draußen in der Bucht zwei Fischerkähne. Sotiria hat mich angeschaut, erwartungsvoll, ein bißchen belustigt, weil ich mich genierte. Ist nur der König Sonne da, Katinka. Hab ich mich also auch ausgezogen, wir sahen aus, als hätten wir weiße Bikinis an. Ich hatte sofort eine Gänsehaut, ein richtiges Fell, wie die Härchen plötzlich hochstanden, an Armen und Beinen, aber sie sagte, komm, wir schwimmen ihm entgegen, die Wellenleiter rauf. Meinte diesen glitzernden Lichtturm, der direkt vom Ufer bis an den Horizont aufstieg, und kletterte auch gleich die Felsen hinunter. Winkte mir von unten. Ich also hinterher.*

*Von nah sah das Wasser noch kälter aus. Sie hat behauptet, es wär so warm wie am Tag vorher, aber als ich eine Welle über die Füße bekam, schien es mir schrecklich kalt. Sie sagte, sie wollte auch von den Wellen Abschied nehmen, von den Fischen, von unserer blauen Ägäis. Ich wollte trotzdem lieber auf sie warten.*

*Dumm, nicht? War ein richtiges Huhn, da. Muß sie enttäuscht haben, obwohl sie sich nichts merken ließ.*

*Sie hat mich umarmt, und, ja, geküßt, auf den Mund. Ich habs kaum begriffen, hab nur ganz blöd gesagt, sie möcht nicht so lange bleiben. Sie ist reingesprungen und losgeschwommen. Sie kann kraulen, hat getaucht, und gespritzt mit Armen und Beinen, lauter Funken wurden die Spritzer, noch ein Lichterspiel, und sie ist genau auf die Sonne zugeschwommen, sehr weit raus, bis ich sie nicht mehr sehen konnte. So stark hat mich das Licht geblendet.*

*Ich glaub, ich hör jetzt auf zu erzählen. Wer weiß, ob du überhaupt so lange zuhören kannst. Vielleicht nicht alles auf einmal. Aber ich will dir noch sagen, daß du dir keine Sorgen machen mußt – wir regeln alles, was nötig ist. Ich hoffe, du hast eine ruhige Nacht, Viktor. Ich denk an dich. Und nicht nur ich.*

# BLISS
## Umzingelt bin ich von mir

Weggelaufen, ja, weggelaufen. Nenns so. Du nimmst mir die Luft mit deinen deutschen Nachrichten. Wickelst mich in Stacheldraht und fragst, warum ich steche. Ich habe ein Recht auszubrechen, jeder Mensch hat das Recht auszubrechen aus eurer Vernunft und wegzulaufen ans Ende der Welt.
Wo ist das wirkliche Ende der Welt. Wenn es das gibt. Meine Verzweiflung wars nicht.
Ich find mich nicht ab, Manfred. Nicht auf dem halben Weg. Du willst mich verschleppen.
Bliss spricht mit dem Wind, den Felsen, dem hitzebebenden Himmel, kickt Schottersteine über den Straßenrand in die Tiefe. Als Alekos winkt vom Motorrad und hält, ela Viktor, steig auf! läßt er sich nicht mitnehmen. Über den flachen Rand der Bachbrücke schiebt er einen größeren Stein, der springt nur zweimal zwischen dem trockenen Felsgeröll, bleibt gleich liegen, blockiert. Die jungen Eukalyptusbäume werfen kurze, hilflose Schatten. Das Wasser in der halbrunden Bucht von Livadi Geranou so flach, daß die Seegraswiesen es dunkelgrün flecken, nur dünnes Blau über den Sandflächen. Bliss sucht Manolis. Von der Straßenhöhe steigt der Leitungszweig in drei-

fach hängenden Bögen hinab zur Talsohle, teilt sich in den Tomatenfeldern zu den fünf weißen Häusern. An der Spitze eines Mastes klebt ein Arbeiter. Das ist er.
Der hatte am Abend beim Thanassis in der Taverne gesungen. Sein Gesicht war schwarz von Bartstoppeln und glänzend von der Anstrengung des Essens oder der Freude, als einer das Lied gedrückt hatte und die Melodie aus der Box sich unter die dichten Gespräche schob, sie hochhob, aus den Fenstern drängte, der Raum sich füllte aus den vier Winden mit summenden Bässen als hätte ein freundlicher Engel die Parole ausgegeben kallimera ilie kallimera, die Worte sich dazufanden – kann man singend flüstern? – guten Tag Sonne, guten Tag am langen Abend, Verschwörer könnten so singen von ihrer verzweifelten Hoffnung. Sangen sich Mut zu, die dreißig müden, schwitzenden Männer, kallimera ilie kallimera, und aus Manolis' Gesicht kam das Lied, aus seinen Lippen, aus den Nasenlöchern, den Augenwinkeln, lachend, ansteckend, anzündend, daß er es wiedererkannte als wärs Erinnerung aus einem früheren Leben. Danach war der Abend anders. Der Lkw-Fahrer am Nebentisch hatte seine drei Zähne gezeigt und aus seiner Brieftasche das zerknitterte Lenin-Bild. Sie hatten die Tische zusammengerückt, ego Lefteris – esi? Viktor. Esi? Manfred. Und die Griechen hatten von der großen Wende gesprochen, mit der das Land schwanger sei, die Wahlen im nächsten Herbst, sie hatten es fast geglaubt, so begeistert.
Der Sandweg, gelb, horizontal am Berg, durch den Maquis. Vorn, an der Mündung in Himmel und Meer, die Luft aus schmelzendem Glas. Vorn, an der Klippe, dem Weststurm angeboten und der Brandung, verborgen vom Berg vor den Touristen, die Abfallkippe von Platanos. Eine weiße Wolke die kreisenden Hungervögel darüber, unhörbar ihr Geschrei. Vom Wind vertriebene Plastiktü-

ten, angekohlte Papierfetzen, matt in den Dornbüschen hängend, fast bis zur Straße. Und in dünnen, unsichtbaren Schwaden der süßliche Totengeruch schwelenden Mülls. Auf dem Eselspfad ins Tal hinkt ihm eine weiße Hausziege entgegen, die Vorder- und Hinterläufe eng zusammengebunden, zieht den ausgerissenen Pflock am Seil hinter sich her. Bliss bemerkt das aufgeblähte schwappende Euter, aber versucht nicht, sie zu halten. Die Alte dann, schwarz bis auf die Faltenlandschaft, ihr geschrumpftes Gesicht, steigt blicklos an ihm vorbei, lockt hinter seinem Rücken das Tier.
Daß ich so sprachlos geworden bin. So mundlos.
Dieser Mund, Zähne, Lippen, Zunge, Gaumen, und das dünne Häutchen im Hals, das die Atemluft tönen läßt, alles wie gelähmt, wie verabschiedet. Nur noch beißen, kauen, schlucken, älter als ein Steinzeitmensch. Und dahinter, im Hirn, die gefesselten Sätze, die hilflosen Wörter, meine grau gewordene, erstickte Sprache. Die doch so tüchtig, so klingend und bunt erst hineingelernt worden ist in den Schädelkasten, Schatzkasten, Weltkasten.
Er sieht sie wimmeln darin, die Silben, die Bilder, die Rufe und Seufzer, anrennen gegen die Knochenmauer in wirren Attacken, verweigern das natürliche Schlupfloch, den Fallgang zum Mund, sind dumm geworden oder so mißtrauisch, kein Licht fällt durch die Lippen, den Ausgang zu zeigen, Monate schon. Nur die Umleitung ist offen, durch die rechte Hand – was da nach außen dringt, das lautlose Gekritzel, die Schattensprache, nicht heller als die Bilder hinter geschlossenen Lidern, das ist keine Lösung zum Leben.
Manfred dazwischen. Der schaut mir Fragen an den Kopf aus seinen schwarzen Augen, redet auch deutsch, aber findet den Schlüssel nicht. Die Axt. Zugewachsen von Schweigen.

Der Name vergessen, angeblich hat ihn der Paß noch behalten – den Dr. Bliss hat Manfred angeschleppt, wer war das? die Griechen kennen nur Viktor, o Jermanos o Viktor, das hat genügt als Identität. Die paar Sätze Griechisch, mühsam gelernt, die wie Porzellan klingen, ahnungslos, kein Echo in meiner Vergangenheit, auf Krükken durch die Luft hinken zu den Bauern, die mit denselben Worten spielen und tanzen. Und Besserung hoffen. Die haben noch Wörter wie Hände.
Die Flüchtlinge aus der europäischen Leistungswut, Bienenzüchter auf englisch, Ziegenhirten holländisch, Tauchfischer französisch, Tavernenkellner deutsch, die hat er verstanden, aber gemieden, er ist nicht Mitglied ihrer Ordensgemeinschaft. Manchmal hat er eine deutsche Zeitung gekauft und Nachrichten mit dem Messer gelesen. Einmal hat er am Meer gestanden, als die Brandung laut genug schäumte, hat sich den Mund aufgerissen, losgeschrien. Apokalyptische Sätze, Alptraumsätze, loswerden wollte er sie – Das Feuer verbrennt das Meer! In Deutschland fliegt die Erde in den Himmel! Ich will euch alle überleben! Aber die Wellen haben sie ihm zurück in den Kopf geschlagen, da graben sie weiter, Vokabeln seiner Robinsonsprache.
Wenn ich mich mitziehen lasse von Manfred in das Wörtergestiebe da drüben und hab nicht die eigene Sprache und meine Träume befreit und aufgebaut als einen Schutzwall, dann wird es mich wieder zuschütten und von neuem ersticken.
Wie er jetzt im Tal auf der Bachmauer Schritt vor Schritt setzt, die Augen schmal im unerbittlichen Licht, das Gehör fast betäubt vom schrillenden Sägen der Grillen, sieht er den Kontinent jenseits des Meers überzogen von fahlem Schimmel, eine wuchernde Schicht allgegenwärtiger, ausgewrungener Worthülsen, die Reste von Bedeu-

tungen darin sterilisiert, zugestutzt auf Disney-Format, denen die Gefühle und Erfahrungen der Bewohner zu widerstehen aufgehört haben, infiziert alle, krank, entstellt die wahren Bilder unter dem geruchlosen Pilz, das lichtschnelle Gift flirrt bis weit in die Atmosphäre hinauf und unter der versteinerten Erde, dienstbereite, verfügbare, blutsaugende Lügen, das billigste Humanizid der Geschichte, das auch die Gegenwehr der träumenden Kämpfer lähmt, abfälscht, verpestet – davon hatte er sich befreit, aber um den Preis dieses Verstummens, und dort hinein will Manfred ihn zurückzerren, eh er ein Serum gefunden hat.
Unklar, ob es das gibt.
An den Feigenbüschen prüft er die grünen Früchte zwischen Daumen und Zeigefinger, findet einige weiche, deren Schale nicht von Insekten angefressen ist, reißt sie auf, nagt das rote, faserige Mus heraus bis an die Schale, dieser fast medizinische Geschmack zwischen Traminer und süßem Pfeffer, den seine Zunge vor zwei Wochen erst entdeckt hat und immer wieder, ungläubig, überprüfen muß. Auch die Weiche des Fleischs, kußähnlich warm an den Lippen. Er steckt einige in seine Hemdtasche, mit zuckerklebrigen Fingern.
Feigenküsse. Hohnlachen, ins Herz beißendes, lautloses Lachen. Keine Brust, kein Hals, kein Haar.
Mönchische Monate, getrieben, durchwachsen von einer Bitterkeit, die er Haß nicht nennen wollte, die sich zu kalter Glut anfachte durch einen Wind von Gedanken, durch flüchtige, unkontrollierbare Bilder, unentrinnbar. Die Frau, die ihn von sich abgeschnitten hatte, verfolgte ihn mit seiner Liebe in Träume, aus denen er immer erwachen mußte. Da lag er erwacht wie begraben in Eis und verweigerte den Tag. Oder legte Hand an sich, wenn der Schmerz im Geschlecht ihn schon biß, eine Hand, die

er nicht mehr kannte in ihrer sich beschleunigenden Motorik, kämpfte die aufsteigenden Phantasien nieder, befreite sich mit einer Wut, die seinen Körper und seine Person auseinanderriß. Wenn er dann dasaß, erschöpft, entleert, mit samenverschmierten Fingern, sprach er Lena schuldig dafür, daß er sich zu kastrieren wünschte. Manchmal öffneten ihn die Träume, er sah sie zurückgekehrt, seinen Kopf an ihre Brust ziehend, streichelnd, er schluchzte erlöst ohne Hemmung, und in der Weichheit dieses Erwachens ließ ihn das Mitleid mit seinem Leben wirkliche Tränen weinen. Das mündete aber auch in haßvolle Verzweiflung.

Die verkrallten Erinnerungen wären wohl verdeckt worden durch eine neue Liebe, aber der gab er keine Gelegenheit, fühlte sich böse und alt, wenn er auf nackte Leiber am Strand seiner Bucht stieß. Gegen abschätzende Blicke junger Frauen, Ferienmädchen, machte er sich unappetitlich, säuberte sich die Nase, die Ohren, die Fußnägel, als beobachte ihn niemand. Hatte aufgehört, sich zu waschen, ließ nur Sonne und Meerwasser an seinen Körper, wochenlang, nutzte die Wasserknappheit, um seine deutschen Reinigungszwänge loszuwerden, und stellte unwillig fest, daß die trockne Luft ihn daran hinderte zu stinken.

Obwohl er mit seiner vergammelten Kleidung, den strähnigen Haaren sich der Erscheinung der Freaks angenähert hatte, nahmen die Griechen ihn anders auf, ehrlicher, weil er sich um ihre Sprache kümmerte und Geld hatte, Runden auszugeben. Er trank nur mit griechischen Männern. Daß er ein Buch schriebe, hielt sie von weiteren Fragen ab nach den Gründen seines langen Aufenthaltes auf der Insel, aber er konnte sich nicht in ihren freundschaftlichen Umarmungen verlieren, konnte nicht griechisch empfinden, die Häute der Körper sprachen

noch unterschiedlicher als die Münder. Unzerbrechliches Glas um ihn, das wanderte mit.
Bliss liebt sich nicht mehr.
Er verzieh sich nicht, daß er die Scheidung unterließ, als der Haß am stärksten war. Er hatte sich gewöhnt zu verstehen, daß er den notwendigen Schritt aus der Bindung an sich im richtigen Augenblick nicht gewagt und nun sein Dasein zu tragen hat. Den Gedanken daran muß er noch oft betäuben. Wiederholbar, nachholbar aus Überlegung, ist der gewaltsame Abschied vom Leben nicht mehr. Das Schweigen ein Mantel seiner Resignation. Die tägliche Arbeit am Tisch seines Zimmers hat er abwesend verrichtet, folgend einer kleinen Vernunft, Schritt vor Schritt, ohne Morgen. Nicht wissen will er, daß sie das Lebensmittel gegen seine Verzweiflung war. Argwöhnisch betrachtet er jeden Gedanken, der in die Zukunft greift, und unterdrückt ihn. Und immer noch manchmal der Traum, nicht nur nachts – Bliss die Knochengestalt nach dem Festmahl der Würmer. Es ist alles zu und soll doch gelebt werden.
Warum hat er den Haken ausgeworfen nach Manfred? Und der hat die Postkarte zu schnell, zu plötzlich verstanden, steht ihm ins Haus wie das Schicksal, breitbeiniger, schnauzbärtiger Gott. Sagt erst Emigrant aus der Wirklichkeit, aber dann nur noch einfach Ich brauch dich. Wie das an ihm zerrt. Wer hat schon einen Freund, der einem zweitausend Kilometer nachläuft.
Zwischen den niedrigen Tomatensträuchern die Bewässerungsfurchen, noch feucht vom Morgen. Er zieht die durchlöcherten Turnschuhe aus, sieht die matschige Erde braun zwischen seinen Zehen hochquellen, Lust in den Fußsohlen. Solche Lüste sind ihm erlaubt. Auf den roten Früchten, den gezähnten Blättern, der hellgrüne Staub des Chemiekonzerns.

Manolis hängt noch an der Spitze des Holzmastes, zwischen den Drähten. Stehend auf den zwei halbrunden, in den Stamm geschlagenen Steigeisen, hängt er zurückgelehnt frei in der Luft, gehalten von dem um den Mast geschlungenen Sicherheitsgurt, verspleißt mit Händen und Zange Kupferdraht um einen Isolatorkopf. Der Draht schimmert rötlich in der Sonne. Ein anderer Arbeiter des Elektrizitätswerks, den kennt Bliss nur vom Gesicht, hält im Feld den ausgerollten Draht gespannt. Manolis, als er Bliss unten stehen sieht, nickt ihm einen Gruß runter, lacht, aber unterbricht die Arbeit nicht. Am Fuß des Mastes eine Kabeltrommel, Werkzeug, ein paar zertretene Tomatenstauden.
Im Schatten eines Olivenbaums ein rund gemauerter Brunnen. Der Wasserspiegel noch ziemlich hoch, so dicht am Meerufer. Bliss schaut Bliss an, der doppelte Bube ohne Unterleib, in himmelblauer Gloriole. Er stellt sich auf den Brunnenrand, läßt am Seil den großen Feta-Kanister hinab, aber schafft erst nach mehreren Versuchen, daß der Kanister kippt, Wasser schöpft, langsam untersinkt. Wie er ihn über den Wasserspiegel hebt, zieht ihn das Gewicht fast vornüber aus der Balance, er muß das dünne Seil mit beiden Händen halten, um es nicht zu verlieren. Er versucht, Wasser herauszuschwappen, aber der Kanister läßt sich nicht mehr schaukeln. Der Grieche im Feld beobachtet ihn aufmerksam, lacht ihm zu. Bliss ruft ihn nicht zu Hilfe. Er hebt den Kanister eine halbe Armlänge, greift um, hebt wieder, in seinen Schläfen hämmert das Blut, noch stärker schmerzen die Handflächen. Er kämpft die Versuchung nieder, loszulassen, zieht weiter, weiß, daß eine Sekunde Nachlassen ihm das Seil unhaltbar entreißen würde und zwingt den Kanister so bis auf den Rand mit einer Anstrengung, die ihm beschämend vorkommt.

Das Wasser darin weich, kühl, ohne Insektenlarven, glasklar. Er erlebt es mit den brennenden Händen, läßt es durch die Finger rinnen, schöpft heraus für die Stirn, den Mund, die Kehle, dieses südliche Gefühl noch in der Gurgel, für nichts zu kaufen in Deutschland – wie kann man das Wasser lieben, nur trinkend. Umarmen, ans Herz drücken kann man es nicht. Noch die Luft, noch die Sonne. Wie fern uns die Elemente bleiben. Das Notwendigste, was uns erhält, wie unfaßlich auch hier, wo es so stark und unmittelbar einwirkt.

Das sind Abschiedsempfindungen, weiß Bliss, und steckt seinen Kopf neben dem Handholz bis an die Nase in den Kanister, fast verklemmt er sich zwischen Blech und Holz, aber die Kühlung ist wie ein Bad für die Gedanken. Als er auftaucht, steht neben ihm der Grieche, besorgt-verwunderte Augen. Bliss lacht durch das aus dem Haar rinnende Wasser, erklärend. Polli sesti, sagt er, viel Hitze, die Worte, die jedes Gespräch des Inselsommers eröffnen und immer bestätigt werden. Der Grieche gießt das Wasser in eine Furche zwischen den Stauden, zeigt ihm, wie er mit einem Seilschwung im Brunnen den Kanister kippt, vollaufen läßt und mit schwingendem Oberkörper, in langen sicheren Armzügen heraufholt. Das Spiel hat er oft gesehen und bestaunt. Auch das Heben und Neigen des Gefäßes über den Kopf, den hervorschießenden Strahl, der übers Gesicht und in den Mund spült. Der Mann hat aber auch andere Arme.

Manolis läßt am Strick seine Zange, den Holzbohrer zu Boden, hält sich mit einer Hand an dem gekröpften Isolatoreisen, öffnet mit der andern den Karabiner des Sicherheitsgurtes, schlingt den Gurt unter dem nächsten Eisen um den Mast und hakt ihn ein, steigt zwei Schritte tiefer, öffnet, versetzt und schließt den Gurt erneut, steigt dann Schritt um Schritt den Stamm hinab, mühe-

los, als wäre er auf Bäumen geboren. Bliss sieht das noch vor sich, das Bild von Manolis' Kollegen, dem der Gurt riß, daß er hintenüber stürzte und mit abgebrochenen Beinen an den Steigeisen vom Mast hing, da steht der schon unten, in der Latzhose mit dem Zeichen der Elektrizitätswerke, schnallt die Eisen von den Stiefeln, reicht ihm die Hand, jassou Viktor, ti kanoume? und zwischen den Bartstoppeln schimmern die Schweißperlen. Ela, katze na phame ligaki.
Im Schatten des Baums sitzend ißt Bliss von ihren salzigen Oliven aus der Plastiktüte, mit den Fingern vom bröckligen Feta, pflückt und wäscht ein paar Tomaten, bietet seine Feigen an. Das Weißbrot ist lappig geworden, das Wasser besser als Bier. Manolis schneidet die Melone in Scheiben, sie spucken die schwarzen Kerne. Bis zum Abend soll das letzte Bauernhaus angeschlossen sein, dann geht Strom auf die Leitung.
Der Mittagswind rauscht plötzlich in der Olivenkrone, kühlt ihre feuchten Stirnen. Die Federbüschel des Bambusschilfs am Feldrand schwanken erregt. Die Grillen sind verstummt. Durch die Tamarisken glänzt bleiern das noch ungeweckte Meer.
Manolis schickt den Kollegen zu dem Bauern, Bliss hat den Auftrag nicht verstanden. Wenn sie untereinander sprechen, versteht er kein Wort. Er zieht den Rizospastis aus dem Hemd, mit Flecken von Schweiß. Manolis, ohne hinzusehn, nimmt die Zeitung, verstaut sie in seinem Beutel, efcharisto Viktor. Gibt ihm die Zehndrachmenmünze. Ist das letzte Mal, sagt Bliss, der Manfred holt mich zurück nach Deutschland. Manolis fragt, ob die Partei ihn geschickt hat. Bliss schüttelt den Kopf. Ob er sein Buch fertig geschrieben hat. Bliss verneint. Es sei nicht das Buch, weshalb er auf Leros wohnt. Weshalb dann. Ihm sei sein Leben in Deutschland zu eng gewor-

den. Manolis bietet ihm Zigaretten, zieht sich eine, raucht.
Ob er im Gefängnis war?
Fast, sagt Bliss seine Wahrheit.
Gut, daß du nun wieder zurück kannst, versteht Manolis. Sie werden dich brauchen.
Wer holt dir in Zukunft aus dem Laden den Rizospastis?
Manolis grinst breit. Studenten aus Athen sind da. Nach den Wahlen werd ich ihn selbst kaufen.
Bliss schöpft sich Wasser mit der hohlen Hand aus dem Kanister. Manolis reicht ihm seinen Blechbecher.
Heut nacht mit der Alkyon – sagt Bliss.
Endaxi. Manolis lacht aus den Augenwinkeln. Wir werden weinen, Viktor.

# ANKLAM
## Mit der Alkyon nach Europa

Wo steckt der Kerl?
Manfred Anklam fror, hundemäßig. Der Stuhl neben ihm war leer. Er faßte auf die Sitzfläche. Kalt.
Hat sich wahrscheinlich unter Deck verkrochen. Wie spät? Vier! Und schon so hell. Das Meer grau, geplättet, unbegrenzt. Macht höchstens drei, vier Stunden Schlaf.
Um Mitternacht ist die Flasche leer gewesen. Da liegt sie, an der Reling, rührt sich nicht mehr. Arme tote Flasche, wirst nie wieder lebendig.
Unvorstellbar, auf der Insel, daß einer hier frieren könnte, selbst nachts ist die Hitze aus jeder Fuge des Hotels gekrochen. Kabine wäre doch besser gewesen.
Auch drangegeben, für den gemeinsamen Genuß von Dr. Bliss' Inselabschied. Der wollte Patmos noch sehn und die andre, wie hieß sie, da war der Mond schon hochgekommen über dem schwarzen Klotz. Gelb wie Butter. Und das Meer noch ziemlich aufgeregt.
Anklam rieb sich die Arme, die Oberschenkel, überlegte, ob er Viktor suchen sollte. Aber wo, unter den Hunderten von Touristen und Griechen, wenn er sich irgendwo hingepackt hatte ins Wärmere? Er stand auf, ließ die Gelenke knacken. Nichts zu sehn von Vik. Auf der andern

Seite tatsächlich schon Sonne. Blaß noch, fadenscheinig. Immerhin. Er griff seine Tasche, balancierte mit dem leichten Plastiksessel über die Schlafsackmumien, setzte sich an die Reling. Die flachen Strahlen der knapp neben dem Kielwasser hochkommenden Scheibe wärmten noch nicht. Kalter Tau auf dem Gestänge. Er mußte sich anstrengen, seinen Ärger zu unterdrücken. Wenigstens keine Kopfschmerzen, das ist schon mal was. Dieser weiche Zubrowka, auf dem Vik bestanden hatte, statt Whisky oder Ouzo, ausdrücklich um die polnische Wirtschaft zu stärken, war kein schlechter Griff gewesen. Der hatte die Kanten von ihren Gedanken geschliffen. Dem Igel die Stacheln geglättet. Oder ob es das Fahren auf dem Schiff war, dies gleichmäßige Wiegen, das so beruhigend gewirkt hatte. Oder die Unwiderruflichkeit, Endgültigkeit des Abschieds, als die Taue eingeholt waren? Mit der Alkyon nach Athen. Eisvogel soll das heißen, hat er gesagt.

Sein Abschied! Ganz schön theatralische Veranstaltung. Hat echte Tränen vergossen, seine Wirtin. Und dieser Manolis, Frau, Kinder, die Umarmungen, noch drei andre Männer, war schon fast große Oper. Mit Solisten und Chor, vor sentimentaler Kulisse. Aber keine Frau dabei, keine einzelne, die zu ihm gepaßt hätte, erstaunlicherweise. Na ja, sein Problem. Vielleicht hat ihn auch lockergeklopft zu merken, daß die Griechen ihn mochten. Wenn es echt war. Jedenfalls konnte er endlich reden, draußen, als sie in den Abend fuhren. Sogar Fragen plötzlich, was ist los in Düsseldorf, in den Röhrenwerken, wie siehst du die Grünen, wie heißt deine aktuelle Frau. Konnte zuhören. Und dann – da waren sie schon halbwegs besoffen – ein paar Spaziergänge in ihren gemeinsamen Vergangenheiten, achtundsechzig Berlin im Februar, Dutschke in der TU, die Fahrt nach Istrien mit den beiden Mädchen, längst vergessen die, aber nicht die herrlichen Besäufnisse am Strand und die nackten Körper im Meeresleuchten, zweiundsiebzig, so nah waren sie sich später nie wieder gekommen. Da waren sie schon um Patmos herum, der Sonnenuntergang ins offene Meer. Hat geschwärmt, als hätt ich keine Augen im Kopf. Und rechts, diese Insel, dieser Brocken mit dem fetten Buttermond drüber, noch ein Schauspiel. Da irgendwann muß ich eingeschlafen sein.

Anklam fühlte sich irgendwie leichter, befreit, daß Viktor die Schleuse einen Spalt wenigstens geöffnet hatte, ein Fortschritt war das.

Oder doch nur ein Manöver, die Fragen nach dem Betrieb, nach der Gewerkschaft? Um nicht von sich selbst sprechen zu müssen? Immer noch kein Wort über Lena, keins über den Anlaß seines Verschwindens aus Deutschland. Und was ihn dort –

He Manfred – da bist du!

Bliss, zwei Plastikbecher in den Händen, stieg über die Schläfer.

Kaffee, was Heißes. Bist sicher auch durchgefroren, wie? Halt mal. Er holte seinen Sessel rüber, den Koffer, die Reisetasche.

Wenn du meinst, daß ich jetzt weiß, warum der Pott Eisvogel heißt, streifst du die Wahrheit. Gut, der Kaffee.

In einer Kabine wärn wir erstickt, Manfred. Nicht nur am Mief.

Erstickt oder erfroren mein Junge – der Wodka hat uns gerettet. War wirklich eine gute Adresse.

In Nippschlucken schlürften sie den schwarzen, süßen Kaffee. Das angenehme Geräusch der Schiffsdiesel unterschwellig. Mal von oben sternschnuppenhaft, steinern herabfallend, Klageschreie der Seemöven. Nichts Rauhes, nichts Spitzes sonst in der Stille.

Sieht aus wie gebügelt, kommentierte Anklam das Meer.
Stilleben, sagte Bliss. Wenn du dir vorstellst, was sich da unten abspielt.
Mord und Totschlag, wie?
Aber unheimlich schön. Bin mal mit einem Schwammtaucher von Kalymnos runter, mit Preßluft. Traumlandschaft.
Und? Gibts Nymphen?
Du hättest bestimmt welche angelockt, Manfred.
Danke. Danke für deine hohe Meinung von mir. Möcht wissen, warum du sie vertreibst.
Bliss tat den Mund nicht mehr auf. Fing wieder an, eine seiner Haarsträhnen um den Finger zu drehn. Blockade. Aber die kleine Engländerin im Hotel hast du mir nicht vermiest. Daß so was hier am Strand die Brüste einfach in die Sonne legt, das kann einen schon mit diesem unseriösen Mittelmeer versöhnen. Wenigstens kurzfristig. Augenweide. Warum nicht auch Schwanzweide. Gutes Wort. Mal Neckermann empfehlen, für seine Prospekte. Wie die Wärme jetzt die Nachtsteife aus den Gliedern zieht, diese angenehm lässige Trägheit. So kann man stundenlang fahren.
Stewart, in einer halben Stunde bitte das Frühstück. Diesmal englisch. Ich bin das verdammte Weißbrot mit Honig satt.
Sorry Manfred, am Büfett gibts nur alte Brötchen und trocknen Kuchen. Oder willst du ein Joghurt?
Ich bin zwar ein außergewöhnlicher Mensch, Vik, ich les Literatur – aber Joghurt? Dann lieber die trockne Mutterbrust.
Einverstanden. Fasten wir mal bis Athen.
Bliss zog seinen Seemannspullover aus, legte ihn über die Lehne unter den Rücken. Hinter ihnen, auf den Deckplanken, entstanden Bewegungen, leise Geräusche,

knickte ein Schlafsack plötzlich hoch, ein verwirrter, abwesend glotzender Kopf schob sich heraus, wurden Reißverschlüsse aufgezogen, von unsichtbaren Händen, nackte Arme aus Decken in die Luft geräkelt, Haare mit Fingern entwirrt, Münder aufgerissen. Wie Schmetterlingspuppen, fand Bliss, am Morgen des Schlüpfens.
Anklam beobachtete die Szene wortlos, komische Tiere, und Vik, der sich die Socken auszog, nicht zivilisierter. Diese Museumsstücke, die mal als Tennisschuhe verkauft worden waren. Seine fadenscheinigen, verblichenen Jeans. Unter dem Khakihemd, das er jetzt aufknöpfte, hing ein silbernes Amulett in das dünne Brustfell, irgendwas Südamerikanisches, und die fast blond gebleichten Haare strähnig bis auf die Schultern.
Er wußte, daß Vik, außer den Büchern, einen brauchbaren Anzug im Koffer hatte. Sein Gammelaufzug vielleicht ein letzter Protest gegen die Abreise. Mußte wirklich eine Droge sein, diese Mischung aus Sonne, Meer, Himmel, alle westeuropäischen Inselurlauber schienen irgendwie high davon, aus den Fugen geraten, vitaler Ausnahmezustand, und wer das so lange genossen hat wie Vik. Langsam entwöhnen. Mit Entzugserscheinungen rechnen.
Meine vorige Freundin, die Renate, die würd dir die Haare schneiden aus Lust. Ist Friseuse. Mit Diplom. Sehr kreatives Mädchen.
Bliss verschmähte den Hinweis.
Die Wasseroberfläche kräuselte sich strichweise, ohne ersichtliche Ursache. Heckwärts, wo das Schiff seine sich ausbreitende Bewegung in die See brachte, funkelten die Wellen unter der schrägen Sonne, daß es die Augen schmerzte.
Tuts dir leid, das zu verlassen? fragte Anklam mit einer Armbewegung über das Meer, als wär er hier der Chef.

Bliss schien mehr an dem Theater interessiert, das er mit seiner großen Zehe im Guckloch seines Schuhs aufführte. Raffte sich dann doch auf, den Mund zu öffnen.
Ich hab mit der Sonnenzeit gelebt, Manfred, auf den Inseln. Wie die Bauern. Hundert Sonnenaufgänge. Und achselzuckend: Aber wie sollst du verstehn, was das bedeutet. Du bist aus euren Löchern nie rausgekommen.
Anklam schwankte noch, ob er sich von dem Vorwurf provozieren lassen sollte, oder ob es sich lohnte, diesem Ausdruck Sonnenzeit nachzufragen, da sagte Bliss: Du fährst mich zu meiner Beerdigung.
O mein Gott, Viktor Bliss! Anklam klatschte die Linke an die Stirn. Das, nach einem halben Jahr Kuraufenthalt! Beerdigung. Du machst mich krank.
Da war jetzt die Antwort wieder schneller als der Verstand, Mist. Daß man die Zunge nicht zäumen kann. Also schnell noch nachschieben: Begraben warst du auf diesen Inseln, Mann! Begraben im Mittelalter. Beerdigt in Idyllen. Es wird ja kein strahlender Optimismus von dir erwartet – aber man kann doch nicht völlig vergessen, worauf es ankommt, wenn man es einmal gewußt hat!
Natürlich, zu spät. Wieder eingerastet. Bin ich denn ein Seelenklempner? Also schweigen wir weiter. Bis zur nächsten Schnapsflasche. Aber hör auf, deine verdammte Locke zu drehn, eh ich selbst die Schere nehme.
Tagelang auf der Insel das Versteckspiel mit den für Bliss offenbar immer noch gefährlichen Gedanken. Als ob er Ansteckung fürchtete. Fliegende Wechsel von freundschaftlichen Empfindungen und diesem gespannten, wortlosen Widerspruch. Einverständnis, fast Lockerheit, wenn sie herumfuhren mit der gemieteten Vespa, Fischer besuchten, Ziegenhirten, Bauern, Essen überall, schöne Kultur, mindestens Käse, Oliven, den hausgemachten Wein, Dr. Bliss der Inselkönig führt sein liebenswürdiges

Volk vor. Und was er sonst noch an Merkwürdigkeiten herzuzeigen wichtig fand – die bunt bemalte Irrenanstalt mit den hundert grauen, leblosen Anzügen auf den Wäscheleinen, wie ausgezogene, abgestreifte Schatten. Die Eingänge in die Unterwelt, Bunker, von den Italienern in die Berge gesprengt. Das Kastro aus der Frankenzeit, Radarstation da oben, Fotografieren verboten. Und das Militärlager mit dem MG-Feuer der Rekruten über die morgenstille Bucht weg, unverändert angeblich, wie es die Junta als Konzentrationslager bauen ließ –neben der Flugplatz-Baustelle und keinen Kilometer von der verschütteten Tempelruine entfernt, wo der zyprische Lehrer mit seinem Gewehr auf Karnickel lauerte und englisch auf die korrupte Regierung geschimpft hatte. Das Brotbacken vor dem Morgen, bei den alten Bauern. Viks Bucht auch, in Felsen versteckt und von Touristen viel zu verschont. Leckere Anblicke null, nur Schwimmen und Lesen. Immerhin hundert Seiten weiter im Musil. Vik dagegen las Griechisches, mit Wörterbuch. Wußte ziemlich gut Bescheid in dem Land, wenn er das Maul mal aufkriegte.

Aber sofort die Wand, wenn er versuchte, das Gespräch auf Deutschland, auf den Anlaß seines Besuchs zu bringen. Da kamen von Vik nur Sarkasmen, der Rückzug in die Igelstellung, nichts als Stacheln. War auch zweimal einen halben Tag unauffindbar gewesen, ohne Erklärung, vielleicht bei der verheimlichten Frau, hatte ihn sitzenlassen im Hotel. Immerhin war da die fussige Engländerin bei rausgesprungen. Seltsam nur, daß er dann doch die Abfahrt von der Insel so vorbereitet hatte, als hätten sie sie verabredet. Hatte mit ihm in der Agentur die Tikkets für die Fähre besorgt, das Zimmer gekündigt, den Wodka für die Nachtfahrt gekauft. Da muß doch wann ein Entschluß gefallen sein.

Viktor Bliss, das in Geheimnisse verpackte Wesen. Störrischer Träumer. Den schlepp ich jetzt nach Hause. Wie weck ich den.
Schön, deine Ägäis, sagte Anklam, keine Einwände. Die wartet auf dich. Kannst du nächstes Jahr wieder Urlaub machen. Vielleicht begleit ich dich sogar.
Urlaub! Bliss hörte auf, seine Haarsträhne zu drehen. Da lag ein Abgrund von Verachtung in dem einen Wort.
Ja was denn – hast du deine Midlife-Krise genommen?
Die Antwort kam nach einer Schrecksekunde, tonlos.
Du bist ein Arsch, Manfred.
Natürlich. Wär auch zehn Jahre zu früh. Aber das Wort mußte mal über die Zunge, kurvte in seinem Kopf, die Mücke, seit er abgeflogen war von Düsseldorf, vor zehn Tagen. Nur diese Postkarte als Wegweiser. Diese traurige Unverschämtheit von Ansichtskarte nach einem halben Jahr Schweigen. Als wär da ein Urlauber mal eben in die Sonne gereist. Zwei Sätze nur – Die heile Welt ist absurd. Und die roten Plätze verschüttet. Grüße, Viktor. Nichts von Rückkehr. Der Name eines Ortes neben dem Datum: Partheni. Gestempelt auf Leros. Hilferuf oder pathetische Pose.
Er hat auf Notruf entschieden. Aber plötzlich auch, in die tägliche Hektik, die Erkenntnis, daß ihm was gefehlt hat. Das Salz am Leben? Na ja. Der besondere Geschmack, den nur der studierte Doktor Bliss ergab. Der intelligente Widerspruch des Freundes. Der Streit der Vertrauten bis an die Wut. Oder was das war. Hochzeit von Theorie und Praxis, mal Kurzschluß mit Funken, mal Liebesakt.
Vik – verstehen kann ich dich nur, wenn du mit mir redest. Jetzt ist Zeit.
Ich habe damit Ernst gemacht, mich für mich zu interessieren, brachte Bliss durch die Lippen.

Aha, kann also doch antworten, der Mann. Ganz klarer Satz. Mich für mich interessieren. Verständlich. Kein Idealist wird alt. Hätte auch auf die Karte gepaßt. Notwendiger Egoismus, irgendwann fällt das diesen kleinbürgerlichen Linken wieder ein. Rutscht ihnen die Betroffenheit aus dem Kopf in den Bauch.
Anklam schaute Bliss an. Ist das nun der Schlüsselsatz für den entschwundenen Doktor? Und wenn – muß einer erst in die Wüste, um die Philosophie zu lernen? Alles wegwerfen, die eigene Arbeit und Vergangenheit? Seine Freunde? Seine Ehe?
Einverstanden Vik – vielleicht braucht man als deutscher Intellektueller dazu eine Insel im Mittelmeer. Aber warum hast du Lena nie geschrieben?
Bliss antwortete, als hätten sie über nichts anderes geredet.
Du hast also mit ihr gesprochen. Hast Madame getröstet, ja?
Komm Vik, sagte Anklam kopfschüttelnd, ist deine Frau kein Mensch?
Und ich? Was bin ich? stieß der raus, bitter jetzt und aggressiv.
O ja – du auch! Mein Gott. Willst dus schriftlich? Anklam resignierte vor der bissigen Verletzlichkeit, die so übergangslos wieder aus Bliss vorbrach.
Aber Bliss hatte sich aufgerichtet, zu ihm gewandt, sagte ihm das schnell und ohne zu überlegen ins Gesicht.
Sie weiß, daß ich mich nicht aufgehängt habe! Die Nachricht hat sie gehabt, daß ich weggehe, damit sie sich überlegen kann, was sie will und wen sie will. Ich habe dich nicht gefragt, aber ich habe gewartet, seit du da bist, ob du mir ein Wort mitbringst von ihr oder ein Zeichen. Du hast nichts gesagt, nichts, also hast du nichts, also heißt das nein, keine Veränderung, es ist alles beim Alten bei

ihr, nein, nicht beim Alten, beim Neuen, kein Bedauern, keine Besinnung – was wollt ihr dann von mir?
Hau ab! schnauzte er einen Jungen an, der hinter ihren Sesseln stehengeblieben war und Bliss fasziniert anstarrte, verdufte! so daß der, verdutzt, hektisch mit seinem Ball und Tischtennisschläger zu spielen begann, verstanden hatte, obwohl er wie ein Amerikaner aussah.
Anklam hatte nicht gleich eine Antwort auf diesen Ausbruch, mußte lachen über die Reaktion des Jungen, trotz seines eignen Schrecks, fühlte sich zugleich erleichtert, als wäre ein überreifer Furunkel endlich aufgebrochen, aber hörte doch auch die Absage in Bliss' Worten, die Drohung mit der möglichen Rückkehr auf sein Tahiti. Er legte die Hand auf seinen Arm. Bliss zog ihn gleich weg, den Kaffeebecher als Vorwand, trank den letzten Schluck, schmiß ihn heftig über Bord.
Du irrst dich, sagte Anklam so sanft er es über sich brachte, wiederholte: Du irrst dich wirklich.
Aha, ich irre mich, sagte Bliss, immer noch hart, unversöhnlich. Und worin bitte?
Ich kann kein Mitleid haben mit dir. Ich hab Schlosser gelernt, nicht Psychiater.
Ich hätt auch keinen Krankenschein dabei! zischte Bliss zurück. Daß du mich aus meiner Arbeit holst, eh ich fertig bin, und in die alte Scheiße verschleppen willst – das wenigstens sollte dir leid tun.
Scheiße verschleppen! Anklam war aufgesprungen, stand mit dem Rücken zur Reling, die Fäuste um das Rohr gepreßt. Aber ich darf da leben, in der Scheiße. Mir zahlt keine Oma das Weltschmerz-Jahr an der Sonne! Ich darf da drin ersticken!
Du erstickst doch nicht, antwortete Bliss sofort, du fühlst dich wohl. Das ist der Unterschied.
Gleich fliegst du über die Reling. Anklams Stimme war

tonlos und leise. Dann kannst du zurückschwimmen in dein sauberes Paradies.
Bliss warf sich das Haar über die Schulter wie eine Frau. Danke für die Liebeserklärung, sagte er, ich habs nicht zynisch gemeint.
Du merkst deinen Zynismus nicht mal mehr – so weit bist du abgetrieben!
Bliss rieb sich über die Stirn. Komm setz dich hin Manfred. Ich hab Kopfschmerzen. Der Wodka. Resigniertes Schulterzucken. Am besten du nimmst mich nicht ernst. Dann streiten wir nicht. Was soll ich dich auch noch verunsichern.
Anklam biß sich die Antwort weg – diese müde intellektuelle Arroganz, auswringen müßte man den Menschen, statt ihn zu hätscheln und zu schonen. Mich verunsichern! Die ganze Woche hat es es gespürt, befürchtet, daß diese Geschichte in dem Mann kocht, die blanke, private Eifersucht, deshalb auch nicht dran rühren wollen. Und Vik hat also gewartet, gelauert, daß er anfinge damit. Ihn trösten! Oder vielleicht auch, wenn man es positiv wendet, sich zurückgehalten, weil er seinen Horror vor solchen Gefühlskisten kennt. Der Luxus, den eine Sorte von fixen Linken mit ihren wiederentdeckten Seelchen und Bauchschmerzen treiben, diesen Aufwand von endlosen aufgeblasenen Sätzen, die paradoxe Hetzjagd nach dem Seelenfrieden im Klassenkampf bis auf die Psychocouch. Ist das aus meinem Viktor Bliss geworden? Statt daß sie ihre Interessen klären und verteidigen. Das heißt es doch: Eigeninteresse, Egoismus.
Er hat das nicht studiert, nicht das Vokabular, nicht die verquaste Haltung zur Wirklichkeit, die sich dahinter verkriecht. Seine Universität ist der Betrieb, da ist er Professor, zwanzig Jahre Maloche, da herrschen klare Verhältnisse und wird eine ehrliche Sprache gesprochen. Die

hat Vik immer verstanden, hat auf der gleichen Welle gefunkt – seit der Mainacht in München in dem Hausflur, Schellingstraße, Springerblockade, durchgeweicht von den Wasserwerfern, als dem das Blut aus dem Haar lief, damit hat er sich eingekauft, der Student, in sein Leben, das war sein Ausweis. Rot die Hand und das Taschentuch. Blutsgenossen, hat Vik irgendwann gesagt, halb im Scherz, später. Und heute? Ist das nicht mehr unser Straßenplan? In die Scheiße verschleppen! Mein Betrieb ist keine Scheiße! Scheiße ist deine Insel – schöne parfümierte Scheiße!
Ich hol mir noch einen Kaffee – willst du auch? Bliss war aufgestanden, schaute auf ihn herab. Versöhnlich soll das wohl sein.
Wie lange noch? Bis Athen?
Zwei, drei Stunden bestimmt.
Ein Bier, Doktor. Wenns kalt ist.
Bliss nickte.
Die Schiffsdiesel nur noch fühlbar, die Vibration im Innern des Relinggestänges. Der vielstimmige Lärm der Kinder, der jungen Leute, der Touristen überdeckte das Motorengeräusch. Kofferradio hatte noch keiner angestellt. Die Sonne wärmte stärker, kaum Fahrtwind hinter dem Rettungsboot. Drei junge Frauen hatten sich Liegesitze an die Reling gezogen, kremten die Nasen und Augenlider mit den Fingerspitzen, redeten, lachten in einer fast gesungenen Sprache, akustische Berg-und-Tal-Fahrt, irgendwas Germanisches, ziemlich penetrant. Über den Bliss-Sessel weg sah Anklam ihnen zu, aber das brachte sie nicht zum Verstummen, beirrte sie auch nicht bei ihrer spitzfindigen Kosmetik. Er grübelte weiter über den Mann, von dem er noch im Bus zum Flughafen gedacht, vor sich hin gesagt hatte – ich fahre zu meinem Freund Viktor Bliss – nicht um sich zu versichern, son-

dern um den Betrieb abzuschütteln, sich Reiselust einzureden, Vorfreude. Die aber nicht gekommen war. Nur eine vage, ziemlich unbequeme Spannung, auch körperlich, eine physische Ungewißheit vor dem Fremden, Unvorhersehbaren, auf das er zusteuerte.
Auf dem Flug nach Athen hatte er sich nicht dem gegenwärtigen Bliss genähert – wie auch? mit dieser verrätselten Postkarte als Schlüssel! sondern dem Mann, mit dem er sich beraten hatte, manchmal täglich, wenn es Ärger gab mit der Geschäftsleitung, sogar über das Betriebsratstelefon. Und der gerade dann den Kopf kühl behielt, wenn ihm mal wieder die Wut hochkochte, weil sie ihn allein ließen, ihn zurückpfiffen, und er diesen Laumännern und Bremsern in der Gewerkschaft, im eignen Betriebsrat, den Bettel hinschmeißen wollte. Hinschmeißen? Hat er wirklich zurücktreten, die Verantwortung wegwerfen wollen? Nur was einer tut, zählt.
Über der Ägäis, in der klapprigen Olympic-Maschine nach Kos, dem Hafen da, auf der Fähre zu dieser Insel Leros, war ihm das alte Bild von Vik schon verschwommen. Unter dieser Sonnenherrschaft, in der so unwiderlegbaren Gegenwart von Wasser, Fischerbooten, Felseninseln, vor der provozierenden Mittelmeerekstase der Nordländer, hatte sich seine Ahnung verdichtet, daß hier nicht mehr galt, was er im Kopfgepäck mitbrachte, Röhrenwerke, IG Metall, die Bürgerinitiative in Reisholz, und Viks böse Vergangenheit schon gar nicht – was ihn da zugeschüttet hatte, nachdem der Professorentraum ausgeträumt war und das Gymnasium in Butzbach zwei Jahre lang angewärmt. Diesem Referendar hatten alle Sehr gut gegeben, Schulräte und Schüler, nur nicht die beamteten Schützer der Jugend im Ministerium. Viks jahrelange Springprozession durch die Gerichte, jeder Rechtsspruch ein Sieg, bis zur nächsten Instanz. Und zu-

gleich das Rumreisen zu hundert Veranstaltungen, auch im Ruhrgebiet, auch in Frankreich, Belgien, Holland, reden, reden, jeder dritte Satz Berufsverbot.
Aber doch hab ich den mitgebracht, wen sonst? Nur der interessiert mich. Der sich nicht das Kreuz verbiegen läßt. Den laß ich mir nicht ausreden von dieser Flippiatmosphäre. Streit ja, immer. Aber nicht über unser grundsätzliches Einverständnis, auf welcher Seite man steht, nicht über das Selbstverständliche, über unser Interesse an Bewegung, Veränderung, Veränderung der Zustände, der Menschen, der Gesellschaft, das war nie eine Frage, davon leben wir doch! Willst mir weismachen, wärst aus dem Zug gesprungen, aus unserm Zug, rein in die Idylle. Sonnenzeit! Die steht wohl still, wie? Oder fährt im Kreis, rings um deinen verdammten Bauchnabel. Was kannst du hier bewegen!
Anklam knurrte von der ohnmächtigen Wut, in die er sich steigerte, er sprang plötzlich auf, räusperte sich, spuckte einen Schleimklumpen in weitem Bogen über die Reling, eine Möwe schoß herab, drehte erst kurz vor dem Klumpen ab, geschissen! rief er ihr höhnisch nach und schnitt den drei Frauen eine Grimasse, zeigte die Zähne, als er sah, wie sie ihn kicherbereit anstarrten. Da drehten die erschrocken ihre Köpfe zurück und klappten die Lider runter, als hätte er ein Kommando gegeben.
Anklam ruckte seinen Sessel herum, kehrte ihnen befriedigt den Nacken zu, bemerkte die beiden Arbeiter, die am andern Ende des Rettungsbootes das Ablaufgestänge für die Tonnen mit den Seenotinseln überstrichen. Er beobachtete sie, aber seine Gedanken pflügten weiter durch den Krautacker Bliss.
Getröstet. Das war sein Stichwort. Da ist er ausgerastet. Das will er gebraucht haben? Läßt sich ein Kommunist denn trösten? Pervers. Und über was? Und wie? Wo

steht bei Marx was von roter Seelsorge? Die gibts nicht. Die heißt Solidarität. Nie haben wir es nötig gehabt, über unsre Gefühle zu sprechen. Wer hat schon Zeit für so etwas. Habe Ernst gemacht, mich für mich zu interessieren. Aus Rot mach Grün, wie?

Der Satz heißt offenbar auch: Du Anklam bist der Gefühlskrüppel, der halbe Mensch, du holzt nur rum in deinen Röhrenwerken, hast kein differenziertes Innenleben, bist verarmt, Prolet, und merkst es nicht mal – Herrgott, hab ich nichts Wichtigeres zu tun, als meine Abgründe zu entdecken? Soll ich suchen, bis ich einen finde und reinfalle, damit ihr mich aufnehmt in euren Klub der reingefallenen Durchblicker? Danke. Ich pfeif auf euren Seelensport. Und meinen Bierholer geb ich auch nicht kampflos her.

Oder ist Vik wirklich krank?

Läuft rum wie ein Braunbär und krank!

Diese Beschäftigung mit der griechischen Widerstandsgeschichte – Arbeit nennt er das. Selbsttherapie? Alibi? Der Strohhalm vielleicht, an dem er sich festgehalten hat. Typische Intellektuellen-Idee – dialektisch-materialistischer Reiseführer. Für wen wohl? Für Revolutionäre auf Urlaub? Frustrierte SPD-Touristen, Spontis, GEW-Lehrer, schön weit weg die Klassenkämpfe, links der Campari, rechts die Junta. Literatur für das breite sanfte Bündnis von morgen, wo jeder sich fortschrittlich wohlfühlen –

Er spürte etwas Hartes, Kaltes in seinem Nacken, der Schreck schlug gleich durch bis ins Rückgrat. Er fuhr herum, griff hin, sah in Bliss' Lachen, kriegte die Bierdose zu fassen.

Na – kalt genug?

Sehr witzig, Mensch. Ist das dein Friedensangebot?

Gekämpft hab ich dafür, sagte Bliss locker, halbe Schlä-

gerei vor der Theke. Aber hast ja Abwechslung gehabt, inzwischen. Weißt du schon, wie sie heißen?
Statt Antwort setzte Anklam die Dose an, zog sie halb leer. Ja, sagte er böse: Anna, Berta, Emma. Und umgekehrt. Sie wollen alle mit dir schlafen.
Wie – nicht mit dir?
Anklam ließ einen Bierrülpser explodieren. Ich hab gesagt, du hättst einen Samenkoller, sechs Monate alt. Jetzt sind sie guter Hoffnung.
Wirklich selbstlos, Manfred. Muß es gleich sein?
Kannst deinen kalten Kaffee erst austrinken.
Die Frauen redeten jetzt miteinander, einzelne leise Bemerkungen, lachten auch.
Wetten, daß sie uns vielmehr für Schwule halten, sagte Bliss, so wie ich für dich sorge?
Warum widersprichst du mir eigentlich nicht, fragte Anklam zurück, als hätt ich die Wahrheit gesagt?
Mensch – schau! Bliss zeigte mit dem Kaffeebecher in Fahrtrichtung, wo, hart steuerbord, aus dem eben noch unbegrenzt scheinenden Meer ein Felsmassiv in ihr Blickfeld geriet, als wär es im Augenblick aus der Tiefe getaucht.
Ein Steinhaufen, okay. Nummer dreihundertfünfundneunzig, oder? Der beantwortet meine gediegene Frage nicht.
Frag einen Mönch, sagte Bliss wie zerstreut, möcht wissen, welche Insel das ist. Mykonos muß längst vorbei sein.
Das Schiff hielt auf die Insel zu, brachte den schroff und schrundig hochsteigenden Berg in eine Nähe, die anscheinend zu irgendeiner Form von Kontaktaufnahme herausforderte. Passagiere sammelten sich hinter ihnen, lebhaftere Gespräche, eine leichte Erregung. Auch die drei Frauen blickten wach hinüber, kommentierten den

Felsen wie ein Ereignis, obwohl kein lebendes Wesen zu erkennen war und kaum Vegetation. Nur die beiden Arbeiter strichen weiter Ölfarbe auf den Davit, mit dem Rücken zur Reling.

Wahnsinn, sagte Bliss. Mitten im Meer!

Die Sonne schien halb schräg auf die steile Wand, hellgelbe und dunkelbraune Flecken, wenig verwittertes Grün, wo sich Gestrüpp auf Vorsprüngen festgeklammert hatte. Schwülstige, barocke Formen in der Wand und deutlich markierte, verworfene Linien, schräg aufsteigend, wie das glühende Gestein heraufgekocht sein konnte aus der Tiefe oder von oben als Lava herabgeflossen. Etwas für einen Geologen. Einen Landschaftsmaler. Unter der Wand ein schmaler Geröllstreifen, unterbrochen von Felsbrocken, die abgestürzt waren. An denen zeigte die langsam atmende Dünung der Ägäis Wasserspiele, produzierte Schaumlichter, hochsteigend, die einen Atemzug lang stillzustehen schienen, ehe sie in sich zusammenfielen. Unmittelbar davor ein grotesker Zacken, aus dem Wasser ragend, tiefschwarz und zerklüftet. Bliss entdeckte den Kormoran, der auf einer Nase hockte, unbewegt eine Weile, dann doch abhüpfte und mit langsamen Flügelschlägen so dicht über dem Wasser abstrich, daß er es fast berührte.

Eisvögel gibt es hier auch noch, und Reiher, sagte Bliss. Sogar Adler. Stell dir vor. Von den türkischen Bergen rüber auf die Dodekanes-Inseln. Die Hirten schießen sie ab. Sollen Zicken schlagen.

Gehört das auch zu deiner Widerstandsgeschichte?

Komm Manfred. Versau mir nicht noch meine Augenlüste. Die halten mich am Leben.

Geschenkt, geschenkt mit Kußhand. Aber was ändert sich vom Anschaun.

Ich. Sagte Bliss. Manchmal. Schränkte er ein. Art Medizin.

Hm, nickte Anklam, zum Sehen geboren, zum Schauen bestellt –
Und? Von wem, bitte? fragte Bliss gehorsam.
Ach Vik, seufzte Anklam theatralisch, ein Bildungsbürger wirst du wohl nicht mehr. – Der Türmer, Faust zwo. Ihr glücklichen Augen, was je ihr gesehn, es sei wie es wolle, es war doch so schön.
Bliss, kopfschüttelnd: Was hast du eigentlich nicht gelesen?
Ist das jetzt ehrliche Bewunderung – oder nimmst du mich hoch? fragte Anklam mißtrauisch.
Viks Mundwinkel wurden höher gezogen. Geht beides? fragte er zurück.
Na ja, brummte Anklam, halbwegs zufrieden, das bin ich gewohnt, bei euch intellektuellen Snobs. Und schob noch nach: Ahnst du nicht, wie? daß man daraus auch eine Waffe machen kann, nach dem Genuß. Müßtest die Gesichter von unseren Leitungsherren mal sehn, wenn ich denen so nebenbei einen Klassiker zitiere. Sind die gleich zehn Zentimeter kleiner.
Bliss, skeptisch: Na na —
Also fünf bestimmt. Mit Hut. Versicherte Anklam.
Das Schiff lag so ruhig im Meer, daß es aussah, als führe die Insel in langsamer Fahrt an ihnen vorbei, öffnete ihre sich länger hinziehenden Berge und Buchten zur Betrachtung, zeigte verstreute weiße Häuser, geduckte Kapellen, im Gelände verloren. Hat also doch was Menschliches. Winziger Hafen, Fischerboote, ein paar Jachten. Schon wieder weiter entfernt, der Hafen, die Alkyon steuerte erneut aufs offene Meer.
Im Frühjahr gibt es diese ganz klaren Tage, da siehst du plötzlich Inseln, wo im Sommer nur Wasser ist, endlos. Als ich vom Eliasberg geschaut hab, auf Patmos, ich hab gedacht, das muß das blaue Wunder sein, was ich da erle-

be. Noch eine und noch eine, ringsum. Als ob du in einem Gebirge auf dem höchsten Gipfel stehst und alle Täler sind vollgelaufen. Überschwemmt. Arche Noah auf dem Ararat, wenn du dir das vorstellen kannst. Da hab ich begriffen, daß die Griechen ohne Sterne und Kompaß nach Kleinasien segeln konnten, von Insel zu Insel einfach weiter, mit ihren Nußschalen.
Willst du also hierbleiben? fragte Anklam. Warum fährst du dann mit nach Athen?
Gegenfrage, Manfred. Führerschein Zwei – ist der schwierig?
Anklam sah ihn verständnislos an.
Teuer bestimmt, antwortete Bliss sich selbst.
Anklam wartete auf weitere Erklärung.
Irgendwas Nützliches müßt ich anfangen, sagte Bliss, mehr zu sich selbst. Wenn ich zurück soll nach Deutschland.
Willst du mir klarmachen, daß du in unsrer Republik überflüssig bist? argwöhnte Anklam, ein Geschichtslehrer als Lkw-Fahrer, ja?
Warum. Lebenslanges Lernen. Aufhebung des Unterschieds von Kopf- und Handarbeit. Vielleicht finanziert mir die BfA die Umschulung zum Fernkraftfahrer.
Und mir die zum Professor! sagte Anklam empört. Ich krieg Krämpfe Vik! Was du da singst, sind unsere Schlager von 69. Er zerdrückte die Bierdose in der Faust, knackendes Geräusch. Vorwärts SDS – zurück ins Proletariat!
Aber Bliss, als meinte er es ernst: Komm überleg mal. Was man da rumkäm. Oder der Raupenfahrer in Partheni. Wie der mit seinen dreißig Tonnen durch den Berg gekurvt ist!
Anklam wußte immer noch nicht, ob Bliss ihn hochnehmen wollte oder was, aber der letzte Satz rief ihm die Bil-

der von der Flugplatz-Baustelle aus dem Gedächtnis. Da hatten sie länger am Rand der mächtigen roten Wunde in dem Bergkessel gestanden, heraufgekommen auf dem Motorroller von den Militärbaracken, einfach der breiten Sandpiste durchs felsige Gelände nachgefahren, auf der die gelenkigen gelben Schürfzüge mit den übermannsgroßen Rädern, in schnelle Staubwolken gehüllt, ihre Stahlbäuche voll Sand zu der Rollbahn am Meer transportierten. Hatten die schwere Schaufelraupe beobachtet, Caterpillar, die jedesmal, wenn die Schrapper sich festgewühlt hatten im Sand, mit der blanken Schaufel sich hinter den Schürfzug setzte und gegen den Stahlpuffer drückte, so daß die gewaltige Mulde, von der Zugmaschine gezogen, der Raupe geschoben, sich in Sekunden mit Sand füllte. Fasziniert hatte sie die scheinbare Leichtigkeit und Geschwindigkeit, das fast Spielerische, wie die zwei Fahrer die Kräfte arbeiten ließen, deren Gewalt durch das Gebrüll der Motoren und die bewegten Massen von Sand und Stahl unmißverständlich blieb. Sie hatten sich von dem Anblick nicht losreißen können, obwohl sie von den vorbeikurvenden Schürfzügen, den fausttiefen Profilen ihrer Reifen, mit Staub eingedeckt wurden. Bis Bliss einfach rübergelaufen war, Anklam mitgezogen hatte, als die Raupe stillstehend auf den nächsten Zug wartete. Der Fahrer war jünger gewesen als sie, freute sich, hatte sie raufklettern lassen in seine Kabine, rechts und links neben seinen Sitz, kalte Limonade aus der Thermosflasche zur Begrüßung, und dann das Lademanöver, das lässige Bedienen der Hebel und Pedale, mit denen er seinen Panzer an den Schürfzug schob, die Schaufel an den Dorn hob, das Aufheulen der voll belasteten Diesel, das Heraufquellen der Sandmassen und übergangslos das Anheben der gefüllten Mulde, schon im Abfahren des Zugs, der, beweglich wie kein Auto, auf die Piste schwenkte, unwahrscheinlich schnell und sicher den steilen Abhang hinabzog. Und Bliss hatte es dann geschafft, daß der Grieche ihn auf seinen Sitz ließ, ihm die Bedienung erklärte, ohne Lenkrad, mit zwei Gaspedalen für die Raupenketten, vorwärts, rückwärts, Wende auf der Stelle, die Schaufel rauf und runter, das hatte er ausprobieren dürfen, bis der nächste Schürfzug sich vor die Raupe setzte, und war hinterher mit der klapprigen Vespa über die Piste gebraust, als wärs eine R 75 BMW.

Soweit hatte er das als kleine Einlage im Sinne eines Abenteuer-Urlaubs genommen – zu Hause hätte kein Arbeiter einen Fremden auf eine so komplizierte und auch gefährliche Maschine gelassen, da wäre der der King, und hier in Griechenland wars vielleicht auch nur möglich, weil in der einsamen Sandgrube der Fahrer allein arbeitete, unbeaufsichtigt.

Anklam langte hinüber nach Bliss' Arm, faßte zwischen Daumen und zwei Fingern seinen Bizeps, prüfend. Schnaubte, statt einer Antwort, verächtlich.

Bliss zog den Arm weg. Läuft alles mit Servo. Fährst du mit Fingerspitzen heut.

Anklam schüttelte den Kopf, Verzweiflung auf der Stirn. Mein lieber Vik, hast du schon mal einen Lkw-Reifen gewechselt?

Dafür hab ich meinen Beifahrer. Zum Beispiel dich.

Bliss zog sich die Turnschuhe aus, ein Grinsen im Mundwinkel, gab sich geschlagen. Guten Morgen Poseidon, sagte er und ließ seine großen Zehen über der Relingsprosse eine Verbeugung machen.

Werd doch Turmkranfahrer, fiel Anklam ein, da kriegst du vielleicht den Überblick wieder.

Ich bin nicht mehr schwindelfrei, lachte Bliss, ziemlich künstlich.

Das hab ich gemerkt, Vik. Ich sag, du kokettierst mit deiner Misere. Als gäbs keine sinnvolle Arbeit für dich zu Hause.
Die Haustür ist zu, Manfred. Kapier das mal.
In Bliss' unrasiertem Gesicht mahlten die Kiefer, seine Lippen waren schmal, nichts mehr von Heiterkeit.
Lena war meine Genossin. Mit einem Sponti ist sie abgehauen.
Anklam schwieg. Er kannte die große, grünäugige Frau nur flüchtig. Er hatte ihr Gesicht, ihre Herbheit nie besonders gemocht. Sie war ihm auch zu selbständig. Mit Frauen, die keinen Rat mehr brauchten, konnte er nicht viel anfangen, privat schon gar nicht. Im Grunde hielt er sie für ungeeignet zu politischen Diskussionen. Frauen waren für ihn ein eher praktisches Problem, das sich aufteilte in die Individuen, mit denen er aus unabweisbaren, durchaus erfreulichen und menschlichen Bedürfnissen zu tun hatte, und in soziale Gruppen, Arbeiterinnen, Friedensfrauen, Abtreibungsfrauen, Gleichberechtigungsfrauen, für deren Anliegen er sich im Bedarfsfall einsetzte. Lieber ließ er sich Chauvi nennen, als sich auf Gefühlskomplikationen einzulassen. Obwohl er dieses Kampfwort der bewegten Frauen seinem Verhalten unangemessen fand, da er mit seiner Kaltschnäuzigkeit nur Irrtümer verhindern wollte über seine Unfähigkeit, romantische Empfindungen zu entwickeln. Sinnenfroh mit Verstand, hatte er in einer Selbstauskunft einer Freundin geschrieben, und diese Formulierung schien ihm so zutreffend, daß er sie zur weiteren Verwendung vorrätig hielt.
In Viks Leben hatten Frauen offenbar eine andere, existenzielle Bedeutung. Das hatte aber zu dem Bereich von ihm gehört, der ihn in den gut zehn Jahren ihrer Freundschaft nicht stärker berührte als die Frage, ob Vik gesund

war oder krank. Und er war immer gesund gewesen, seit sie sich kannten.
Hat sie Gründe gehabt, Vik?
Als hätte ihn ein Stein getroffen, fuhr der hoch, Haß in den Augen.
Besser gefickt hat er sie! Haferflocken im Kopf und dafür so ein Zuckerschwanz!
Nimm das zurück, Vik. Deine Frau ist kein Flittchen.
Nein! schrie ihm Bliss ins Gesicht, sprang auf, daß sein Stuhl umstürzte, lief weg.
Bah scheiße. Der hat einen Riß, der Mann. Wahnsinn. Wer soll den reparieren.
Die schläfrige Morgenruhe an Deck war aufgerissen, die diffuse Unaufmerksamkeit der Menschen geweckt, wie an Schnüren zusammengezogen in den Punkt der plötzlichen Erregung. Anklam zog den Stuhl am Bein neben sich, richtete ihn auf, jede Bewegung mit dieser Bewußtheit des Beobachteten. Ganz cool! Das Zigarettenpapier riß ein, beim Rausziehen. Er biß auf das Ende, die Flamme zitterte, sog den Rauch tief in die Lunge, spuckte die Tabakkrümel von der Zunge.
Was hab ich gefragt? Ob sie Gründe hatte, mit dem Mann abzuhauen? Nicht grade vorsichtig. Muß der nackte Nerv gewesen sein.
Der liebt die Frau wohl immer noch, solch ein Haß.
Oder verträgts nicht, daß ihm mal eine abgehauen ist. Bißchen weit gegangen, die Gleichberechtigung, könnt ich verstehn.
Seine Genossin. Pathetisch. Hat euch die Partei verheiratet?
Vielleicht hat er sie wirklich bloß über den Kopf geliebt. Und sie hat gemerkt, daß ihr im Bauch was fehlt. Da kann er ihr sein Berufsverbot nicht reinstopfen. Den Lenin auch nicht. Frauen mit dreißig. Da legen die los.

Es muß doch mit einem erwachsenen Mann über seine Ehe zu reden sein, kaputt oder nicht. Ohne daß er gleich ausrastet.
Anklam entschloß sich, Bliss zu suchen. Er schnippte die Kippe über Bord. Als er sich umsah, kam Bliss grade die Treppe runter, ihre Blicke trafen sich, er schien eine Sekunde zu zögern, schaute dann zu Boden, ging die wenigen Schritte irgendwie steif, obwohl ihn kaum einer noch beobachtete, setzte sich, sah aufs Meer.
Denk nicht, daß ich mich entschuldige, sagte er geradeaus.
Aber ich, sagte Anklam.
Du? Bliss sah ihn überrascht an. Wofür du denn?
Wollte dir nicht weh tun. Schwer, vorher zu wissen, wo dein Schmerz sitzt.
Bliss kämmte sich mit beiden Händen durchs Haar, ließ zwei, drei Haare mit dem Wind über Bord fliegen. Setzte die Füße auf die Reling. Atmete hörbar ein und aus. Rieb sich die Stirn.
Anklam wartete schweigend.
Hab sie vielleicht zu viel allein gelassen. Vernachlässigt.
Wieder Schweigen.
Aber war das meine Schuld? Überall die Veranstaltungen, im Ausland, bei uns. Das muß eine doch mittragen, wenn sie weiß, worums geht. Als hätte ich mir das ausgesucht.
Die Prominenz warst du, versuchte Anklam mitzudenken. Berufsverbotprominenz. Vielleicht hättest du sie öfter mitnehmen sollen, auf die Reisen.
Wie denn. Sie hat den sicheren Job gehabt.
Hat sie wirklich so voll hinter dir gestanden?
Was meinst du damit?
Na politisch. Sie könnte gedacht haben, daß du verheizt wirst, von deiner Partei. In dieser Kampagne. Auf ihre Kosten.

Glaub ich nicht, Manfred. Hat sie nie von gesprochen. Die Arbeitsteilung war verabredet. Sie hat doch nichts geopfert. Kostümbildnerin ist kein Beruf, den du nur zum Geldverdienen machst.
Könnte mir vorstellen, daß sie auch was andres im Kopf hatte, als an einer Provinzbühne – ich meine: ehrgeizig wie sie war –
Komm, hör auf, Manfred! Bliss' Ton wurde wieder schärfer. Frankfurt vor der Tür, ihre Freunde in Marburg, Frauengruppe in Gießen, das waren keine Ersatzbefriedigungen. Aber ich auf dem Zahnfleisch! Kaum eine halbe Woche mal ruhig am Schreibtisch. Der starke Mann, der die Sache durchkämpft, für andere mit, unbegrenzt haltbar. Habs ja selbst geglaubt. Und sie hat nicht danach gefragt, wie mir das geschmeckt hat. Die Genossen auch nicht. Um mich, um meinen Beruf gings längst nicht mehr. Ich war das Plakat für die Sache.
Anklam nickte vor sich hin, schweigend. Vik hätte was sagen müssen, klar, aber wer gibt schon freiwillig zu, daß ers nicht mehr schafft? Sinnlos, an der Ecke weiterzubohren. Läuft nur auf Schuldverteilen raus. Das bringt nie was.
Willst du jetzt erzählen, was passiert war, vor der Nacht bei mir in Düsseldorf?
Nein. Sagte Bliss leise, nackt, in einem Ton, der jede weitere Frage verbot.
Ich hab da auch falsch geschaltet, Vik. Wollte ich nur mal gesagt haben. Zu spät kapiert. Und zu ihm gewandt, locker, fast lachend, wie in Erinnerung an einen gelungenen Scherz: Aber du hast uns dann ja alle belehrt –
Anklam erschrak doch, als dieser Satz zwischen ihnen stand, der unüberhörbare Vorwurf darin, erwartete eine neue Explosion. Statt dessen eine kleine, hilflose Stimme: Ich hab gehofft, daß einer sich kümmert. Wenigstens die Genossen.

Nicht einen Brief, nicht einen Gedanken haben sie mir nachgeschickt. Als ich weg war, war ich weg. Du bist gekommen.
Anklam langte rüber zu Bliss, legte die Hand auf seinen Unterarm, drückte kurz. Der zog ihn nicht weg, diesmal.
Weißt du – wenn ich eins an deinen Genossen verstehe, dann, daß sie sich um deine Gefühle nicht kümmern. Haben die kein Werkzeug für. Keine Zeit, im Schützengraben. Könnt ich auch nicht, im Betrieb, wenn die Kollegen Familienprobleme haben.
Bliss verschränkte die Hände hinter dem Kopf, legte die Füße eine Sprosse höher, Augen geschlossen.
Was ist, Vik? Immer noch Schnapsbirne?
Laß mich mal nachdenken.
Setz dir was auf den Schädel, gegen die Sonne!
Aber Bliss wollte nicht, er sei das gewohnt.
Anklam strich sich über die Stirn, sah in die Hand. Naß. Ging das Schwitzen wieder los. Er zog den Sakko aus, hängte ihn an die Lehne. Auf dem Deck hinter ihnen war es leiser geworden, die Touristen und Kinder wohl aufs Vorschiff und Sonnendeck, hatten die Liegestühle mitgenommen. Die Schlafsäcke und Luftmatratzen eingerollt, verpackt, fertig zum Ausschiffen neben Rucksäcken, Koffern, Taschen, in abgetrennten Haufen an den Wänden. Anklam rückte seinen Sessel etwas zurück, so daß er den Kopf in den Schatten brachte.
Stimmt es, daß ich seine Genossen verstehe? Warum bin ich dann Vik hinterhergefahren? Ist ein Freund was andres als ein Kollege?
Bliss wie weggetaucht. Neben ihm und den drei Frauen bis zum Ende des Decks die Reihe der Sessel und Deckchairs, die braunhäutigen Urlauber, in dösigen Wortwechseln, schläfrig, manche lesend oder Mitgebrachtes

essend. Direkt neben Anklam, unter dem Rettungsboot, die beiden griechischen Seeleute. Sie arbeiteten langsam, mürrisch wirkte ihr Schweigen. Abgerissen, verfleckt die Hemden und Hosen, dunkle, gegerbte Haut, die Tätowierungen auf den Armen des Jüngeren kaum zu erkennen. Grellweiß die Zigarette unter seiner scharf ausgeschnittenen Hakennase. Das Gesicht des Älteren faltig, eine lederne Maske, halb verschattet von der speckigen Fischermütze. Dicke Wülste von getrockneter Farbe an den Rändern der Eimer, auch die Stiele der Pinsel am Haaransatz verkrustet vom langen Gebrauch. Rost überall. Meerwasser, Salzwind. Vielleicht hatten sie keine andere Aufgabe, als Roststellen auszubessern, monatelang. Anklam fühlte sich neben ihnen als einer dieser trägen Touristen, die sich transportieren ließen, das Schiff als Sänfte, hätte sich gern von denen irgendwie distanziert, die in der Besatzung nur Schiffszubehör sahen, notwendig wie Rettungsboot, Anker, Maschine. Kollegen, müßte man sagen können, nach der Arbeitszeit fragen, nach Lohn und Urlaub – aber ändern würde das nichts.
Er wünschte, das Abenteuer Bliss wäre schon zu Ende und er hätte die Füße wieder sicher unter seinem Schreibtisch im Betriebsratsbüro.
Vik saß noch wie eben. Aber seine Stirn, seine Augenbrauen in Bewegung, angetrieben von den Gedanken dahinter.
War wohl doch ein Argument für ihn, daß seine Postkarte einen ausgewachsenen, siebenunddreißigjährigen Betriebsratsvorsitzenden, sechzehnhundert Mann stark sozusagen, aus Düsseldorf nach Griechenland geholt hatte. Obwohl kein Wort gefallen war von den Schwierigkeiten, so unvermittelt zehn Tage Urlaub zu nehmen, nicht nur bei der Geschäftsleitung, die ihre Prinzipien geritten hatte. Als könnte es denen nicht egal sein, wann der BRV

seinen Resturlaub nahm, wenn er doch nur Sand in die Produktion brachte, statt zu arbeiten, wie sie das sahen. Die Kollegen im Betriebsrat hatten geknurrt, so kurz vor der Betriebsversammlung – ihre Unsicherheit, für welche Überraschungen die Geschäftsleitung diesmal gut war. Das Schicksal der Bandstraße hing immer noch in der Luft. Erst als er Willi angedeutet hatte, daß es um eine einmalig schöne Frau ging, mit viel Geld, die er eventuell sogar heiraten würde, hatte der seinen Widerstand aufgegeben und die andern Freigestellten umgestimmt. Dagegen gabs unter Männern kein vernünftiges Argument. Was hätte ich Willi sagen sollen. So haben die Kollegen was Stoff für ihre Phantasie. Auf Willi ist jedenfalls Verlaß. Mein Schüler. Vertritt mich. Hat noch Hemmungen, entschieden aufzutreten. Mal richtig die Wut rauszulassen, laut zu werden bei der Geschäftsleitung, das schafft er noch nicht. Egal. Taktisch gezieltes Krachschlagen ist vielleicht nur meine spezielle Arbeitsmethode, nicht jeder vorsichtige Mensch ist Opportunist.
Abschweifung. Anklam kommandierte seine Gedanken zurück an den Tatort.
Vielleicht muß ich ihn doch noch deutlicher darauf stoßen, was mich dieser Feuerwehreinsatz gekostet hat? Von dem Tausendmarkschein ganz abgesehen, den ich mir dafür ans Bein gebunden habe. Müßte ihn das nicht aufbauen, daß er von jemand wie mir gebraucht wird? Obwohl – wär ein Grund von derselben sentimentalen Strickart, wie ich ihn vorhin ausgelacht habe. Aber um so angemessener doch, zugeschnitten auf seine gerupfte Seele, der richtige Köder.
Gebraucht? Na ja. Unentbehrlich nicht.
Plötzlich, deutlicher jetzt, wieder der Verdacht, daß er selbst doch irgendwie fasziniert sein könnte von Viks rücksichtslosem Egoismus, daß er sich vielleicht sogar

schon ein Stück auf seinen Weg hätte verführen lassen, indem er die Kollegen für Vik im Stich ließ.
Könnte ich bei dir wohnen? fragte Bliss so unerwartet in Anklams Gedanken, daß er zusammenzuckte.
Bei mir wohnen? fragte er, begriffsstutzig.
Ja. Ich hab keine Ahnung, was in Gießen los ist. In unsre Wohnung kann ich unmöglich zurück. Wahrscheinlich wohnt sie da jetzt mit dem Typ. Lena.
Natürlich kannst du bei mir unterkommen, sagte Anklam zögernd, während er überlegte, was das für ihn bedeuten würde. Platz war vorhanden in seiner Wohnung, das zweite Zimmer benutzte er kaum. Nichts auch gegen Besuch, für eine Nacht. Aber wenn er nicht mehr frei bestimmen konnte, wann und wie lange? Er brauchte Ruhe, nach der Hektik im Betrieb. Allein das Wissen, abends mit niemand reden zu müssen, außer mit seinen Büchern, seinen Platten, kein Fernsehen, kaum bekannte Nachbarn, das hielt den Rücken klar. Ohne den Kopf in einem Buch zu baden, wenigstens eine Stunde, konnte er nicht schlafen. Außer in Begleitung.
Wär dann mein Experiment, lachte Anklam etwas mühsam, du in meinem Hühnerstall.
Hühnerstall? fragte Bliss mißtrauisch.
Halb so schlimm. Weißt ja, redest mit einem Angeber. Jedenfalls hat das noch keine Frau geschafft.
Was.
Bei mir zu wohnen. Müßten es versuchen, Vik. Könntest mich in der Stadtteil-Initiative entlasten. Da hättst du was Greifbares. Erst hab ich sie angeleiert, jetzt steh ich da wie die Kuh auf Eis. Weil auch gegen die Röhrenwerke geschossen wird, gegen die Luftverschmutzung aus unsern Kaminen.
Ach so, sagte Bliss, gleich abweisend.
Wie eine Schnecke, der Mensch. Könnte wenigstens fra-

gen, was da läuft. Anklam verschluckte seinen Unmut. Also das Angebot steht, Vik. Mit oder ohne Bürgerinitiative. Kriegst das Bücherzimmer. Kannst du dich mit Weltliteratur gegen die Welt verteidigen. Ich such dir was aus. Reden wir mal über die Wirklichkeiten der Kunst.
Er suchte in seinen Jackentaschen nach dem Zigarettenpäckchen, fand auch das Feuerzeug erst in der letzten Hosentasche. Der Fahrtwind blies ihm die Flamme mehrmals aus, er drehte die Dosierschraube auf, da zischte ihm hinter der vorgehaltenen Hand die spitze Flamme heiß an den Bart, erschrocken fuhr er mit dem Kopf zurück, fluchte leise aus gekniffenen Lippen, aber nahm die Zigarette nicht aus dem Mund, versuchte es, vorsichtiger, noch einmal. Als er den Rauch ausblies, sah er, daß Bliss seine Mühe beobachtet hatte, ein spöttisches Lächeln in den Mundwinkeln, nur ein Anflug, der sofort verschwand.
Wohl komisch, wie? sagte Anklam, die Sengstelle am Schnurrbart mit den Fingern prüfend.
Ungeheuer fern und fremd sind mir solche Sachen, Bürgerinitiative, Betriebsrat, sagte Bliss seinen Gedanken. Mondgeschichten. Ich hab Angst, das alles holt mich wieder ein. Überholt mich.
Soll ich das verstehn oder ablehnen? fragte Anklam ohne Ironie.
Zerbrich dir nicht den Kopf, Manfred. Bliss rieb sich die Bartstoppeln. Hast du mal was von Ritsos gelesen? Der Theodorakis hat Lieder aus seinen Gedichten gemacht.
Gibts den auf deutsch?
Ich hab hier oft mit ihm gelebt, sagte Bliss. Als wäre das eine Erklärung. Er stand auf, reckte sich ein Gähnen aus den Gliedern, schaute zu Anklam runter. Kommst du mit? Aufs Oberdeck? Bißchen Bewegung. Ich zeig dir was.

Ist noch soviel Zeit? Ist drüben nicht Festland?
Bliss nickte: Beides ja. Die schippern uns jetzt noch eine Stunde durch den Saronischen Golf, die attische Küste entlang.
Und mit einer Geste auf Anklams Brust: Borg mir mal die Zigaretten, Manfred.
Der zog die Brauen hoch, verständnislos, reichte sie ihm aber aus seiner Hemdtasche, fast mechanisch, dann auch das Feuerzeug. Bliss bückte sich unter dem Rettungsboot durch zu den beiden Griechen, sprach sie an. Die schienen überrascht, redeten gleich lebhaft, mit aufgehellten Gesichtern. Zu schnell offenbar, denn Bliss machte eine Gebärde, daß er nicht verstand. Hielt nur die Zigarettenpackung hin. Anklam nahm sich übel, daß er nicht selbst auf den Gedanken gekommen war, längst. So naheliegend. Die Männer legten die Pinsel quer über die Farbeimer, wischten sich die Hände an den Hosen ab. Bliss versuchte, Zigaretten aus der Packung zu schlagen, mußte sie mit den Fingern selbst herausziehen, denn der Ältere drehte seine Hände, entschuldigend, erklärend vor dem Bauch, zeigte, daß sie zu schmutzig waren für die ausländische Packung. Bliss gab ihnen auch Feuer, probierte erst vorsichtig die Flammenhöhe aus, schüttelte aber den Kopf, als der Jüngere auf ihn deutete. Der Alte tippte an den Schirm seiner Schiffermütze. Bliss zeigte mit ausgestrecktem Arm hinaus aufs Meer, fragte etwas, die beiden Griechen drehten sich gleichzeitig um, sahen hinaus. Der Alte schob seine Mütze aus der Stirn, kratzte darunter, nickte langsam. Bliss schien dann über Anklam zu sprechen, denn die Griechen sahen zu ihm und zogen den Kopf kurz hoch, grüßten. Anklam reagierte mit freundlichem Grinsen. Bliss lachte auch, kam zurück.
Na was ist – gehn wir nach oben? fragte er, warf Anklam die Zigaretten und das Feuerzeug auf den Schoß, so

überraschend, daß es ihm durch die Beine rutschte, auf die Planken fiel. Bliss lachte noch einmal, belustigt, sagte Tschuldigung, aber bückte sich nicht.
Und die Klamotten? Einfach hierlassen?
Klaut keiner. Nahm aber seine Umhängetasche doch mit.
Viele Ausländer lehnten an der Reling, manche mit Ferngläsern, spähten zu dem noch ziemlich entfernten Land hinüber.
Willst du mir nicht sagen, was los ist? fragte Anklam, ungeduldig.
Die schaun nach dem Poseidon-Tempel auf Kap Sounion.
Die Arbeiter redeten jetzt ziemlich lebhaft miteinander, grüßten sie mit den Augen, als sie zur Treppe gingen.
Hast du die beiden gefragt, ob sie den Tempel kennen?
Bliss überhörte die Frage in seinem Rücken.
Auch auf dem Sonnendeck standen viele Passagiere an der Steuerbordreling. Die Schiffsmaschinen waren hier deutlicher zu hören durch die mächtigen Ventilationsrohre. Aus dem blauen Schornstein mit dem Reedereizeichen quoll hektisch, aber gleich flachgedrückt vom Fahrtwind, das schwarze, durchsichtige Dieselabgas. Einige Möwen segelten unbewegt vorn über der Brücke, im Aufwind, den der Schiffskörper bewirkte, kippten ab, zogen mit wenigen Flügelschlägen hoch, legten sich wieder auf die Luft.
Also was ist mit dem Tempel? Bring mir was bei.
Neben ihnen ein älteres Ehepaar, klassisch englisch. Der Mann dozierte laut und freundlich, seine hellrote Zungenspitze tauchte immer wieder blitzschnell zwischen den langen Pferdezähnen auf, als wolle sie auch ausschaun, dürfe aber nicht.
Er erzählt grad, was in jedem Griechenlandführer zu lesen ist – daß ihr romantischer Lord Byron, der englische

Dichter, seinen Namen da drüben in eine Tempelsäule gekratzt hat. Dann ist er gestorben. Aber an Malaria.
Wie aber?
Weil er den Griechen bei ihrem Freiheitskrieg gegen die türkische Besatzung helfen wollte.
Besatzung, sagst du?
Gut vierhundert Jahre. Bis achtzehn-einundzwanzig. Der Hölderlin hat auch mitgemischt, von Tübingen aus, Art romantischer Agitprop. Mußt du dir so ähnlich vorstellen wie die Internationalen Brigaden in Spanien. Engländer, Franzosen, Deutsche, Russen, nach den Befreiungskriegen, Napoleon gestürzt, war so eine revolutionäre Stimmung in Europa. Und Griechenland, Ursprung der Demokratie – unterm Stiefel von Sultan und Paschas.
Hat die Jungs heiß gemacht, wie?
Darfst du auch nicht genauer hinschaun. Als sie die Türken raus hatten, hatten sie die europäischen Monarchien im Pelz. Und unsre Altphilologen.
Hast du danach die beiden Maler gefragt?
Du, sagte Bliss, packte Anklam am Arm, zeigte mit der Linken hinaus – siehst du, dort, rechts von der Landspitze mit dem Tempel, den kleinen Berg, die Insel?
Seh ich, klar. Und?
Er hat es gewußt, sagte Bliss, triumphierend, als wär es sein Verdienst, der Alte hat gewußt, daß dort Makronissos liegt! Und was der Name bedeutet.
Anklam sah Bliss verständnislos in die Augen.
Makronissos, Manfred, das ist das Buchenwald, das Dachau der Griechen.
Da haben die Sieger 1949 ihre Rache an den Revolutionären gefeiert.
Zehntausende Gefangene, in Zelten, jahrelang. Kein Wasser auf der Insel. Die haben Steine gegessen und Tränen getrunken.

Sind nicht nur mit Fäusten und Kolben geschlagen worden, auch mit Worten.
Bliss hatte sich wieder zum Meer gewandt, sagte die letzten Sätze einzeln und langsam in die Luft, als spräche er mit der Vergangenheit der Insel.
Anklam, als kein weiterer Satz von Bliss kam: Ist das aus deinem Reiseführer?
Der, erfreut, fragte zurück: Meinst du, so sollte man das schreiben?
Vielleicht ein winziges bißchen volksnäher, Vik. Ich meine: als Reiseführer.
Bliss holte aus seinem Beutel ein schmales Bändchen, Anklam kannte es wieder, hatte es auf seinem Tisch liegen sehn, zwischen andern Büchern, Zetteln, beschriebenen Blättern. Der abgegriffene, bekritzelte Umschlag war ihm aufgefallen.
Er zeigte es: Tagebücher der Verbannung, zweisprachig, damit hab ich Griechisch gelernt. Ist eine einfache Sprache, auf den Knien geschrieben, leicht zu verstehn. Vielleicht nicht mal Gedichte. Ritsos. Ein Dichter, der mit sich spricht. So leise, daß man ihn erst zwanzig Jahre später hört. Ich weiß nicht, ob er sie seinen Genossen vorgelesen hat. Er hat täglich geschrieben, mitten im Terror. Da kannst du ahnen, was das heißt – Gedicht als Waffe. Einer verteidigt die Menschen gegen die unmenschlichen Menschen mit der Schönheit. Stellvertretend. Oder wie soll ich das sagen. Mit der Schönheit der einfachsten Dinge und Gewißheiten.
Aber ist alles paradox, unterbrach Bliss sich plötzlich mit veränderter Stimme. Man kapierts doch nicht.
Paradox ist, wenn du aufhörst, dich zu wehren, Vik. Egal womit. Gedicht oder Streik oder Kanone. Was du hast. Fängt an, mir einzuleuchten, deine Idee mit dem Reiseführer.

Er stellte sich vor, wie Vik in den kahlen Zimmern kleiner Fremdenpensionen gewohnt hatte, monatelang, kaum jemand anders zum Reden als die gedruckte Muttergottes an der Wand, wie er mit den Bildern aus den Lagern lebte – ein ständiger Umgang mit der drohenden Verzweiflung, der Niederlage, der erzwungenen Tatenlosigkeit. Und mit diesen Versuchen, dagegen Schutzmauern aus Worten zu bauen. Denen des griechischen Autors. Und seinen eigenen. Wie hat er das ausgehalten.
In seine Gedanken jäh das gellende Schreien der Möwen, die neben der Alkyon abkippten, sich auf ins Wasser fliegende Abfälle stürzten. Obststiegen und Kartons wurden seitlich aus dem Bauch des Schiffes geworfen, Apfelsinen, Plastikbecher, Bierdosen, schmerzende Farbtupfer auf dem transparenten Azur des Meers, die abtrieben, zurückblieben unter den wirren Flugbahnen der zankenden Vögel.
Es begegneten ihnen jetzt öfter andere Schiffe, einmal eine weißblaue Fähre, noch größer der Containerfrachter, hochaufgepackt, der sich zwischen der Alkyon und Kap Sounion über das leicht beunruhigte Meer schob, auch Kaïkis griechischer Fischer, winzig und bunt vor der Küste. Ein paar Minuten lang konnte man die Säulen der Tempelruine einzeln und deutlich erkennen, Himmel dahinter.
Weißt du, wie es aussieht auf Makronissos? Schöne Insel?
Bliss stieß die Luft durch die Nase. Schön zum Anschaun vielleicht, aber zum Leben – nichts. Felsen. Sträucher. Salbei und Thymian, wie überall auf diesen toten Inseln. Disteln. Ausgetrocknet, kein Baum, kein Schatten. Immer gewartet auf das Wasserschiff. Sturm und Regen im Winter, amerikanische Armeezelte. Der Frühling, ja. Auch so ein Paradox, das mich verrückt macht. Plötzlich,

aus Sand und Felsen – Blumen. Ich hab sie vor mir gesehn, wie sie aus dem Steinbruch die Brocken geschleppt haben, halb verhungert, kaputt bis in die Knochen, für nichts, von einem Ort zum andern, sinnlos, keiner brauchte die, und dann, über Nacht, zwischen den Felsen Lilien! Anemonen und Margeriten. Ginster, Mohnblumen, sogar Orchideen. Glaubst du nicht, daß sie sich verhöhnt vorkamen, von der Natur? So ein vergiftetes Paradies. Paradies der Grausamkeit.
Eher haben sie gesehn, daß das Leben nicht mit ihren Unterdrückern paktiert, sagte Anklam.
Hab ich eine kranke Phantasie, Manfred?
Bliss dachte einen Augenblick nach, sagte dann zögernd: Ich hab mich gefragt, was aus mir geworden wär, in solchem Lager. Und auf Anklams schnellen Seitenblick, unsicher: Darf man das nicht fragen?
Hattest du Schwierigkeiten, dir auf deine Frage zu antworten?
Ja, nickte Bliss, große. Unsre Situation ist so trivial, dagegen.
Seltsam, dachte Anklam, daß er die nächsten Parallelen nicht sieht, fragte: Meinst du deine hier oder unsre in Deutschland?
Da ist kein Unterschied, Manfred. Meine Situation läuft mir überall nach.
Anklam schlug sich die Hand vor die Stirn – aber du verlierst dich, mein Gott, in eine, die mit der Gegenwart nichts mehr zu tun hat! Lernst eine Sprache aus Sätzen, die im finstersten Terror geschrieben wurden. Wer lernt denn Deutsch aus Berichten von Buchenwald-Häftlingen. Der kriegt doch nicht unsere Wirklichkeit mit.
Hier in Griechenland findest du sie noch, lebendig. Wär ich Historiker, wenn ich nicht auch bei uns ihre Spuren verdeutlichen wollte? Wir haben keinen Dichter wie Rit-

sos. Es stimmt, mich hat das noch mehr zerrissen, einerseits, wie sie ausgehalten haben, die gefangenen Revolutionäre, neben dem Tod oder bis zum Tod, zehn Jahre lang viele. Du wirst ganz klein, ganz unwichtig. Wenn du hinhörst. Dich einläßt. Und gleichzeitig reißt dich die Kraft hoch, wenn du selbst am Boden bist. Die Kraft dieser wenigen.

Bliss klopfte auf den grauen Band, den er immer noch in der Hand hielt: Hier wurde alles mit Blut geschrieben, hat der Ritsos in einem Gedicht gesagt. Ist keine Metapher, Manfred, dem Mann glaub ich das. Tausend Worte wie Luft, bleibt keine Spur von. Und plötzlich steht dir ein Satz im Weg, der ist so teuer wies Leben.

Dir? fragte Anklam. Wieso.

Den Gefangenen aus dem Bürgerkrieg. Die sollten nur unterschreiben, daß die kommunistische Partei eine von Moskau gesteuerte Terrorbande ist, die gegen die nationalen Interessen arbeitet. Darunter der Name, und einer war frei. Warum haben sie nicht einfach unterschrieben? Und dann draußen weitergemacht?

Das weißt du nicht mehr? sagte Anklam erstaunt.

Sie haben sich foltern lassen, totschlagen lassen, ihre Frauen und Kinder haben gehungert – alles andre, nur nicht diese paar Worte.

Und wer sie unterschrieben hat? Hats keine Verräter gegeben?

Hat es. Zählen die? Einer in Athen hat mir erzählt, die leben damit wie mit einem Vatermord. Wagen sich nicht mehr nach drin, in ihr Herz, funktionieren nur noch draußen. Und keiner von den alten Partisanen hat sie mehr angeschaut. Sind isoliert, total.

Nun denk noch einen Schritt weiter, dachte Anklam, schlug sich auf dem Handholz der Reling eine Zigarette aus der Packung, aber der Wind blies ihm das Feuerzeug

aus. Gib mal Feuerschutz, bat er und beugte sich vor Bliss' Brust, spürte seinen Blick über sich, und als er sich aufrichtete, mit der brennenden Zigarette, standen sie eine Sekunde Auge in Auge. Na lies schon, dachte er, aber Bliss, wie hilflos, mit einem leichten Kopfschütteln, murmelte: Ich kann sie bewundern. Und es geht mir kalt den Rücken runter zugleich. Was war das für eine Partei, Manfred.
Wenns die noch gäbe, sagte Anklam und staunte, wie ruhig er das rausbrachte – wenn es die noch gäbe, wärn wir Genossen. Ließ Bliss damit stehn, drehte sich weg, die Arme auf die Reling.
Das ist der Punkt, um den wir schweigen, Viktor Bliss. Wenns die noch gäbe, die Verbindlichkeit, dann würdest du Verräter heißen. Aber ist veraltet in Mitteleuropa, der Begriff. Da vergessen sie dich einfach. Und du wunderst dich. Was sonst sollten sie tun, selbst frustriert bis an den Hals, seine Jungs. Verstanden haben sie ihn bestimmt. Würdens am liebsten machen wie er, fehlt ihnen nur die Phantasie oder das Moos. Vergessen als Selbstschutz. Ich bin der einzige, der sich noch für ihn interessiert.
Vielleicht hat er längst unterschrieben im Kopf? Nein, glaube ich nicht. Sonst hätte er meinen Gedanken denken müssen. Er steckt so tief in sich drin, daß er nicht mal ein schlechtes Gewissen hat vor seiner Partei. Ausgetreten ist er nicht, als sie gesagt haben: Studienrat oder Partei. Obwohl – das ist unvergleichbar, Berufsverbot und KZ. Aber genug sind deshalb verkommen. Vik nicht. Vik tritt aus, wenn er will, nicht wenn er soll.
Anklam wollte Bliss sagen, daß er ihn nicht verurteilte, auch wenn es sich in seinem schnellen Zorn manchmal so anhörte. Als er sich umwandte, war Bliss verschwunden. Das Sonnendeck war überschaubar – keine Spur. Doch – seine Tasche, vor den Füßen. Der Gedichtband obenauf.

Also kann er nicht weit sein. Aber läuft immer noch weg, wenn es heikel wird.
Anklam lachte über den Schreckmoment.
Und merkte, daß er jetzt schon zum drittenmal den gleichen Argwohn gegen sich gehabt hatte. Nein, er hatte nichts zu schaffen mit den Laxheiten, Gefühligkeiten, die Vik sich erlaubte, und wenn er sich das jetzt versicherte, so war dies auch nicht ein Beweis des Gegenteils, sondern eine einfache klare Feststellung aus gegebenem Anlaß. In der Freundschaft, zwischen ihnen, war nichts Sentimentales – eher eine politische Interessengemeinschaft über Parteigrenzen weg, eine Einrichtung unter zwei Männern zur Klärung der laufenden Ereignisse, die sich bewährt hatte, die man nicht ohne Not aufgab, die jetzt zu überprüfen war auf ihre Haltbarkeit und Nützlichkeit, das und nichts weiter.
Auf Leros war ihm immer noch die Erinnerung an Viks Zusammenbruch, ein paar Wochen vor seiner wortlosen Abfahrt, warnend aus dem Gedächtnis gekommen. Aber in den letzten Stunden hatte sich gezeigt, daß die Rücksichtnahme, seine Vorsicht mit Vik während der gemeinsamen Inseltage, falsch, übertrieben gewesen war, denn nun, nach ein paar handfesten Herausforderungen, war wieder mit ihm zu reden. Fast wie früher übrigens: Obwohl Viks private Angelegenheiten und Empfindungen jetzt die Anlässe ihrer Gespräche waren, rutschten sie immer wieder ins Politische. Als ob alles, was sie dachten und besprachen, von dieser Hefe Politik durchsetzt war, untrennbar. Sicher ein Beweis, daß Vik sich im Grunde nicht verändert hatte, auch wenn er sich wehrte, noch wehrte. Mit wem sonst hätte er so reden können.
An der Küste verdichteten sich die einzelnen Dörfer und Ferienanlagen zu den Vororten Athens, ein Boeing Jumbo hob sich mitten aus Häusern, die Maschine zog in ei-

ner rasch ansteigenden Kurve aufs Meer, behäbig und stark zugleich, irgendwie unglaubhaft in ihrer schnellen Bewegungslosigkeit, als steige ein Pottwal aus dem Wasser in den Himmel. Schon ziemlich hoch rauschte die Maschine über die Alkyon hinweg, übertönte das Möwengeschrei, die PANAM-Farben konnte er noch deutlich ausmachen am Seitenleitwerk. Bliss dagegen blieb unsichtbar.
Der will, was nicht geht – eine heroische Arbeiterpartei aus hundertprozentigen Individualisten. Eine runde Kiste wär das, ein eckiger Ball. Mir würde das erste schon reichen.
Anklam nahm sich den Ritsos-Band hoch, blätterte darin, fand Anstreichungen, unleserliche Anmerkungen von Viks Bleistift. Er zögerte erst, als hielte er Viks Tagebuch in der Hand, aber dann vermutete er, daß der den Band mit Absicht, für ihn, auf der Tasche hatte liegenlassen. Bei einem Merkstreifen las er: Erster Juni neunzehnhundertfünfzig. Am Morgen ist der Horizont die getünchte Fassade eines Waisenhauses. Der Nachmittag hängt auf der Krücke des Invaliden wie ein durchlöcherter Strumpf gestrickt auf den Inseln. Am Abend versammeln sich die Toten unter den Steinen mit manchen Notizen auf ihren Zigarettenschachteln, mit manchen dichtbeschriebenen Zetteln in ihren Schuhen und manchen verbotenen Sternen in ihren Augen. Über ihnen wächst der Himmel. Er wächst und vertieft sich. Er wird nicht müde.
Anklam schaute hoch, aufs Meer, die schwarzen Brauen zusammengezogen über der Nasenwurzel.
Am Abend versammeln sich die Toten – verbotene Sterne in ihren Augen – der Himmel wird nicht müde über ihnen – wir haben wirklich keine Erfahrung mehr mit Toten. Guevara, im Dschungel, hat uns das Herz heiß gemacht. Aber hingefahren? Nach Bolivien – Vietnam –?

Ist keiner. Baader-Meinhof, ja. Die RAF-Leute, die haben Ernst gemacht, wollten wissen, ob man in der Bundesrepublik noch sterben kann für die Revolution. Reingefallen, gestorben für die BILD-Zeitung. Wenn einer käme, eine Partei, und sagte Internationale Brigade – wir fahren nach Nikaragua! Das wäre zu überlegen, Vik. Aber da ist keiner, der so nach uns fragt. In Griechenland wirst du kein Held und in Deutschland auch nicht. Wir sterben banal im Auto. Oder werden demnächst pauschal per zehntausend verbrannt, vergast, von Neutronen vermatscht.
Anklam las bei einem andern Zeichen. Sechster Mai. Einer sprach. Der andre antwortete nicht. Alt sind die Worte unter den Augen wie die zerlöcherten Schuhe unter dem Bett. Die Lampe flammt auf im Krankenhaus so wie ein Fenster schließt. Wir haben gesiegt, sagtest du? Waffenloser Sieg, zweifelhafter, vergessen bereits. Von der einen und von der andern Seite Stacheldraht. Du blickst gerade. Es ist kein andrer Weg. Wir haben gesiegt, sagst du. Ein Schiff fährt weg, ein anderes kommt. Ein Mensch kommt, ein anderer geht – wo endet schließlich der Tod? Die Asche deckt das Feuer, die Fahne den Toten. Der Sieger, der Besiegte unter der Fahne oder auch ohne sie – tot. Niemals wirst du erfahren, ob er bereute. Es wird Abend. Leicht lassen wir uns wieder täuschen beim Handeln um zwei Körnchen Hoffnung gegen fünf falsche Sterne.
Anklam schüttelte den Kopf – nein nein Vik! sagte er halblaut, das sind nicht wir! Du melkst die trockene Kuh. Das wirkt nur noch komisch.

# *KATINA*
## *Mein harmloses Leben*

*Wie schön, daß du heute wach bist, Vik! Und mich sehen kannst. Gestern hab ich hier gestanden, da hast du fest geschlafen! Sie wollten dich nicht wecken, weil du den Schlaf brauchst. Natürlich. Sie haben gesagt, du hast dich gefreut, den Umständen entsprechend, über das, was ich dir erzählt habe. Ich sollte das weiter tun, dir was erzählen. Also will ichs versuchen.*
*Heute mittag waren wir übrigens wieder vor der ETMA. Gestern nicht. Weil Sonntag war. Ich soll dich grüßen, von den Genossen. Polizei ist immer noch auf dem Gelände, solche Angst haben sie. Ich weiß nicht, wie viele Arbeiter, auch Frauen, inzwischen in die Gewerkschaft eingetreten sind. Da ist ungeheuer was in Bewegung geraten, ist schon toll.*
*Aber gut – ich soll dir lieber von Sotiria erzählen, ich weiß. Vielleicht vom letzten Sonntag, unser erster Tag in Athen. Nein, gesehen habe ich Sotiria an diesem Tag nicht. Nur telefoniert haben wir, Sissu rief an. Sie wollte mir Bescheid sagen, wegen Montag. Aber es war doch ein wichtiges Gespräch.*
*Die Rückfahrt mit dem Bus, davon gibts nichts zu berichten. Um neun ab Poulithra, um zwölf ab Korinth. Wir haben kaum geredet, nach der kurzen Nacht. Und die Hitze. Jeder*

*hat wohl so seinen Gedanken nachgehangen. Athen der übliche Alptraum, wenn du aus den Ferien zurückkommst. Aber meine Wohnung – die war eine Überraschung! Ich dachte wirklich, ich kehr gleich wieder um. Dafür hat mein Bruder gesorgt, der Alexis. Hab ich einen Zorn gehabt! Eine Woche ist er allein in der Wohnung gewesen und hat keinen Finger krummgemacht! Einfach nach Hause gefahren. Mir die Küche hinterlassen wie einen Saustall. Und ab nach Kreta. Das liebe Schwesterchen wirds schon wieder in Ordnung bringen.*

*Du bist besser erzogen, Vik, das hab ich gemerkt, ihr seid da, glaube ich, etwas weiter in Deutschland. Unsere Männer sind Mittelalter, gibt kaum Ausnahmen. Seit einem Jahr arbeite ich an meinem Bruder, so lange wohnen wir zusammen.*

*Wenigstens hat er inzwischen verstanden, daß er mich nicht dauernd beaufsichtigen kann wie ein kleines Mädchen. Und wenn ich dabei bin, greift er schon mal zum Handtuch, ohne daß ihm der Schnurrbart aus dem Gesicht fällt. Das schlimmste ist – es sind die Mütter, die sie so verziehn! Die bemuttern ihre Jungen möglichst so lange, bis sie den Putzlappen einer passenden Frau überreichen können, die dann genauso weitermacht und die nächste Generation von Paschas aufzieht!*

*Entschuldige, wenn mir jetzt die Galle hochgekommen ist. Du kannst ruhig lachen darüber.*

*Meine Mutter ist eigentlich eine großartige Frau, versteh mich nicht falsch. Sie hat mit andern Frauen im Dorf Lebensmittel – sogar Munition, die die Engländer abgeworfen hatten – zu den Männern in die Berge geschleppt. Politisch ist sie in Ordnung. Wie unsere ganze Familie. Nur was die Männer angeht, da kannst du predigen, und es läuft ab wie Wasser. Kind – du darfst einer alten Frau keine jungen Kleider anziehn, sagt sie. Altmodisch und stur, wie nur die Kre-*

*ter sein können. Und mein Vater hat es sich gefallen lassen. Man muß dazu sagen, daß die Verhältnisse überall auf den griechischen Dörfern so ähnlich sind.*
*Gut, an dem Samstagabend bin ich essen gegangen, weil kein Stück sauberes Geschirr mehr zu finden war. Ich hatte keinen Mut, mich ans Spülen zu geben. Sonntag früh stand ich wieder vor den Bergen in der Küche, Gläser, Teller, verschimmelte Reste, alles durcheinander, mußte mir erst den Ärger von der Seele schreiben, eh ich mich darangetraut habe. Ja, ich hab Alexis einen Brief geschrieben, mit Rechnung, tausend Drachmen für drei Stunden Küche putzen, liegt noch auf meinem Schreibtisch. Das hat mich so weit abreagiert, daß ich den Kopf frei hatte, Tagebuch zu schreiben. Ein bißchen über unseren Morgen am Meer, was ich dir erzählt habe. Ich wollte mich auch drücken, vor der Dreckarbeit. Schließlich hab ich mich doch aufgerafft. Als ich dann gerade Wasser heiß gemacht hatte, klingelt das Telefon, ich denke: Wer ist das? Wer weiß denn, daß ich zurück bin? War es Sotiria. Sie hat auch noch was von meiner Wut abgekriegt, hab sie erst gar nicht zu Wort kommen lassen, die Arme, so beleidigt war ich immer noch, ja beleidigt.*
*Schau, jetzt habe ich dir zehn Minuten über meinen Abwasch erzählt! Als ob mir nichts anderes einfällt. Ich bin eine ziemlich normale griechische Frau, nicht wahr. Vielleicht hat mich das Jahr in England ungeduldiger gemacht, mit diesem Schneckengang unserer Männer.*
*Sotiria, als sie sich meinen Ausbruch angehört hatte – typisch für sie –, hat sich angeboten, mir zu helfen. Und das, obwohl sie in eine viel schlimmere Situation gekommen ist, zu Hause. Ich wußte natürlich, daß ihr Vater einen Schlaganfall gehabt hatte, trotz ihrer Schweigsamkeit in Familiensachen, hab mich nach ihm erkundigt, Post hatten wir in Poulithra nicht bekommen. Da schien sie sehr bedrückt, wollte wieder nicht mit der Sprache raus, ich mußte sie drängen, so – bin*

*ich nun deine Freundin, zu der du Vertrauen hast? Dann will ich auch deine Sorgen wissen! So etwa. Es muß ein Schreck für sie gewesen sein, den alten Mann nach drei Wochen wiederzusehen. Der schnelle Verfall, sagte sie. Er hat sie wohl noch erkannt, sich sogar gefreut, aber kann nichts mehr behalten. Vergißt von einem Tag auf den anderen. Was sie ihm gestern erzählt hat, kann sie ihm heute von neuem erzählen, und er staunt, als hätte er es nie gehört. Unheimlich. Wie ein Loch wär er, eine Fassade, ohne Haus dahinter.*
*Ich hab gemerkt, daß sie mit einem Menschen leben muß, der so langsam Tag für Tag weiter stirbt, als säß da ein halb lebendiger Tod mit ihr im Zimmer – so ähnlich hab ich das auch ausgesprochen, ganz spontan, und hab mich gleich selbst erschrocken, dachte, jetzt hätte ich sie verletzt, weil ich direkt vom Sterben ihres Vaters gesprochen hatte, aber sie blieb sehr ruhig. Sie wüßte das. Auch ihre Mutter und ihre Schwester, nur würde es keiner über die Lippen bringen.*
*Ich weiß nicht, Viktor – sollte ich dir diese Dinge lieber nicht erzählen? In deiner Situation? Ich könnts noch löschen, das letzte. Du schaust ganz aufmerksam zu mir herüber, jetzt. Wenn ich wüßte, wie dir zumut ist!*
*Ich stelle mir vor, Sotiria wäre hier, nicht ich. Was würde sie dir erzählen. Sie wollte immer möglichst ehrlich sein. Meinte, man muß den Menschen die Wahrheit zutrauen. Und du? Nach allem, was ich von dir weiß, wie du fragst und nachforschst, da sagst du sicher auch, im Zweifel für die Wahrheit. Ja? Sie verpflichtet uns, finde ich. Sotirias Wahrheitsliebe.*
*Ich kam mir so unwichtig und schäbig vor, mit meinem albernen Ärger über schmutziges Geschirr, als mir das klar war – in welche Atmosphäre Sissu – sie hat sonst nie darüber gesprochen! Manchmal haben wir uns gewundert, weshalb sie niemanden von uns mit nach Haus genommen hat. Es*

*muß sie richtig überwältigt haben, nach unsern Ferien. Und ich dagegen, mit meinem harmlosen Leben! Bin ich überhaupt ernst zu nehmen? Dachte ich. Sagte ich. Und sie: Jedes Leben ist ernst zu nehmen, Katina. Hat mich vermahnt, daß ich nicht dumme Sachen reden soll, daß jeder gebraucht wird, und kam dann gleich auf die Demonstration vom Dienstag.*

*Da hast du sie, Viktor, wie wir sie alle kennen – so ernsthaft, so pflichtbewußt. Sie hat gleich Samstag abend den Kostas angerufen und gefragt, was los ist. Ich hatte noch nicht einmal die Zeitung aufgeschlagen, zu dem Zeitpunkt – ich weiß nicht, ob du das kennst, das Gefühl, wenn du aus den Ferien kommst und hast fast einen körperlichen Widerwillen gegen diese aufgeregten Tageswichtigkeiten in der Stadt. Hast Angst zu versinken in diesem Sumpf, der das politische Leben ja ist.*

*Was Sotiria an unserem Morgen in Poulithra auch empfunden haben muß, wenn ich denke, was sie dort gesagt hat – daß sie eigentlich nicht kämpfen möchte. Da hab ich sie kaum verstanden, ehrlich gesagt. Und doch war sie nun die erste, die gefragt hat: Kostas, was ist zu tun? Ich hab mich gesträubt, innerlich, all die Vokabeln mir ins Ohr zu lassen – Gewerkschaft, Partei, Betriebe mobilisieren, Aktionsplan – aber da war sie streng, morgen halb zwölf Sektionssitzung in der Pandio, Vorbesprechung für die Flugblattaktion vor der ETMA, eine ganz veränderte Stimme. Dies Warme, Nachdenkliche, was sie eben noch gehabt hatte, wie weggeblasen.*

*Das sind natürlich auch Wörter, die kann man nicht sanft aussprechen, nicht wahr? Geht irgendwie nicht.*

*Na ja, ich hab mich noch ein bißchen geziert, ich hatte mich wirklich auf mindestens vierzehn Tage Ruhe zum Lesen und Studieren eingestellt, bis Mitte August die Festival-Vorbereitung losgeht. Normalerweise gibt es im Sommer in Athen*

*keine großen Demonstrationen, fängt erst wieder im September an, mit dem KNE-Festival.*
*Kennst du das? Ich meine, ob du mal dabei warst? Vielleicht erlebst du es diesmal. Bis dahin mußt du längst hier raus sein. Falls du nicht sofort nach Hause fährst. Eine Wohnung würden wir schon finden. Notfalls auch bei mir. Wenn mein Herr Bruder noch nicht zurück ist aus Kreta. Wär mir egal, was er sagt.*
*Seltsam – nicht viel länger als eine Woche liegt dieses Gespräch mit Sissu zurück. Wie unendlich lange! Wie der Sonnenaufgang am Meer – unerreichbar fern, ein Kindheitsbild. Und doch die leuchtenden Farben!*
*Obwohl dieses Gespräch am Telefon eigentlich banal war – wie ahnungslos waren wir! Bis auf den Teil über ihren Vater. Vielleicht hatte der eine geheime Verbindung mit dem nächsten Tag. Aber das kann nicht sein, so etwas gibt es nicht.*
*Du hast mich angesteckt, Viktor, mit deinen Fragen. Ich denke immer wieder nach darüber. Am Tag ist wenig Zeit dazu, die Hektik hat auch was Gutes. Aber nachts, wenn ich wach liege. Todmüde und kann nicht schlafen. Da kommen die Gedanken. Da läuft alles wieder ab. Wie ein Film. Nur durcheinander. Ich hab schon gedacht, ich muß etwas zur Beruhigung nehmen. Ist mir die Fischerfrau in Poulithra eingefallen, die Psychotabletten schluckt, soll nicht die einzige sein, weil sie den Streß mit den Touristinnen nicht aushält, die ihnen die Männer ausspannen – hab ich mir gesagt Katina stopp! Den Gefallen tust du ihnen nicht! Dafür brauchst du keinen Pharma-Konzern. Dann lieber ganz blöd Schäfchen zählen.*
*Ach, ich red Mist, Vik, alles durcheinander. Seh dich da liegen in deinem Zustand und spreche von meiner Schlaflosigkeit.*
*Ich soll dich grüßen von Kostas und Sideris. Von Andreas*

*auch. Natürlich wissen sie, was du getan hast. Sie bewundern deinen Mut. Das soll ich dir ausdrücklich sagen. Genau wie ich. Und die alten Leute aus dem Heim – das fragst du dich sicher –,die sind alle gerettet worden. Unverletzt. Also äußerlich. Ich hab gehört, daß viele einen Schock hatten. Das wundert mich nicht. Aus dieser Hölle!*
*Du, ich muß jetzt los. Es fällt mir schwer, ich könnte noch lange so weiterreden mir dir. Obwohl es mir auch fehlt, daß du nicht antworten kannst. Daß ich dich nicht mal anfassen kann. Also einen Kuß geb ich dir, in Gedanken.*
*Komisch – ist jetzt der zweite, den du von mir bekommst. Und ich sag das so selbstverständlich, als wären wir Freunde seit Jahren. Seit drei Tagen kennen wir uns! Und nur einen davon richtig. An dem haben wir zusammen gesprochen. Und ein bißchen gelebt. Du hast viel von dir erzählt, stimmt. War ein guter Abend, ein seltener. Unwahrscheinlich, wenn ichs mir genau überlege. Was da auf den Tisch kam. Obwohl ich von deinem Leben in Deutschland eigentlich nichts weiß. Und warum ihr nach Griechenland gekommen seid. Ist auch nicht wichtig. Wer du bist, hab ich, glaub ich, schon ganz gut begriffen. Ja.*
*Also ich sags noch mal, Viktor: Bis morgen. Und hab eine gute Nacht.*

# BLISS
## Mein siamesischer Bruder der Tod

Verrat ich mein Leben? Verrat ich die Welt? Was liegt dazwischen? Eine Partei? Da lacht es aus allen vier Winden. Die gibt es nicht mehr, die Partei, die das Leben ist und die Welt, da hat er recht. Ich hab mich zu lange verraten, Manfred, ich bin ein Verräter gewesen, an mir, auf dem Verrat steht der Tod. Du verachtest mich falsch und lockst mich in neuen Verrat. Ich bin mir zu teuer, um mich zu verschenken. Du hast bezahlt, da liefer ich dir ein Stück Dasein, aber versuch nicht, mich zu besitzen, du nicht und keiner, ich bin ein vermintes Gelände, so nah an der Grenze ist das Leben leicht tödlich.
Bliss hat nichts zu verlieren außer den Ketten im Kopf, die sind schwer genug, längst materielle Gewalt, kaum gelockert schleppt er sie, unbewegt fahrend, zurück auf den Kontinent, der ihn vertrieb.
Da steht die Frau, Lena, hinter den Alpen aufragend, mit ihrer unumgänglichen, unvermeidlichen Existenz, der schöne Kopf in den Wolken, die Füße noch immer mitten in seinem deutschen Leben, und dazwischen all die gemeinsamen Seufzer wie ein Wind der Vergangenheit, der aus seinen Hirnzellen plötzlich vorbrechen kann und seinen Körper durchfährt.

Da liegt die zermürbende, die langsam zerreißende Banalität seiner Existenz, ohne Wurzeln über dem Boden, der ist ausgelaugt von Jahrhunderten, oder überdüngt, wie mans sieht, unfruchtbar, abweisend, flaches tägliches Dasein, über das unerreichbar die Menschheitsprobleme wegstampfen, die apokalyptischen Reiter, nach denen wir die Hände und Gedanken ausstrecken, drohend, beschwörend, zornig, verzweifelt, einzeln, im Kollektiv – ihr seid erkannt, nun flieht! doch die Kurskorrekturen, die wir erzielen, sind fast unmerklich und der Abgrund voraus zu breit.
Einen Gott müßte es geben, denkt Bliss, der durch die offene Tür des Steuerhauses die beiden Männer sieht, die das Schiff lenken, der Kapitän in weißer Offiziersuniform zwischen den Maschinentelegrafen, der andre vor dem hölzernen Steuerrad, sein Zivil so lässig wie die Handbewegungen, mit denen er in die Speichen vor seinem Bauch greift und das große Rad nach rechts oder links spielen läßt.
Die Wünsche seiner Verzweiflung verrät sich Bliss – einen demokratischen, gerechten Allmächtigen, einen aufgeklärten Humanisten, Weltherrscher, der mal eingreift, ja summs nur in deinem elektrifizierten Kopf, den die Tablette freigesetzt hat von Schmerz, der leichte Rausch, die Flucht der Gedanken – es rettet uns kein höhres Wesen, den irrationalen schieläugigen Gauner haben wir abgeschafft, damit wir wissen, wie nackt wir sind, und jetzt hocken wir da in unserm Raumschiff und kennen die Steuerung nicht. Wohin aussteigen.
Auf dem Vordeck ein paar Seeleute an den Motoren der Ankerspills, unerkennbar der Zweck ihrer Arbeit. Zum Greifen nah noch immer Möwen auf unbewegten Flügeln über der Brücke, als trüge sie das gleißende Licht. Verschwommen die Berge im Sommerdunst über Attika,

die Hochhäuser und Hügel von Piräus und Athen schemenhaft auszumachen unter der Smoghaube, die liegt in dem breiten Talkessel gefangen, verspricht atemberaubende Hitze. Nur zwei weiße Rauchwolken bewegungslos durch die gelbliche Schicht hoch hinauf in den milchblauen Himmel. Mehr zu ahnen als sichtbar hinter diesem Schleier die Akropolis.
Die Maschinentelegrafen noch auf volle Kraft, die beiden Männer hinter den Armaturen sehen nach vorn, sprechen nicht, ihre Haltung eine selbstvergessene Gewißheit, als müsse der stählerne Riese unter ihren Füßen jedem ihrer Gedanken gehorchen. So sollte es sein. Aber das war auch zu erleben gewesen in den Frühjahrsstürmen, wo war das? wie die federleichte, fliehende Luft den Koloß breitseit gepackt hatte, vor Mykonos, und weggeschoben, daß zwei schon festgemachte Trossen zerknallten wie Zwirn, da war die Alkyon einer Havarie am Kai haarbreit entgangen, da hatten die Elemente zum Tanz aufgespielt und gezeigt, wer auf See das Sagen hatte und nicht mit sich spaßen ließ, auf See und wo noch.
Es ist nicht nur die Wand vor der Heimat, die ihn abweist. Wenn er genau angeben könnte, was ihn in diesem Griechenland hält! Viele Gründe für etwas, was eigentlich Erfahrung ist, Erlebnis. Leidenschaft. Kein andres Land hat ihn so angerührt. Kein Weg wird hier beschritten, ohne einzusinken in Erinnerungen, Gewußtes, von andern Entdecktes, was aber Eigentum ist, persönliches, sein zu erwerbendes Eigentum, weil es menschliches Eigentum ist. Dieser mürbe Boden Griechenlands, gelokkert, durchwachsen von den Wurzeln der Freiheit und Schönheit, Prometheus, überall die Denkmäler des Revolutionärs, begraben im Schutt flacher Jahrhunderte, aber er sieht die Hand mit der Fackel oft herausragen aus dem Geröll. Vielleicht hat er es nur geträumt. Helle Tagträu-

me. Italien, Rußland. Das eigene Deutschland – alle Erfahrung zusammengesintert von dieser Sonne.
Eine solche Vertrautheit im Fremden – das war ihm noch nirgends begegnet.
Landschaften, die ihm zugleich ins Herz und ins Bewußtsein griffen, die Brücken schlugen in seine Kindheit und den mitgebrachten Schmerz mit Schorf bedeckten, ihn an das eigentliche Leben erinnerten, auf eine sanfte, gewaltlose Weise, vertrauenerweckend. Dann wieder jähe, brutale Eingriffe und die Spuren der Grausamkeit, aufreißend bis an den Rand noch unbekannter, ungewagter Fragen. Wo bleibt denn Zeit, die aufzusuchen?
Am Anfang, die Irren! Einzeln aus dem Bus, tapsig, am Arm der Pfleger über den Laufsteg an Deck und abgeschirmt von den Passagieren gleich nach unten in den Bauch der Alkyon, ab nach Leros, ein Bus voll Verrückte, nein, ihr schickt eure Irren nicht in Kazets. In das bunte Heim im Dodekanes am Rand der Türkei, mein Begleitschutz oder was war das, der olympische Hohn auf meine Verirrung, dreißig friedliche Irre, einzeln über den Laufsteg, ausgestorbene Menschen, begrabene Sterne. Arme Irre, Bauernschädel, Arbeiterhände, auch die paar Frauen, mit Kleidern behängt wie Vogelscheuchen, lächelnde, freundliche, aber hinter Panzerglas unerreichbar, und leidende, die Gesichter schon unter der Erde, kaum noch Seelenspuren in den Augen, weggedämpft mit Tranquilizern die Wünsche und Schmerzen und der Widerstand wahrscheinlich für den Transport – die haben mich begleitet wie die zerfallnen Gerippe in den Beinhäusern, so viele Tote, aufgehoben für den Vertriebenen aus Deutschland.
Ich hätte Manfred mitnehmen sollen auf den Friedhof, ihn rausschrecken aus seiner fraglosen Sicherheit mit den Schädeln und Rippen und Beinen, meine Zelle das Bein-

hausgefängnis, mein Haar hat sich im Schlaf verfilzt mit dem Kopfkissen, den Haaren des Schädels, geschrien hab ich vor Angst und im Aufwachen an meinen Kopf gefaßt, daß ich den Schädel abreiße, das kann ich ihm erzählen, das war auch ein realer Knochentraum, der sitzt fest, den nehm ich mit, ein bleibendes Andenken, mein siamesischer Bruder der Totenkopf. Manfred weiß nicht, wie eiskalt und steinern sich die Knochen im lebendigen Leib anfühlen können, so unheilbar sicher wohnt er in seinem Körper.
Aber die Brote, die heißen runden Bauernbrote auf dem Bett, die hab ich uns doch gezeigt, die sind auch im Kopfgepäck, das Wunder der Brote – guten Morgen Stella, kallimera, um drei hat sie den Teig geknetet aus dunklem Mehl mit ihren gichtigen Händen, bei Petroleumlicht, damit Manoussos nicht aufwacht, fünfzehn große Brote ergibt der hellbraune weiche Teig in den Holzformen, der Küchenboden liegt voll trockner Ginsterbüsche aus den Bergen, Nacht strömt aus dem Ofenloch, aber plötzlich entflammt in der Kuppel die prasselnde Hölle, wie entfesselt frißt sich die Flamme im Ofen durchs Reisig, Qualm quillt vorn heraus, dann nur noch Lohe, der Höllenschlund, so haben sie im Mittelalter den Höllenschlund gemalt, dieses wütende Lodern, Stella die Hexe heizt ihren Backofen, und wir stehen davor, können die Blicke nicht wegziehen, Manoussos auf dem Ehebett schaut auch zu, macht keinen Finger krumm für die Frauenarbeit, wartet auf seinen Kaffee und Zwieback, sie schiebt die ausgebrannte Asche zusammen in die Tiefe des Ofens, da schlägt nur noch Hitze aus dem Loch, aber ein Schimmer geht aus von dem Mauerwerk, sagst du, eine kaum sichtbare dunkle Glut, die kleine Nachbarin Anthi wird uns noch vorgestellt, die deckt die alten Lappen von den Formen auf dem Bett,

stülpt den Teig heraus auf Stellas Brotschieber, geübte Bewegung, wie sie die weichen Haufen in der Kuppel verstaut – wie das da drin zu leben anfängt, wie die Hitze die Moleküle zum Tanzen bringt, die heilige Wandlung, Brotwerdung hinter der Ofentür, über der Stella drei Kreuze schlägt und uns anlächelt aus ihrem zerfurchten Abendsonnengesicht, etwas verlegen, sehr müde. Noch den Kaffee kocht für die Männer, den Boden fegt.
Da liegen fünfzehn runde Laibe braunes, duftendes Brot auf dem Bett, fünfzehn Krustenlandschaften, fünfzehn frisch gebackene Kinder, und die Blicke der Griechen stolz, zufrieden, wie sie unser Staunen erfahren. Auch Manoussos ist stolz, daß seine Frau diese Zauberei, dies Kunststück mit den drei Kreuzen vollbringt. Du nimmst eins auf die Hände, hältst es, reichst es mir, noch warm, sagst Jetzt begreif ich, was ein Laib Brot ist – wirklich ein Leib! Ein Stück Leben.
Das stirbt auch, in den griechischen Dörfern. Die Backöfen sind noch zu sehn an den Bauernhäusern, bleiben kalt, sterben aus, die werfen sie in die Beinhäuser ihrer Geschichte. Ein Stück Brot aus Stellas Ofen trag ich in der Tasche nach Athen und den haarigen Schädel im Kopf, ich möchte, daß es im Sozialismus Brotfabriken gibt, aber auch Öfen, wo wer will seinen Freunden Brot backen kann und es brechen und sagen Probiert mal meine frische Kruste, mit Butter. Das ist keine Nostalgie, ihr strengen Genossen, das ist ein Stück Leben gegen die Totenschädel im Kopf, da solltet ihr Wert drauf legen.
Schiffe, Schiffe. Die Reede vor Piräus, Museum der Schiffbaukunst. All diese Versprechungen auf Bewegung, Veränderung, die eisernen Bäuche voll Weltstoff. Weiträumig auf dem blauen Teppich, die Frachter und Tanker, regungslos wie verlassen, zwecklos verankert scheinbar über der andern Flotte, die die Vaterlandsverteidiger,

die vereinigten Griechen hinabgeschickt haben vor Salamis, die Kriegsschiffe der persischen Eroberer, da ist die massierte orientalische Produktivkraft hereingesegelt, rund vierhundertachtzig vor Christus. Den Film hätte man sehn mögen mit dem Großkönig, Xerxes, vom Feldherrnhügel am Ufer, als sie einfuhren in die Enge, die Phalanx der dicken phönikischen Pötte, sich selbst havarierten, Idee von Themistokles, darein die schnellen griechischen Trieren, mit ihren Rammschnäbeln in die sturmfesten Bäuche, heroisches Geschrei, splitternde Planken, brechende Riemen, die Sonne verdunkelt von Pfeilwolken, nie schwimmen gelernt, die sieggewohnten Heuschreckenschwärme aus Kleinasien, Abstieg zu den Fischen, was liegt dort unten im wandernden Sand. Radaraugen, ich wünsche mir Radaraugen. Meine Neugier, Altgier, wo kommen wir her, was ist meine Geschichte, die Kindheit des Abendlands will ich wissen, wir schaffen der Menschheit ihr Gedächtnis, Ahnväter Herodot und Thukydides, ihr habt schon Stellas Brote geschmeckt und geschrieben gegens Vergessen. Eine Wissenschaft gegen das Vergessen, diese teuren Hirne, Historiker, Archäologen, leisten wir uns, um das Vergessen zu bekämpfen und den Tod, wir beweisen der Menschheit ihre Unsterblichkeit in unsrer Erinnerung. Bis hierher. Und wohin? Noch ein Jahrtausend? Ich weiß nicht mehr, was ich weiß. Was will ich denn wissen – was davon kann ich weitervermitteln –?

You have to leave the bridge now, please.

Der Uniformierte mit der Absperrkette in der Hand neben der Steuerhaustür wedelt Bliss Richtung achtern, klinkt die Kette in einen Schäkel an der Reling, stellt sich an den Außentelegrafen. Das Funksprechgerät in der Linken benutzt er noch nicht, zwirbelt seine buschigen Augenbrauen, verschafft sich bessere Sicht, wie? auf was

da unmißverständlich vor ihm liegt, die enge Hafeneinfahrt mit den zwei ärmlichen Leuchtbaken – keine Freiheitsathene mit Sphinxhelm und Meduse, kein Koloß von Rhodos. Aber doch die staubgekleideten Wächter daneben, die Empfangsriesen der Betonstadt, verkünden: Hier, Seefahrer, endet das Reich der freien Winde und Wasser – rotberingte Schlote, verschachtelte Silos und Hallen, Fördergänge dazwischen, klotzige Majestäten am Eingang der Wüste, aus denen quillt der zähe, erstikkende Schicksalsstrom, wälzt sich über Attika, unablässig, unaufhaltsam, der Berg Ägaleos gesprengt, zermahlen, pulverisiert, verbrannt zu Zement, über Haine und Äcker und Gräber, rückversteinert zu Löchern, zu Röhren, zu Höhlen und Gerippen, die versucht ein Millionengewimmel zu bewohnen, beleben – welche armen Lüste und fetten Leiden sind da verhängt.
Bliss ertappt sich bei Kritik, nimmt zurück, daß er Änderungswünsche hat. Er dementiert den Gedanken, der rostige Frachter, der gestrandet auf den Felsen vor den Zementfabriken hängt, sei ein vom Minotaurus angelocktes Opfer. Das ist anders zu sehn, gleichgültiger, gegenwärtiger. Er wird sich nicht aufhalten mit der Suche nach dem menschenfressenden Stier im Labyrinth von Athen. Er wird keine Aufträge mehr annehmen, keine Flüsse mehr umleiten wollen in die vermisteten Ställe, er trägt das Nesselhemd, erträgt seine brennende Haut, aus der er nicht kann.
Angeberisch sieht es aus, das Tragflächenboot von Ägina oder Salamis, wie es an ihnen vorbeirauscht, unbelebt, alle Fahrgäste unsichtbar hinter den Bullaugen verstaut, bis vor der Mole die weißen Gischtbögen einschrumpfen, der hochgestellte Bug, die Stummelflügel versinken, wie vom festen Boden in Sumpf geraten. Auf der Autofähre, nach Kreta, winken bunte Menschen vom Sonnendeck

ihre Urlaubslust herüber. Wen oder was meinen die wohl. Bliss' Hand ist von Blei.
Mit halber Fahrt zwischen den Leuchtfeuern hindurch, vorbei an den Kais des Handelshafens, dies lang hingestreckte Hauptbuch des Landes, das Bliss jetzt doch lesen, entziffern muß durch seine Brille. Die herumturnenden Krangerüste vor den fensterlosen Lagerhäusern, festgemachte Massengutfrachter, hängende Saugrohre tief in die Bäuche gestoßen, von dem Container-Stapelplatz fährt unter der Kranbrücke einer der hausgroßen Kästen über das schon hoch über Bord geladene Schiff, ein sehr einzelner Mann winkt von unten, zaubert, daß der Kasten zu den aufgetürmten herabschwebt, beängstigend der Gedanke an einen stärkeren Seegang. Kaum Menschen auf den Schiffen, den wenigen Schleppern, den vertäuten, leuchtend roten Feuerlöschbooten. Bliss sucht die Stauer, die Seeleute, entdeckt auch vor den Schuppen und Hallen, auf den Lagerplätzen mit Hölzern, mit rostbraunem Stahlzeug nur einzelne Arbeiter wie Verirrte, Übriggebliebene, obwohl die Dinge vielfach in Bewegung sind.
Bliss merkt, daß ihn die Mechanisierung und Motorisierung der Vorgänge im Hafen stört, er fühlt sich betroffen, seine Augen beraubt, er sieht einen von Robotern und Computern betriebenen Geisterhafen, der ein Friedhof der Sinne sein muß. Radikaler noch stellt er sich vor, daß dieser jahrtausendalte Urort des Lebens, durch Neutronenbeschuß von menschlichem Schmutz gesäubert, sein Programm automatisch weiterführt, weiter das Nahe und Ferne austauscht, die Waren und Güter verlädt und verschickt, Schiffe, Laster, Züge in selbstgesteuerte Bewegungen setzt zu menschenleeren Zielen, die perfekteste, zweckvollste Organisation für das Nichts.
Die lichtblau blitzenden Schweißfeuer von der Bordwand des Kümo auf der Helling rufen seine Gedanken

zurück, da, weiß er, sind Hände beteiligt, die führen Schweißdraht und Elektrode, da wird geschwitzt und geflucht, und er sieht die braunen Gestalten im Vorbeifahren mit Sympathie. Seltsame Genugtuung, die für ihn noch immer von einer ordentlichen, schmutzigen Arbeit ausgeht, die etwas herstellt, etwas mit Nutzen bewegt. Immer wenn er nur zuschaut, spürt er die Faszination in den Fingern. Er lacht, weil ihm Anklams Empörung über solche intellektuellen Lüste einfällt – der wär gern Professor! Sagt, kein Betriebsrat, der mal freigestellt war, will zurück an die Maschinen.

Das Sonnendeck verlassen, kein Gepäck mehr an ihren Sesseln, ein Matrose fegt die Hinterlassenschaften der Touristen zusammen, die drängeln sich schon unten am Ausgang. Wo steckt Manfred! Eine Hitze jetzt. Kein Luftzug. Der gestockte Atem der Stadt, eine Wand, die hat die Alkyon gebremst, zum Stillstand gebracht. Das Schiff liegt bewegungslos, lauert am Eingang des viereckigen Hafenbeckens, mustert die an den Kais vertäuten weißen Stahltiere, sucht einen freien Ruheplatz. Wirbelt plötzlich das dreckige Wasser neben der Bordwand auf, hat also ein Strahlruder, dreht langsam um seine Querachse, Panoramaschwenk vor zwanzig oder dreißig Kreuzfahrern, Fähren, Ausflugsdampfern, vor dem auf die Hügel gezogenen, von den Straßenschluchten tief eingekerbten, steingrauen Schimmel.

Und da Manfred, zwischen den Rettungsbooten, allein, an die Reling gelehnt, liest. Ein smarter Geschäftsmann könnte der sein, Jung-Unternehmer. Ballt die Faust mit einer goldenen Automatik am Handgelenk. Fährt durch diese Welt von Hafen und lustwandelt in Musils Donaumonarchie.

He Kollege, schau dich um – wir sind angekommen, wo du mich hinhaben wolltest!

Anklam sah hoch, kein erschrockener Blick, hat ihn wohl bemerkt, etwas freundlicher Spott in den Augenwinkeln: Noch nicht. Das ist erst der Anfang von deinem Rücksturz zur Erde. Er klappte das Buch zu, schob es in die Reisetasche. Hast du mich gesucht? Und als Bliss nickte, mit einer überraschenden, offenen, warmen Stimme: Das freut mich. Ich dachte, ich hätte vielleicht wieder mehr gesagt, als du erträgst.
Tut dir was leid?
Komm Vik, das ist eine unernste Frage, sagte Anklam, mild tadelnd. Ich habe in deinem Ritsos gelesen, vorhin.
Und? fragte Bliss gespannt.
Schön. Aber ist nicht meine Literatur. Ich les lieber vom normalen Leben. In Prosa.
Den da, wie? Bliss zeigte auf die offene Tasche, aus der das dicke Buch herausragte. Dafür verschenkst du das Leben vor deinen Augen!
Gott, Vik – mein Hafen ist Düsseldorf am Rhein. Ich reis nicht – ich lese! Und arbeite in den Röhrenwerken. Versteh doch, daß für mich Ausland Folklore ist. Mir bringt das nichts Neues bei. Ich schau den Leuten aufs Maul, und raus kommt Ausländisch in fünfundzwanzig Sprachen. Außer ich hab einen Dolmetscher.
Den hast du, sagte Bliss.
Anklam nahm sein Jackett von einem Haken des Rettungsbootes, lachte: Verschaff mir ein anständiges Frühstück, ohne Sonne im Bier, dann bin ich vielleicht lernfähig.
Also gibts doch gemeinsame Interessen, sagte Bliss einverstanden, griff sich den Koffer und seine Reisetasche. Danke, daß du die mitgebracht hast. Ich zeig dir jetzt den proletarischen Piräus und mittendrin ein paar saubere frische Hörnchen und einen großen Nescafé mit viel Milch.

Mein Durst schmeckt mehr nach Bier.
Kriegst du alles. Sogar von deutschen Großvätern. Noch eine Geschichte. Der erste bayrische Otto, der hier vor hundertfünfzig Jahren nach der Befreiung den Sultan abgelöst hat, der hat seinen Bierbrauer Fuchs mitgebracht. Seitdem heißt das griechische Bier Fix. Kein Gerücht. Unsere Bayern haben die Hellenen mit Bier kolonisiert, wie die Amerikaner Europa mit Cola.
Anklam rümpfte die Nase. Und in Leningrad bauen sie eine Pepsi-Fabrik! Was Unsre drei Jahre lang belagert haben, ohne reinzukommen.
Siehst du keinen Unterschied zwischen Cola und Kanonen?
Ich weiß, was mir lieber ist, grinste Anklam, aber ich möchte mal einen finden, der mir erklärt, warum die Amerikaner nicht so verrückt sind auf Russenkittel wie die Polen auf Jeans.

# ANKLAM
## In den Dschungel von Athen

Eine halbe Stunde Warten bis der Liegeplatz frei war und die Alkyon vertäut. Fast noch ein richtiges Abenteuer, während Vik sich zur Toilette verirrt hatte. Anklam blühte vor Spaß, ließ sich seinen Bericht durch kein Gedrängel auf den Schiffstreppen verkürzen.
Diese studierten Weiber können sich nicht vorstellen, daß ein Arbeiter was andres liest als die Bild!
Nur die Weiber? fragte Bliss maulfaul, und Anklam, ungeniert von den schiebenden Touristen und Griechen, möglichen Zuhörern:
Meine Hände, hat sie gesagt. Betriebsrat, hab ich gesagt, freigestellt. Ach so, Funktionär, hat sie gemeint, und ich: Zehn Jahre Drehbank, junge Frau, Werkzeugmacher, was nicht heißt, daß ich nicht studiert hätte, wenn mir mein Vater ein Abitur finanziert hätte, aber leider bin ich nicht als höhere Tochter geboren. Hat sie gelacht – warum ich keine geheiratet hätte, wie ich aussehe? Weil ich dann keine Zeit mehr zum Lesen gehabt hätte. War sie sprachlos, aber nur einen Augenblick, hat gegrinst, ich müßte wohl was verdrängen?
Also kein Blaustrumpf, wie? fragte Bliss über die Schulter.

Ob ich ihr meine Karte überreichen darf, in Düsseldorf bring ich jeden Beweis, hab ich gesagt. Und sie: Das wär ihr zu weit, sie wär aus Regensburg. So ein Stück! Regensburg, Vik! Wo sich Strauß und Zimmermann gute Nacht sagen. Na, da weißt du alles. Schönen Gruß an die CSU, hab ich gesagt, und ob sie Tristram Shandy gelesen hat, nur mal so eben. Weißt du, was sie da gesagt hat? Sie wär Germanistin, nicht Anglistin! Ihr würde genügen, daß Goethe ihn dreimal gelesen hat. Jetzt bist du dran. Den Sterne. Ohne den du die deutsche Romantik vergessen kannst! Und Joyce sowieso. Solche Schmalspur, bei einer Dozentin!

Und? Willst du trotzdem noch lieber Professor sein?

Wenigstens den Ulysses hat sie gelesen, aber sie wär nur halb durchgekommen, und ich hab gesagt, kein Wunder, mit Wilhelm Meister reichen Sie da nicht ran. Weil sie nämlich Goethe- und Kafka-Spezialistin wär. Gut, hab ich mir gesagt, kommst ihr entgegen, hab Brecht ins Gespräch gebracht, Heinrich Mann, Döblin, aber nicht ein Funken Wärme bei ihr, Thomas Mann, ja, Musil, ja, der ironische Schwanengesang der Bourgeoisie, hab ich nichts gegen, macht mir viel Spaß, aber der Hammer war, daß sie mich mit Ernst Jüngers geschmiedeter Prosa leimen wollte.

Da hast du mit Arno Schmidt gekontert, sagte Bliss.

Stimmt. Anklam ließ sich auf die Ironie nicht ein.

Hast ihr erklärt, daß er dir Zettels Traum in Bargfeld persönlich signiert hat.

Ach Gott, wieder der Neid, Vik –

Ich bewunder dich doch, Manfred.

Na gut, vielleicht kommt noch mal das Verständnis dazu.

Wie alt war die Frau, schätzt du? fragte Bliss und konnte eine Antwort nicht abwarten. Einer von der Besatzung

schob ihn auf die schmale Gangway. Dann eine dicke Frau und ihre zwei Kinder. Dann Anklam.
Unten, auf dem von hektischen Menschen wimmelnden Kai, rief er: Du glaubst es nicht – unser Jahrgang! Und als ob sie zufrieden war, daß ich den Jünger Faschist genannt hab. Als ob ihr das bestätigt hat, was sie gleich dachte. Hast du gehört, was ich sage?
Nein, er hatte nicht. Das heroische Geschrei der Griechen schwappte über sie. So hatte Anklam sich den Orient vorgestellt. Da durch jetzt, das war eine Urwaldexpedition, barfuß und ohne Hut. Und Vik – der tat so, als seien sie zu seinem persönlichen Empfang erschienen, die buntscheckigen griechischen Zigeuner mit ihren Kombis voller billiger Teppiche, die auf Einschiffung warteten, die braunen barfüßigen Kinder, die grünen Dreiradtransporter mit den verdreckten Einmann-Fahrerkabinen, deren Besitzer das Gepäck von Touristen zu ergattern versuchten oder irgendwelche Waren von den Inseln einluden und hupend, pfeifend, gestikulierend durch die Menschen und Fahrzeuge davonknatterten, der Bäckerjunge mit dem Korb voller Sesamkringel auf seinem Fahrrad, der dauernd Ela Koulouri! Ela Koulouri! schrie und den doch kaum jemand hörte und beachtete in dem allgemeinen Durcheinander. Alles zeigte Bliss, gab Erklärungen, amüsierte sich offenbar über den aufgeregten Trubel, den die Ankunft der Alkyon am Kai ausgelöst hatte, als müßte das Schiff in der nächsten Viertelstunde den Hafen wieder verlassen. Gehts also aufwärts mit unserm armen Ritter.
Aus der Seitenluke der Alkyon holperten die letzten Pkw, heftig herausgewedelt von zwei Männern der Besatzung, andere stürzten sich in den Laderaum, schleppten zu dritt, zu viert in Ketten flache, tropfende Holzkästen mit unter Eisgrus begrabenen Fischen auf Dreirad-

transporter. Ein Dreitonner mit offener Ladefläche war mit einem Turm von ineinander verhakten Stühlen beladen, wartete offenbar auf ein anderes Schiff mit großer Heckrampe. Der würde über die Inseln fahren, die Landtavernen und Bauernhäuser mit diesen Martersitzen versorgen, ohne die wär Griechenland auch nicht zu denken. Wußte Bliss.
Hast du dich mit ihr verabredet? fragte er plötzlich. Ich meine hier, in Athen?
Nein, sagte Anklam.
Sah sie nicht gut aus?
Ich bin hier mit dir verabredet, Vik. Zu einem Flug nach Düsseldorf, ohne Umwege.
Aber die erste Hauptstadt des Abendlands, Manfred –
Du machst aus mir keinen Tramp, unterbrach ihn Anklam, also zeig mir das versprochene Bier und dann die Lufthansa.
Bliss, unbeeindruckt: Da vorn – über die Akti Possidonos, da gibts ein Kafenio ohne Touristen. Und einen Laden du – ein Drama, wie ein Stück von Shakespeare.
Shakespeare? fragte Anklam erfreut, hast du Shakespeare gesagt? Einverstanden, Vik, da fahr ich meine Antenne aus. Erst das Bier ohne Touristen, dann der Laden.
Zuerst gaben die wartenden Lastzüge, Henninger, Coca-Cola, Seetrans, Amstel, noch Schatten, aber auf den Karaiskakiplatz, vor dem quadratischen Häuserblock mit den Reiseagenturen und Cafés, knallte die Sonne ungehindert, sog sofort den Schweiß auf die Stirn und in die Achseln. Anklam fühlte die Biere wie Magneten, die dort im Schatten der Sonnenschirme auf den Tischen vor den Touristen lockten. Wie Angelhaken in seiner sandigen Kehle, an denen heftig gerissen wurde.
Halt mal meine Jacke. Anklam setzte seine Reisetasche

ab und zog sich auch noch das Hemd aus, stöhnte erleichtert.
Bliss sah ihm mitleidig zu. Ist nicht mehr weit, Manfred.
Doch, sagte Anklam, noch zweitausend Kilometer. Möcht wissen, warum ich das alles für dich tu.
Daß Bliss dies mit Schweigen beantwortete, empfand er wie Widerspruch. Wieso schwitzt du nicht? fragte er, wieso schwitzen diese Griechen nicht? Das ist doch eine Verschwörung!
Du wirst noch weinen nach deinem Schweiß, wenn du in Düsseldorf wieder im Regen stehst.
Und dieser Ameisenhaufen funktioniert auch noch! Wo ist meine Badehose!
Vorbei an dem Autobus-Terminal, den dampfenden Taxis. Barfuß durch die Hölle, das war mal ein Film. Gleich wird der Asphalt Pudding und hängt uns an den Hakken.
Noch zehn Minuten in dem Dschungel, und ich vergeß die Betriebsversammlung und will zurück auf deine Insel!
Da schaute der aber und nahm das tatsächlich gleich ernst oder wie: Echt, Manfred? Kannst du dich vertreten lassen? Und wir –
Nein Vik. Im Gegenteil. Das sind Fürze im Gehirn. Gegrillte.
An der Einmündung zur Akti Possidonos mußten sie warten in dem Knäuel heißer menschlicher Verbrennungsapparate, eingepfercht zwischen Inselgriechen mit stoßbereiten Gepäckstücken um ihre aufgeregten Körper, provozierend korrekt gekleideten Geschäftsleuten, halbnackten ausländischen Jugendlichen, an deren feuchter Haut er festzukleben fürchtete. Die Gesichter standen platt um ihn wie ihre eignen Fotografien. Der Polizist unter seinem weißen Helm schien das Ende dieses

endlosen dröhnenden, hupenden, stinkenden Metallwurms mit seiner lockeren Hand herbeiwedeln zu wollen. Anklam dachte, daß ihm die Sonne Löcher in den Kopf brennen würde, hielte er ihn noch ein paar Augenblicke länger vor ihre Strahlen. Er zog sich das Hemd mit dem Kragen über den Kopf, ließ es über den Rücken herabhängen, egal wie das aussah. Als er sich mit dem Taschentuch den Schweiß vom Gesicht wischte, hatte er das Gefühl, die Einzelteile eines fremden Gebildes zu berühren, Stirn, Augen, Nase, Mund. Er sah den Schmutz, den er sich mit dem Schweiß in das weiße Tuch gewischt hatte, bildete sich ein, daß seine Poren freier atmen konnten.
Als der Polizist ihnen den Weg freigab, drängelte das hundertbeinige Tier über den zähen, weichen Asphalt, vorbei an dem Zoo der lärmenden Blechschnauzen. Sattelschlepper, verbeulte Stadtbusse und spiegelverglaste Pullmanns, Caravans, Dreiradkarren, Motorräder und spitzknatternde Mofas, die Großathener Horrorschau der internationalen Fahrzeugindustrie von Detroit über Wolfsburg bis Togliatti und Kyoto.
Auf der schmalen Fußgängerpassage zwischen der Ladenfront und den Kiosken quetschten sie sich durch den schubsenden, fluchenden Strom hektischer Lebewesen, sie waren in einem heißen Kochtopf, zugedeckelt, eingesperrt von der Hitzeglocke mit Hunderten dicker Fliegen. Anklams einziger faßbarer Gedanke war das Erstaunen, daß die Griechen es fertigbrachten, mit diesen klobigen roten Telefonen der Zeitungskioske, am Straßenrand in dem fast sichtbaren Lärmbrei stehend – zu telefonieren. Dann stieß Bliss vor ihm durch in eine kleine Nebenstraße, da gab es weniger Menschen und vor allem: Schatten!
Wir sind da, sagte Bliss ein paar Schritte weiter, kannst deine Schuhe ausziehn.

Zwischen zwei alten Häusern, deren Wände mit Balken gegeneinander abgestützt waren, ein handtuchschmaler Platz, vollgestellt mit runden Eisentischen, an denen ausnahmslos Griechen saßen, aus winzigen Tassen Kaffee oder Wasser aus Gläsern trinkend. Hafenarbeiter offenbar, alte Männer, Arbeitslose, Karten spielend oder Tavli, heftig redend, Zeitung lesend, manche allein oder zu zweit, apathisch, einzige Bewegung das nervöse Spiel der Finger mit den Perlen der Komboloï.
Sie fanden zwei freie Stühle, setzten sich, als der alte Mann am Tisch ihnen freundlich zunickte, und Anklam zog sich sein Hemd an. Die hohen Mauern gaben den Eindruck von Kühle, obwohl oben schon ein breiter Streifen Sonnenlicht drohend angemalt war. Aus der Holzbaracke im Hintergrund des Platzes kam der Kellner mit seinem runden Henkeltablett. Nur Kaffeetassen und Wassergläser.
Gibts hier kein Bier? Bestell mir zwei Bier, Vik. Bitte. Oder drei!
Der Kellner sammelte auch an ihrem Tisch leere Tassen und halbvolle Gläser ein, kippte das Wasser auf den Zementboden, schaute dann von Bliss zu Anklam, in seiner Haltung, seinem Gesichtsausdruck die mürrische Frage nach ihrem Wunsch. Als Bliss auf griechisch bestellte, antwortete er plötzlich, freundlich erstaunt.
Er hat nicht Yes please? gefragt, erklärte Bliss anerkennend, das hier ist wirklich kein Touristennepp.
Der alte Mann lächelte sie aus vielen haarigen Runzeln an: Jermani ieste, kali anthropi i Jermani! und Bliss bemühte weiter sein Griechisch, aber, merkte Anklam, reagierte in dem Maß verdrossener, wie der Redestrom aus dem eingefallenen, zahnlosen Mund anschwoll, vielleicht weil er nicht mehr mitkam.
Er beschäftigte sich mit der lustvollen Erwartung auf sei-

ne Biere. Brüderliches Mitgefühl hatte er mit dem struppigen Spatzen, der in der verlaufenen Pfütze versuchte, noch etwas von dem verschütteten Wasser auf seine Flügel zu spritzen, dann hochflog zwischen das Balkengestäng, wo viele Tauben hockten, träge herumflatterten. Das Stück Himmel darüber gelblich wie fette Vollmilch. Inspiriert von dem Spatzen, patschte Anklam seine Fußsohlen auf den nassen, kühlen Zement.

Der Kellner stellte ihnen den Tisch voll: Milchkaffee für Bliss, zwei Dosen Amstel-Bier, ein Plastikkorb mit Hörnchen, dazu drei Gläser Wasser und zwei leere.

Er sah dem Aufbau verständnislos zu. Du, will der uns verarschen?

Aber Bliss zahlte gleich selbstverständlich. Der denkt, das zweite Bier ist für den Alten.

Und das Wasser? Will ich Bier mit Wasser panschen?

Wasser kriegst du zu allem. Gegen den Durst das Wasser, für den Spaß das Getränk.

Die spinnen, die Griechen, konstatierte Anklam und zog andächtig den Verschluß der feucht-kühlen Dose auf, lauschte lustvoll auf das Herauszischen der Kohlensäure, schlürfte den vordringenden Bierschaum ab und ließ sich dann gleich ohne Umweg über ein läppisches Glas das Bier in den Hals rinnen. Setzte erst ab, als die Dose leer war. Mit einem tiefen Seufzer, den ihm ein explodierender Rülpser so laut unterbrach, daß er selbst erschrak. Der alte Grieche nickte beifällig. Bliss trank ein halbes Glas Wasser, sagte Bah und spülte mit Kaffee nach.

Leitungswasser! Direkt aus der Chemiefabrik.

Das Bier nicht, meinte Anklam, schenkte sich aus der zweiten Dose, jetzt den gelben Strahl genießend, das Glas voll, griff sich auch ein Hörnchen.

Bliss hatte seine Turnschuhe abgestreift, kippte den Rest Wasser und das zweite volle Glas über die braunen Füße.

Der Alte, informierte er Anklam, ist einer von diesen verdammten Germanophilen, die du hier überall triffst. Im Krieg, hab ich verstanden, war er bei der Fischerflotte, die deutsche Truppen nach Kreta bringen mußte. Sein Kaïki ist von einem englischen Kriegsschiff überfahren worden, der einzige Überlebende, alle ersoffen. Ihn haben sie rausgefischt. Aber von den Engländern will er nichts wissen, auch nicht von den Amerikanern. Die Besetzung war seine große Zeit. Sein Sohn arbeitet bei BMW, kommt mit einem dicken Wagen in den Urlaub. Das sind die Maßstäbe. Kriegst du zuviel.
Faschist? fragte Anklam leise.
Vielleicht Monarchist. Laß uns abhaun, eh er uns Bier spendiert.
Sag ihm doch, daß wir Kommunisten sind, schlug Anklam vor, dann geht er.
Das findet der bestimmt nicht witzig.
Zur Probe, Vik. Wie so einer reagieren würde. Du willst doch, daß ich mich für dein Traumland interessiere.
Bliss sah sich um, musterte die Männer an den Tischen. Schüttelte den Kopf. Wolltest du nicht zum Lufthansa-Büro?
Hast recht.
Sie kamen nicht ohne Händeschütteln von dem Alten los. Anklam staunte über seinen Händedruck, da steckte harte Arbeit hinter. Welch ein Widerspruch, dachte er.
Alles an der kurzen Straße war eng. Auf dem Fahrdamm eine ständige, langsam bewegte Verstopfung von Fahrzeugen. Auf dem Bürgersteig mußten sie hintereinandergehen zwischen den parkenden Wagen und den Waren, die aus den schmalen Läden herauszuquellen schienen. Die Geschäfte hatten mit den Bedürfnissen des Hafens, der Inselschiffahrt zu tun, Maschinenersatzteile, Werkzeuge, Seilereiwaren, Armaturen, Netze, Fanggerät, auch

Haushaltsgegenstände, Boote, leuchtend bunte Rettungs- und Signalgeräte waren in den Läden verwirrend gestapelt und machten die Eingänge zu Barrikaden. Auch in den Hauseingängen hatten sich auf den Treppenstufen Kleinhändler eingerichtet, lauter mißlungene Onassis und Niarchos, verkauften Körbe, Gürtel, Schiffspassagen, Sämereien, Nüsse, Singvögel und Trödel, der aus der Frühzeit der Technisierung stammen mußte. Neben einem dieser offenen Schläuche, in dem zwei weißbeschürzte Männer aus hohen Holzfässern Schafskäse in großen Blöcken an eine Schlange von griechischen Frauen und Männern verkauften, blieb Bliss stehn, forderte Anklam zum Schauen auf.
Das ist mein Zauberladen. Mein Traumladen.
In dem staubbedeckten Durcheinander hinter der vergitterten Fensterscheibe vermutete Anklam erst mal nur einen weiteren Trödler, aber Bliss zeigte ihm die krummen Bootsmesser und die Signalpfeifen, erklärte Handsirenen und Leuchtpistolen, als wären das Sonderangebote im Sommerschlußverkauf, Sternstunden eines Geldanlegers.
Und stolz: Da – ein Schiffskompaß, aus Liverpool!
Das zumindest wußte Anklam, ergänzte trocken: Kardanische Aufhängung. Und das, mein Lieber, sind Positionslampen, grün für rechts und rot für links, und das eine Schiffsuhr, wahrscheinlich von einem verschollenen Meister des neunzehnten Jahrhunderts. Und das dürfte eine Schiffsglocke sein, von einer Schweizer Almkuh des zwanzigsten –
Du irrst, sie stammt von einer Seekuh aus den Malediven, aber weißt du auch, was das ist?
Anklam, freundlich: Ja – dein Zeigefinger!
Depp, das Ding mit dem Fernrohr, aus Messing.
Ein Heimkino für Kapitäne?
Ein Sextant. Und wozu braucht man den?

29

Anklam überlegte. Vielleicht zur Geschlechtsbestimmung unbekannter Schiffe?
Nicht schlecht. Aber Schiffe sind immer weiblich. Komm!
Bliss packte Anklam am Handgelenk, klinkte mit dem Ellbogen die Tür auf, drückte seinen Koffer gegen das Holz, zog ihn so in die Dunkelheit und Kühle des Ladens. Das vollgestellte Fenster ließ kaum Licht eindringen. Langsam gewöhnten sich die Augen, aber zwischen den Schränken und Regalen, den Truhen, Globen, Fernrohren, Steuerrädern konnte Anklam kein Lebewesen ausmachen. Und keine Bücher.
Da aus der hintersten Ecke eine Bewegung, eine Stimme: Yes please, can I help you? der Bliss auf griechisch antwortete. Er hatte auch gleich Anklams Gedanken gelesen, sagte zu ihm: Ist trotzdem kein Touristennepp. Jetzt schau dir das hier an!
Zwei übereinander getürmte Kommoden, mit zwanzig oder mehr breiten, flachen Schubläden, von denen Bliss eine aufzog: Seekarten! Die ganze Welt. Alle Meere. Hier – die Bucht von Hongkong.
Irre, sagte Anklam höflich.
Und hier, ganz per Zufall: Ostfriesische Inseln, der Jadebusen.
Mhm, machte Anklam, klingt gut. Brauchen sie dafür den Sextanten?
Ja, auch, sagte Bliss ungerührt und, mit einem Kopfwink auf das dürre, in einen grauen Bart gehüllte Männchen, das aus seiner Ecke hinter der Kasse vorgeschlurft kam: Der verkauft dir die Abenteuer der Welt!
Danke, bin schon versorgt mit dir. Und wo sind die Bücher! Du hast Shakespeare versprochen.
Was willst du noch, Manfred – das ist alles Stoff, zum Lesen!

Während Bliss sich von dem Alten eine bestimmte Karte raussuchen ließ, die er zu kaufen entschlossen schien, betrachtete Anklam die auf ausgerollten Schaubildern dargestellten Fische und Schalentiere des Mittelmeers, deren leuchtende Farben ihm kaum den Eindruck milderten, daß die meisten von ihnen dem Gruselaquarium eines Frankenstein entsprungen waren. Mit diesen Scheren, Dornen, Stachelkämmen, diesen Saugern, Schlingarmen, Mäulern und Reißzähnen vor Augen, womöglich noch giftig, würde er sich im Mittelmeer keine Zehe mehr naß machen. Anerkennenswert fand er die alten Schiffsuhren in ihren Messinggehäusen, die altmodischen Zifferblätter mit den exotisch klingenden holländischen und britischen Herstellernamen. Sie sahen gediegener, zuverlässiger aus als Landuhren. Als ob sie eine andere, eine echtere und lebendigere Zeit anzeigen würden, wenn man sie in Gang setzte. Ein Museum, ein Antiquitätenladen schien dies trotzdem nicht. Alles war noch verwendbar, und nicht nur in den Partykellern von Bürgervillen.
Er arbeitete sich an das nach hinten offene Schaufenster heran, betrachtete den Sextanten aus dieser Perspektive, aber verstand ihn auch jetzt nicht. Da Bliss noch mit dem mageren Seebären verhandelte, konnte er der Versuchung nicht widerstehen, zwischen den Kompassen, Uhren und Signallampen durchzulangen und das Gerät herauszuangeln. Massiv! dachte er sofort mit einer gewissen Lust, als er das Gewicht des mattglänzenden, kühlen Metalls spürte. Er stellte es auf einen Schemel gleich hinter der Tür, auf dem saß wohl manchmal das Männchen im Eingang, dachte er flüchtig, jedenfalls war hier genug Licht. Er hockte sich davor.
Offenbar ein Meßgerät. Beobachtungsgerät. Das kurze Messingrohr mit dem verstellbaren Okular. Zur Navigation. Starr gelagert, das Fernrohr, nur in der Höhe um ei-

ne Achse variabel. Anklam drehte an einer der Rändelschrauben, spürte zufrieden den satten, gleichmäßigen Widerstand, der der gezähnte Meßbogen dem Transportgewinde der Schraube entgegensetzte, während sich das System der Spiegel millimeterweise über den horizontalen Meßbogen schob. So exakt war die Fräsung des Ritzels und des Zahntellers, daß seine Fingerspitzen nicht den leistesten Ruck während der Verschiebung wahrnehmen konnten. Obwohl doch dieses Ding, dachte er mit bewunderndem Kopfschütteln, seit ewig nicht benutzt worden ist. Auch die Achsaufhängung der beiden runden Spiegel in ihren Messingrahmen war so gut eingepaßt, daß er sie mit sanftem Fingerschub in jede beliebige Stellung stufenlos drehen konnte. Mit der Kuppe seines kleinen Fingers strich er über die Maßkerbungen und Zahlen auf dem Meßbogen, die sich schwärzlich, wie aufgedruckt, von dessen stumpfweißen Metall abhoben, aber fühlbar eingepunzt waren.

Anklam fuhr zusammen, als er dicht über sich die Stimme von Bliss hörte: Silber – muß Silber sein.

Er hatte nicht bemerkt, daß Bliss und der Grieche hinter ihm standen, seine Hantierungen an dem Sextanten beobachteten.

Dolles Ding, sagte Anklam, als Bliss sich zu ihm herabbeugte, aber den Zweck hab ich noch nicht verstanden.

Winkelbestimmung, sagte Bliss, ein Sechstelkreis, kannst du die Sternhöhe mit messen auf See. Mehr weiß ich auch nicht. Was du jetzt drehst, ist der Nonius.

Hör mal, sagte Anklam, wenn du weiter nichts weißt! Einen Nonius hab ich schon als Lehrling an meiner Mikrometerschraube gehabt. Wie wärs, wenn du mir den zu Weihnachten schenkst?

Willst du deine Position zum Christkind bestimmen?

Das mach ich mit dem Kapital, antwortete Anklam trok-

ken, aber ist das nicht wirklich ein Gedicht? Ein Arbeitergedicht?
Bliss freute sich: Schön, daß du doch noch Literatur gefunden hast, Manfred.
Der Grieche langte mit seinem haarigen, tätowierten Spinnenarm zwischen ihnen durch, nahm Anklam den Sextanten aus der Hand, hielt ihn, während sie sich aufrichteten und ihm zusahen, am Handgriff mit dem Fernrohr vor sein Auge, visierte nach draußen. Er verstellte die Spiegel, drehte am Rändelrad, erklärte auf griechisch. Na ja, sagte Bliss, was ich kapier ist, daß er ihn uns ganz billig für achttausend Drachmen lassen will. Besser wir gehen. Oder willst du vierhundert Mark loswerden?
Zu dem Griechen, der auf eine winzige Gravur unter dem Meßbogen zeigte: Ne, ne, katalawa, und zu Anklam: Ist sogar signiert. Das persönliche Punzzeichen des Dichters.
Sag ihm, Vik, daß wirs noch überlegen. Aber eins von diesen krummen Bootsmessern will ich kaufen. Für meinen Schreibtisch im Büro. Damit ich bewaffnet bin. Er schnalzte. Spitz ich meine Bleistifte mit, wenn einer von der Leitung kommt.
Mit dem Messer und einer Karte der Gewässer um Patmos und Leros verließen sie den Laden.
Bliss zog ihn hinter sich her durch die ereignisreichen Gassen, von denen Anklam kaum anderes sah als das khakifarbne Hemd und die langen blonden Haarsträhnen vor sich, so hatte sich sein Kopf noch festgemacht an dem seltsamen Laden und seinem schrulligen Besitzer. Die englischen Meßgeräte, die verkörperten eine Erfahrung und Geschicklichkeit von Jahrhunderten. Als Werkzeugmacher begreift man sofort die nichtentfremdete Arbeit, die da drin steckt, begreift sie mit dem Kopf und mit den Händen. Aber was Vik dazu bringt, von Landkarten

fasziniert zu sein! Erst recht diese Seekarten, auf denen nichts als Tiefenzahlen und ein paar Küstenlinien eingezeichnet sind. Der guckt die an wie Bücher. Als ob tausend Meter dickes Wasser nicht ungefähr dasselbe sind wie tausend Meter dicke Luft. Physikalisch jedenfalls. Vielleicht, weil da unten im Meer doch viel mehr los ist als in der Luft. Irgendwie geheimnisvoller ist es. Die gesunkenen Schiffe. Was hat denn Vik mit Schiffen zu tun! Nie hat er erzählt, daß er so verrückt ist nach Schiffen. Das ist ganz irrational. Vielleicht, weil er auf diesen Inseln gelebt hat. Da sind Schiffe sicher so was wie eine Nabelschnur, zur Welt. Oder weil sie dich wegbringen von was, wo du gelebt hast, weg übers Meer, großer Aufbruch, neue Küste, neuer Kontinent, Rückkehr fraglich.
Sie standen nebeneinander, mußten das Grünsignal abwarten, um zum Bahnhof rüberzukommen. Anklam hatte eine Idee, die fand er komisch, aber doch nicht ganz. Er stieß Bliss leicht mit dem Ellbogen: Du, Vik, sag mal – sind Kommunisten so was wie Seeleute? Verhinderte Seeleute?
Sie wurden über den Fahrdamm geschoben, hinein in die Hitzezone auf der andern Straßenseite, die den Atem verbrannte. Erst in der kühleren Vorhalle des Kopfbahnhofs, die nach der Konzeption eines deutschen Jahrhundertwende-Architekten aussah, in der Schlange vor dem Fahrkartenschalter, fragte Bliss interessiert: Meinst du, wir sind Abenteurer?
Utopisten. Kolumbus wie Marx.
Bliss nickte. Die Lust auf den Seeweg ins gelobte Indien. Ist nach den Sternen gesegelt und hat das entdeckt, was notwendig war.
Er klemmte die Fahrkarten zwischen die Zähne, steckte das Wechselgeld weg, nahm Koffer und Tasche wieder

auf. An der Treppe zur Zughalle blieb er stehen, drehte sich um, sagte, fast unverständlich: Da hat keiner mehr von den krepierten Matrosen geredet.
Anklam zog ihm die Fahrkarten aus den zusammengebissenen Zähnen. Nur, Vik, sollte der neue Kontinent sich nicht zu Amerika entwickeln. Die Sowjets reden mir zu viel von Kapitalismuseinholen.
Nicht mehr, fand Bliss. Sind schon vorsichtiger geworden. Der richtige Kommunismus, hat mal einer gesagt, steht erst nach der Revolution in USA auf der Speisekarte.
Mensch, Vik, sagte Anklam begeistert, das muß ich gewesen sein!
Du?
Ja, meine Rede – gegen den Egoismus als Motor für die Produktivität stinkt der Sozialismus immer noch nicht an.
Was du so merkst in deinem Bierrausch –.
Bierrausch? Täglich im Betrieb!
Aber paß trotzdem auf deine Fahrkarte auf. Mußt sie beim Aussteigen abgeben.
So gefällst du mir besser, Bruder, sagte Anklam, halt das fest. Ich hör uns schon streiten.
Vielleicht muß man Vik nur mit Wirklichkeit anstecken, mit den richtigen Prisen Wirklichkeit, um ihn wieder vom Bauch auf die Füße zu kriegen.
Erneutes Gedrängel vor dem Stempelautomaten, er hörte Bliss an seinem Ohr: Wenn ich so ein Stück schwarzes, geteertes Tau finde, in einem Fischerhafen – da könnt ich reinbeißen! Und erklärte: Von wegen Seemann –
Ehrlich, lachte Anklam.
Der hellgrüne Metrozug schloß vor ihnen seine automatischen Türen, rollte ab. Gegenüber auf dem Bahnsteig stand ein noch leerer zweiter Zug mit offnen Türen, kan-

tige Linien, die Aufbauten aus Holzplanken, verwittertes Braun, altmodische Ventilatoren auf den Dächern, wie eine nostalgische Kleinbahn in einem Ferienpark. Innen waren die Wagen geräumig, eine normale Stadtbahn. Genügend Fensterplätze frei, Bliss stellte seinen Koffer zwischen die Beine.

Hast dus mal probiert? fragte Anklam. Wie schmeckt das – Lakritze?

Ich hab ein Stück unterm Schreibtisch liegen gehabt, weil ich so verrückt bin nach dem Geruch. Lena hat immer gesagt: Was stinkt hier so? Was stinkt hier so, hast du was an den Schuhen? Bis sies gefunden hat und weggeschmissen. War von 'ner Rohrbaustelle, da benutzen sie geteertes Tau zum Abdichten. Ich glaub, ich hab das von meiner Mutter, die ist mit mir zweimal in den Ferien nach Rügen gefahren, Saßnitz, FDGB-Heim, da muß ich das irgendwie ins Unterbewußtsein geatmet haben. In dem Hafen.

Vielleicht war dein Vater Matrose?

Ja, vielleicht. Oder meine Großmutter. Das würde vieles erklären, nicht wahr? Jetzt guck mal raus, daß du was siehst für meine zehn Drachmen.

Der Zug zockelte zuerst durch eine Gegend, die sah aus wie die Hinterhöfe des Piräus. Graustaubige, zerfallene Häuser, die auf den Gnadenstoß des nächsten Erdbebens zu warten schienen. Autowerkstätten in sie hineingebaut und andre mechanische Handwerksbetriebe, Ersatzteilgeschäfte, Tankstellen, parkende Lastzüge, Autoschrott. Keine Bäume, kein Stück buntes Obst in einer Auslage. Die wenigen Arbeiter von der Farbe der Häuser, wie aus Staub gebacken, genügsames, pflegeleichtes Zubehör. Das riecht nach Zunder, dachte Anklam, strohtrockner Zunder. Verzweiflung. Wer da die Lunte dranlegt.

Anklam schnaufte durch die Nase. Wie bei uns neunzehnhundert. Stell ich mir vor. Haben die keine richtige Industrie?

Na doch, rund um die Hauptstadt. Der rote Industriegürtel. Athen wächst jedes Jahr um hunderttausend Einwohner und ihren Müll. Das Land wird in zwei Jahrzehnten durch ein Jahrhundert gewirtschaftet. Da haben sie keine Zeit für Kosmetik.

Anklam kratzte sich den Kopf. Ich hab die griechischen Kollegen im Betrieb nie gefragt, wie es bei ihnen zu Haus aussieht.

Kopfschütteln. Er blickte in die umherstehenden Gesichter, als könnten sie ihm erklären, worauf Bliss keine Antwort gab.

Vor den Fenstern lief der Film über das Chaos Athen. Das Gebiet zwischen dem alten Stadtkern und dem Hafen zeigte noch unwirkliche Zitate der einstigen Vorstadtoase. Einige schöne Jahrhundertwende-Villen, verschossener Putz, bröckelnder Stuck, einige Palmen und Zypressen in halberstickten Gärten leisteten hinhaltenden Widerstand, eingeschlossen von der stumpfen Gewalt des Betons. Wohnklötze, nach oben zerfasernd in elektromagnetische Drahtwälder, immerhin Blumen und lebendige Wäsche auf den Balkonen vor den verschlossenen Fensterläden, verwilderte Spekulationsgrundstücke als Müllhalden, öde Fabrikhallen, halbfertige Häuserskelette, Lagerplätze, Baumaterial, Betonröhren, gestapelte Fässer, Halbzeug, Schrott, der Rohstoff der Industriekultur. Auf Plakatwänden, an Bretterzäunen, die internationale Bildergalerie des fröhlichen Konsums, das bunte Lob der Segnungen des Kapitalismus, in kindergroßen griechischen und lateinischen Lettern: Coca Cola, Marlboro, Toyota, Wrigley, McDonalds, kannst dich also auch hier zu Hause fühlen.

Am andern Ende des Wagens, nicht sichtbar durch den

gepackt vollen Gang, sang plötzlich ein Mann, sprach dann mit erhöhter Stimme, sehr auffällig. Wenige Köpfe drehten sich in die Richtung, kamen auch gleich wieder zurück. Anklam stand auf, aber konnte den Sänger zwischen den Köpfen nicht ausmachen. Das Sprechen dauerte nicht lang. An der nächsten Station, als die Plattformen hinter den Türen und auch der Gang sich etwas leerten, wurde ein Mann zu ihnen durchgeschoben, der hatte einem Jungen in kurzen Hosen die Hand auf die Schulter gelegt, blieb vor der ihnen nächsten Tür stehn, faßte unsicher nach einem der Hängegriffe. Er schaute dem Schub Menschen, der hereindrückte, gradeaus entgegen, mit einem etwas steifen Hals, der Anklam aber nicht aufgefallen wäre, wenn nicht die von außen Herandrängenden fast alle etwas gestockt und Abstand gehalten hätten von dem Mann, so daß er dann, als der Zug anfuhr, einen Raum, eine Aura um sich hatte wie ein Pope oder ein Polizist in einer Menschenmenge.
Ohne Einleitung, als hätte einer ein Radio, und gleich mit voller Lautstärke, eingeschaltet, begann der Mann zu singen. Anklam dachte, er singt an der gleichen Stelle weiter, wo er eben aufgehört hat. Ein Erweckungsprediger konnte das sein, in seinem normalen Straßenanzug und dem hellen Oberhemd, die einen gut gebauten Oberkörper erkennen ließen, keinen flachbrüstigen Bettler.
Er drehte sich langsam, weiter mit seiner penetranten Vibratostimme singend, in ihre Richtung. Beide Augenhöhlen starrten leer, lichtlos, tief eingefallen, als seien die Augäpfel herausgeschält worden. Abstoßend sah aus, was da an Adern und rötlichweißem Fleisch übriggeblieben war.
Warum trägt der keine dunkle Brille! fragte Anklam erschrocken zu Bliss, sagt ihm niemand, wie er aussieht? Der vermutete, daß diese Augenhülsen seine Arbeits-

kraft, sein Kapital waren, und als der Junge nach dem Lied mit einem blechernen Henkelbecher sich durch die Menschen und bis zu ihnen zwischen die Bänke drückte, kramte fast jeder ein paar Münzen heraus, ohne allerdings sonst irgendein Zeichen der Anteilnahme zu geben oder den Jungen anzusehn. Anklam legte einen Schein in den Becher, hundert Drachmen, fing den schnellen Blick aus dem ernsten Gesicht auf, halb Erstaunen, halb Freude, efcharisto para poli sagte der Junge, und er hatte den Impuls, ihm über seinen kurzgeschorenen Kopf zu streichen. Der Blinde hielt währenddessen, mit der gleichen routinierten Stimme eines Museumsführers, die den Lärm der Eisenräder mühelos übertönte, diese Art Ansprache. Bliss meinte, es wär etwas von vier Kindern und von Klagen gegen den Staat.

Als der Zug stand, war er mit seiner Rede zu Ende. Er ließ die andern aussteigen. Durch die schiebenden Bewegungen hindurch sah Anklam, wie der Junge ihm den Becher in die Hand reichte, und er ihn in seine Rocktasche leerte. Er sah auch, in einer plötzlichen Verengung des Bildausschnitts, die vom Gewicht der Münzen stark ausgebeulte Jackettasche. Der Blinde legte seine Hand wieder auf die Schulter des Jungen, und der führte ihn am gestreckten Arm auf den Bahnsteig, ohne ein Wort der Verständigung, wie ein gut geprobter Abgang von der Bühne. Der Blinde und der Junge, Vater und Sohn offenbar, hatten während des ganzen Vorgangs nicht miteinander gesprochen. Anklam spürte eine Erregung wie in der ganzen vergangenen Woche nicht. Der Schweiß brach ihm wieder aus den Achselhöhlen, trotz des Fahrtwinds durch die offenen Fenster.

War der Mann eine lebende Lektion griechischer Geschichte? Keinen Gedanken hatte er aufgewendet, sich vorzustellen, daß dieser Zipfel des Balkans, der die Funk-

tion hatte, Arbeitskräfte, Rosinen und Sonnenurlaub im Tausch gegen Devisen in die Bundesrepublik zu liefern, daß der eine politische Geschichte haben könnte, eine von Klassenkämpfen, die womöglich eine Verbindung hätte mit dem, was zu Hause und in Westeuropa lief und ihn beschäftigte, politisch, im Betrieb, in der Gewerkschaft. Natürlich hatte er die Obristendiktatur mitbekommen, aber als eine der vielen exotischen Diktaturen in der Dritten Welt, die an das Ohr und Bewußtsein der westdeutschen Arbeiter eher wie Märchen drangen. Papadopoulos, Idi Amin, Somoza – alles eine Blase. Zu viele auch, zu verwirrend und undurchsichtig im Nachrichtennebel, um mehr als Aha sagen zu können. Seit einer Woche versuchte Vik, ihm was davon beizubringen. Er hatte eigentlich nur aus therapeutischen Gründen zugehört, ihm war das abstrakt geblieben wie unfreiwillige Schule. Vik mußte was rauslassen von dem, was er ein halbes Jahr gesammelt hatte, so weit hatte er seine Erklärungen nützlich gefunden, aber es war kein persönlicher Hintergrund, keine Erfahrung da, in die er griechische Geschichte hätte einbauen können. Dieser Blinde war ein plötzlicher, später Stich in sein Bewußtsein, die Herausforderung: selbst zu fragen.
Anklam griff nach Viks Arm: Du, wodurch hat der Mann seine Augen verloren? Ein Unfall macht keine solche Verletzung. Krieg? Hast du eine Schußnarbe gesehen, an der Schläfe? Ich nicht.
Bliss verneinte mit dem Kopf. Vielleicht haben sie ihn geblendet. Als Partisanen, wenn du mich fragst.
Die Deutschen?
Eher die griechischen Faschisten.
Man hätte ihm nachgehn sollen, ihn fragen.
Du hast Ideen, plötzlich.
Was weißt du davon, Vik. Los, erzähl, was du noch weißt!

Da berichtete Bliss, und Anklam unterbrach ihn nicht, von dem Terror, der 1945, nach dem Vertrag von Varkisa, als die Befreiungsfront im Vertrauen auf demokratische Wahlen die Waffen aus den Händen gelegt hatte, gegen die linken Kämpfer ausgelöst worden war. Da stand die sozialistische Republik Griechenland vor der Tür, nach dem Vorbild Titos und der Albaner. Die Linke hat auf die englischen Bundesgenossen vertraut. Als es zu spät war, siebenundvierzig, haben sie versucht, den verschenkten Sieg doch noch zu erzwingen. Das war dann der Bürgerkrieg. Da haben die Amerikaner die Waffen und die Logistik geliefert. Der Racheterror danach muß noch blutiger gewesen sein.
Bliss sah aus dem Fenster.
Schau – der Poseidon-Tempel. Wir fahren mitten durch die alte Agora. Na, egal, rief er sich gleich zurück, was ich nicht verstehe, ist – warum bettelt der Mann? Wenn er ein Widerstandskämpfer war, warum haben sie ihm von der KKE nicht irgendeine ehrliche Arbeit verschafft? Oder ist er einer von denen, die verraten haben?
Das sind wieder deine sentimentalen Erwartungen, Vik, sagte Anklam milde. Wenn die hier wirklich kämpfen, können sie nicht dankbar sein.
Bliss, als hätte er in dem verdoppelten Lärm der jetzt unterirdisch fahrenden Bahn die Worte nicht gehört, näher an Anklams Kopf: Vielleicht war die Blendung der Schnitt durch sein Leben? Hat ihn abgetrennt von allem, was er vorher gewußt und gewollt hat? Erst die Hoffnung, der Mut, die Solidarität – dann die Angst und Resignation, die Einsamkeit.
Komm hör auf, sagte Anklam, red nicht wieder von deinen Bauchschmerzen.
Einer von denen, sagte Bliss unbeirrt, die der Terror zur Anerkennung der Gewalthaber bringt, sogar zum Haß

auf die eigene Vergangenheit und die alten Genossen. Weil die stärker waren und weiterkämpfen.
Wir hätten ihn doch fragen sollen.
Ich weiß hier einen, der dir das besser erklären kann als ich.
Hier! sagte Anklam. Was nützt uns das jetzt!
Der Zug hielt. Dichtes Menschengeschiebe vor dem Fenster auf dem Bahnsteig.
Omonia, rief Bliss, los, raus!

# *KATINA*
## *Ein Wald von Fäusten an Sotirias Grab*

*Hallo Vik! Da bin ich wieder!*
*Bin direkt von der ETMA hierher, eine Stunde, im Bus, zweimal umgestiegen. Hier ist es wenigstens kühler, bei euch, bin ganz naßgeschwitzt.*
*Du, ich hab den Arzt gesprochen, er sagt, es läuft ziemlich gut, sie haben es unter Kontrolle, sagt er. Du hast eine widerstandsfähige Natur. Du sollst dich auch nicht beunruhigen, wenn die Wunden sich infizieren, das gehört zum normalen Verlauf und ist immer so. Da mußt du durch. Vielleicht könnten sie mich beim nächsten Mal schon zu dir ins Zimmer lassen, er will mit dem Chefarzt darüber sprechen. Die Schwester hat mir gesagt, daß du beim ersten Mal eingeschlafen bist, als du meine Kassette gehört hast, das wär ein gutes Zeichen. Du, das find ich lustig, wenn ich auf die Weise auch was dazu beitrag, daß du deine Schmerzen vergißt. Ich bin ein bißchen stolz auf dich, wenn du erlaubst. Nein, eigentlich sehr. Obwohl ich auch Schuldgefühle habe, dir gegenüber, auf der andern Seite. Hätte ich dich nicht mitgenommen, lägst du nicht hier. Jetzt wirst du den Kopf schütteln, in Gedanken. Ich weiß, du hast es selbst gewollt, natürlich, aber manche Genossen machen mir doch Vorwürfe, ich hätte es nicht erlauben dürfen, dich, als Ausländer.*

*Wenn sie nicht wüßten, wie nah mir Sotirias Tod gegangen ist, würden sie wohl noch viel strenger mit mir sein. Sie haben mich beauftragt, mich um dich zu kümmern. Nein nein, das ist nicht der Grund, weshalb ich dich besuche – ich sage es dir, damit du weißt: du bist nicht allein und es wird alles geregelt, was nötig ist.*
*Du mußt nur durchhalten, bitte.*
*Noch etwas Wichtiges, Viktor – die Brände sind ziemlich gelöscht! Jedenfalls um Athen. Es sind mehrere Männer gefaßt worden, die Feuer gelegt haben. Sicher nicht die eigentlich Verantwortlichen, aber immerhin. Kein Mensch kann heute mehr ernsthaft behaupten, daß die Brandstifter nur an die Grundstücke wollen. Seit wir das Gesetz haben, daß jedes verbrannte Stück Wald wieder mit Bäumen bepflanzt werden muß. Es sind politische Verbrecher. Die vor nichts zurückschrecken. Aber sie werden die Tanks nicht wieder aus den Kasernen holen. Wir lassen das Chaos nicht zu, das sie provozieren wollen.*
*Stell dir vor – eine alte Frau ist mit ihren Ziegen und ihrer Hütte verbrannt. Und gestern hat man eine völlig verkohlte Leiche gefunden, nicht sehr weit von unserer Stelle. Wahrscheinlich ein Ausländer, der im Wald geschlafen hat. Aus den Resten von seinem Gepäck und dem Reißverschluß von einem Schlafsack hat man das geschlossen.*
*Das ist auch ein Schicksal. Vielleicht wird man nie herausfinden, wer dieser Mann war.*
*Soll ich weitererzählen von Sotiria? Schwer. Von Montag, ja. Das wär jetzt dran. Da warst du noch auf deiner Insel, nicht wahr? Mit deinem Freund. Hattest keine Ahnung, was hier passiert ist. Und es fing so heiter an, so normal. Aber jetzt vergesse ich fast, was ich dir mitgebracht habe. Das Buch. Vielleicht kannst du den Titel erkennen, auf die Entfernung? I gitonies tou kosmou. Sie hatte es mir geborgt. Das Buch ist ein Stück Testament für mich. Jetzt behalte ich es.*

*Was hab ich denn sonst von ihr. Nachbarschaften der Welt. Der Titel ist schwer in eine andere Sprache zu übertragen. Könnte auch heißen: die Viertel der Welt. Also wo die Menschen miteinander wohnen. Ich habe dir zu Hause das Stück übersetzt, das mir Sotiria am Meer vorgelesen hat. Vielleicht können wir es später zusammen auf griechisch lesen.*
*So viele Tote. Wie wird der Mai einen Weg finden zwischen so vielen Toten? Wie wird der Mai sich den Weg freigraben, daß er an unsere Tür gelangt? Nein – wir sind nicht auf die Welt gekommen, nur um zu sterben. Das weiß die Sonne. Und du weißt es auch, Genosse. Deshalb – wenn wir den Tag über unsre Pflicht getan haben – schaut uns die Sonne einen Augenblick an, eh sie geht, sieht uns in die Augen – lächelt: Ich komme wieder, sagt sie, gewiß doch komme ich wieder. So wie der Tischler seine Kinder anschaut, eh er zur Arbeit geht, seine Säge haltend und die Stifte, und es sicher ist, daß er mit einem großen Lächeln um den Mund zurückkehrt und mit einem großen Brot unterm Arm – wenn wir unsere Pflicht getan haben.*
*Ja Viktor. Ist es nicht, als ob sie diese Stelle auch für dich ausgesucht hätte? Beim Übersetzen ist es mir klargeworden. Die Pflicht getan. Das hast du. Doch, das meine ich.*
*Du hast so viel nach ihrem Tod gefragt. Sie hat ihre Pflicht getan, Sotiria. Und nicht nach dem Tod gefragt. Obwohl sie ihn vielleicht näher gespürt hat als wir. Sie hat von der Sonne gesprochen, daß die wiederkommt. Also vom Leben. Ich möchte, daß du das festhältst. Ich versuch es auch.*
*Ich war mal wieder zu spät, als ich am Montag in die Pandio kam. Zwölf wars, kurz nach, kaum Studenten, sonst ist alles dick voll auf den Gängen, in den Ferien kennt mans kaum wieder. Ich rauf die Treppen, vernünftige Entschuldigung ist mir nicht eingefallen, konnte ihnen ja nicht erzählen, daß ich noch den Bauchknopf an meinen Jeans annähen mußte, weil keine Sicherheitsnadel zu finden war. Und daß*

*der Bus am Omonia steckengeblieben ist, hätten sie mir auch nicht abgenommen, weil der immer steckenbleibt. Für solche Gründe hat Kostas nur Verachtung. Sie waren fast fertig mit der Vorbesprechung, Sotiria hat ein bißchen gelacht, als ich reinkam, so spöttisch, aber lieb, mit Augenzwinkern, und Kostas, der muß grad irgendwas Grundsätzliches gesagt haben, da bin ich reingeplatzt, hat er mich ausdrücklich begrüßt, nun wärn wir ja vollzählig, nachdem ich aus den Ferien zurück – also den Schnörkel konnte er sich nicht verkneifen. Ob nun noch Fragen wärn, wir müßten los, der Betrieb würde den Schichtwechsel nicht verschieben, unsretwegen. Wir haben dann noch die Einteilung gemacht, wer was nimmt, die Flugblätter, die Transparente, die Sandwich-Schilder. Ein Auto hatten wir, für das Material, die andern mußten mit dem Bus fahren.*
*Interessiert dich das überhaupt? Wahrscheinlich nicht. Ist alles unwichtig. Aber für mich gehört es dazu. Zu diesem Tag. Wie Sotiria war. Sie hat mich umgefaßt, wir haben uns geküßt, ganz vertraut. Sie hat gleich gefragt, ob ich den Abwasch fertig hätte, denk dir. Und Periklis, weißt du – der andere Große, du hast ihn sicher vor der ETMA gesehn, der mit der Nase wie ein Geier, der stand daneben und wollte auch geküßt werden, wenn das jetzt der neue Stil wäre. Also wir waren eigentlich ziemlich lustig. Außer dem Andreas. Weißt schon, der dir zuerst auf der Redaktion von Sotiria erzählt hat. Ist mein Problemfall, weil er so unermüdlich verliebt ist in mich. Ich kann ihm wirklich nicht helfen, obwohl er ein lieber Junge ist. Immer versucht er, irgendwie in meiner Nähe zu sein. Verstehst du das? Würdest du das tun? Ich kann doch nicht mit ihm schlafen, bloß weil er nett ist und schöne traurige Augen hat? Das Schwierige ist – ich kann ihm auch nicht aus dem Weg gehen, weil wir in derselben Sektion sind. An dem Morgen war er besonders anhänglich. Ich dachte, die drei Wochen in Poulithra haben ihn auf*

*andere Gedanken gebracht, aber im Gegenteil. Und wenn er mir dann leid tut – ich kann auch einfach nicht schroff sein, wenn ich solche traurigen Augen seh – also wenn ich dann nett sein will, ihm mal übers Haar streich, eher so aus Muttergefühlen, hat das für ihn gleich eine ungeheuere Bedeutung.*
*Ach Viktor – ich kanns nicht. Nicht heut. Morgen vielleicht. Hab Geduld.*
*Was hat es für einen Zweck, wenn ich hier vor dieser Scheibe steh und du siehst, daß ich heule.*
*Es strengt mich auch an, das Erzählen. Und in der fremden Sprache. Wenn du sprechen könntest, mir antworten könntest, wäre es nicht so einseitig, nicht wahr. Obwohl meine Mühe verdammt klein ist. Verglichen mit dem, was du aushalten mußt. Ich bin nicht besonders stark.*
*Ich könnte dir von Mittwoch erzählen. Das ist einfacher. Sotirias Begräbnis. Das ist der Tag, an dem wir stark waren. Trotz ihrem Verlust. Oder durch ihren Verlust. Vielleicht sage ich besser: an dem ich gesehen habe, gefühlt habe, daß wir stark sind.*
*Am Tag vorher auch schon, bei der großen Demonstration. Aber da konnte ich nicht mitgehen. Unmöglich.*
*An dem Mittwoch seid ihr in Athen angekommen, stimmts?*
*Auf dem großen Zentralfriedhof ist Sotiria beerdigt worden. Wo alle berühmten Griechen liegen. Und die Reichen. Siehst es an dem vielen Marmor.*
*Eigentlich unfaßbar, das Ganze. Drei Tage vorher kannte noch niemand den Namen Sotiria Vasilakopoulou – und plötzlich kamen Tausende zu ihr! Ich hatte das Gefühl, nein, das ist keine Beerdigung, das ist genau das Gegenteil davon – ein Geburtstag! Verstehst du, wie ich das meine? Alles ihre Gäste – so viele Namen, und auch kleine unbekannte Leute, aus dem Volk, die nichts mit uns zu tun hatten, haben nur die Zeitung gelesen, alle haben Sissu ihre Liebe gezeigt. Ha-*

*ben sie begleitet, Blumen gebracht, ihre Tränen. Es war wirklich ihr Geburtstag, im Herzen des Volkes. Hab ich gedacht. Nur daß sie selbst nun nichts davon wußte.*
*Du denkst, das hört sich jetzt pathetisch an, wie?*
*Vielleicht. Aber ich hab es so empfunden, glaub mir. Es war so. Es hat mir auch Trost gegeben.*
*Was ich dir jetzt sage, Viktor, das weiß sonst keiner. Aber ich glaube, du kannst mich ein bißchen verstehen. Wenn das überhaupt einer verstehen kann. Ich bin bestimmt nicht abergläubisch. Und gläubig erst recht nicht.*
*Ja, ich habe gedacht, ich muß Sotiria von ihrem Geburtstag erzählen. Weil sie ihn nicht selbst sehen konnte.*
*Sie ist ganz hinten in einer Ecke des Friedhofs begraben worden, nur neue Gräber, keine Bäume. Aber still, die Stadt ist da kaum zu merken. Ich bin einfach noch dort geblieben, als alle gegangen waren. Zuletzt ihre Mutter und ihre Schwester. Zwei Friedhofsarbeiter haben dann angefangen, ein bißchen Ordnung zu machen, ob es tausend oder dreitausend Menschen waren, ich weiß nicht, auf den Fotos im Rizospastis hast du vielleicht gesehen wie viele. Jedenfalls haben die einige Spuren hinterlassen. So dicht gedrängt auf einem Fleck. Ich war dann aber allein, die Arbeiter haben Mittag gemacht, weiter drüben unter den Bäumen. Da, in dem Augenblick, als ich allein vor diesen Bergen von Blumen und Kränzen stand, ich habe noch nie so viele auf einem Haufen gesehen! da war sie mir ganz nah, so nah wie morgens am Meer, und so einsam, und dieselbe Sonne, ich konnte vor Licht kaum die Augen offenhalten. Da fiel mir auch dieser Vers wieder ein: Nein, wir sind nicht auf die Welt gekommen nur um zu sterben, und ich dachte: Geburtstag – es ist dein Geburtstag, Sissu, ich muß dir von deinem Geburtstag erzählen, du bist begraben in Blumen, das ist kein Tod.*
*Tod konnte ich nicht denken. Der Berg von Blumen und*

*eben noch die vielen Fäuste ringsum, lebendige Fäuste, als wir die Internationale gesungen haben und Junge Helden Kinder des Volkes. Auch vorher schon, auf dem Weg von der Kapelle bis zur Grabstätte, ein Spalier von hochgereckten Fäusten, wo sie vorbeigetragen wurde, viele mit Nelken drin. Ich hab gedacht, was in diesen Fäusten steckt! Hab ich mir früher nie so vorgestellt. Ich meine, nicht nur die Kraft und der Zorn. Die sowieso. Aber auch die Kunst. Und die Arbeit. Direkt neben mir standen ein paar ETMA-Arbeiter, die weggegangen sind von der Schicht, Streik, verstehst du, zu Sissus Geburtstag. Da konnt ich es sehn, die Ätzwunden auf ihren Händen. Die Bauarbeiter hat man auch gut erkannt, an den Rissen in der Haut, vom Umgang mit dem Beton. Und daneben unsre kleinen Frauenfäuste.*

*Ein Pope war dabei, ich meine: es waren mehrere Popen da, aber die andern haben sich gleich verdrückt nach der Kapelle. Der Papa-Spiros hat da gestanden, war auch am Tag vorher zu uns vor die ETMA gekommen, nicht viel älter als wir, Sissu und ich, eine ganz weiße Faust, vielleicht so weiß durch die schwarze Kutte, hat sie geschüttelt wie ein zorniger Prophet und geschrien Ruhm und Ehre der Kämpferin Sotiria. Und weißt du, wer noch? Der Große, ihr Mikis! Unser Mikis. Eine richtige Pranke hat der, ganz behaart. Hab ich an all die Musik gedacht, die durch diese Faust ans Licht geströmt ist, welch ein Wunder, nicht wahr, wenn man sich das mal ausdenkt.*

*Also es war ein richtiges Zwiegespräch, ich dachte, ich muß es ihr erzählen, weil sie dabei war und doch nicht. Nur daß sie nicht antworten konnte. Ja, so wie du jetzt. Seltsam. Sie lag da auch, ganz nah, ganz lebendig. Nur konnte nicht sprechen. Aber du hast Augen zum Sprechen, Vik.*

*Ach nein – an ihre Augen darf ich nicht denken.*

*Ach und jetzt hab ich kein Taschentuch dabei. Entschuldige das Hochziehen.*

*Wie weiter? Stimmt es denn nicht, was ich gedacht habe? Ist sie nicht plötzlich riesengroß geworden – in ganz Athen – in ganz Griechenland zu sehen? Und hat eben noch mit mir in dem Bauernbett gelegen. Im Bus gestanden.*
*Ist uns weggewachsen.*
*Aber ich bin die kleine Katina geblieben und weine.*
*Weißt du – es war da eine solch unwahrscheinliche Pracht von Blumen, von Farben, schon vorher, an der Kapelle! Inzwischen ist sicher alles verwelkt. Ich bin seit dem Mittwoch nicht mehr dort gewesen, gar keine Zeit dazu. Vielleicht morgen. Vielleicht haben sich doch noch ein paar gehalten. Sollte ich dir eine mitbringen? Würde dich das freuen? Na klar würde es das. Ich werd mal schauen.*
*Sissus Schwester hat ein schwarzes Kleid getragen, wie ihre Mutter und noch ein paar von ihrer Familie, die ich nicht kannte. Ihren Vater haben sie nicht mitgebracht. Sie hatten ihm nicht erzählt, was geschehen war. Ihre Mutter muß sehr geweint haben, vorher, sie trug eine dunkle Brille, man konnte ihre Augen nicht sehen. In der Kapelle, bei den Reden, war sie aber gefaßt. Wie auch vorher, am ersten Tag, als sie ins Krankenhaus kam. Da hat sie nur gefragt, ob Sotiria gelitten hat. Sie ist wirklich bewundernswert, ihre Mutter, obwohl sie doch nur eine einfache griechische Frau ist und sicher nichts versteht davon, wofür sie ihre Tochter hergeben mußte. Erst am Grab, als die Genossen den Sarg abgesetzt haben, hat es sie von den Füßen gerissen, ist sie über ihn gestürzt und hat laut geklagt und geschluchzt, ja, wie eine griechische Frau. Es ist da ganz still gewesen plötzlich, ein Loch zwischen den Sprechchören vorher und der Internationale, die wir dann gesungen haben. Nur ihre Mutter war zu hören. Ihre Schwester hat neben ihr gekniet. Bis wir sie beide aufgerichtet haben. Das war, glaube ich, der schlimmste Augenblick.*
*Aber weißt du, was ich so schön finde? Daß die Menschen,*

*die dorthingekommen sind, auch die Offiziellen vom Zentralkomitee und den Vorständen – sie sind in ihrer normalen Alltagskleidung gekommen! Florakis zum Beispiel und Mikis – im offenen weißen Hemd. Die Ärmel hochgekrempelt! Direkt von der Arbeit weg.*
*Kostas und Periklis und die andern Großen von der Pandio, die sie auf ihren Schultern getragen haben – sie sahen alle aus, wie du sie kennst. Periklis in seinem karierten Schottenhemd, der ging vorn, links er, rechts Kostas. Unsere beiden Streithähne, nebeneinander. Der Periklis hat sogar geweint, am Grab, als sie Sotiria abgesetzt haben, hättest du das gedacht? Ausgerechnet er, von dem du immer denkst, ihm fehlt nicht viel zum Zyniker. Dem sind auch ein paar Tränen runtergelaufen. Viele haben geweint.*
*Also du mußt es dir so vorstellen, daß es eigentlich nicht traurig war. Nur ernst. Es war eine ernste, feierliche Demonstration zu ihrem Geburtstag. Etwas Entschlossenes. Auch kämpferisch, muß man sagen. Eine am Boden, tausend im Kampf! Sotiria, du lebst und leitest uns – die Sprechchöre kamen immer wieder. Sie hat alle inspiriert, das ist nicht übertrieben. Und dazu eben die vielen Farben. Die Menschen bunt und die Blumen. Der große Platz vor der Kapelle am Friedhofseingang – der ist ja wirklich groß! – stand dicht voll Menschen, und ringsum über den Köpfen, auf den Traggestellen, die Kränze! Wie eine Mauer aus Blumen und Grün.*
*Bis die alle dorthin getragen waren, den weiten Weg! Eine Stunde lang sind sie vorbeigezogen am Grab, immer langsamer, weil kaum noch ein Durchkommen war vor Kränzen, die sich gestapelt haben und den Weg versperrten, man wußte kaum noch, wohin damit.*
*Aus den Kranzschleifen konnte man sehen, wer sie besucht hat. Ich hab ihr ein paar vorgelesen, was ich so erreichen konnte. Und hab selbst gestaunt, wen es alles gibt bei uns –*

*Gewerkschaft der Elektroschweißer, der Holzbearbeiter, der Hafenarbeiter von Piräus, der Petrolarbeiter von Elefsina, Gewerkschaft der Angestellten des Getreidehandels weiß ich noch, also die ganze Arbeiterklasse, kann man sagen, war vertreten. Die Frauenvereinigungen und die Studentenräte. Ganz vorn lagen die wichtigsten Kränze, die größten – vom PASOK-Zentralkomitee und von unserm. Und vom Zentralrat der KNE. Sogar von der Inlands-KKE, stell dir vor. Der Kranz von der ETMA-Belegschaft, der wurde vor ihr hergetragen, da stand drauf, Ruhm und Ehre der Kämpferin Sotiria, der war ihr sicher der wichtigste. Wir hatten zusammen einen, Urania, Kostas, Periklis und Andreas. Und ich. Haben einen Vers aus dem Epitaphios draufschreiben lassen. Das ist der erste große Gedicht-Zyklus von Ritsos, womit er bei uns bekannt geworden ist, 1936, als die Tabakarbeiter in Thessaloniki gestreikt hatten, viele erschossen wurden: Unser Herz bist du, gehst nicht verloren. In unsern Adern fließt du. Geh ein in aller Menschen Adern und lebe weiter. Andreas hat den ausgesucht.*
*Von Seta den Kranz habe ich auch gesehn. Sie hat nur geschrieben: Meinem angebeteten Schwesterchen. War ein besonders schöner, rote Nelken und Sonnenblumen. Vielleicht aus ihrem Garten, die Sonnenblumen. Was sie gedacht haben mag. Durch sie ist Sissu überhaupt zu uns gekommen, in die KNE. Die Seta hat sie auch sehr geliebt.*
*Und so unheimlich viele rote Nelken! Alle die einzeln kamen, hatten wenigstens eine rote Nelke mitgebracht, ein Gestrüpp wars von Stengeln und Blüten, als sie den Deckel auf das Grab gesetzt haben. Erst lag nur der KNE-Wimpel auf dem Sarg und ein Exemplar vom Rizospastis, zum Schluß war nichts mehr davon zu sehn vor Nelken. Die Zeitung lag auch zwischen den Kränzen, mehrere, manche haben die Zeitung statt einer Blume mitgebracht, die mit ihrem Bild – wo sie die schwarze Lederjacke trägt. Was auch auf den Pla-*

*katen ist. Ich mag es eigentlich nicht, ist so ernst. Es gibt kein anderes von ihr. Du hättest sie sehen sollen in ihrem weißen Kleid, vor der ETMA! Kostas hat ein paar Fotos von uns gemacht, wir mit unsern umgehängten Schildern vor dem Tor, aber leider nicht von ihr allein. Und dann war der Film zu Ende.*
*Das ist ein Glück.*
*Dies weiße Kleid hätte viel besser zu ihr gepaßt. So wie die Maria Damanaki es gesagt hat, in der Kapelle – Sotiria, du bist eine von den Menschen, die den Weg in die Zukunft öffnen, weil sie um sich Hoffnung und Vertrauen säen. Das war sie wirklich, Viktor. Nicht nur für mich.*
*Obwohl auch die Lederjacke zu ihr gehörte. Im letzten Winter hat sie die gekauft. Vielleicht hat sie geglaubt, daß sie eine solche Lederhaut braucht, als Schutz, im Kampf.*
*Ich kann mir denken, was du wieder sagen wirst. Sie haben sie trotzdem umgebracht. Du hast nicht recht. Es war ihr Geburtstag. Noch in ihrem Sarg hat sie gesiegt. Alles mußten die Pfaffen sich anhören in ihrer heiligen Kirche, von der Ausbeutung und den Verbrechen der herrschenden Klasse. Noch nie haben sie dort einen Kommunisten sprechen lassen. Sie haben es nicht mehr gewagt, sich zu weigern. Nach der Demonstration am Tag vorher.*
*Aber jetzt bin ich ganz erschöpft, Viktor. Es ist schon anstrengend, die Konzentration, verstehst du? Ich kann ja nicht einschlafen, beim Erzählen. Ich hoffe, es macht dir auch Mut und du kannst es sehen, diesen Wald von Fäusten und die vielen Blumen. Wenn du wach liegst, in der Nacht, dann stell dir vor, daß ich vielleicht auch nicht schlafe und grad an dich denke. Dann treffen sich unsre Gedanken auf dem halben Weg und gehen zusammen auf dem Lykavitos spazieren, im Mondschein.*

της
ης
ραμε τη μνημη
της σ Σωτηριας Βασιλακοπουλου
πολιτικο μνημοσυνο
Σπορτινγκ Τριτη 2/9 8 μμ
Το ΚΣ της ΚΝΕ
KARDEN '85

# BLISS
## Die Krankheit Erinnerung

Jetzt ist er abgelenkt. Fünf Schritte – ich bin draußen, im Bus, nach Piräus.
Kindischer Gedanke. Noch mal läufst du nicht weg.
Ich bin nie weggelaufen! Ausgetrieben. Heimatvertrieben.
Aus welcher Heimat? War ich je wo zu Hause? Wohin ich zurück soll, da war sie nie. Kein Land der Kindheit, kein Land der heilen Erinnerung. Aufenthaltsort. Arbeitsstelle. Kampfplatz. Angstland auch. Welcher der biederen Nachbarn hat gestern die Krematorien geheizt? Welcher führt mich morgen an die Wand? Richter und Henker. Wir werden weiter marschieren.
Dem Land hab ich seine bessere Geschichte gesucht, Geschichte, die zu lehren sich lohnt, Verpflanzung des Fortschritts ins deutsche Gedächtnis. Aber die Immunreaktion, die hat auch mich abgestoßen.
Du hast mich gekauft wie gesehen, Manfred. Gebrauchter Mensch. Jetzt mußt du mich ertragen. Für mich gibt dir keiner mehr Garantie.
Der steht ungeduldig an dem Tresen, kann nicht warten, in der lockeren Touristenreihe zu dem taubenblauen Lufthansa-Girl, vergleicht seine Armbanduhr mit der Di-

gitaluhr zwischen den Lockbildern aus Thailand und Japan, zupft seinen Schnurrbart, ist pressiert, Traumziel Düsseldorf, wer weiß, ob Deutschland morgen noch da ist, er muß diesen Vogel zurückbringen in seinen Käfig. Was hast du mir andres zu bieten als meine häßliche Vergangenheit? Ich spreche von Griechenland meiner Gegenwart, du lebst mich voll mit dieser unheimlichen Heimat, dieser bösen reichen Republik, die mich verachtet, ausgestoßen hat, die meine Arbeit nicht will und mein Gewissen fürchtet. Die Verschwörung Manfred gilt noch immer und bis ans Ende unsrer Tage, die ändern wir nicht mehr im zwanzigsten Jahrhundert, meine Akten sind versiegelt, abgeschlossen im Panzerschrank des Regierungspräsidenten, noch offen beim Verfassungsschutz, ich armer Hase bin zu Tode gerannt, wohin ich komme, sind die Igel schon da, in jeder Furche hocken sie mit ihren schwarzen Schnüffelschnauzen und Peilaugen, haben Sie den Aufnahmeknopf unterm Tisch gedrückt, Herr Minister, oder brauchts keine Belege mehr, ja mir schlägt das Herz aus dem Hals, verstehen Sie, die Architektur Ihrer Verwaltung Ihres Schreibtischs Ihrer Gehirne, Einschüchterungsarchitektur, es geht schon irgendwie um mein Leben, der Mensch mit gebrochenem Rücken wird zum Kriechtier. Ich will nur nicht lügen müssen. Zugegeben – vielleicht ist die Wahrheit extrem, ragt immer ein Stück ins Extreme, aber wer kann denn behaupten, er hat sie am Kragen? Ein Extremist ist allenfalls der herrschende christliche Herrgott, nicht ich, der sie erforscht, der nur die Nebelvorhänge lüftet, der nur das Suchen der Wahrheit lehren will, der unbekannten, neuen, hinter der abgenutzten von gestern, das was aus der Vergangenheit vortreibt in eine bessere Zukunft. Ist das kein humanes Lernziel?

Wollen Sie dagegen Berufung einlegen lassen? Fast auswendig hab ichs gewußt und gedacht, noch beim Handschlag, wenn er mich ausreden läßt, kann ich gewinnen, der kennt die Verfahren nicht, die Prozesse, aufklären muß ihn einer der Hasen im Kessel. Was malt er mit seinem goldenen Bleistift. Seufzer sogar, die Last der Verantwortung, will das Mitleid des Opfers mit seinem Würger, her mit dem Strick. Was Sie da vortragen, Herr Doktor Bliss, klingt verblüffend lauter. Verblüffend lauter. Zweimal verblüffend, zweimal lauter. Das Echo mal tausend, das stirbt erst mit mir. Oder als Grabschrift. Kopfkratzen, Nachdenken, wir machen es uns gewiß nicht leicht. Ist mir auch nicht nur aus Ihrer Akte bekannt, der Gedankengang. Gedankengang. Am Ende die Schnüffelschnauze, deine Stacheln sind Seufzer. Was steckt aber hinter solchen lauteren Worten? Ja was? Sie wollen nicht nur die Welt verbessern, sondern auch dies Land, das das Beste ist, was wir je hatten, wir vertragen die nicht, die alles richtiger wissen wollen und an unsern Menschen rumdoktern – Rumdoktern! Urteilen sollen die Schüler lernen, nach Fakten, daß sie sich selbst bewegen können! – Die Leute sind wie sie sind, nicht besser oder schlechter als wir, da hat ein Lehrer erst mal Verteidigungsaufgaben, wir haben das Gute zu verteidigen, das Bessere, was Sie da vertreten, hat Mottenlöcher, ist überholt, blamiert, viel schlechter als das Gute, das könnten Sie längst gemerkt haben bei Ihrem IQ. Statt dessen gehen Sie hin und machen uns hartnäckig öffentlich madig, im Ausland sogar, statt meinetwegen zu prozessieren, aber dann zu warten, bis die Gerichte das Recht sprechen lassen – das herrschende – natürlich das herrschende, wo wär das anders. So etwas stört doch, verstimmt die Behörden, auch ein Kultusminister hat in Krisenzeiten ans deutsche Image draußen zu denken – so viel Aufsässigkeit setzt man sich nicht in den Pelz. Im übrigen können

Sie frei publizieren solange Sie Verlage finden, die Freiräume nutzen – Volkshochschuldozent, Privatlehrer, Reiseleiter soll auch attraktiv sein, mit historischem Background, Ihre Genossen werden Sie schon finanzieren und überhaupt – warum versuchen Sie es nicht drüben, bei Ihren Gesinnungsfreunden, suchen die denn nicht standhafte Marxisten? Haha – das fällt Ihnen nicht ein. Und ich weiß auch warum, Herr Bliss, ich habe Ihre Dissertation durchgesehn, Ihre Aufsätze, hochinteressant, da würden die sich bedanken, für so viel undialektische Ehrlichkeit hätten die keine Verwendung – Geschichte nützlich machen für die Gesellschaft und ihren Staat, das liegt Ihnen nicht mit Ihrer sogenannten Wahrheitsliebe, die etwas sehr Unmenschliches hat. Da sind die drüben viel zu sehr Mensch, so viel Selbsterkenntnis mögen die auch nicht. Den ganzen Dreck der Vergangenheit aufrühren! Mein Rat fürs Leben, Herr Bliss, üben Sie etwas mehr Nachsicht mit uns weniger Vollkommenen, da fahren Sie besser. Doch ich freue mich, daß Sie zu mir – so unkonventionell – da werden mal Aktenvorgänge lebendig, dies offene Gespräch mit jemand, der so ganz anders – das ist schon eine Herausforderung, geb ich ja zu – doch Sie werden von mir keine schönere Antwort nicht wahr – es sei denn, Sie tun den kleinen Schritt – im Grunde nur eine Formalie – nachtragend wären wir jedenfalls nicht, hier im roten Hessen, trotz Ihrer ziemlich makabren Bekanntheit, wir leisten uns immer noch mehr als andre – überlegen Sies reiflich – ich wünsche Ihnen alles Gute für Ihre Begabung –
Und unten an der Pförtnerloge die Vorstellung, er müsse sich bücken, auf allen Vieren laufen, mit dem Schwanz wedeln, plastisch der krummbeinige Dackel mit dem Blisskopf, der heiße Schmerz der Demütigung, während er noch über seine Dummheit zu lachen versuchte – der

ungelöschte Schmerz, der jetzt wieder hochkommt, wie so oft, wenn er sich neu an den Erinnerungen infiziert. Dieses erste faßbare Stück Deutschland seit Monaten, schürft ihm das unheile Gedächtnis auf, Manfred immer noch wartend, reißt ihn nicht raus, mit keinem Wort keinem Blick, eine Ätzung zieht die andre aus dem Bilderwust, unaufhaltsam, Gedanken wie Fleischerhaken. Er kann zusehen, wie das hochsiedet, ohne Möglichkeit zur Gegenwehr, schreien vielleicht, schreien und um sich schlagen, gegen das was drinnen ist, ein deutscher Irrer im Lufthansa-Büro – lächerlich – die Kraft zur Auflehnung ist ausgestorben, der Strudel spült ihn weiter –

Im Zug von Wiesbaden, Umsteigen Frankfurt, die Mutsuche aus den bekannten Zusammenhängen, der mußte so reagieren, Charaktermaske des Kapitals, sie hatten es vorausgesagt, ihm abgeraten, Lena und die Freunde in Gießen, Don Quichote und Marquis Posa, armer Clown, an welche Götter glaubst du neuerdings, nachsichtig ihm dann doch eine kleine Ermunterung über den Kopf gestrichen – und da stand sie im Bad, das Gesicht am Spiegel, Alles klar! hat er gelogen, wollte nicht ihre Fragen, die den Lidschatten malte, nicht ihre Voraussage bestätigen, ihr rechthabendes Nicken oder ihr Mitleid, die sich doch zu schnell zufriedengab, skeptischer Blick aber keine Neugier, woran hat sie gedacht, klar woran, spitz ihm die Stirn bot zum Kuß und abzog mit ihren frisch gefärbten Lippen ohne Angabe wohin. Das Durcheinander in ihrem Zimmer, sein erster gleich verdrängter Schreck trotz ihrer Vorwarnung, Kleider, Blusen, Tücher lagen hektisch verschmissen herum, so wichtig die Verabredung. Die Ahnung seines doppelten Fehlers, aber doch ihre Zusage, bald käme sie zurück, ja, vielleicht was später, Untätigkeit, das gelähmte Warten auf sie, um zu bereuen, einzusehen, zu reden, zu umarmen, recht habt ihr

gehabt, ich Narr ich Witzfigur, Hoffnung ist ohne Logik, verstehst du. Und dann das tropfende Vorrücken des Abends in die Nacht, der Nacht in die Stille, das Ende des Fernsehprogramms, das Ausharren vor dem Haus, um sie herbeizuwarten, seine Fassungslosigkeit als er die Ein-Uhr-Nachrichten hörte, da konnten keine Kneipen mehr offen sein, da wurde die Ahnung wortlose Gewißheit, daß jemand ihr längst wichtiger geworden war, dieser Schatten, dieser Niemand, daß sie ihn vergessen hatte am Tag seiner letzten, äußersten Niederlage, und er bohrte sich in die Verzweiflung hinein, jede fünf Minuten ein Foto der Leningradreise, die Vermächtnisbilder ihrer jungen roten Liebe, längs und quer in Fetzen auf ihrem Bett, auf dem Teppich, abgerissen von seinem Herzen, immer noch die Hoffnung sie käme, besänne sich, rettete einige der unersetzlichen Bilder, Lena auf der Aurora, zu zweit auf dem Piskarjow-Friedhof, Lena in Pawlowsk, alles zerstört, als der Schlüssel leise im Schloß knirschte, die Uhrzeiger schwammen ihm nach vier, und sie tat noch verwundert, sah dann sein Gesicht und die bunten Fetzen, was hast du gemacht, Vik, Angst und Erstaunen in ihren großen Augen, wo warst du, wo kommst du her, und ihr Eingeständnis keine Antwort, Kopfschütteln du siehst das ganz falsch, Vik, es bedeutet nichts, gelogen oder nicht, da hätte seine Eifersucht den Mann umgebracht den Schauspieler, aber nur das Kopfkissen hat er geschlagen und nicht mehr aufhören können zu schluchzen mit seinem Kopf und Körper, geschüttelt hat es ihn, und zu denken so also sieht das aus, Nervenzusammenbruch, so sieht es aus wenn man verlassen wird in seiner Not – Erniedrigung – das Ende –
Heftig kramte Bliss ein Päckchen aus seiner Reisetasche, wickelte das Brot aus dem Zeitungspapier und dem weißen, biß eine Ecke aus dem Kanten, zerkaute den wei-

chen, säuerlichen Geschmack des Teigs und den bitteren, braunen der Kruste, zwang sich zu schlucken, brachte mit diesem fühlbaren Rutschen der Brotbrocken durch die Speiseröhre, vorbei an seinem schlagenden Herzen, seine hochgekochten Gefühle wieder etwas unter Kontrolle.
Anklam sprach jetzt mit der Taubenblauen, die holte sich Auskunft vom Terminal, er wurde ungeduldiger in seinen Handbewegungen und seiner Mimik, das hieß wohl Aufschub. Kein kurzer schneller Schnitt unter Betäubung. Bedenkzeit. Denkzeit. Keine Erleichterung. Er biß wieder in den Brotkanten, mehr Medizin, mehr Wirklichkeit. Der Raum kühl, klimatisiert. Und er überschwemmt von dieser Hitze aus dem eignen Körper, schaute durch die große Scheibe auf den Zoo den Syntagma, Menschen und Fahrzeuge, gedämpft entfernte wimmelnde Bewegung, was geht die mich an.
Nicht ist erledigt. Mein Teufel mein Gedächtnis. Je näher an Deutschland, je stärker brennt es wieder, es ist nicht umzubringen, auszulöschen. Treten aus meinen Träumen in ihre Körper, die alten Genossen, ernste wissende Gesichter, Falten der Kämpfe, tausend Listen und Lügen in den Augenwinkeln, aber haben die größere Wahrheit, für die sie leben und leiden. Habe ich gelitten? Die Professoren, die Camarilla, Verschwörer hinter Ledertüren, kämpfen auch, kein Außenseiter hat das Recht auf ihre Pfründen das Abendland, wer ihnen nicht die glatten Hände leckt, bleibt Hilfskraft bis er selber geht, die Schule braucht auch Qualität, Herr Bliss, verachten Sie uns nicht den Boden der uns nährt, ein guter Lehrer ist ein Geschenk fürs ganze Leben, wer kann das –
Da haben wir den Mist, alles restlos ausgebucht heute. Und morgen nur Stand-by. Was machen wir jetzt.
Er drehte sich langsam auf dem Hocker zu Anklam, sah seine Hose dicht vor den Augen, hatte die Assoziation,

daß nicht Manfreds Mund, sondern das schlappe hängende Gewächs, das sich hinter dem Stoff abzeichnete, die Worte gesprochen hatte, schüttelte den Kopf. Wahnsinn, diese brutale Nachbarschaft in meinem Hirn, Banalität, Verzweiflung. Du bist lächerlich, Viktor Bliss. Du bist ein Unding. Ein Scheiß von einem Mensch mit einem Sumpf im Kopf. Banal und kaputt wie das da draußen.
Er riß sich los, den Blick hoch und die Hand mit dem Kanten. Hier, Bruder Traurig, beiß mal in Stellas Trost aus dem Feuerofen.
Anklam beroch den Kanten, als ob er ihn abbürsten will mit seinem Schnauz, hieb doch entschlossen seine Zähne rein, ließ sich kauend auf den Hocker fallen.
Dir paßt das wohl, wie?
Ich weiß nicht, was mir paßt, Manfred. Niemand wartet auf mich.
Aber auf mich. Freitag, fünfzehn Uhr stehn bei mir sechzehnhundert Frauen und Männer auf der Matte.
So viele, sagte Bliss. Das gibt wohl ein Gedrängel.
Ja, Vik, sagte Anklam, ganz ernst, in mir sprichst du mit sechzehnhundert Mann Arbeiterklasse.
Ist das nicht etwas viel Masse, was du für diesen abgewrackten Rest von Wissenschaftler in Bewegung setzt?
Anklam der Abschleppdienst und Bliss das Schrottauto, wie? Und ich bring dich zurück, mein Junge, egal wie kaputt du bist. Wenns sein muß huckepack. Du bist mir kein Totalschaden. Hab schon ganz andere Töne heut von dir gehört! Von uns stirbt keiner in Athen.
Sag bloß, du glaubst an mich.
Das werden wir noch sehen. Schaff mir den Typ ran, den du mir vorhin versprochen hast, den Durchblicker.
Den Takis?
Wenn er so heißt, dann den. Aber erst ein Bett und eine Stunde Schlaf. Dann sind die Köpfe wieder offen.

Ja, Manfred. Ich habe keine bessere Idee.

Als sie aus dem Lufthansa-Büro auf den Syntagma-Platz traten, hatte etwas sich verändert. Der alles überströmende, homogene Lärm der tausend Motoren, der das Hupen, das Quietschen von Bremsen, selbst das schrille Pfeifen der Verkehrspolizisten aufsaugte und einebnete, hatte eine neue Komponente bekommen, erst nur unterschwellig wahrgenommen. Ein Geräusch war dem beigemischt, das sie in dem Augenblick erkannten, als sie aus dem Schutz der Häuser in die Straßenschlucht der Stadiou einbogen. Da traf sie der in diesem Schlauch gesammelte Wind wie eine breit herangeschobene weiche Wand. Und andere Sturmzeichen, jetzt unübersehbar, die Bewegung in den buschigen Linden, noch heftiger in den langen Wedeln der hochstämmigen Palmen. Papierfetzen und erste, kaum angegilbte Blätter stoben über die Fußwege. An einem Kiosk, das mitten im Windstrom stand, mußte der Verkäufer die ausgehängten Zeitungen mit Wäscheklammern befestigen, die Kellner in dem Straßencafé kämpften mit flatternden Tischdecken.

Anklam sah ihn an, mit großen verblüfften Augen: Riechst du was?

Er merkte es im selben Augenblick, schnupperte noch einmal, sich vergewissernd.

Ja. Feuer. Irgendwas brennt. Muß was Größeres sein.

# ANKLAM
## Auf dem Weg zur Plaka

Eigentlich könnte ich mir jetzt Notizen machen. Paar Stichworte. Wenn das noch dauert. Was diese Griechen zu telefonieren haben! Wenigstens ist Vik schon mal drin.
Anklam setzte sich auf einen Papierkorb, zog den Terminkalender aus dem Sakko. Betriebsrat morgen, sechzehn Uhr, muß also ohne mich gehn. Freitag fünfzehn Uhr Betriebsversammlung. Wochenende Uschi, Dienstag Gesamtbetriebsrat in Duisburg, Mittwoch BI, kommt doch keiner, Quatsch die anzusetzen im August. Dann ist Luft bis Monatsende. Könnte ich mich um Vik kümmern. Die Hürden sind Freitag und Dienstag.
Er hatte seine Reden vor Betriebsversammlungen seit Jahren nicht mehr ausgearbeitet. Ihm genügte eine ausführliche Besprechung mit den Betriebsrat-Kollegen am Tag vorher, ein Zettel mit den Sachpunkten und Zahlen, der volle Saal und hinter ihm am Tisch die Schlipsträger von der GL und vom Ortsvorstand, diese auf jeden Fall gespannte und spannende Atmosphäre, dann kamen die Sätze ohne Krampf im Gehirn, daß er selbst manchmal staunte – als hätte das Mikro einen Magneten, der ihm die Worte aus dem Mund zog. Oder der Beifall wars.

Das Schmiermittel. Er richtete es so ein, daß der ihn ölte, und möglichst sofort, bei der Begrüßung der Geschäftsleitung. Die Ironie, wenn er sich über die Herren von oben freute, war immer unmißverständlich, aber unangreifbar. Man durfte wissen, daß er auch kein besonderer Freund des Kollegen Arbeitsdirektor war.
Anklam merkte, daß er grinste und verbot sich die Selbstgefälligkeit. Wenn die Vorbesprechung im Betriebsrat für ihn wegfiel und überhaupt – mit diesem verfilzten Bliss-Wust im Kopf und dem chaotischen Griechenland. Das wird diesmal ein heißer Sprung ins kalte Wasser.
Vik sprach ausdauernd, eine von zehn lautlos redenden Kasperfiguren hinter den Scheiben. Japsen wie Fische in ihren Aquarien, könnte man denken. Halts Maul, sagte er, als sein Magen zum zweitenmal knurrte. Vik stieß die Tür mit dem Hintern auf, aha, endlich! ließ sie offen stehn, rüber zu dem Schalterbeamten, der die Telefone einschaltete, halbwütende Worte auf griechisch, und zurück ohne ihn anzuschaun: Noch zwei Gespräche!
Hab Hunger! rief Anklam ihm nach, da hatte der die Tür schon zugezogen, kurbelte wieder.
Hauptsache, er findet ein anständiges Zimmer. Wichtigster Punkt jedenfalls das Walzwerk und der Versuch der GL, sie durch die Teilstillegung aus der Montan-Mitbestimmung rauszutricksen. Das heißt, das geht vom Hochhaus aus. Dem Konzern ist der ganze Düsseldorfer Betrieb ein Klotz. Die sechshundert Arbeitsplätze sind nur der Advent vor der Weihnachtsbescherung. Aber wenn ich das anspreche, hab ich keine Beweise und brech die Schweigepflicht. Also muß es so durch die Blume gesagt werden, daß die Kollegen unruhig werden und den Overbeck nageln. Hätte mit Willi absprechen sollen, daß sie vorher was rausgucken lassen im Vertrauenskörper, vielleicht kommt er selbst drauf.

Plötzlich war er über Overbeck und den Loderer im Aufsichtsrat wieder bei ihrem dreiundsiebziger Streik und der Wunde, aus der bei Berührung immer noch heißes Blut floß. Sein Streik. Seine Doktorarbeit für die Arbeiterklasse, jahrelang vorbereitet, ohne Betriebsgruppe, nur mit ein paar Vertrauensleuten. Der Zorn und die Enttäuschung, daß alle sie allein gelassen hatten, auf die es angekommen wäre, um mehr als nur den einen Betrieb in Bewegung zu bringen, die nächsten aus der Familie, die Metaller, die Kommunisten – ein Solidaritätsschreiben geschickt, eine Streikspende für den Arsch, das hatten sie alle gekonnt, außer dem Frankfurter Vorstand natürlich. Vor den Toren die eigene Freischicht und die Studenten, die halfen, wenigstens in den Röhrenwerken die unterste Lohngruppe wegzustreiken. Nie hätte eine Thälmann-KP sie so hängen lassen! Daß die Gewerkschaft ihn rausschmeißen wollte und der Belegschaft kein Streikgeld zahlte, war irgendwie logisch, dieser Legalismus der Sozialdemokraten, aber wenn Revolutionäre nur noch taktisch handeln konnten! Revolutionäre, ein Witz. Verein zur Fabrikation von Samthandschuhen und Filzpantoffeln!
Die bitterste Erfahrung seines Lebens, unverdaulich bis heute. Da hatte er dann einen Sinn darin gesehen, daß eine Partei aufgebaut wurde, mit dem guten alten Namen, den die hausbackenen Nachfolger einfach weggeschenkt hatten an den Verfassungsschutz. Auch wenns sich schnell als Flop erwies, die Sammlung von halbgaren Studentchen mit den roten Blasen im Hirn, die Basis in Nirwana. Oder wie das hieß. Tirana.
Dann doch lieber den Doktor da. Aber als politisches Privatvergnügen. Mein Unternehmensberater.
Redet noch immer. Schon mindestens das dritte Gespräch. Knurre nicht, Bauch!

Seltsames schweigendes Abkommen zwischen ihnen, seit dem Streik. Erst noch Viks eifrige Geschichtslektionen, versteh das historisch Manfred – Sozialfaschismus, Revolutionäre Gewerkschafts-Opposition, und die Neuauflage, BRD 51, Reverspolitik, nie wieder Funktionäre vor die Alternative Partei oder Gewerkschaft stellen, ja gut, alles gebongt, aber eure Konsequenz, mein Lieber, aus den Fehlern der alten KP, da kannst du mir viel erzählen, ist der schleichende Opportunismus, ich sammle dir die Beweise! Und unser Innenminister erklärt das rote Steiff-Tier auch nur zum Tiger, weil er den Buhmann braucht.
Vik hats gefressen. Nicht einmal hat er mehr versucht, mich reinzuholen. Soll er sich mit seinen Genossen rumschlagen, mir reicht meine Geschäftsleitung und die IGM. Erstaunlich genug, was da jetzt bei ihm an Bitterkeit rauskommt, gegen seinen Verein. Soll bloß nicht noch austreten! Das wär das Letzte! Vielleicht ist seine Enttäuschung die Kehrseite seiner Ansprüche. Und auf dem Schiff hab ich seine Genossen verteidigt, verrückt. Wahrscheinlich weil er immer noch Angst hat vor der Heimat. Stürzt sich auf die griechischen Ersatzgenossen. Sind die denn ehrlicher? Vik, du gehst mir doch über die Hutschnur. Ich bleib bei zwei mal zwei gleich vier. Schenk dir die Dialektik. Die ist nix für einfache Kumpel.
Anklam überlegte, ob er Vik immerhin als Behelfsbetriebsrat nutzen könnte, ihm die Hauptpunkte vortragen, ihn zu Einwänden, Fragen provozieren, um so seine eigenen Gedanken ins Reine zu bringen. Die Hilfe könnte er ihm nicht verweigern. Wär auch ein gutes Mittel, ihm die Realität in den Kopf zurückzuzwingen. Die wichtige. Und die andre, die persönliche, wegzuschieben, mit der er sich immer noch rumschlug.
Er vergaß nicht jenen nächtlichen Schock, als Bliss ein

paar Wochen vor seinem Verschwinden bei ihm in Düsseldorf unangemeldet aufgetaucht war, von einer eisigen Wortlosigkeit und Starre befallen, gebeten hatte, nur da sein zu dürfen, und er also zum Whisky geredet hatte und geredet, um Viktor aufzulockern, abzulenken oder auch, weil er ahnte, daß den eine Sorte Schmerzen plagte, für die er sich unzuständig hielt und auf die er sich nicht einlassen wollte. Bis er plötzlich sah, daß dem aus seinen großoffenen Augen die Tränen liefen, wie unstillbar, wie aus einer andern Person, und er sie rinnen ließ, bewegungslos und lautlos, ein Bild, in dem nur die unheimlich traurigen Augen lebten, und er in seinem Schreck gedacht hatte – jetzt schmilzt er! Jetzt löst er sich auf! Da war er auch verstummt, unfähig zu reagieren auf diese Auslieferung, bis Vik, erwachend aus der Erstarrung, heftig den Kopf schüttelte, aufsprang und im Bad einen scharfen Strahl Wasser ins Waschbecken ließ. Mit nassem Haar zurückkam, beiläufig was von Entschuldige murmelte und seine Emotionen dann stillzureden versuchte, mit absurden Tiraden über die große Koalition im Marburger Stadtrat gegen Grüne und Kommunisten, als wäre dies die Ursache seiner Verzweiflung. Umgedrehte Situation plötzlich, wie Vik jeden Versuch abblockte, nach den Gründen seiner Erschütterung zu fragen. Das Visier wieder zu, runtergeklappt, ein Vorgeschmack seines Verhaltens auf Leros.
In den Wochen darauf hatte Anklam das Bild seines so ohne Scham weinenden Freundes sich aus dem Kopf zu schieben gesucht, ärgerlich, weil er den unausgesprochenen Vorwurf spürte, nicht richtig reagiert zu haben, als Vik Hilfe suchte. Stumm, ja – als ob ich hätte riechen müssen, was du wolltest! Bin ich schuld, wenn dir die Sprache wegbleibt? Bin ich ein Hellseher? Irgendwie infam war das doch, ihn einfach nicht mehr ranzulassen an

sich, jeden Versuch der Erklärung, in den Telefongesprächen danach, mit zynischen Witzen zu vereiteln und dann grußlos zu verschwinden.
Aber wirksam auch. Durch seine Erbitterung über diesen kalten Abgang, mit der er den Mann und ihre Freundschaft abzuschreiben versucht hatte, war die Gewißheit allmählich wieder hochgekommen, daß der Platz, wo Vik in seinem Leben gestanden hatte, nicht zuwuchs. Der Zorn war vergangen, geblieben war das Bild eines Menschen, der vor Trauer nicht mehr reden konnte.
Trauer – die war Anklam bis dahin als ein fremdes, ein unrealistisches Gefühl erschienen, das auf die andere Seite der Klassenschranke gehörte. Über Fakten trauert ein Arbeiter nicht – er nimmt sie hin, richtet sich auf sie ein oder bekämpft sie. An Vik hatte er begriffen, daß Trauer die Reaktion auf einen Verlust in der sogenannten Seele sein muß, so real offenbar, wie der lange Schmerz des Körpers nach dem Verlust eines Organs. Weiß er das wirklich? Das kam und ging. Wie die Leute an den Telefonzellen. Mal drin, Verbindung, mal draußen vor. Mit dem Viktor Bliss in der Zelle muß er gleich wieder ganz anders reden, als mit dem in seinem Kopf. Obwohl es derselbe ist. Vielleicht gibt es noch einen dritten, in Viks Kopf. Dazwischen – ein Seiltanz. Säß ich verdammt schon wieder in meinem Büro am Schreibtisch!
Als Bliss die Kabine verließ, glänzte seine Stirn von Schweiß. Aus der Brieftasche in seiner Hand quollen die Notizzettel und Drachmennoten, wie er sie hastig hineingesteckt hatte. Gleich fertig! nickte er Anklam beschwichtigend zu und ordnete nervös das Durcheinander, während der Angestellte den Zähler ablas, die Quittung ausschrieb, ihm Wechselgeld zurückgab und die Nächste, eine schwarzgekleidete Landfrau, in die freigewordene Kabine wies. Die schlurfte hörbar über die Flie-

sen zu der offenstehenden Tür, ihre Lippen bewegten sich, als probte sie schon das Gespräch.
Was erreicht? fragte Anklam locker.
Geduld haben kannst du auch? wunderte sich Bliss.
Besser hier warten, als in dem Schwitzkasten telefonieren. Oder in dem Backofen draußen rumlaufen. Hab Kopftheater gespielt. Hauptdarsteller mal wieder Bliss und seine Truppe.
Schade, daß ich nicht dabei war, sagte Bliss. Das Zimmer hab ich jedenfalls, bei Madame Kokkinou in der Plaka, da kannst du pennen.
Und duschen?
Bliss nickte. Stundenlang.
Vielleicht kann man das Bett unter die Dusche stellen, sinnierte Anklam. Aber erst was Herzhaftes zwischen die Zähne. Du schau – da kommt eine Dame. Für dich!
Bliss hockte vor Anklam, in seiner Tasche kramend, drehte den Kopf zurück.
Die Alte in den schwarzen Kleidern hatte die Zellentür hinter sich offengelassen, schlurfte unsicher auf sie zu, aus dem schwarzen Kopftuch waren zwei graue Haarsträhnen gerutscht, hellten das tiefbraune, zerknitterte Gesicht etwas auf. Als sie den Mund öffnete, sprach – Ta jalja sas, kirie? fragte sie – sah Anklam, daß ihr oberes Gebiß locker saß, sie schlug gleich die Linke vor den Mund, er glaubte auch, es klappern gehört zu haben. Am ausgestreckten Arm, zwischen den Fingerspitzen am äußersten Ende des einen Bügels, trug sie Bliss' Lesebrille wie eine am Schwanz gefangene Maus vor sich her, als hätte sie Angst vor dem fremden Wesen und würde im nächsten Augenblick loslassen, so daß Bliss aus der Hokke fast auf sie zusprang und mit beiden Händen nach dem Gerät griff. Er bedankte sich heftig, faßte nach ihrer gleich herabgesunkenen Hand, holte ihren Arm noch

einmal hoch, schüttelte ihn kräftig, was die Alte, hilflos verstummt in einer Mischung von Überraschung und Freude, geschehen ließ. Bliss befand sich mit ihr im Zentrum einer plötzlich erwachten Aufmerksamkeit der dreißig oder vierzig eben noch gleichgültigen, apathischen Postbesucher und eigentlich, erwartete Anklam, war jetzt ein Beifall fällig für das herzliche Bild des schlanken, schlaksigen Deutschen mit der eingeschrumpften attischen Berghexe auf ihren kurzen, arthritisch verbogenen Beinen.
Vor der Tür des Telegrafenamtes, vom Omoniaplatz die flach ansteigende Stadiou heraufkommend, hörten sie das harte Stakkato eines Sprechchors.
Das muß der Trauerzug sein, sagte Bliss erschrocken.
Welcher Trauerzug?
Für die Studentin, die umgebracht worden ist. Von der kommunistischen Jugend.
Was? schrie jetzt Anklam, bringt die hier Studenten um?
Bliss schaute ihn einen Augenblick verblüfft an. Spinnst du? Das Mädchen war eine Genossin.
Anklam wunderte sich über Viks Informationen, aber fragte nicht weiter.
Viele Passanten schauten in die Richtung des Sprechchors. Eine merkliche Erregung gab es nicht. Auf der breiten Stadiou rollten die Fahrzeuge in Fünferreihe unbehindert ihnen entgegen.
Komm! sagte Anklam, muß ich sehn. Nahm einfach Bliss' Koffer und zwang so den zögernd abwartenden Freund in Bewegung.
Sie konnten den abfallenden Gehsteig ziemlich weit überschauen. Vergeblich suchte Anklam, hochspringend, über den Köpfen der Fußgänger nach Fahnen und Transparenten. Aber der Sprechchor kam näher, starke, tragende Stimmen, heftig vorgestoßene, rhythmische Wor-

te, wie sie seit den APO-Zeiten in den westdeutschen Städten nur noch von den ausländischen Arbeitern zu hören waren. Es klang nach einer großen Menge entschlossener, zorniger Menschen.
Vor ihnen lichtete sich das Gedrängel, manche drückten sich an den Straßenrand und die Schaufenster, manche blieben stehn, andre schoben sich barsch durch die zähe Körpermasse vor den Häuserwänden, wichen auf die Straße aus. Nur noch Gesichter, Bäuche vor ihnen, irgendwie von hinten beschleunigt oder beunruhigt, als säße ihnen eine nur erst ahnbare Verfolgung im Nacken. Filmbilder, aus denen heraus sich eine den Gehsteig fast über die ganze Breite besetzende Reihe von Menschen klärte, die ihnen ihre unverständlichen Forderungen in die Ohren hämmerte. Es waren aber nicht mehr als zehn Frauen und Männer dicht nebeneinander, verbunden durch ein weißes, mit Schrift bemaltes Transparent vor ihren Leibern, und dahinter noch einige weitere Reihen von Köpfen und Schultern. Die Münder in den Köpfen öffneten sich groß. Es sah aus, als schöben sie mit den ausgestoßenen Schallwellen den Bürgersteig vor sich frei. Auch Anklam und Bliss mußten zur Seite treten. Ein Polizist hielt vorn mit der Demonstration Schritt, drei sehr auffällig gekleidete junge Frauen verteilten an den Seiten Flugblätter. Die in der ersten Reihe erweckten nicht den Anschein, die Spitze eines Trauerzugs zu sein, wirkten eher ausgelassen. Ihr engagiertes, herausforderndes Geschrei paßte wenig zu den gepflegten Bärten und Krawatten, die zwei ältere Männer selbstbewußt trugen, noch weniger zu den Stöckelschuhen, dem Schmuck und den großen Sonnenbrillen einiger der Frauen. Einer, dessen Bauch über enge Jeans hing, leuchtete mit einer Stirn, die bis zum Hinterkopf reichte, die Glatze und der Haarkranz darum erinnerten Anklam an eine waldumstande-

ne Gletscherzunge. Ungewöhnlich gepflegte Gesichter fast alle. Die meisten von ihnen hätte er noch nach Tagen wiedererkannt. Er wollte das Bliss mitteilen, sein Erstaunen, da tauchte das ermunternde Lächeln einer jungen Frau vor ihm auf, zwei großgemalte strahlende Augen, blausilberne Umrandungen der Lider. Der Aufschlag ihrer langen, hochgekämmten Wimpern inmitten der goldschimmernden fliegenden Strähnen wie eine geheime Enthüllung ihres Körpers. Anklam war so überrascht und verwirrt, daß er kaum ihre sich bewegenden Lippen wahrnahm, die unverständlichen Worte nicht hörte, nur mit einer unbewußt folgenden Hand das Flugblatt sich wie eine verheißungsvolle Botschaft geben ließ. Die Erscheinung war vorüber, eh seine Überlegung einsetzte, auch das Trüppchen der fünfzig oder hundert Leute. Die kollektive Stimme ein schäumendes Kielwasser im Meer des Stadtlärms.
Bliss nahm Anklam das Flugblatt aus der Hand, studierte etwas, ließ ein ungläubig glucksendes Lachen aus seinem Hals steigen: Irre! Schauspieler! Gewerkschaft der Schauspieler. Und nachgeschoben: Marschieren zu irgendeinem Ministerium. Das kriegst du nicht rund.
Scheißbetriebsversammlung, zischte Anklam, fast unhörbar. Sein Blick hing noch an der hinteren, ausfransenden Reihe der Demonstranten, aber er sah die blonde Frau nicht mehr. Der Gehsteig war gleich wieder zu von Menschen. Jetzt drei Tage Zeit haben!
Auf dem Weg zur Plaka, in den engen Straßenschluchten, war der heftige Wind kaum zu spüren. Der Brandgeruch hatte nicht nachgelassen.
Ungefragt erklärte Bliss, wenn sie ein paar Schritte nebeneinander gehen konnten, daß er mehrere Athener Bekannte angerufen hatte, Bekanntschaften von den Inseln und Genossen, aber vergeblich, und schließlich auf dem

Parteibüro in Kessariani von der Beerdigung der Studentin erfahren hatte. Der Trauerzug zum Friedhof sei riesig gewesen, fast so groß wie die Demonstration am Tag vorher, aber wahrscheinlich durch einen anderen Stadtteil.
Machen die denn hier Sprechchöre, wenn sie zum Friedhof gehn? fragte Anklam.
Hast recht. Wahrscheinlich nicht.
Die Mittagshitze verscheuchte die einkaufenden Griechen, lichtete allmählich das Gedrängel bis auf die träge bummelnden Touristen. Die Geschäfte schlossen. Bliss suchte nach einer Souvlaki-Bude. Anklam trieb ihn dann doch in eine Snackbar, wo sie, an Stehtischen zwischen lärmenden jungen Holländern und ihren meterhohen Rucksäcken eingequetscht, nur die Wahl zwischen verschiedenen Toasts und Bier oder Cola hatten, die aber immerhin aus der Kühltheke. Bliss mühte sich, über ihren Papptellern und Dosen, die griechische Tageszeitung auszubreiten, die er sich am Kiosk gekauft hatte, was Anklam angeberisch fand, er hätte ruhig die Rundschau nehmen können, für beide, wem er denn hier was beweisen wolle, ob er überhaupt schon wisse, wo diese Madame ihr Hotel hätte, und legte ihm den Stadtplan auf die Zeitung, den er aus dem Lufthansa-Büro mitgebracht hatte.
Bliss' Augenbrauen zeigten, daß ihm die lockere Anspielung nicht schmeckte. Er wollte ihm die FR gern schenken und den Spiegel dazu, wenn ers nicht mehr aushalte ohne die heimatlichen Drogen.
Du – ich möchte wissen, ob diese Mumie Sadat wirklich dem Schrott vom Schah ein Staatsbegräbnis veranstaltet.
Bliss nickte ohne größeres Interesse, dies sei der Rizospastis von der griechischen KP. Wegen dem Bild habe er den gekauft, zeigte das Foto einer jungen Frau auf der ersten Seite, schwarz umrandet: Die Studentin.

Scheiße, sagte Anklam, schönes Mädchen.
Bliss sah ihn mißtrauisch an.
Ja, was, Vik – willst du jetzt einen politischen Kommentar von mir?
Bliss schüttelte den Kopf. Ist schon gut.
Trotzdem faltete er die große Zeitung zusammen, dabei fiel seine Pepsi-Dose um, er wollte sie noch greifen, stattdessen stieß er noch einmal dagegen, so daß sie, kreiselnd, braune, schäumende Flüssigkeit um sich spuckend, auf Anklams Seite vom Tisch rutschte. Anklam prallte, zurückspringend, mit dem Rücken gegen einen der Holländer, dem glitschte seine Bockwurst aus der Hand. Chott verdomme! fluchte er, die andern lachten. In dem Gelächter ging Anklams bissige Entschuldigung unter – er fühlte sich unschuldig und von dem Gelächter verspottet – während Bliss am Boden die Coladose und zwischen den Beinen der Holländer auch die angebissene Wurst aufhob, sie mit seiner Papierserviette abwischte und dem Holländer zurückreichte. Anklam betrachtete die dunklen Flecken auf dem Hellblau seiner Hose. Er trat neben den Tisch, damit Bliss sie sehen konnte.
Wunderbar, nicht? sagte er bitter.
Tut mir leid, Manfred, wirklich. War keine Sabotage. Ich geb dir meine gute.
Die brauchst du selber – spätestens morgen bei deinem Düsseldorfer Auftritt. Als umwerfender Komiker nämlich.
Das schon verebbte Gelächter der vier Holländer schwoll plötzlich zu einem Gröhlen an, er drehte sich um. Der hinter ihm hatte die fleischfarbige Wurst durch seinen Hosenschlitz gesteckt. Bewegte sie, als hätte ihm einer den lebendigen dicken Schwanz abgebissen. Die Griechin an der Kasse sah das Bild auch, wandte sich ab, Zorn im Gesicht.

Komm, Vik, sagte Anklam laut.
Als sie ihre Zahlbons rüberreichten, traf sie der Blick der Frau, böse und hart. Sie sagte kein Wort, es war eine unmißverständliche Geste der Verachtung, wie sie das Wechselgeld auf den Teller legte. Anklam wollte etwas sagen, sich irgendwie distanzieren, fühlte sich verantwortlich gemacht. Er zögerte, stieß Bliss mit dem Ellenbogen, und als der richtig Mas sinchorite! sagte, nickte er ernst und bestätigend. Draußen fragte er sich schuldbewußt, ob er ohne die Reaktion der Kassiererin die Zote des Holländers nicht auch eher als Spiel genommen und mitgelacht hätte.
Flimmernder Streß unter der Haut. Die Hitze, die Müdigkeit, der Lärm, die ständigen Infights mit Vik, der Blinde in der Metro, die blitzartigen Augenbegegnungen mit den zwei griechischem Frauen flossen zusammen zu diesem Gefühl von gespannter Gereiztheit, das den Wunsch nach einer Dusche, einem kühlen, frischen Bett und Ruhe übergroß werden ließ. Vik mußte in noch schlechterer Verfassung sein, zum erstenmal seit Monaten zurück aus seiner Oase in dieser kochenden Großstadt. Sein nervöses Erschrecken, als sie vor dem Telegrafenbüro den Sprechchor hörten, seine Fahrigkeit in Kleinigkeiten, das waren Symptome. In die Scheiße verschleppen. Irgendwie nicht ganz falsch. Und der Mord an der Studentin schien ihm auch an die Nieren zu gehn, wie er darauf reagierte.
Ich find die Mnissikleou nicht, auf deinem Plan, sagte Bliss, ich frag mal den Polizisten. Ging hinüber zu dem langbeinigen Mann in Khakihemd und weißem Helm.
Auf dem Platz vor der großen Kuppelkirche, im Schatten pummliger Bäume mit Orangenfrüchten sitzend, fütterten ein paar alte Leute Tauben mit Weißbrot. Auch Touristen wieder, Frauen, standen zwischen den Vögeln.

Amerikanerinnen konnten das sein, mit den kostbaren, getönten Frisuren, die faltenreiche Gesichtshaut aufwendig bemalt, viel Gold an den Händen, die aus den Zeitungstüten Körner streuten. Hunderte von Tauben, flatternd in der Luft, mit ruckartigen Kopfbewegungen auf dem Pflaster herumlaufend, manche setzten sich auf die ausgestreckten Handteller, ihr Gurren und die Flattergeräusche übertönten den fast eingeschlafenen Verkehr auf der Straße jenseits des Platzes. Viele weiße zwischen den bunten, ihr Flug in der Sonne ergab bewegte, helle Lichtbilder, in starkem Kontrast zu dem schmutzigen Pflaster. Taubenscheiße, Brotreste, in Windwirbeln herumtreibende Papierfetzen und Flaumfedern. Als ein Kind eine Tüte aufblies und zerknallte, stoben die Tauben in die Höhe, strichen ab in die Mauernischen der Kirche oder kreisten rauschend über dem Platz, kamen aber schnell zurück. Stadttauben setzten sich offenbar nicht in Bäume. Anklam was das nie aufgefallen. Auch gut.
Bliss schlenderte über den Platz zurück durch die Vögel, die ihm kaum auswichen. Wir sind ganz in der Nähe! rief er schon aus einiger Entfernung.
Toll, rief Anklam zurück, gerettet. Paß auf, daß du nicht beschissen wirst!
Bliss sah skeptisch zu den über ihn, um ihn flatternden Tauben.
Wenn sie nicht Ungeziefer wären, wären sie schön, wie? fragte Anklam.
Bliss antwortete nicht, zeigte auf einen unrasierten, schwarzhaarigen, etwas verschossen gekleideten Griechen, der einen der weißen Vögel vom Rücken gepackt hatte, ihn in seiner dunkel behaarten Linken so roh festhielt, daß die Taube sich nicht wehrte, nicht wehren konnte. Auch nicht, als er mit der Rechten an den nach oben stehenden roten Beinen zog und ihren Kopf hin

und her drehte, als ob er das Funktionieren eines Gerätes ausprobierte. Keiner sonst schien den Mann zu beachten. Plötzlich, gedankenschnell, Anklam sah genau die Schraubenbewegung der Hand, hatte der Mann den weißen Kopf einmal herumgedreht. Die Beine zuckten wild, und als er die Finger öffnete, fiel der Kopf haltlos zurück. Bliss' entsetztes Gesicht. Sein Impuls, hinzustürzen. Anklam bekam noch den Arm zu fassen – Vik! Sei vernünftig! Hielt ihn fest. Asche, wie Asche. Die zusammengekniffenen Lippen. Die Schläfenadern. Laß Dampf ab, Vik – eine Taube. Auch nicht viel größer als Fliegen. Wirklich Ungeziefer.
Der Grieche hatte die Aktentasche zwischen seinen Beinen geöffnet, die Taube hineingelegt, im Aufrichten bemerkte er ihre Blicke, sah herausfordernd, aufsässig zurück und schritt, eher lässig als schnell, quer über den Platz, verschwand in der Menge, die drüben aus einem Touristenbus strömte.
Ein armer Braten wirds sein, sagte Anklam, wenn er Familie hat. Hast du nie ein Karnickel oder ein Huhn geschlachtet?
Bliss sah ihm in die Augen. Vielleicht läßt du mal meinen Arm los, jetzt. Daß ich meinen Koffer tragen kann. Nahm ihn hoch. Die Gewalt ist das. Die Gewalt sitzt unter der Freundlichkeit. In allen Ritzen. Schwelt weiter.
Gott ja, Vik, Gewalt. Die Gewalt der Schlachthöfe. Lies mal den Dschungel von Sinclair. Im Augenblick vergewaltigst du mich, wenn du mich noch länger hier braten läßt.
Bliss zuckte die Achseln. Vergiß es.
Und Anklam hatte jetzt Mühe, mit ihm Schritt zu halten. Er wollte Viks Gedanken nicht nach seinen Regeln mitspielen. Aber er hatte keine Lust, verbissen zu reagieren, viel zu anstrengend. Unter Umständen hat er recht. Un-

ter welchen? Lassen wirs mal offen. Also lockere Stimme: Vik – ich glaube, du überinterpretierst die Sache. Eine Taube ist keine Studentin, oder?
Bliss quittierte mit einem friedensbereiten Blick. Hier ist deine Erfrischung – Mnissikleous. Jetzt Nr. 17.
Anklam schaute die zweistöckigen, vergammelten Häuser entlang, mehrere herausragende Schilder, darauf, von Rostflecken gestört, aber lesbar in lateinischen Buchstaben die Worte Hotel oder Pension.
Lauter Bruchbuden, Vik – hier willst du uns einquartieren?
Die Gasse stieg nach einer Querstraße steil an, endete in einer Treppe. Eine Schneise, durch die grellbunten Touristenshops und Vergnügungslokale geschlagen, damit die Devisenbringer eben noch an ihre Ziele gelangten. Darüber einzelne Baumkronen, Platanen, zur Dekoration dieser Trostlosigkeit. Anklam fühlte sich verschleppt. Jetzt versteh ich endlich, was dich an Griechenland so begeistert!
Weiter hinten vor dem blassen Himmel ein steiler, weißgrauer Felsabbruch. Auf dem Berg die Tempelruine, flach, unscheinbarer, als er sie im Lufthansa-Büro auf dem Plakat gesehn hatte.
Wenn du deinen Blick mal aus dem Staub hebst, Manfred, siehst du die Akropolis.
Anklam sah zu den Fenstern hinauf. Wo denn? Blond? Teuer?
Aber Bliss, wieder auf der anderen Schiene: Ich bin gegen Tauben. Taugt zu nichts, die Hilflosigkeit.
Ja, sagte Anklam entschlossen, ich bin auch mehr für Hühner. Nach dem Schlafen suchen wir uns ein paar. Knusprig.

# *KATINA*

## *Ich weiß nicht wie die Wahrheit heißt*

*Ja, endlich. Es läuft nicht immer alles so wie man möchte. Die Rose, die sie dir ans Fenster gestellt hat, ist von Sotirias Grab. Gestern war ich dort, nach unsrer Aktion vor der ETMA. Deshalb konnte ich nicht kommen. Ich hoffe, du hast nicht so sehr gewartet. Die Schwester sagt, sie mußte dir die letzte Kassette noch zweimal abspielen, gestern nachmittag. Das war vielleicht so viel wie ein Besuch? Ins Zimmer zu dir darf ich leider noch nicht. Obwohl du das Schlimmste überstanden hast, wie sie sagen, Gott sei Dank. Weißt du – wir müssen froh sein, daß sie es mit der Hygiene so ernst nehmen. Das ist gar nicht selbstverständlich in unsern Krankenhäusern. Viel besser als hier könnten deine Verletzungen auch in Deutschland nicht behandelt werden, ich hab mich erkundigt, bei einem Arzt, der bei euch studiert und gearbeitet hat.*

*Und noch etwas will ich dir sagen, Viktor, damit du dich nicht beunruhigst. Deine Sachen, dein Gepäck, das ist alles gut aufgehoben bei mir. Auch deine Aufzeichnungen. Ich rühr davon nichts an. Nur deinen Taschenkalender, den hab ich Sideris gezeigt, wegen einer Adresse in Deutschland. Vorn hat gestanden, daß man eine Lena Bliss benachrichtigen soll bei einem Unfall. Ich weiß nicht, ob das deine Mut-*

*ter ist oder deine Schwester. Oder vielleicht bist du ja verheiratet. Jedenfalls haben die Genossen dorthin ein Telegramm geschickt. Aber noch keine Antwort. Und sie haben auch euren Vorstand benachrichtigt, in Düsseldorf, telefonisch. Daß du hier gut versorgt bist. Das war ihre Pflicht. Hast du erfahren, daß du in ein, zwei Tagen die Schläuche loswirst? Da wirst du auch froh sein. Kannst wenigstens essen, flüssige Nahrung, Suppe, sagen sie. Sie meinen, du wärst ein untypischer Patient, viel geduldiger als die meisten Griechen.*

*Du wunderst dich sicher, daß die Rose noch frisch ist. Es sah tatsächlich ganz anders aus, an Sotirias Grab, als ich mir vorgestellt hatte. Es waren frische Blumen da, frisch wie von heute morgen. Die Kränze sind verschwunden, abgeräumt, der Grabstein fehlt auch noch. Anscheinend besuchen doch Leute das Grab, jeden Tag. Ihre Mutter sicher. Aber auch andere, es standen mehrere Sträuße da. Ist ja natürlich, ich hab bloß nicht dran gedacht. Der Rizospastis lag auf der Grabplatte, muß eine Genossin gewesen sein. Oder ein Genosse. Ist heute eine große Analyse drin, über den ganzen ETMA-Konzern. Und über unsre Aktionen natürlich. Und, denk dir – ein Spielzeugauto aus Holz und eine kleine Tonschale, ganz primitiv gemacht, sicher von einem Kind, so sah es aus. Eine halb abgebrannte Kerze darin.*

*Du, Viktor. Ich hab nachgedacht, über mich. Und dich. Gestern, an Sissus Grab und auch in der Nacht. Ja, da sind meine Gedanken tatsächlich spazieren gegangen, mit deinen, irgendwo in Athen über den Dächern. Ich hab dir nicht alles erzählt, vorgestern, von der Beerdigung. Weil ich nicht den Mut hatte. Ich dachte auch, ich muß ihn schonen, ihm nur das Schöne erzählen. Der Arzt hat mir das natürlich auch geraten, ist normal. Jetzt hat mir die Schwester deinen Zettel gegeben. Sotirias Sterben willst du wissen. Noch mehr? Warum, Viktor – warum? Es ist so furchtbar schwer. Ich träume davon, immer wieder. Die schrecklichen Bilder. Erst Sotiria und dann du. Das war eine Hölle, aus der sie dich rausgeholt haben! Weißt du noch, daß ich erst zweiundzwanzig bin? Findest du selbstverständlich, daß ich das alles bewältige, wie einen spannenden Krimi vielleicht? Vor der ETMA steh ich und schreie mit den Genossen unsre Parolen – weißt du warum? Ja, weil sie richtig sind, das auch, aber vor allem, weil ich nicht untätig leiden will, wie die griechischen Mütter und Frauen, die Frauen überhaupt und überall, sitzen zu Haus in schwarzen Kleidern und trauern, lassen die Männer kämpfen und verstecken ihr Leben in den schwarzen Todeskleidern, bis irgendwann auch noch ihr Herz stillsteht. Nein, Viktor, das will ich nicht. Ich will mein Schicksal selbst machen. Aber ich bin nicht stark, wie ihr denkt. Nachts rollt das Ungeheuer auf mich zu, und ich liege davor mit Sotirias Augen in meinem Kopf. Auf dem Friedhof habe ich tausend Fäuste gesehen, aber auch Sotirias geplatzten Schädel in dem schwarzen Kasten, hab gesessen an ihrem Grab in den Blumen, in der Hitze und hab sie gesehen, die Bilder, die ich dir nicht sagen kann. Hab wieder gehört, wofür es keine Worte gibt. Warum fragst du mich danach.*

*Die Wahrheit ist, die andere Wahrheit, Viktor, daß die beiden Arbeiter zu mir an das Grab gekommen sind, ich saß da, ganz benommen von der Sonne und meinen Gedanken, hielten mich wohl für eine Verwandte, sie haben mich nicht weggeschickt, fingen an aufzuräumen, fanden den Rizospastis mit Sotirias Bild, hat der eine sie dem andern gezeigt, das wär sie, hübsches Mädchen, und der andere, das waren seine Worte: Wär schade drum, wenn sie keine Rote gewesen wär. Das hat er wirklich gesagt. Also wie der Polizist vor der ETMA! Ich dachte, es sticht mir ein Messer ins Ohr. Sie haben alles gesehen, was vorher war, und der sagt: Futter für ihre Propaganda, das hat sie davon.*

*Wie übersteht ein Mensch solche Augenblicke, ohne verrückt zu werden? Wie überlistet einen da die Natur, daß man einfach weiterlebt? Was hätte ich getan, wenn ich eine Waffe gehabt hätte, statt meiner dünnen Arme? Gegen wen hätte ich sie gerichtet?*
*Weggeschlichen bin ich, wie einer von diesen getretenen Hunden in der Plaka, hab geheult auf meinem Bett bis ich eingeschlafen bin. Und am nächsten Morgen hat mich Kostas in die Redaktion geschickt, da wärn zwei deutsche Freunde, die wollten Augenzeugen sprechen. Journalisten wärt ihr, hat er gemeint. Hat nicht gefragt, ob ich konnte. Einfach: Katina und Andreas, ihr macht das.*
*Jetzt liegst du da an deinen Schläuchen und willst immer noch wissen, wie die Wahrheit heißt. Ich weiß sie nicht. Ich kann dir erzählen, was ich erlebt habe. Vielleicht ist das die Wahrheit. Vielleicht ist sie es, wenn du gesund wirst und wieder sprechen kannst und sagst es mir.*
*Verzeih mir, Viktor, ich glaube, ich bin heute etwas durcheinander mit den Menschen. Oder mit mir.*
*Ich denke, du bist ein Mann, der wissen muß, was mit uns los ist, damit er leben kann. Aber das ist auch umgekehrt richtig – du mußt leben, damit du es erfährst. Verstehst du mich?*
*Auf Sissus Grab hat gestern ein großes Stück Papier gelegen, so Packpapier, einfach abgerissen. Darauf hatte einer geschrieben, mit vielen Fehlern, in großen Buchstaben, an Sotiria. Ich hab dir das abgeschrieben, weil ich dachte, es ist auch ein bißchen heiter. Es wird dich erinnern, an die Leerstelle, von der du gesprochen hast, die jeder Mensch haben soll für Spirituelles.*
*Hör mal: Dein Blut, Heldin, unsere Genossin, Sotiria, wird sich über die ganze Welt ausbreiten, weil es sein Blut war, das Blut unseres großen Genossen Jesus Christus. Es war Blut der Liebe, der Freundschaft, der Hingabe an uns, deine*

*Arbeiterkollegen. Du bist gefallen in der ersten Reihe des Kampfes, du bist gefallen für uns, die Arbeiter, deswegen werden wir dich niemals vergessen. Du wirst ewig in unserem Gedächtnis bleiben, du wirst der Heiligenschein sein und die große Genossin, die sich geopfert hat, damit wir hellere Tage leben können. Du hast uns gewaltige Kraft gegeben, den großen Kampf fortzusetzen. Wir wollen dieses Ungeheuer erledigen, den Faschismus, und wir werden seine Kinder zerschmettern, diese Menschen, die Lumpen, die dich ermordet haben. Es wird leuchten der Stern der Freiheit, der Gerechtigkeit, der Stern des Kommunismus. Einer auf dem Boden – Tausende im heiligen Kampf der Freiheit. Der Genosse Arbeiter Evangelos Moukas.*
*Könnte es so etwas bei euch in Deutschland geben? Kommt mir sehr griechisch vor. Diese Naivität. Der hat sicher nie etwas von Marx oder Lenin gelesen. Aber eine fromme Mutter gehabt. Muß so einer sein, wenn der Papst schon Genosse wär, oder unser Erzbischof, würde er beantragen, Sotiria heiligzusprechen. Aber vielleicht machen wir das ja selber, auch ohne Papst.*

# BLISS
## Seitdem geh ich auf Glas

Bliss, auf dem schmalen eisernen Gang, vor den Hinterzimmern der Herberge von Margarita Kokkinou. Hatte den Schweiß abgeduscht. Das verwischte, gedämpfte Sonnenlicht, das die zappelnden Blätter des Lindenbaums durchließen, Patina auf den zerrissenen Putz der Hauswände, die Mülltonnen unten, die Hemden und Unterhosen der Inselfahrer zum Trocknen über dem Geländer. Der in den verrotteten Hinterhof der Plaka verschlagene Baum, das gelbgrüne dämmrige Zwielicht unter seinen Zweigen, entfernte die von Hitze und Lärm flirrende Stadtsteppe Athen. Wenn hier was lebte, dann schlafend. Schlafende Nähe auch von dreitausend Jahren Geschichte, Menschengeschichte, Kunstgeschichte, der Giebel des Parthenon ausgeschnitten über dem fleckigen Ziegeldach. Bliss vergaß, was ihn in den wahnsinnigen Straßen des späten Abendlandes eben noch genervt hatte.
Er verlor sich in den Gedanken, Stimmen, Gesichtern, die das Bild der dunkelhaarigen jungen Frau in seiner Vorstellung auslöste. Der stille Blick aus dem Foto gleich unter dem Zeichen von Hammer und Sichel und den Aufnahmen demonstrierender Massen in Athener Boule-

vards. Die Verwandtschaft des Blicks mit dem ruhigen Licht des Hinterhofes – nicht definierbar, aber ihm unmißverständlich. Ins Undeutliche verkleinert wiederholte er sich auf einigen Plakaten, die die Demonstranten an Stangen über ihren Köpfen hielten. Der Gegensatz zwischen diesem Blick und ihren erregten Gesichtern. Entschlossenheit drückten die aus und Zorn, Empörung. Drohung eher als Trauer. Was hat die Frau gemeinsam mit denen, die sie durch die Straßen trugen? Was mit mir?

Wieder, wie oft in den letzten Jahren, das Gefühl von Vergewaltigung beim bloßen Betrachten der Bilder organisierter Demonstrationen und Aufmärsche, wie sie in den starken proletarischen Bewegungen, in den sozialistischen Ländern üblich waren. Notwendig waren die, unverzichtbar, um einem Gegner Macht und Entschlossenheit zu zeigen, der hundertmal bewiesen hatte, daß er jede Schwäche ausnutzte, daß ihn schon der Anschein von Schwäche und Uneinigkeit zum Handeln verführte. Die Begründungen gelernt, verstanden, abrufbar. Zugleich sah Bliss die Gefahr, daß die Individuen, die so sehr verschiedenen, um deren Befreiung von Fremdbestimmung es doch gehen sollte, in diesen Kundgebungen verlorengingen. So, wie er die Menschen fast ausgelöscht, in ein heulendes kollektives Tier verwandelt fand in den besinnungslosen Massen der Fußballstadien und verblödet unter der Peitsche des Konsumterrors in den berauschten, geilen Menschenmengen weihnachtlicher Einkaufsstraßen. Unvergleichbar, aber doch ähnlich.

Meine Klassenschizophrenie ist das, ein Bein marschiert in der Marx-KG, das andre steht noch auf der Bastille, weiß Bliss, aber nicht, ob das ein hilfreicher oder ein nötiger oder ein dritter Weg ist, auf dem er da hinkt. Unbekannt solche Anfechtungen damals, in der APO-Zeit.

Bürger lüfte deinen Arsch, reih dich ein in unsern Marsch – heiser geschrien haben wir uns, geklirrt haben die Fenster von unsern Sprechchören und Laufschritten in Schwabing, in Lehel. Der apokalyptische Bomber Amerika, der hat das fraglos gemacht, das Ho-ho-ho-Chi-Minh, hat das Mißtrauen gegen Märsche und Kundgebungen weggeblasen, weggebrannt, das uns in den Knochen saß, vom faschistischen Mißbrauch der Massen.
Aber später. Da war er bei solchen Gelegenheiten oft neben sich her gelaufen, hatte beobachtet, wie er und seine Freunde sich in der Menge verloren, ihre Persönlichkeit auslieferten, sich pflichtgemäß einsichtig hergaben für Ziele, die sich nicht mehr vermittelten in eine Empörung oder Hoffnung, so entfernt waren sie von den eignen Bedürfnissen. Da hatte er sich zur Disziplin rufen und sein emotionales Luxusverhalten verbieten müssen.
Vielleicht ein Schlüsselerlebnis das, als sie Gäste waren im Palast der Republik, beim Parteitag der SED. Seine eignen Genossen, die am Abend gesoffen hatten wie die Kosaken, krachend respektlose Witze über die Führer der Parteien, seine Unfähigkeit, herzhaft einzusteigen in das Gelächter, das keiner so gewagt hätte im Angesicht der Belachten – von welchen Ohnmachtsgefühlen, Frustrationen mußten sie sich mit diesen Gelächtern befreien? – die erstarrten mit allen zu einer klatschenden, einstimmigen Kulisse, sobald sie am Morgen den feierlichen Sitzungssaal betraten. Hatten die Köpfe geschüttelt, befremdet über so viel demonstrativen Eigenwillen, als er sich am dritten Tag auf einen andern als den zugewiesenen Platz in ihrer Delegation setzte. Was da verhandelt und berichtet wurde, aus dem Alltag der sozialistischen Republik, Erfolge, Schwierigkeiten, Pläne, das billigte er. War aber diese ritualisierte Form der Darstellung von

Stärke und Geschlossenheit nicht umgeschlagen in einen längst überflüssigen, den einzelnen einschüchternden, lähmenden Ausdruck von kollektiver Entmündigung? Da verlor sich doch der Reiz, die Verführungskraft des Guten im Gepränge der Macht?
Die Spontaneität, der Zufall, die Idee, die provozierende Phantasie waren aus diesen Veranstaltungen ihrer Parteien herausgefiltert, ebenso wie der Zorn, die unübersetzte Empörung vom vorformulierten Pathos ersetzt war. Jedes politisch nicht genau orientierte Gefühl war verpönt, und das machte diese Kundgebungen für den Gegner vielleicht furchtbar, für die Masse der Außenstehenden, zu Überzeugenden aber doch auch.
Wenig Verständnis hatten seine Bedenken bei seinen Genossen gefunden, die den Formalismus solcher Einwände hervorhoben, und manchmal meinte er sich wiederzuerkennen in dem alten rumänischen Genossen, der versteinert saß in der ersten Reihe des stehenden Präsidiums, als einziger saß, auf dem Podium über den stehend applaudierenden Delegierten nach Ceauşescus flammender Zurückweisung seiner Kritik, alles zeigte die Kamera, und Bliss fragte sich, welcher Mechanismus die Einstimmigkeit der Ovationen für den Parteiführer bei den zweitausend Delegierten bewirkte, wollte nicht glauben, daß der Alte als Querulant und Einzelgänger bis in den Vorstand der Partei gelangt sei.
Im Westen waren die Demonstrationen dann lockerer geworden, einfallsreicher. Trotz der Verzweiflung, der wuchernden Resignation nach dem erneuten Verlust von Portugal und Chile. Die Kraft war verstummt wie die Sprechchöre. Auch das über seiner Asche siegreiche Vietnam hatte im linken Europa eine stille Unsicherheit verbreitet, hatte den großen Atem verschlagen, da die Kosten der Befreiung sichtbar waren. Als ob die entflohene

Hoffnung auf ein schnelles gründliches Aufbrechen der verkalkten Gesellschaften durch die revolutionären Beispiele hinter sich einen offenen Raum gelassen hätte, in den jetzt Buntes, Blumiges einströmte, vom Pariser Mai die Phantasie endlich und spät nach Deutschland. Statt Massen füllten die Straßen da Haufen von Individualisten, Aussteigern. Die Einsichten, die marxistischen Schlagwörter von achtundsechzig entwickelten sich zu Bedürfnissen, Kinder im Rucksack, Schrotbrot im Bauchladen, Volksfeste und Theater auf den Straßen.

Die Genossen hatte die neue Bewegung überrascht, verwundert, auch erschreckt – wie konnte eine von der Kapitalistenklasse um ihre Chancen und Zukunft betrogene Generation, umstellt von den schrecklichsten Waffen, statt um ihre Zukunft zu kämpfen – feiern? Die Alten klebten in den Erfahrungsstrukturen und Riten der Internationale, bemühten sich, punktuell Antworten zu finden auf was sie da von der Jugend her anging – wie waren die spontanen Feste und Lüste zu erklären und dann einzubinden in die nutzbringenden Rahmen politischer Pläne? Als sie begriffen, daß nicht wegen der Siege, sondern trotz der Niederlagen, ja, wegen der Niederlagen gefeiert werden mußte, liefen ihre Initiativen dem Mittelfeld unbeachtet hinterher.

Die Alternativen, ohne den Tonnenballast der vergangenen Blutopfer und Verfolgung hinter ihren heiteren Stirnen, hatten die Gelegenheiten zu schnellen Veränderungen ergriffen, die noch offenen Spielräume genutzt, wenigstens für sich selbst. Wenn schon keine Zukunft, dann jetzt die kleinen alternativen Träume tanzen. Wenn schon die Revolutionen hinter dem Horizont verschwunden, dann ein paar heile Kinderschönheiten wiederfinden und leben, in der liebenswürdigen Hoffnung, daß ihre Beispiele doch irgendwie irgendwann die Arbeiterschaft

und ihre Bewacher noch rechtzeitig vor dem Kollaps zum Ausbruch aus dem Gefängnis Industriegesellschaft ansteckten.
Ihm hatte der naive, untaktische, auch schrullige Humanismus dieser Leute gefallen, und menschengemäßer schien ihm die vorweggenommene Befreiung der Gefühle und Phantasie als Märsche, Kampfaktionen, Massenkundgebungen, glaubhafter als die abgetragenen Parolen von der Ausbeutung der Massen im reichsten Land des reichen Europa.
Die Aktionen, die die Parteiführung beschloß, waren notwendig, aber oft undurchführbar oder liefen ins Leere. Analysen und Voraussagen der Partei würden sich bewahrheiten, irgendwann, aber in der Gegenwart hatten sie einen erdrückenden Anschein gegen sich, und so würde die andre Wahrheit noch schneller sein, daß ihre Kassandra-Rufe einmal mehr auf verstopfte Ohren stießen.
Doch konnte er nicht vergessen, was er studiert hatte: Nie war Phantasie an die Macht gekommen, nie hatte Disziplinlosigkeit einen Klassenkampf gewonnen, nie fröhliches Recht Kapitalmacht besiegt. Und während die braven Alternativen sich in Stadtindianer verwandelten und den Strand der Zukunft unterm Pflaster suchten, während die verzweifelten Alternativen die Pflastersteine in die Schaufenster des Kapitalismus warfen oder gleich Bomben bauten und zündeten, wurden die kasernierten Hundertschaften mit Kampfstoffen gerüstet gegen die befürchtete Empörung der ihrer Arbeit und Identität beraubten Millionen. Die aber litten müde protestierend den Raub und den Hohn dazu. Oder hatten sich von ihren Ausbeutern und Unterdrückern mit viel Freiheit und Wohlstand bestechen lassen, teilzuhaben an ihren weltweiten Plünderungssafaris, fraßen skrupellos die Steaks aus den Lenden der Indios, schlürften den Kaffee aus

den Adern der Schwarzen, bauten und führten die Waffen mit Intelligenz zur Verteidigung ihrer milliardenstrotzenden Herren.
Anwandlungen von Pessimismus, Ratlosigkeit schon seit Jahren. Wenn er mit seinem studierten Wissen die Auswege und sinnvollen Strategien nicht sah, wie sollten dann Drucker, Stahlarbeiter, Bergleute sie kennen? Wo verbarg sich die kollektive Weisheit der Partei? War sie entflohen in die Elektronenhirne in den Panzerkellern der Großkonzerne? Wo lebten der Marx, der Lenin der Jahrtausendwende, sie in einen neuen Aufschwung der Menschengeschichte zu leiten?
Fragen, die er vom Kopf in den Bauch abzudrängen versuchte, ihre Säure überdeckend mit dem Engagement an der Teilfront Berufsverbote – das war eine überschaubare Sache und lebensnah erfahren, wer konnte kompetenter als er auf Kongressen die historischen Wurzeln und Präzedenzien der deutschen staatlichen Geisterfurcht aufzeigen, die verhängnisvolle Tradition der Trennung des Volkes von seinen Köpfen durch die Formierung der Lehrer und Schulen nach den Interessen der feudalen, der bürgerlichen Gewalten, trotz Humboldt und Hardenberg, trotz Weimarer Verfassung – das hatte er detailreich erforscht und nachgewiesen, überzeugend vertreten, wirksam auch, Berufsverbot war ein Begriff, eine neue Vokabel der westeuropäischen Sprachen geworden – niemand durfte ihn da mahnen, wenn er keine Zeit mehr hatte für die Demonstrationen der Partei, die Versammlungen der Lehrergewerkschaft, die Aktionen der Umweltschützer, obwohl manche ihn vermißt hatten.
Eine gut begründete Ausflucht wars, ein Schutzschirm aus Aktivität, die die Zweifel doch nicht erstickte. Die auch, da das Bekannte nicht ständig neu zu variieren war, sich allmählich mit der entstehenden Routine verschliß.

Da waren die ersten Heimlichkeiten entstanden, Heimlichkeiten vor der Partei. Gedanken, die er, als Fragen, nicht auszusprechen sich scheute, die aber in der Parteiöffentlichkeit keinen Platz finden durften. Alte, ausgeleierte Gründe wurden angeführt, die er Ängste nannte oder Tabus. Sein Stolz verbot ihm, mit seinen Überlegungen bei den Gegnern hausieren zu gehen.
Auf dem Geländer, zwischen den Kästen mit dem blütenlosen, herb duftenden Wassilikum, die tote Studentin. Sotiria hieß sie, sagte die Zeitung. Dolophonia, sagte sie, Mord, vorsätzlich. Mit einem Autobus. Auf offener Straße vor einer Fabrik, die ETMA hieß, und die auch abgebildet war. Einundzwanzig Jahre. Beim Verteilen der Flugblätter an die Arbeiter. Mitglied der kommunistischen Jugend. Das Foto eines dunklen Flecks im Sand, auf den ein paar Blumen geworfen waren und daneben ein handgeschriebenes Schild.
Was hat sie gewußt? Was geträumt? Was aus ihrem Kopf wollte sie den Arbeitern sagen? Vom Morgenrot, dem Sozialismus? Ihre jungen, geputzten Hoffnungen? Mit den alten Lappen poliert, Gerechtigkeit, Selbstbestimmung, Chancengleichheit. So haben wir vor Betriebstoren gestanden, die roten Tücher geschwenkt, Generalstreik Proleten! jetzt zappelt diese Arbeiterklasse im sozialen Netz, Arbeitsplätze, Inflationsausgleich, Rüstungsstopp, ruhiggestellt, verzagt, eingewickelt, das gleiche Bild in Athen, in Sheffield, im Ruhrgebiet – dafür ein noch kaum begonnenes Leben hinwerfen? Was hat diese Frau gewußt von der heute gültigen Wirklichkeit?
Wie mühelos und sanft die Katze von den Ziegeln springt, ihr Gewicht abfängt. Als hätte sie keins. Bliss sah sie durch das schmiedeeiserne Gitter, ihre geschmeidigen, hingetupften Schritte, mit dem Fell an den rostigen Stäben entlangstreifend, der dicke, buschige Katerkopf

um die Ecke des Gangs ihn voll anschauend, wieder diese absichtslosen, lässigen Bewegungen der Glieder, aber jetzt an der Hauswand, wo ein Streifen Schatten die Eisenplatten schon abgekühlt hatte, nur der Schwanz aufgestellt, mit dem nervösen Zipfel, dem Wimpel, und, noch eimal verharrend, der Augenkontakt, eh das Tier, buckelnd, sich an seine Beine drückte, das Fell scheuerte. Als Bliss es streichelte, mit der Berührung seiner Hand das Schnurren hervorrief, als hätte er einen leisen Motor eingeschaltet, spürte er die Rippen, das Rückgrat der Katze direkt unter dem Fell. Aber in sein Mitleid mit dem ausgehungerten Tier mischte sich Ekel, als er die offenen, krätzigen Stellen am Kopf entdeckte und sich vorstellte, daß es seine Flöhe ihm an die Hose rieb. Er schob es mit dem Fuß von sich weg, vorsichtig erst. Da es nicht abließ von seinen Beinen, war es ihm plötzlich lästig, er mußte die Versuchung unterdrücken, es so nachdrücklich wegzuschleudern, daß es begriff. Schließlich nahm er es hoch, die Hände fest zudrückend um den mageren Körper, setzte es auf das Dach: So, da bleibst du jetzt! Verstanden? Die Katze sprang aber sofort herunter, lief den Gang zurück bis zum Ende, geduckt jetzt, mit flachem Schwanz, stieg dort die Hauswand hinunter auf die Hofmauer und zu den Mülltonnen.
Bliss hörte Anklam in der Dusche fluchen, das dünn plätschernde Wasser. Fühlte sich schuldig. Allein.
Wieder versuchte er, die junge Frau aus den schwarzen Trauerbalken herauszulösen und lebendig zwischen die Demonstranten zu ordnen, die über die ganze Breite des Blattes ihm entgegenzudrängen schienen. Unmöglich, sich dieses stille, in sich gekehrte Gesicht zwischen den Menschen unter den Transparenten vorzustellen – wie der Versuch, einen Traum aus der Nacht mit auf die Straße zu nehmen, zu verschleppen.

Dieser Blick. Nein, Blick nicht – Schauen. Ein langes, verharrendes Schauen. Durch den Verstand hindurch.
Unsinnige Vorstellung: das Foto ist nach ihrem Tod gemacht. So redeten die Augen von Schmerz.
Schwarze Augentrauer, voll Ahnung, voll vorweggenommener Dunkelheit. Eingerahmt in die Brillenkreise. Darüber die schmalen Brauenbögen, unverbunden, das lokkere Haar, das die Stirn verdeckte. Auch schwarz.
Aber die Brennpunkte des Gesichts, diese an die Wimpern gehängten Nachtmonde, die weißen Mandeln fast ausfüllend.
Die Lippen geschlossen. Die hielten zurück, was die Augen sagten, den Vorwurf, den Schmerz.
So viel Schmiegsamkeit, Nachgiebigkeit, Sanftheit in der Nase, dem Mund, dem Kinn. Den oval geschwungenen Wangen. Nichts von Härte und Kampf.
Woher kannte er diese junge Frau, die man hier umbringen konnte unter unbedecktem Himmel? Was betraf ihn so am Ausdruck ihres Gesichts? Wo hatte er die verhaltene Entschlossenheit erlebt, Entschlossenheit zum Tod, diese Trauer um ein kaum begonnenes Leben?
Bilder.
Bilder anderer dunkelhaariger Frauen, heraufwischend aus seiner Kindheit schon und späteren glücklichen Schmerzen, verschmelzend, wegtauchend, nicht haltbar, aber deutlich wie dieses zerfließende, zerstäubende Lindenbaumschattenlicht mit seiner unfaßlichen Melancholie.
Bilder, die ihn auch begleitet hatten in den ersten Inselwochen auf seinem täglichen Weg nach Lefkes, in der Einsamkeit des Tals, das ihn umgeben, aufgefangen hatte mit seinen Felsen und Düften und warmen Lauten. Das Bachbett der Weg zum Meer, kein andrer führte hin, zwischen den brusthoch geschichteten Mauern, in deren

Spalten die Geckos ihre Drachengesichter versteckten. Dasselbe Material wie die Steine am Boden, die die Suzukis der jungen Bauern und Fischer von diesem Teil der Insel fernhielten, auf denen die Füße oft abrutschten, umknickten, die auch den langsamen Gang der Esel noch vorsichtiger machten. Dem Berg entrissene Brocken, herabgerollt von den Winterwassern. Ringsum wandernde Felsen, deren Knirschen, Bersten und Poltern unhörbar aber sichtbar war wie im Bild eines plötzlich stehengebliebenen Films.

Immer wieder hatte ihn dort, wo der Berg bis an den Bachweg drückte, die Vorstellung gepackt, diese Felsen führten wirklich die Bewegung aus, die sie so nur darstellten, die vulkanischen Kräfte, die die Insel aus dem Meer gehoben hatten, weckten die Steine erneut und schütteten sie auf ihn herab. Keine Angstvorstellung, eher die Erwartung einer Antwort, so als müßten die Empfindungen, die ihn zerrissen, sich mit den schlafenden Kräften der Erde verständigen und sie zu der erlösenden Tat veranlassen, die er selbst versäumt hatte. Obwohl sich da schon Wochen neuer Wirklichkeit auf die Ereignisse gelegt hatten, die seine Flucht verursachten, war noch oft die undeutliche Hoffnung hochgekommen auf den Eingriff einer unausweichlichen blinden Gewalt, damit die immer neu in seinem Hirn explodierenden Erinnerungen, die ätzenden Bilder seiner Demütigung und Erniedrigung endlich getilgt würden, da er selbst sie weder vergessen noch umstimmen konnte.

Allmählich war aber doch eine Kraft wirksam geworden, das schien ihm jetzt deutlicher, die hatte seiner Todesneigung entgegen gearbeitet, hatte ihn das Netz aufknoten lassen, ihn in der Einsamkeit der Insel unter die fremden Menschen geführt, hatte ihn die paar griechischen Genossen des Dorfes herausfinden lassen, und vielleicht hatte deren einfache, wortarme Freundlichkeit, die Selbstverständlichkeit ihrer Tagesarbeit, ihrer überschaubaren Vergnügen und Unglücksfälle, seine Flucht in einen Aufbruch verwandelt und seine Neugierde wiederbelebt. Aber fertig war er damit nicht. Nicht mit der Flucht, nicht mit dem Aufbruch.

Er war nur am Leben, so, daß er dieses Lindenlicht aufnehmen konnte wie, an einem Morgen, den Goldglanz auf dem Kornfeld hinter der Bachmauer, in dem die Mohnblumen und gelben Margeriten zwischen den Haferrispen tausendfach das schräge Sonnenlicht sammelten und in seine Augen schütteten mit Farben, wie sie das Glück, die Kindheit kannte. Die zwei verschwisterten Eukalyptusbäume, Wächter zwischen dem duftenden Salbei und Thymian vor Berg und Himmel, die ihn ansprachen, daß er nicht ohne stehenzubleiben an ihnen vorbei konnte. Michalis' Esel, gegenüber seiner Hütte angepflockt, der ihn dann wiedererkannte, das lange Gesicht über die Mauer steckte, eine Handvoll Weinlaub, Feigenblätter forderte und ihn mit seinem kehlig röchelnden Geschrei zurückrief, wenn er ihn unbeachtet ließ.

Fast nie war er dort auf seinem Weg zum Meer einem Menschen begegnet, hatte nie mehr als einen Gruß reden müssen, wenn er nicht wollte. Vertraute, Freunde hatte er mitgenommen, die er aus früheren Vergangenheiten heraufholte, vor denen er sich nicht verantwortlich fühlte, nicht rechtfertigen mußte. Ihnen zeigte er die Dinge, die ihm seltsam und neu erschienen – die bunten Ziegen auf dem Dach der kalkweißen Kapelle am Berghang, die Fische, die er fing und verarbeiten lernte, den unglaublichen Maulbeerbaum, die verhexten, waffenstarrenden Kakteenkrieger, die verknoteten knorrigen Helden der alten Olivenstämme. Genossen erzählte er mit den Ge-

dichten von Ritsos vom Kampf in den Bergen gegen die deutsche Besatzung, von dem Lager in Partheni, wo noch keine Gedenktafel an die Opfer der Junta erinnerte, von dem archaischen Zustand der Landwirtschaft, mit zweirädrigen Handtraktoren wurden die winzigen Landstükke in den wenigen fruchtbaren Niederungen bearbeitet, und im Lefkes-Tal ließ Manoussos seine zwei Kühe den selbstgebauten Holzpflug ziehen, flache, wellige Furchen, mehr Stein als Erde, seine weithin hallenden Treiberufe und die Ruhepause im Schatten des Ölbaums mit dem Brot und Kaffee und Wasser, Stelia brachte das her im geflochtenen Bambuskorb, eine halbe Stunde zu Fuß – arme, duldsame Beständigkeit in Ritualen aus den Zeiten Homers, und gleich weit entfernt von Sozialismus und Europäischer Wirtschaftsgemeinschaft, die sich als Hilfe anboten und dort doch aussahen wie reißende Zerstörung.
Blaß gewordene Geliebte träumte er herauf, zeigte das Felsenwasser auf dem Grund der Schachtbrunnen in den Feldern, mit rostigen Olivenkanistern am Seil heraufzuziehen, und die weißen Sandlachen zwischen den Wurzeln der Tamarisken, die keine Klumpen von angeschwemmtem Ölteer, kein Touristenmüll verschmutzt hatten. Das kaum verfallene Auswandererhaus über dem Meer, im verwilderten Wein, nur von dem Käuzchen bewohnt, einladend zu einer stillen, abgeschiedenen Liebe. Die es nicht geben konnte.
Die Inselbilder kamen jetzt zurück in faßbare Nähe, und so ließ er sich noch einmal den Weg zu dem Maulbeerbaum gehen, aber mit dem ermordeten Mädchen, und aus den zum Boden hängenden Zweigen von seinen unerschöpflichen Brombeerfrüchten pflücken, bis ihre Hände, Arme, Gesichter wie blutüberströmt waren vom blauroten Saft. Warum bist du gestorben, jetzt, hier. Du, und

nicht ich, als meine Verzweiflung übermenschengroß war? Oder hat dich der Tod so leicht gefunden, weil du ihn gesucht hast, wie deine Augen sagen, hat er dich weinen hören in der Nacht wie meine Mutter, deren Verlassenheit ihr eigenes Kind mit seiner Liebe, seiner hilflosen, blinden Liebe nicht mehr durchbrechen konnte? Oder hat dich der augenlose Zufall ausgerissen, für den es keine Erklärung, vor dem es nur Entsetzen gibt?
Die schattenhafte Ähnlichkeit der griechischen Frau mit dem Bild seiner Mutter vor ihrem frühen Tod wurde gewisser, je mehr er sich auf das Foto in der Zeitung einließ. Zugleich stellte es einen andern undurchsichtigen Zusammenhang her, irgendwo in seinen verdrängten, zugedeckten Sehnsüchten und Ängsten, zu jener Frau, für die er schon einmal alle Bindungen zerrissen und seine Existenz aus den Angeln gehoben hatte. Deren Verlust er immer noch mit sich schleppte. Überwuchert, von Jahren hektischen Lebens bedeckt, aber eingebrannt in Schichten seiner Person, die er mit seinem kritischen Verstand nicht erreichte. Obwohl das Ende dieser Liebe kein schneller, gewaltsamer Tod gewesen war. Ein anhaltendes, immer noch nicht ganz vollendetes Sterben.
Hatte Manfred ihn nach Athen geholt, fragte sich Bliss, damit er in dem ermordeten Mädchen den toten Frauen seines Lebens neu begegnete, deren Rätselspuren in seiner Seele aufhellte und damit sich selbst? Glaubte er, der Materialist, denn an Schicksal? Was hatte das Ende dieser jungen Griechin unter einem Autobus mit ihm zu tun? Was war hier noch angesprochen, über seine politische Solidarität hinaus?
Tod war überall. Gewaltsamer Tod.
Vor dem Bruch mit seiner Vergangenheit, die Lena hieß und Beruf und Kampf, hatte er sich abgeschirmt gegen das allgegenwärtige Sterben wie gegen eine ansteckende

Krankheit, fast instinktiv. Nur von fern und vermittelt hatte er es wahrgenommen – die Ankündigungen des großen Jahrmarktschreiers vor seinem Gruselkabinett, hatte den angepriesenen Sensationen den Rücken gekehrt, die den Menschen aufgenötigt wurden als philosophisches Leben zum Tode für die anspruchsvollen Hirne, als Mord und Totschlag in den Schrumpfspalten der Boulevardzeitungen für die Proleten. Er weigerte sich, den Eintritt zu zahlen zu diesem Panoptikum, dieser Gewöhnungsanstalt, die sichern sollte, daß die sozialen und die staatlichen Morde, die an den Körpern und die in den Köpfen, genießbar wurden oder allenfalls Resignation auslösten, statt Empörung und Gegenwehr. Als perverse Züchtung einer selbst sterbenden Gesellschaft war sie ihm erschienen, die verbreitete, alles durchschimmelnde Lust, von den Toden der andern zu lesen, möglichst hautnah und in Farbe. Er lebte da zu aktiv und zu hoffnungsvoll, als daß er sich in den Sog dieser Begängnisse und Bespiegelungen ziehen lassen wollte. Seine Geschichtswissenschaft war für ihn eine Forschung gegen das Vergessen und gegen den Tod, nicht eine Chronik des Sterbens. Die Einstellung war ihm als verrottet erschienen, die das Leben als eines zum Tode hin erklären wollte, statt daß sie von den Toten sprach, die für das Leben gestorben waren.
Doch das alles nur Kopferfahrungen. Die tatsächlichen Erlebnisse flach, alltäglich und weit hinter den Fronten. Die Existenzform des Sterbens, des Nicht-Lebens war ihm fremd. Der Krieg in Deutschland hatte ihn kaum noch erreicht, so wenig wie der ungreifbar ferne Tod seines unbekannten, gefallenen Vaters, von dem nicht einmal das Gefühl eines Verlusts für ihn übriggeblieben war. Und den frühen Tod seiner Mutter hatte er für zwei Jahrzehnte unbefragt in seinem Unterbewußtsein abge-

stellt. Bei den geschichtlichen Freiheitsbewegungen, die er untersuchte, war er davon ausgegangen, daß die Menschen aus Verzweiflung und mit der Hoffnung auf eine Verbesserung ihrer Lebenslage in die Kämpfe getrieben worden waren, nicht mit der Gewißheit des eigenen Todes vor Augen. Anders bei den Guerillakämpfern Salvadors, den arabischen Fedayin – da mußte das Bewußtsein des sicheren Todes vorhanden sein, wenn sie die Waffen aufnahmen. Die kannten den Apparat, gegen den sie antraten. Es war ihm unmöglich gewesen, solchen Mut, eine solche freiwillige Überwindung des Interesses am eigenen Leben zu verstehen. Auch die alten Kommunisten, mit denen er gesprochen hatte bei seinen Forschungen zur Geschichte des antifaschistischen Widerstands in Hessen, konnten ihm nicht erklären, nicht so, daß er es existenziell begriffen hätte, wo sie und ihre Genossen die Kraft gefunden hatten, sich foltern zu lassen und auf ihr Leben zu verzichten, es herzuschenken für eine mysteriöse proletarische Ehre, eine Idee, für das Leben derer, die sie nicht kannten, die noch nicht einmal geboren waren.
Das ist nicht unsre Wirklichkeit. Hat Manfred gesagt. Wann? Wie lang ist das her? Heut früh auf dem Schiff, Ritsos, Makronissos, da hat er Angst gehabt, die Ahnung in seinen Augen, daß es sie gibt, diese graue, schleichende Krankheit des Bewußtseins, die alles anficht, die mich überschwemmt hat im Kopf und lähmt und verführt. Mich aufsaugt. Indem ich denke, Manfred, breite ich sie aus in mir, und was kann ich anders als das, gegen den Zweifel. Glauben? Begraben. Ich denke mich kaputt, aber ich denk nur was da ist, die Sinnlosigkeit, sie leiden und sterben für den Fortschritt, und es schreitet nichts fort als das Leiden und Sterben. Diese Frau, Manfred – wie heißt sie? Sotiria Vassilakopoulou, Studentin, einundzwanzig Jahre – die wollte ihre Gesellschaft verän-

dern, das hat sie vernichtet, ins Nichts gerissen aus ihrem unangefangenen Leben, da soll mein eignes Leben nicht krank werden von – wenns noch gesund wär.
Oder betrifft mich dieser Tod nur, weil ich selbst schon fast aus dem Leben getreten bin?
Wie schaffst denn du das Manfred? Der brave, biedere Kollege, der da überall durchgeht, duscht, ißt, streitet, gut rasiert, unangefochten, unverändert, Schritt vor Schritt gradeaus. Bissig mal und kritisch, aber unerschütterbar. Der Mensch zum Anlegen und Auftanken. Warum bist du nicht der Kommunist, statt meiner? Dich könnten sie besser brauchen als mich. Oder bist du nur stumpf? Oder zynisch?
Das ist er nicht. Vielleicht verdrängt er nur besser, verdrängt was nicht brauchbar ist. Ich darf ihn nicht anstekken, nicht reinreißen. Der einzige Freund.
Seit dem Tag geh ich auf Glas. Die dünne Schicht, überall Risse. Das Mädchen ist durchgebrochen, liegt da unten, bei den andern, in dem Gewimmel. Wie kann ich die endlose hungrige Tiefe vergessen, den schwarzen Sog an den Füßen, die Lust auf Hamlets Schlaf – die Angst – wenn Manfred die Gefahr, die Krankheit wenigstens billigen könnte, als eine Tatsache, mit der man rechnen muß! Das wäre eine Art von Beweis. Nicht verstehen, nur anerkennen.
Krankheit! Bliss preßte sich die Zeigefinger in die Ohren, schüttelte heftig den Kopf, nein, keiner hat Weltschmerz gerufen, alles nur in meinem Hirn, ich brings nicht raus, wer lüftet mir den Kopf, Manfred doch nicht mit seiner Zuversicht, nie wieder werd ich so naiv gesund wie er – warum sind sie noch da die Linde das Bild die Katze die Mülltonne – das Licht – für wen –
Eine Tür klappte. Bliss sah die Schreckbewegung seiner Hand auf der Zeitung.

Das einzige, was hier nicht dreckig ist, ist das Wasser aus der Leitung, sagte Anklam im Türrahmen, das Handtuch um die Hüfte. Und das ist sicher auch vergiftet!
Mensch, Manfred, sagte Bliss hilflos. Und hörte seine eigne Stimme, die fragte: Ist das nichts? Dieser Hof? Die Ruhe hier? Sokrates hat da unten gestanden.
Und an die Linde gepinkelt, ja? Weil ihm das Klo der alten Vettel Kokkinou gestunken hat. Bücken darfst du dich nicht in der Dusche, dir diesen Urschlamm in der Ecke ansehn. Hat seit Jahren keiner geputzt. Kannst du schaufeln. Ein deutscher Arbeiter sitzt da so falsch wie im Pißpott!
Hier haben die Aufständischen gelegen, achtzehn–einundzwanzig, die türkische Garnison auf der Akropolis belagert.
Toller Trost, Vik. Unter derselben Dusche, natürlich.
Waren Bauern und Hirten, Manfred, aus Attika. Ohne die wär da oben nur noch Schutt zu besichtigen. Haben ihre eignen Kugeln raufgeschickt, als die Türken die Bleiklammern aus den Mauerfugen rissen, für Kanonenkugeln. Damit sie den Parthenon nicht weiter zerstören sollten. Lesen und schreiben konnten die nicht, haben im Dreck gelebt, hundert Jahr die ärmsten Schweine, Athen ein Kuhdorf.
Verbürgt?
Verbürgt. Ein Bauerngeneral, hab den Namen vergessen, hats aufgeschrieben.
Munition raufgeschickt, mit der sie dann beschossen wurden?
Bliss nickte. Auf Eseln.
Anklam wischte sich mit dem Handtuch das Wasser vom Gesicht, das ihm aus den Haaren gelaufen war. Stand einen Augenblick nackt in der Tür. Gut, sagte er, hast gewonnen. Schreib das in deinen Reiseführer.

Steht drin, sagte Bliss. Also wirst du ihn kaufen?
Wenn du mehr solche Schoten erzählst – nicht undenkbar.
Anklam griff sich die Zeitung, mit dem Finger auf das Bild: Wer hat sie umgebracht – Faschisten?
Überfahren. Mit einem Autobus. Vor einem Chemiebetrieb. Muß das erst übersetzen. Sotiria heißt sie.
Sotiria, sagte Anklam, seltsamer Name. Sieht eher aus wie eine Krankenschwester.
Wie meinst du das? fragte Bliss, irritiert.
Bißchen bieder. Nicht wie ne Studentin.
Findest du? Mir kommts vor, als ob sich sie kenne.
Du? Ehrlich? Woher. War sie mal auf deiner Insel?
Nicht so, Manfred. Gesehn hab ich sie nie.
Entschuldige, so nackt bin ich begriffsstutzig. Wohl nicht in einem früheren Leben, wie?
Bliss mußte doch lachen.
Nach deinem halben Meditationsjahr trau ich dir alles zu, Vik.
Ja, komm, wir wollten was schlafen. Vielleicht seh ich wirklich Gespenster.
Die Idee der Stunde, Bruder. Anklam gab ihm die Zeitung in die Hand, schob ihn zur Tür. Wenn du mehr weißt über die Sache, bin ich dein Ansprechpartner. Bis dahin kannst du mir noch was aus deinem handgestrickten Baedecker vorlesen, wie wärs?
Bliss drehte sich um: Dir? Was ist denn in dich gefahren?
Nur zum Einschlafen, Vik, nur zum Einschlafen —
Anklam lag schon auf seinem Bett im verschlagenen Licht, das zwischen den Vorhangritzen in den lauwarmen Raum drang, da blätterte Bliss noch, mit dem Rükken zum Fenster, in seinem Schnellhefter, unentschlossen. Velouchiotis, Manfred – schon was von gehört?
Egal, laß kommen Doktor.

Ich weiß noch nicht genau, wie ich es mache, möchte zu jeder Gegend, jedem Ort eine persönliche Geschichte oder Anekdote erzählen, damit der Leser eben auch ein Verhältnis zum Volk und seinen Erfahrungen bekommt.
Einwandfrei kapiert, Vik, sagte Anklam, schon wieder leicht ungeduldig.
Bei Athen zum Beispiel ist das natürlich schwierig, die Auswahl. Aber der Pindos, die Gebirgskette in Zentralgriechenland, kaum touristisch erschlossen, das Rückzugsgebiet der Partisanen, die fünfundvierzig, nach dem Varkiza-Vertrag, ihre Waffen nicht abgeben wollten. Da hielt sich der Aris Velouchiotis auf, mit dem Rest seiner Leute. War der berühmteste Partisanen-General, richtiger Volksheld und Draufgänger. So eine Art Robin Hood der ELAS, der Befreiungsarmee. Der wollte nicht glauben, daß der Kampf um die Macht in Griechenland verloren war. Wartete, daß der alte KP-Vorsitzende, Zachariadis hieß der, aus dem Dachauer KZ zurückkäme und das Steuer herumrisse. Der ließ aber ganz im Gegenteil einen Beschluß des Zentralkomitees herbeiführen, der den Aris aus der KP ausschloß und verurteilte, weil er den Vertrag von Varkiza gebrochen und der Rechten den Vorwand zur Verfolgung der Kommunisten geliefert hätte. Diesen Vertrag von Februar fünfundvierzig, von dem ich dir vorhin erzählt habe – der beide Seiten verpflichtete, die Waffen abzuliefern. Verstehst du?
Ja und, fragte Anklam, der sich wieder aufgesetzt hatte auf seinem Bett, stimmte das?
Ich glaube, die Rechten brauchten keinen Vorwand. Die wollten nur ihre alte Macht zurück. Und sie hatten die Engländer im Rücken. Aber die KP vertraute eben darauf, daß der Vertrag eingehalten würde. Für den Aris brach mit dem ZK-Beschluß seine Welt zusammen. Seine Truppe war eingeschlossen von zwei Bataillonen Regie-

rungssoldaten, eben im Pindos-Gebirge, in der Nähe des Acheloos, was ein großer, wasserreicher Fluß ist. Die Brücke von Korakos mußten sie überqueren. Dorthin, in den Roumeli, nach Süden, von wo er sie vor zwei Jahren in den Norden geführt hatte, wollte Aris seine Leute bringen, damit sie in ihre Dörfer zurückgingen. Im Juni fünfundvierzig. Zwei Schafhirten, alte ELAS-Genossen, brachten dem Aris auf Schleichwegen die Ausgabe der Parteizeitung mit dem Beschluß. Als sie dicht an der Brücke waren und der Übergang für seine Leute gesichert, hörten die plötzlich einen Revolverschuß und bemerkten im gleichen Augenblick, daß Aris verschwunden war. Einer seiner engsten Kampfgefährten, Tsavellas, lief in Richtung des Schusses und fand Velouchiotis mit einem Loch in der rechten Schläfe und seinem berühmten Colt-Revolver in der Hand. Der Kommandant! Der Kommandant hat sich umgebracht! ruft er. Die anderen kommen gelaufen, stehen stumm um die Leiche, mit Tränen in den Augen, ratlos erschüttert.

Als erster bricht Tsavellas die Stille: Was stehen wir hier entgeistert herum, Kameraden! Der Kommandant hat uns den Weg gezeigt. Gehen wir mit ihm, wie im Leben so im Tod!

Da widersprachen aber mehrere: Welchen Sinn hätte es, jetzt zu sterben, da wir gerade der Todesgefahr entkommen sind?

Und Tsavellas: Keiner von uns ist gezwungen in die Berge marschiert – keiner ist gezwungen, aus eigenem Entschluß ins Grab zu gehen. Lebt wohl, Kampfgenossen!

Ehe die anderen noch begriffen hatten, was geschah, hatte er die englische Handgranate, die er am Gürtel trug, sich an die Brust gedrückt und mit den Zähnen abgezogen. Dann lagen zwei Leichen nebeneinander am Boden, zwei Symbole der griechischen nationalen Revolution.

Ihre Gefährten konnten sie weder mitnehmen noch in den Felsen beerdigen.
In der Provinzstadt Trikala wurden ihre abgeschlagenen Köpfe an die Laternen gehängt, von der fanatisierten Soldateska.
Bliss klappte den Hefter zu.
Bah, machte Anklam in die Stille, scheußlich. Und mit solchen Geschichten willst du deutschen Linksbürgern dies Land schmackhaft machen? Touristen?
Zu realistisch, meinst du?
Wär eher was für nach der Revolution. Oder du mußt das alles freundlicher einpacken, Vik.
Das sagst du? Ich dachte eher, man müßte die Tragik dieses Partisanenschicksals noch deutlicher herausarbeiten —
Na ja, ich sags als Freund. Im Interesse deiner Auflage. Die Wahrheit soll es schon bleiben.
Anklam streckte sich aus, dehnte sich, fragte noch unterm Gähnen: Und was ist aus ihrem KP-Chef geworden?
Den haben sie nach sechsundfünfzig in die Wüste geschickt.
Stalin suchen, wie? Na, wenigstens was. Darauf laß uns jetzt einen schlafen, Vik.

# ANKLAM
## Die Nacht der Partisanen

Die Sirenentöne, Feuerwehr oder Polizei, hatten ihn bis in den kurzen Schlaf verwundert. Oder hatte er sie nur im Traum vervielfacht? Aber bei seinem dämmrigen Erwachen waren sie gleich wieder hörbar gewesen, sehr leise, sehr fern da, wie zur Erinnerung. Vik hatte noch ruhig atmend auf seinem Bettgestell gelegen – zum erstenmal, war ihm bewußt geworden, schliefen sie in einem Zimmer, nebeneinander. Er hatte das stillgewordene Gesicht betrachtet, dem die Augen fehlten, aber nur verhalten fehlten, widerruflich, anders als bei dem Blinden in der Metro, an den er sofort wieder gedacht hatte. Auf dem Gang draußen war die Helle des Frühnachmittags eingetrübt gewesen, eine Überschwemmung des Hofes mit einem dickflüssigen, heißen Graubraun, häßlich. Und der Brandgeruch noch stärker als vorher. Die niedrig gesunkene Sonne verdeckt, überzogen von buschigen, quellenden Wolken, die, da war ein Irrtum schon ausgeschlossen, Rauchwolken waren.
Auch hier, in den engen Straßen der Plaka, wo die Touristen ihre Herrschaft nach der Siesta wieder übernommen hatten und Griechen nur das zu ihrer Bedienung nötige Zubehör schienen, lag so etwas wie Spannung in der Luft.

Anklam kannte die eigentliche Sprache dieser Stadt noch weniger als Bliss, aber die atmosphärische Veränderung gegenüber dem Morgen in Piräus war unmißverständlich, obgleich er nicht identifizieren konnte, worin sie wirklich bestand. Offenkundig nur die Sirenensignale, die Rauchwolken, der Brandgeruch – Anzeichen eines Feuer, das die Athener mehr zu erregen schien als ein gewöhnlicher Brand.

Bliss ließ durch die Zähne, daß es vielleicht wieder einen terroristischen Anschlag gegeben habe, wie vor einem halben Jahr. Da waren die beiden größten Kaufhäuser im Zentrum der Stadt niedergebrannt.

Auf dem Syntagma war zu sehen, daß die Rauchwolken schon von weiter her über Athen weg und Richtung Meer getrieben wurden. Vik hätte natürlich einen Griechen fragen können, die mußten aus dem Radio wissen, was los war. Hätte. Aber der war noch nicht wieder sprechbereit, hatte seinen abgesackten Blutdruck immerhin mitgeteilt nach dem todähnlichen Schlaf, egal ob Vorwand oder Fakt, der Wille zur Erklärung war ihm gutzuschreiben. Ein anderes Zugeständnis an mitteleuropäische Tischmanieren war offenbach die Rasur und der Verzicht auf seine Gammelturnschuh.

Der Verkehr quirlte unvermindert in und über den Platz, aus mindestens sechs Straßen, noch heftiger als am Mittag. Das schien eher die gewöhnliche Krankheit als ein plötzliches Fieber. Das pompöse klassizistische Gebäude über dem Platz hatte ihm Bliss schon am Mittag als den Parlamentssitz, das alte Königsschloß, identifiziert. Vor den Schilderhäuschen die schwitzenden, dressierten Spielzeugsoldaten in ihren weißwollenen Strümpfen und Röcken hatten gerade Wachablösung, sechs Uhr, plötzlich setzte sie der Mechanismus in ihnen in Bewegung, sie räumten ihre Plätze für zwei andere Puppen, defilier-

ten in ihrem hinkenden Schlurfschritt durch die staunend gaffenden Touristen davon. Nur ein paar Kinder fanden das zum Lachen.
Anklam fragte sich, ob diese Museumsmänner wohl kastriert seien. Er konnte sie sich im Bett nicht vorstellen. Oder wenn ihnen da doch mal was gelungen war, wie mußten dann ihre Söhne über solche Puppenväter denken? Vielleicht kamen sie gleich selbst als Babydolls auf die Welt? Zugunsten dieser denkbaren Kinder hoffte Anklam, daß die Männer in der Wachstube ihre albernen Schnabelschuhe gleich in die Ecke schmissen und sich beim Bier die Sauereien erzählten, die sie sich während der Wachstunde mit den glotzenden Touristinnen vorgestellt hatten.
Hier war das, wo Wallraff sich angekettet hat, dreiundsiebzig, wußte Bliss, und sein Gedächtnis spulte gleich im Zeitraffer den ganzen Film dieses Kommandounternehmens ab, mit dem Wallraff versucht hatte, ein bißchen donquichotesk, in die internationale Politik einzugreifen. Originell jedenfalls. Und riskanter als ein Ritt gegen Windmühlen und Schafe. Was hatten die Griechen davon gemerkt und behalten? Da wußte der Doktor mal keine Auskunft. Und auch nicht auf die doch interessante Frage, ob die beiden Puppensoldaten dem Günter die Ehre angetan hätten, aus ihrer Automatik zu fallen. Er nahm sich vor, Wallraff das bei nächster Gelegenheit zu fragen.
Ein paar Schritte weiter, neben dem Parlament, war auch das Kostümtheater im Dienst des Fremdenverkehrs brüsk zu Ende. Da wurden sie von einem ganz normalen Soldaten, mit einer ganz alltäglichen Maschinenpistole quer vor dem Bauch, knappe, herrische Gesten, daran gehindert, sich die schwarzen Regierungslimousinen und die zwei Mannschaftswagen der Polizei etwas näher an-

zusehen. Worte machte die Staatsgewalt nicht mal. Immerhin, fand Anklam, ist diese Bewachung noch zivil, verglichen mit den Stacheldrahtverhauen und Panzerspähwagen im Bonner Regierungsviertel.

Als Bliss sich endlich zu der richtigen Bushaltestelle durchgesucht hatte und sie in der Schlange warteten, gab er bekannt, daß sie nach Kessariani fahren würden, da wären die griechischen Genossen zu treffen, die über alles Bescheid wüßten.

Auch über ein anständiges Abendbrot?

Da lachte Bliss schon mal kurz. Wenn nicht, lad ich uns alle ein. Beruhigt?

Bist ja doch ein Mensch, Vik, Gott sei Dank!

Anklam schämte sich seiner Marotte nicht. Eher war er stolz auf seine Schwächen, empfand eine geheime Lust, wenn Freunde ihn wegen solcher Dinge anpflaumten. Er bekannte sich rücksichtslos zu seiner Angst vor dem Hunger. Besonders im Ausland, wo er mit den Geschäftszeiten, den Eßgewohnheiten der Menschen nicht vertraut war, überfiel ihn die, sobald er seinen Magen auch nur in die Nähe eines Hungergefühls kommen spürte und er fürchten mußte, daß sich nicht rechtzeitig neue Nahrung beschaffen ließe. Nach Polen, in die Tschechoslowakei, selbst in die DDR, war er nur mit einer Packung Schokoladentafeln im Gepäck gereist, und obwohl er die dann fast immer verschenken mußte, war er auch nach Griechenland mit einem solchen Notvorrat abgeflogen und hatte Bliss' Schadenfreude gelassen ertragen, als er auf Leros die weiche, silberpapierdurchzogene Kakaoschmiere vom Boden der Tasche kratzen mußte. Er hatte Bliss verpflichtet, das Bauernbrot mitzunehmen. Nachdem sie sich nun schon den ganzen Tag mit Behelfsimbissen durchgeschlagen hatten, war die Befürchtung nicht unberechtigt, daß dieser Glückssucher mit seinem sadistischen Idealismus oder seiner Wirklichkeitsangst imstande war, ihn erneut mit einem Würstchen oder Sandwich am Straßenrand abzuspeisen. Er hatte sich zur Verklärung seiner Marotte eine Geschichte ausgedacht von einem ewig hungrigen Säugling an der trocknen Mutterbrust, in den letzten beiden Kriegsjahren, und nur ausnahmsweise erinnerte er sich noch, daß sie erfunden war.

Sie standen schon im schwitzenden Körpergedrängel, dicht am vorderen Eingang, der Fahrer hatte die Türen geschlossen und versuchte, den schweren Bus hinter einem liegengebliebenen Trolley hervor zentimeterweise in den rollenden Verkehr zu schieben, seine Aufmerksamkeit ganz auf den Rückspiegel konzentriert, da klopfte ein Grieche von draußen heftig gegen die Vordertür. Als der Fahrer erneut halten mußte, keine Lücke fand in dem nicht abreißenden Pkw-Strom, aber die Tür nicht öffnete, klopfte der Mann stärker, erregter, gestikulierte durchs Fenster. Der Fahrer konnte ihn nicht beachten, lauerte weiter auf eine Möglichkeit zum Ausscheren, zog wieder an, vorsichtig, die Pkw kurvten jetzt um den rausgeschobenen Bug des Busses, bis endlich ein Lastwagen stoppte, den Weg frei ließ. Der Busfahrer gab Gas. Im gleichen Augenblick trat der Mann draußen wütend enttäuscht gegen die Tür, schrie etwas, das unmißverständlich ein Schimpfwort war, Malakas hörte Anklam, da stieg der Fahrer auf die Bremse, daß alle im Gang nach vorn gerissen wurden, ließ den Bus schräg in der Fahrbahn stehen, öffnete die Vordertür, stieß sich durch die Fahrgäste und sprang aus dem Wagen zu dem Mann hinunter, schrie ihn an. Fasziniert sahen sie zu, wie die beiden ihre explodierende Empörung mit immer lauteren Beschimpfungen hochjagten, wie der Fahrer schon den Mann an der Jacke griff, schubste, der ihn zurückstieß,

während aus der sich aufstauenden Wagenkolonne auf der Fahrbahn erst einzelne, dann sich vervielfachende Hupsignale die plötzliche Spannung noch schürten, aber den Fahrer nicht abbrachten von seiner gerechten Empörung. Die Fahrgäste an der offenen Tür, auch die Passanten auf dem Bürgersteig, taten nichts, sie glotzen nur, dachte Anklam, warum gehen sie nicht dazwischen, eh die sich schlagen! Die Gesichter der beiden waren zornentstellt, gefährlich, das Wechselgeschrei und das Stoßen steigerte sich noch, die Schlägerei hing in der Luft, da kam ein anderer Fahrer von hinten gelaufen, stellte sich mit erhobenen Armen zwischen sie, brachte sie auseinander, sprach erst zu seinem Kollegen, dann zu dem Mann, während die sich, immer noch mit wütenden Gesten und an seinem Kopf vorbei, weiter beschimpften, das sah nun schon nach einer komischen Nummer aus, bis der Fahrer sich unvermittelt umdrehte und zurück in seinen Bus stieg. Er schaute in keines der vielen Gesichter, die ihn neugierig anstarrten, setzte sich auf seinen Sitz und startete sofort. Anklam sah noch einen Moment, wie der Mann draußen, seines Widersachers beraubt, hinter dem andern Fahrer her schimpfte, dann war ihm die Sicht versperrt. Ein kurzes Echo im Bus. Einige Sympathiekundgebungen für den Fahrer, denen er nur mit knappem Kopfnicken antwortete, die Schweißtropfen wischte er sich erst an der nächsten Haltestelle von der Stirn.
War das eine Entladung, ein Blitz aus der latenten Spannung dieses Nachmittags oder der normale Ausdruck griechischen Temperaments? Die wieder gleichgültigen Gesichter der Griechen um ihn beobachtend, arbeitete Anklam an seinen Gedanken. Er sah sich selbst auf dem Sitz des Fahrers, anders hätte auch er wahrscheinlich nicht reagiert auf die Unfähigkeit des Mannes draußen, sich in die Lage des Chauffeurs zu versetzen und auf sein

eigenes Bedürfnis zu verzichten. Wie bei dem die Vernunft plötzlich ausklinkte, der Jähzorn hervorbrach, von woher? Aus der Wildnis der Instinkte, wo kein Wille reinreicht? Verdammt bekannt kam ihm die Reaktion der beiden doch vor, mit den eigenen Erinnerungen im Kopf, Frankfurt, den ledernen Grünen ohne Überlegung aus dem Sattel geschlagen, als der direkt neben ihm mit seiner BMW in die vordrückenden Demonstranten gesteuert, seine Freundin zu Boden gerissen hatte, und im Kölner Hauptbahnhof, der Artikel aus dem Express lag noch in einer Schreibtischschublade, Rache-Bengel auf Bahnsteig 9, da war Blut geflossen, als die FC-Fans aus der Südecke Lotte angepöbelt hatten und er sechs oder acht von ihnen aufmischen mußte, bis die Bahnpolizei mit fünf Knüppeln Frieden schaffte, in dem Jahr stand er noch täglich an der Drehbank, und die dreißig Tagessätze waren ein lange wirkendes Schmerzgeld gewesen für die verteidigte Ehre, schmerzhafter als die genähten Wunden. Aber bereut hatte er den Schlag ins Gesicht des Metaller-Kollegen von Ford, der ihn Spalter nannte, weil er gegen die Wahl des alten Betriebsratsfürsten sprach. Da hatte er sich entschuldigt, freiwillig zweihundert Mark Sühnegeld ans Rote Kreuz gezahlt. Und war nach Düsseldorf zu den Röhrenwerken gegangen. Sonst empfand er Scham viel eher, wenn die Fälle hochkamen, wo er gepaßt, klein beigegeben, die Kontrolle über sich behalten hatte, im übergeordneten Interesse der Gewerkschaft, der Kollegen oder nur um des sogenannten lieben Friedens willen. Auf der einen Seite, kaum unterscheidbar, Disziplin, Feigheit – auf der andern die Selbstbehauptung, die gerechte Wut. Organisationsinteresse oder Selbstverwirklichung. Der Genosse Vik hätte da keine Steuerungsprobleme.

Wie? Mußte er nicht eben ans blaue Mittelmeer fahren,

um Vik in seine verdammten Pflichten zurückzuholen, seinen Ego-Trip alias Selbstverwirklichung abzubrechen, ihn in die Disziplin zu rufen? Was hatte Viks Flucht mit der Wut des Busfahrers zu tun? Und mit seiner eignen schnellen Notfall-Faust?

Schwankende Gedanken, ein Hin und Her wie das der Körper im ständigen Beschleunigen, Bremsen, Halten, Wiederanfahren des Busses in dem aufhaltsamen Geschiebe der tausend stadtauswärts strömenden Fahrzeuge. Es beunruhigte Anklam bis zum Ärger, Selbstärger, daß er seine Gedanken und Beobachtungen nicht in eine logische Folge zwingen, nicht in Übereinstimmung mit seinen gerechten Gefühlen bringen konnte.

Vik! sagte er über die Schulter eines geschniegelten Marinesoldaten, laß uns lieber essen gehn, bevor wir deine griechischen Genossen treffen. Wer weiß, was die mit uns anstellen und lassen uns nicht aus den Klauen!

Hast du keine Schokolade dabei? fragte Bliss zurück.

Hunger ist ein verdammt gerechtes Gefühl, dachte Anklam, wirklich.

Der Bus hielt an einer großen Kreuzung, zwei Polizisten auf der doppelten Fahrbahn, wieder die Windmühlenbewegung der weißen Handschuhe, wie am Morgen in Piräus, als seien die Armgelenke der Männer ausgeleiert, und die sinnlosen Pfiffe ständig, auf ihren Schnullern, die Babies in Uniform. In den Motorenlärm plötzlich gemischt das heisere, hektische Heulen von Feuerwehrsirenen, anschwellend, näherkommend, alle Köpfe im Bus sofort in die Richtung des Geräuschs gezogen und verstummt. Zwei Löschzüge, mächtige rote Kästen mit Schaumkanonen auf den Dächern, blaulichtsprühend, drängten sich durch die zähe Verkehrsmasse, zerteilten das rollende Blech auf der breiten Ausfallstraße, und sie hörten das unablässige, aufreizende Jaulen der Sirenen noch, nachdem der Bus die Kreuzung überquert hatte. Jetzt sprachen plötzlich die Fahrgäste miteinander, auch solche, die sich offenbar nicht kannten, als müßten sie sich abreagieren nach dem entnervenden Geheul, ein heftiges Mitteilungsbedürfnis. Anklam wurde angesprochen von der älteren Frau unter ihm, und da er den Fehler machte, verständnisvoll zu nicken, sprudelte sie weiter zu ihm hinauf, bis ihr Nebenmann sie unterbrach.

Der Zwischenfall an der Tür hatte die Griechen kaum aus ihrer Hitzelethargie und Erschöpfung gerissen. Gestreßt, schwitzend hatten sie gleich wieder an den Haltegriffen gehangen oder in sich versackt dagesessen. Bis die Sirenen sie aufscheuchten. Die summende Erregung jetzt war anders als die kurze Neugier vorhin, das spürte Anklam ratlos.

Bliss profitierte von der Redseligkeit, ohne selbst den Mund aufzutun, gab ihm ein paar Stichworte weiter – daß es Feuer in verschiedenen Außenbezirken gleichzeitig gäbe, Selbstentzündung in den trocknen Gärten oder Fahrlässigkeit oder womöglich Absicht, darüber rätselten und stritten die Griechen, keiner wisse Genaues.

Na gut, dachte Anklam, die werden wohl genügend Feuerwehren in ihrer Landeshauptstadt haben für ein paar Buschfeuer. Er tat die vorher gespürte Spannung der Atmosphäre in der Stadt als Hirngespinst ab. Die Anteilnahme der Menschen war leicht mit ihrem Sensationsbedürfnis zu erklären, ihrer Neugier. Der steinerne Koloß Athen, diese wimmelnde Betonfestung konnte nicht im Ernst sich bedroht fühlen durch einige sommerliche Grasbrände, wie immer sie ausgelöst worden waren.

Ihm fiel das kurze, verschwommene Aufwachen in seinem Stuhl auf der Alkyon ein, als er weit draußen über dem schwarzen Meer den Feuerschein gesehen hatte, da war der Mond schon untergegangen, eine erst unglaubhafte, unwirkliche Erscheinung, die er dann doch als einen klar begrenzten Brand zu erkennen meinte, eine ferne Glut, wie ein roter Lappen, anscheinend auf einem Berghang, nicht auszumachen, ob groß oder klein, da von der Insel nichts zu sehn war, nachts sollte ein brennendes Streichholz kilometerweit leuchten, mit dem Gedanken war er wieder weggeduselt. Und morgens hatte er den flüchtigen Vorfall vergessen.

Aber der Himmel hatte einen roten Widerschein gezeigt, fiel ihm ein, also Wolken am sternklaren Nachthimmel, Rauchwolken, also wohl doch kein kleines Feuer.

Je höher der Bus mit ihnen die ansteigenden Straßen hinaufkurvte, je öfter gaben flache Häuser oder Baulücken den Blick frei auf die über die Stadt hinweg quellende Rauchwolke, hinter der die Abendsonne verschwand, wieder auftauchte, verschwand und sie bald tiefschwarz, bald graurosa erscheinen ließ. Ihre Herkunft war immer noch nicht erkennbar, einige Hügel in dem breiten Tal verdeckten den Ausblick auf die nördlichen Vororte.

Plötzlich sickerte ihm ein andrer Gedanke aus dem Unterbewußtsein ins Helle, eine verhuschte Assoziation erst nur, die ihn, nachdem sie einmal Gestalt gewonnen hatte, mit solcher Macht besetzte, daß er sein Herz schlagen fühlte.

Die Vorstellung von einem Brand im Betrieb, in den Röhrenwerken.

Kein wirklicher Brand, sondern irgendein unvorhergesehenes Ereignis – die Geschäftsleitung konnte sich etwas ausgedacht haben, um die Betriebsversammlung zu beeinflussen, den Betriebsrat, ihn, zu schwächen, der nicht vorbereitet war, oder Schlimmeres, die Fusionsgerüchte mit Saarstahl, neue Absprachen mit Hoogovens, Produktionsverlegung, Massenentlassung, was war nicht alles mit der Stahlkrise über Nacht zu begründen. Auch aus dem Betriebsrat selbst konnte etwas kommen, die rechte Minderheit trat zwar nie offen gegen ihn auf, aber im Intrigieren war der fromme Kemperdiek schon immer groß, und Willi, auf den in offener Feldschlacht absoluter Verlaß war, der war gegen solche verdeckten Angriffe hilflos, der merkte sie überhaupt erst, wenn es zu spät war, weil er Derartiges immer bis zuletzt für unmöglich hielt.

Warum war er nicht auf die Idee gekommen, im Betriebsrat anzurufen! Hatte stundenlang auf dem Telegrafenamt gesessen und kein Gedanke daran, daß es möglich sein mußte, auch nach Düsseldorf zu telefonieren, genausogut, wie er von zu Hause nach Österreich und in die Schweiz rufen konnte. Ihm fiel die Post auf der Insel ein, die Touristen wartend vor den zwei Zellen – klar, daß die keine Ortsgespräche geführt hatten! Vielleicht konnte man sogar durchwählen, von Athen.

Anklam verfluchte seine Gedankenlosigkeit, versuchte, sich zu beruhigen, daß er alle Weichen gestellt hatte für die Betriebsversammlung, aber die Beschwichtigung nutzte wenig, der einmal gefaßte Gedanke drückte sofort wieder hoch ins Bewußtsein wie ein Kork aus dem Wasser. Warum zum Teufel war er, der für diese sechzehnhundert Männer und Frauen verantwortlich war, die auf ihn vertrauten, jedenfalls die meisten, warum war er diesem einen hinterhergereist und bemühte sich um ihn, als wärs ein launisches Kind, kein erwachsener Mann mit schließlich einem politischen Kopf und Erfahrung? Dakkelte ihm jetzt hinterher zu Leuten, deren Probleme ihn im Grunde sowenig angingen wie dieses ganze halbgare Land mit seiner Touristenseligkeit? Statt auf dem Flugplatz zu sitzen, mit Vik oder ohne, und auf die nächste Fluggelegenheit zu warten?

Als Bliss ihn zum Aussteigen aufforderte, fragte er so

heftig, daß der ihn verwundert anschaute: Kann man von Athen nach Düsseldorf telefonieren?
Ja sicher, warum nicht?
Dann frag mich nicht, warum ichs heut nachmittag nicht getan habe, sondern schaff mir einen Apparat!
Die Platia von Kessariani war laut wie alle Öffentlichkeit in Griechenland. Aus drei oder vier Tavernen und Kafenios wurden die Tische auf dem Platz unter den niedrigen Bitterorangenbäumen versorgt, über die kleinen Straßen weg, die den Platz seitlich begrenzten. Als sie aus dem Bus stiegen, war der abendliche Betrieb auf der Platia voll im Gang, fast alle Tische besetzt, auch auf den Bürgersteigen, hauptsächlich von Männern. Dazwischen Gruppen, stehend, diskutierend, mit lebhaften Handgebärden, wieder deutlich spürbar die Erregung. Aus dem Doppellautsprecher an den oberen Fenstern des zweistöckigen Eckhauses dröhnte Theodorakis-Musik, dann die Worte einer jugendlichen Sprecherin, die mit scharfer, anklagender Stimme auch den Motorenlärm auf der König-Konstantin-Allee übertönte, auf der der Verkehr aus dem Zentrum Athens herausquoll.
Bliss sagte Katastrophenphantasie! als Anklam ihm seinen plötzlichen Telefonwunsch erläuterte, versprach aber, ein Telefonamt in Kessariani zu suchen, wenn sie nur erst Takis getroffen hätten, die seien bis acht Uhr mindestens geöffnet, also kein Grund zur Nervosität. Er zeigte ihm das vom heftigen Wind gezerrte Transparent unter den Fenstern des Eckhauses, der Aufruf zum großen Jugendfestival im August, KNE, das sei die kommunistische Jugend, und als endlich die schneidende Stimme aus den Lautsprechern abbrach und wieder die schöne, eindringliche Stimme der Farantouri erklang, erzählte er von seiner ersten Begegnung mit diesem Platz und diesem Ort. Eben hier hätte er damals mit Takis gesessen,

als er, noch halb betäubt, von Deutschland angekommen war, der hätte ihn eingeführt in die neue Geschichte Griechenlands, das Abkommen von Jalta, Stalins Politik, die das Land den westlichen Interessen überlassen hatte, vielleicht überlassen mußte bei der Aufteilung Europas in Befreiungszonen für die verbündeten Armeen. Die Griechen hätten damals schon ihren eigenen Sozialismus auf den Weg gebracht, ohne die Einmischung Englands und der USA.

Die Story hast du schon mal verbreitet, murmelte Anklam.

Trotzdem sind die Kommunisten hier wieder die stärkste Ratsfraktion, lachte Bliss jetzt, und der Bürgermeister, das ist ein Typ, du, der macht dir das Herz auf, den solltest du kennenlernen! Der war auch schon vor der Junta hier der erste Mann, eh sie ihn zum zweitenmal deportiert haben.

Sie schritten langsam das Spalier der Plakatwände ab, die parallel zur Hauptstraße die Platia säumten, keine Reklame, Grundfarbe Rot, und während Bliss wortreich seine Erläuterungen gab – die Trotzkisten, das ist Papandreous maulsozialistische PASOK, das die KKE, klar, das die abgespaltenen Eurokommunisten, nennen sich Inlands-KKE, weil sie mit Moskau nichts zu tun haben wollen, das wieder die KNE –, wunderte sich Anklam über Viks plötzliche lockere Gesprächigkeit. Als hätte die Aussicht auf ein Treffen mit seinen Genossen allein ihm die Pumpe wieder auf Touren gebracht.

Und um die Ecke, auf der Konstantinou, liegen die dazugehörigen Parteibüros, eins neben dem andern, könntst denken, sie hätten hier schon die Volksfront. Nur Karamanlis' Nea Demokratia, die findest du nicht.

Daß du man nicht die falsche Tür erwischst, frozzelte Anklam, aber Bliss lachte wieder, zeigte auf den schwarz-

haarigen Griechen, der aus einer Männergruppe auf sie zukam, gleich Bliss' ausgestreckte Hand mit seinen beiden griff und lautstark staunend schüttelte. Das war Takis. Ein Mann, dem der ausladende Schnäuzer das Gesicht in zwei Hälften teilte und der durch dieses finstere Gebüsch ein fast akzentfreies Deutsch sprach.
Da stimmt es also doch, daß du angerufen hast, Mensch!
Ja, und da sind wir, sagte Bliss, das ist mein Freund Manfred Anklam, Betriebsratsvorsitzender in Düsseldorf, IG Metall, der hat mich hierhergeschleift aus Leros, und Takis Vamvakis, aber der ist nicht der Bürgermeister von Kessariani, sondern Historiker, wir haben zusammen studiert in Köln, während der Junta.
So, von unserm Bürgermeister hast du schon erzählt, stellte Takis fest, der taucht nachher noch hier auf. Kommt.
Er nutzte den Handschlag mit Anklam gleich, sie auf den Weg zu ziehen. Sie gingen rüber zu der Gruppe, er nannte einige unverständliche Namen, ein paar griechische Sätze über die Deutschen.
Ich weiß nicht – ist dein Freund auch Genosse? fragte er mit einem entschuldigenden Lächeln, als hätte er es Anklam ansehen müssen.
Bliss, schneller Blick zu ihm: Im weiteren Sinne, kann man sagen. Einer mit Haken und Ösen. Definier dich mal selbst.
Anklam grinste ein bißchen, zuckte die Achseln, fühlte sich überrumpelt, wer hat hier eigentlich mehr Haken, wie?
Ah ja, verstand Takis, solche haben wir auch, damits nicht zu glatt läuft. Er lachte freundlich, aber übersetzte das nicht.
Einer der Männer reichte Anklam die Hand. Löste damit ein allgemeines Schütteln sich kreuzender Arme aus.

Ob du Zeit hast, zufällig, fragte Bliss, daß wir zusammen essen gehn? Wir könnten natürlich auch allein. Notfalls.
Der Grieche zögerte. Etwas schwierig heute. Hier ist alles ruhig. Aber wir wissen nicht, was in der Nacht passiert.
Passiert?
Unser Wald, sagte Takis, mit einer Kopfbewegung hinter sich zeigend, wir müssen aufpassen.
Euer Wald? fragte Bliss noch einmal, verständnislos.
Vik, der sonst so schnell kapierte. Anklam waren die Zusammenhänge jetzt klar. Der Berg, an den die Stadt heranwuchs, war bis zur halben Höhe grün, erst darüber steingrau. Dieser Wald dort, die trockene Hitze, der heftige Wind und die Rauchwolke über Athen, das Feuer im Norden, das gehörte zusammen, war die Gefahr, die Ursache der latenten Spannung, die sie gespürt hatten. Aber er dachte diesen Gedanken nicht aus, bemerkte kaum, daß die Griechen ihr Gespräch gleich weiterführten, während Takis ihnen noch erklärte, daß sie Wachen stellen müßten, um Brandstiftungen zu verhindern. Der Betrieb war es, der ihm im gleichen Augenblick wieder den Kopf besetzte, als spräche der Takis nur symbolisch von dem Versuch rechter Kräfte, die Bevölkerung einzuschüchtern, den eben erst zur Demokratie zurückgekehrten Staat als machtlos zu zeigen gegen solche terroristischen Anschläge, um das Militär wieder auf die Straße zu rufen – und meinte in Wirklichkeit die Röhrenwerke, deren Belegschaft kopflos, verwaist, ohne Wächter gelassen sei von dem, dem sie ihren Schutz anvertraut hatte.
Es ist wirklich nicht lebenswichtig, unterbrach Anklam Takis abrupt, ob wir essen gehen oder nicht, aber ich muß unbedingt nach Deutschland telefonieren, mit meinem Betriebsrat, kannst du mir dazu helfen?
Es gefiel ihm, wie der Grieche seine Bitte ernst nahm, als

habe er ihren Hintergrund sofort verstanden, ernster als Vik vorhin. Sympathisch. Viks entschuldigende Erklärung war völlig überflüssig.

Du kannst von unserm Büro anrufen, klar.

Takis verständigte sich kurz mit den andern. Auch auf dem Stück Weg noch spürte Anklam Viks Vorwurf – der hätte eine halbe Stunde kunstvolle Schnörkel gebraucht, um eine so einfache Bitte rauszubringen, warum sollten die Griechen nicht Solidarität zeigen, es war nicht sein Privatvergnügen, und bezahlen würde er das Gespräch natürlich. Er erzählte dem Griechen ein paar Takte aus den Röhrenwerken, und zwar so, daß auch Vik nicht ausweichen konnte vor den Problemen, mit denen er dort und in seinem Kopf zu kämpfen hatte. Die rosa Mafiosi in seinem Betriebsrat, die schon lange versuchten, ihm Fußangeln zu legen, die geplanten Produktionsverlagerungen des Konzerns, die verunsicherte, mit Angst manipulierbare Belegschaft, also wirklich säckeweis Nüsse.

Das Büro der Partei lag im ersten Stock eines dieser niedrigen, abbruchreifen Häuser in der Konstantinou-Straße. Auf den Stufen vor der Tür saßen ein paar Kinder aus der Parterre-Wohnung. Der Flur mit der ausgetretenen Holztreppe war so dunkel, daß sie kaum die Plakate erkennen konnten, die als Farbersatz an den bröckelnden Wänden klebten. Oben auf dem Treppenabsatz baumelte eine graugesprenkelte Glühlampe von der rissigen Decke, beleuchtete matt Bierdosenkartons, gefüllt mit Broschüren, das Röhrendickicht eingerollter, übriggebliebener Plakate und gestapelte Stühle, vielfach gerissen die bunten Plastikschnüre, mit denen ihre Rohrrahmen bespannt waren.

Die Eingangstür stand offen. Dahinter ein kleiner Versammlungsraum mit Stuhlreihen, zwei Büros, eine Küche, verteilt um den engen Flur. Alles von einer unverhüllten

Primitivität, die auf Armut, Improvisation schließen ließ, vielleicht die Spuren kaum beendeter Illegalität.
Takis sagte keine Entschuldigungen. Dem alten Mann mit dem Weißhaarkranz um den braunglänzenden Schädel stellte er sie als jermani sindrofi vor. Als er sich erhob, etwas mühsam, ihnen die Linke reichte, sah Anklam, daß sein rechter Arm leblos von der Schulter hing, wie aufgehängt statt eingewachsen.
Die Vorwahlnummer nach Deutschland ist Null Null Vier Neun, sagte Bliss, dann Zwo Elf für Düsseldorf. Sie ließen ihn mit dem Telefon allein.
Ein schwarzer, stumpf gewordener Metallapparat, Siemens aus den fünfziger Jahren, die Wählscheibe schepperte beim Drehen. Unwahrscheinlich, daß damit ein Gespräch über zweitausend Kilometer zu führen sei. Das Besetzt-Zeichen kam auch gleich nach den ersten Zahlen. Er war fast erleichtert. Das abgeplatzte Eschenfurnier des Bürotischs. Die verstaubte Adler, aus den Dreißigern mußte die stammen, griechisches Alphabet. Er wunderte sich, daß keine Spinnweben ihre unverhüllte, funktionale Mechanik durchzogen. Wieder besetzt. Der angeschmuddelte Gipskopf von Lenin auf dem Schrank, unter der immerhin hellroten Fahne und der blauweißen. Besetzt. Die Rotaprint mit der Handkurbel. Mit so was hatten sie achtundsechzig bei den Ostermarschleuten ihre Flugblätter gedruckt.
Plötzlich war er durch – das Rufzeichen erschreckte ihn. Er hörte das Klingeln in Willis Wohnzimmer, sah den grünen Apparat auf dem Spitzendeckchen, Willi, wie er brummig vom Abendbrottisch in der Küche aufstand, schnell noch einen Schluck Bier nahm.
Eine Frauenstimme, fremd – ja, bitte?
Anklam, hier ist Anklam – kann ich Willi sprechen?
Ach, Sie sinds, Herr Anklam! Sie sind zurück!

Nein nein, aus Athen, Frau Kruse. Jetzt erkannte er ihre Stimme.
Aus Athen, ach so. Nein, Willi ist nicht da, ist gleich wieder weg nach dem Essen, zur Gewerkschaft.
Ah ja, machte Anklam enttäuscht. Besann sich: Zur Gewerkschaft? Heute? Mittwoch. Hat er gesagt, wann er zurückkommt?
Das sagt er doch nie, Herr Anklam, der Willi.
Eh – wissen Sie vielleicht, ob irgendwas los ist, im Betrieb? Was Besonderes?
Es schien ihm, daß die Frau etwas zögerte. Wann kommen Sie denn zurück?
Ich? Ja morgen abend.
Gut, sagte sie, ich werds Willi mitteilen.
Mitteilen! dachte er, was für ein Ausdruck. Was ist denn los im Betrieb? fragte er jetzt dringlicher.
Ich weiß gar nichts, Herr Anklam. Er hat nur beim Abendbrot gesagt, es wird Zeit, daß Sie zurückkommen.
Ja ja, morgen abend! Ich bin nicht durchgekommen, immer besetzt die Leitungen, ich versuchs morgen früh noch mal, im Betrieb!
Er saß da, starrte benommen auf den wieder toten Apparat. Etwas summte in seinem Ohr. Das hatte er jetzt davon. Katastrophenphantasie. Scheißkram.
Eine Sekunde lang der Impuls, noch einmal anzurufen, vielleicht wußte sie doch was. Oder in der Gewerkschaft? Aber da ging abends keiner ans Telefon, zwecklos.
Ist was passiert, Manfred? fragte Bliss von der Tür, neben sich Takis. Wohltuend besorgt klang seine Stimme.
Weiß nicht, murmelte Anklam. Mit einem Ruck stand er auf, strich das Haar zurück. Ist nicht rauszukriegen. Der Kollege war nicht zu Hause.
Wann fährst du zurück? fragte Takis.
Morgen abend geht die Maschine.

Na dann, sagte Takis. Also suchen wir uns jetzt was zu essen.
Eine große Idee, sagte Anklam lockerer. Aber als er ihm zweihundert Drachmen geben wollte, lachte der energisch, stopfte ihm die Hand mit den Scheinen in die Tasche zurück, faßte die Deutschen rechts und links an den Armen und zog sie zur Treppe. Er wüßte jetzt, daß der Bürgermeister noch auf die Platia käme, da könnten sie eine Geschichte kennenlernen, wenn er sich zum Essen mitnehmen ließe. Der alte Genosse im Büro sei übrigens auch eine – Ziegenhirt, Kapetanios bei der Befreiungsarmee im Epirus, sechzehn Jahre Gefängnis und Lager, als er rauskam, hing ihm der losgeschossene Arm noch immer an ein paar Sehnen und Adern. Die Partei hätte ihm das dann reparieren lassen, in Rumänien.
Ihr habt viele solche Geschichten, konstatierte Anklam.
Takis nickte.
Müssen harte Burschen sein, die das alles überstanden haben und noch dabei sind. Wie kommt ihr Jungen mit denen klar?
Takis sah ihn überrascht an. Wieso? Warum nicht?
Also keine Generationsprobleme?
Wir haben keine alten Genossen, versicherte Takis. Nur erfahrene.
Schöner Spruch, dachte Anklam. Und überlegte, ob die griechische KP etwas andres sein könnte als die deutsche. Mit halbem Ohr hörte er, wie Bliss nach den Bränden fragte, wie Takis mitteilte, daß er eine Wache ab vier Uhr morgens übernommen hätte. Schwer konnte er seine eigene Unruhe wegdrücken, mußte sich zwingen zu andern Gedanken. Ärger mischte sich dazwischen, ein noch verhaltener Unwille, über seine Hilflosigkeit, die vertrackte Situation, in die er sich selbst gebracht hatte, aber auch über Vik, den Anlaß der ganzen Veranstaltung.

Ist eine arme Gegend hier, wie? fragte er, um wegzukommen von seinen Gefühlen.
Takis schaute zu den bröckelnden Fassaden der niedrigen Häuser hinauf. Du meinst unser Parteibüro. Arme Partei in armer Gegend. Da sitzt ihr in besseren Häusern in Deutschland. Die Partei lebt wie die Leute.
Anklam blieb mitten auf dem Bürgersteig stehn, packte Takis am Arm. Kennst du die Häuser von unsern Gewerkschaftsvorständen? fragte er, und gleich, bitter: Die stehn hinter keiner Großbank zurück, Marmor, Chrom, Parkett und Spiegelglas! Soll heißen: In Bundesdeutschland ist die Arbeiterbewegung voll drin im Staat – wir leisten uns die Statussymbole der Bourgeoisie. Und die Kollegen, viele, glauben, das Symbol wär schon die Macht. Die streiken nur noch mit Netz. Wer solche Paläste baut, kann auch klotziges Streikgeld zahlen. Mir ist euer gammliges Büro sympathisch, Takis. Da gibts keine Illusionen.
Erst jetzt gab Anklam den Arm wieder frei. Takis sah Bliss verwundert an, ratlos, ließ ihm die Antwort.
Ich hör dich noch sagen, ein deutscher Arbeiter sitzt nicht im Pißpott. Sind die Gewerkschaftsfunktionäre keine Angestellten, die einen anständigen Arbeitsplatz fordern?
Anklam schnaubte seinen Zorn durch die Nase. Stell dich auf den Kopf, Vik – das IG-Metall-Haus in Frankfurt ist die Gewerkschaftsausgabe der Chase-Manhattan-Bank! Das ist Einschüchterungsarchitektur. Da sitzen unsre Vorstände wie Generaldirektoren. Das gehört uns nicht mehr, auch wenns so im Grundbuch steht. Ich hab nichts dagegen, wenn unsre Erholungsheime Komfort haben. Der ist für alle Kollegen.
Jetzt gib gefälligst zu, daß ich recht habe, eh ich dich Opportunist schimpfe!

Schriftlich? lachte Bliss und erzählte Takis, wie sie in Marburg das Parteizentrum selbst renoviert hätten, das billige alte Haus, alles Eigenarbeit, kein Geld für fremde Handwerker.
Der Grieche berichtete irgendwas von einem Sanierungsplan, Kampf gegen Elendsquartiere – Anklam hörte nur Satzfetzen, konnte den doppelten Film nicht abschalten, die versteckten, abgedeckten Bilder, die sein Zorn freisetzte, aber wortlos. Niemand und nie konnte er erzählen, mit den Gefühlen, den Ahnungen erst, den langsam ins Klare dämmernden Gewißheiten, was in dem schwarzen, schimmernden Haus in der Leuschnerstraße geschehen war, wie sie ihn zitiert hatten nach Frankfurt mit dem Vorstandsbrief – ein Gespräch sollte das sein! – ihn, den Verantwortlichen für einen Streik, mit dem anderthalbtausend Metaller ihrer Gewerkschaft das Kreuz stärken wollten, wild hatten ihn tatsächlich einige genannt, und die waren alt geworden in der Organisation. Ins Gedächtnis genagelte Bilder – die beiden Pförtner am gläsernen Eingang, der schnelle Fahrstuhl in den achten Stock, bis an die Tür hatte ihn einer der beiden gebracht, damit er nicht vorher seine Freunde sprechen konnte, der ganze geschäftsführende Vorstand um den Konferenztisch, kein Sessel mehr frei für ihn, auch kein Stuhl, angeklagte Rädelsführer sitzen nicht vor ihren Richtern, der herrliche unwirkliche Blick ins Offene, über den Main, die Südstadt unter der sonnigen Wolkenlandschaft, unter den schweren, langsam einschwebenden Verkehrsmaschinen mit den ausgefahrenen Rädern, mit dem Rücken an der Wand hatte er begriffen, daß hier das Konzept von der selbständigeren aktiven Basis schon verworfen, abgeblasen war, kaum eh es in den Betrieben und Kreisen zu greifen begann, der Druck von unten sollte nur auf Bestellung von oben erlaubt sein, da saßen

Männer, die Macht hatten und sie verteidigten, sie wußten warum, Macht nicht nur in der Gewerkschaft – Staatsträger. Da konnte nicht geduldet werden, daß die Rituale der Machterhaltung von Uneingeweihten in Frage gestellt wurden, die mal zuschlagen wollten, wo nur Spiegelfechtereien stattfinden, das Imponiergehabe der Tarifforderungen, mit eingebauter Kompromißautomatik, alljährliches verschärftes Zähnefletschen über fünf Runden mit Experten, Ringärzten, Sportberichtern und Rahmenprogramm zur Beschwichtigung der einfältigen Proletariergemüter, das einverständige Grinsen saß schon immer mit in den Mundwinkeln, und auch der Streit im Vorstand um das Sandkorn Anklam im Getriebe ein Abbild der Vorgänge in der konfliktbereinigten Industriegesellschaft – die dreieinhalb Linken hatten ihre vorbestimmte Funktion dabei, verhinderten den Ausschlußantrag der Rechten, nachdem er auf den Tisch geknallt hatte, was er verdienen würde, wenns nach dem Angebot der Direktion ginge, verdammt, er kannte die Preise der Haie für einen unbequemen Gewerkschafter. Sie brauchten ihn noch, klar, er hatte den Organisationsgrad auf 95 Prozent getrieben, nicht dieser butterweiche Ortsbevollmächtigte mit der Schallplatte im Kopf, A-Seite vor der Tarifrunde, B-Seite nach der Tarifrunde, aber die Direktiven des Vorstands waren zu respektieren, beim nächstenmal, Kollege Anklam, ist das Ausschlußverfahren fällig, die IG Metall ist kein Sponti-Verein, und jetzt geh in dich und verwechsel nicht wieder unsre stabile Republik mit England –
Ihr verderbt mir den Appetit heut nicht! fluchte er halblaut seine Kopfgespenster weg, und da hatte auch Takis den Bürgermeister ausgeguckt. Zuerst war von ihm nur ein rundlicher Kopf zu sehn, in einer Gruppe von jüngeren und älteren Personen am Rand der Platia, die

Takis freundlich, aber nachdrücklich auseinanderschob, um die Deutschen vorzuziehen, ran an den ein bißchen behäbig wirkenden Mann im offenen Hemd. Anklam registrierte den Kontrast zwischen dichter grauer Brustwolle und den ausgedünnten Strähnen weit hinter der Stirn, zwischen dem massiven Körper und den schnellen, zugreifenden Augen. Händeschütteln, Entschuldigung, einen Augenblick noch, natürlich, ihr Abend war offen.
Das sind Leute aus Kessariani, Bürger, erklärte ihnen Takis, ziemlich überflüssig. Hier trifft man den Bürgermeister fast jeden Abend. Die gehn nicht in sein Amt.
Ist nicht wegen der Brände, die Aufregung? fragte Anklam.
Aufregung? Takis' Schnurrbartenden wurden hochgezogen. Das ist eine normale Unterhaltung über persönliche Menschheitsprobleme. Die Wachen für die Nacht sind eingeteilt.
Sie beobachteten eine Weile das bunte Stimmengewirr, in das der Bürgermeister einzelne Sätze sagte, deren Ruhe seinem Körpergewicht entsprach. Auch Vik verstand offenbar nichts. Aber dieses sprechende Vokabular von Gesten. Wie die griechischen Kollegen, wenn sie ins Betriebsratsbüro kamen und mit Photis verhandelten. Wenn sie deutsch radebrechten, verstummte ihre Gestik. Vik hatte denselben Gedanken.
Denk dir die Akustik weg, und du hast einen expressionistischen Stummfilm. Die Kinder auch – das ist das Komischste. Die gleichen Gebärden, die gleiche Wichtigkeit.
Anklam sagte, du Vik, ich will jetzt nicht mehr an den Betrieb denken, hast du verstanden? Erinner mich dran.
Bliss stutzte, aber schaltete doch fast sofort, nickte nachdrücklich Zustimmung.
Eher grob als markant fand Anklam die Gesichtszüge

des Bürgermeisters, von allem etwas zuviel: Nase, Bakken, Kinn, Hals. Aber von seinen blauen Augen, den starken Lippen ging, wenn er sprach, viel Lebendigkeit aus, trotz der Schwere. Als er noch die anhängliche alte Frau zufriedengestellt hatte, kam er die drei Schritte zu ihnen rüber, wie zu seinen vorläufig letzten Klienten.
Ihr seht, daß die Probleme an diesem Ort keinen Feierabend haben.
Und wann gehn sie schlafen? fragte Bliss zurück, nachdem Takis übersetzt hatte.
Der Bürgermeister kriegte etwas Verschmitztes in die Augenwinkel. Jedenfalls noch nicht im Sozialismus, scheint es. Deshalb sollten wir uns jetzt stärken, für den Weg.
Anklam nickte heftig sein Einverständnis: Gehn wir gleich, eh neue Probleme auftauchen! Hatte Zeit, während Takis dolmetschte, sich zu fragen, ob er auf die letzten Meldungen aus Polen angespielt hatte.
Optimismus hat immer Appetit, lachte der Bürgermeister, nahm sie an den Armen wie vorher Takis.
Offenbar war alles schon geklärt zwischen den Griechen, in ihren wenigen schnellen Verständigungssätzen, die Möglichkeit zur Gastfreundschaft ließen sie sich nicht nehmen, und die Brände schienen für sie weniger Sensation als Herausforderung zu konkreten Vorsichtsmaßnahmen zu sein.
Takis hatte seinen Škoda am Taxiparkplatz abgestellt, der Wagen war von drei Taxis eingekeilt. Vorsätzlich, kein Zweifel. Die Fahrer warteten auf einen Streit. Aber Takis fuhr grinsend auf den Bürgersteig und elegant zwischen den Bäumen und Tischen durch zu einer Lücke. Der Bürgermeister grüßte einige Leute aus dem offenen Fenster. Das war also auch möglich.
Dann die schmalen Seitenstraßen des Ortes. Im Rück-

spiegel das ruhige Gesicht des Bürgermeisters, lesbare Falten, freundliche Krähenfüße an den Augenwinkeln, eine steile, strenge Linie zwischen den buschigen Brauen, der Mund etwas nach unten ausschwingend, aber nicht bitter. Als der plötzlich hoch in den Spiegel sah, begegneten sich ihre Blicke. Anklam fühlte sich ertappt.
Er drehte sich etwas mühsam auf dem Sitz, erklärte ihnen über die linke Schulter: Ein Slum war das hier, fünfzig Jahre lang! Seit neunzehn–vierundzwanzig. Kessariani und Nea Smirni.
Takis fuhr langsam, dolmetschte. Die Kleinasienflüchtlinge, damals, die griechische Katastrophe, gab er noch Stichworte dazu.
Bliss wußte, und reichte es weiter zu Anklam, daß die Griechen, deutscher gings kaum – über die Verbindung zwischen deutschem und neugriechischem Idealismus müßte man überhaupt mal nachdenken! –, daß die von einem Großhellas geträumt hatten, Volk ohne Raum, aber dann militärisch sich blutige Köpfe geholt hatten, das war kein neuer Alexanderzug geworden, gegen den General Kemal Atatürk. Der Streit um die Vorherrschaft an den Küsten und auf den Inseln der Ägäis sei allerdings noch tausend Jahre älter als der an den Ufern des Rheins.
Anderthalb Millionen Griechen kamen aus der Türkei hier rein, nickte Takis, anderthalb Millionen zu sechs, müßt ihr euch mal vorstellen. Da gabs keinen Lastenausgleich wie bei euch.
Das hier sind noch die Baracken von damals!
Der Bürgermeister zeigte mit dem Kopf auf die Reihen einstöckiger Häuser, zwischen denen sie hindurchzockelten. Manche schienen verlassen, die Fenster eingeschlagen oder vernagelt, andre weniger verfallen, mit ihren Anbauten über den Bürgersteig bis an die Straße vordringend, sichtbar bewohnt von Blumen und Menschen.

Die zweite Generation hat Lehm und Steine um die Holzbuden gebaut. Die dritte dann die Klos auf die Straße, als die Stadt Wasserleitungen raufgelegt hat.
Aber erst fünfzehn Jahre nach dem Bürgerkrieg, als sie den hier – Takis zeigte mit dem Daumen neben sich – zum Bürgermeister gewählt haben.
Da wollte der wissen, was Takis jetzt gesagt hatte und wandte gleich ein, nicht vor ihm hätten die Konservativen in Athen Angst bekommen, sondern daß hier wieder so viele Rot wählten. Kriegte aber doch ein kleines zufriedenes Grinsen um die Augenwinkel, zeigte der Rückspiegel.
Blumen waren noch zahlreicher an den Häusern zu sehn als linke Parolen – aus aufgeschnittenen, verrostenden Olivenkanistern und großen Konservendosen wuchsen Zimtnelken, Geranien, sogar Rosen und festliche rote Hibiskus die Ärmlichkeit zu, wo immer ein Platz zum Stellen unter den niedrigen Fenstern und neben den Türen blieb.
Zwischen den alten Häusern vereinzelt moderne Betonbauten unvermittelt in die Höhe, schmale Quader, auf handtuchkleinen Grundstücken am Boden befestigt. Manchmal nur die unteren Geschosse zu Wohnungen ausgefüllt, wie grade das Geld aus Deutschland gereicht hatte, die oberen noch leere Betongerippe, in denen bunte Wäschefahnen flatternd an den Leinen hingen.
Euer Stadtplaner heißt Kapital, wie? fragte Anklam, und Takis warf über die Schulter: Von uns darfst du sagen, zentralistisch regiert wie Frankreich und chaotisch wie der Libanon. Vierhundert Jahre Türkenherrschaft stekken uns in den Knochen.
Athen, ließ der Bürgermeister erläutern, ist gewachsen wie ein Müllplatz. Das rettet nur noch die Atombombe oder der Sozialismus.

Und der auch nicht mehr, ergänzte Takis sarkastisch.
Wie bitte, sagte Anklam, und Takis: Das hier ist noch ein harmloses Bild!
Die Türen der bewohnten Althäuser standen offen, Frauen saßen auf den Stufen zur Straße, manchmal auf niedrigen Fußschemeln oder kurzen Bretterbänken, redend, strickend. Kinder spielten unbekannte Spiele, kickten quer über die Straße. Verwilderte Katzen, immer fluchtbereit, im Schatten und Schutz unter geparkten Autos, Schrott manche, auf Felgen stehengelassen, ausgeschlachtet, weiter verwüstet von den spielenden Kindern, wie hingestellt als Kulissen für einen Kriegsfilm. Wo schon Licht in den Häusern brannte, sah er, daß sie nur aus zwei hintereinanderliegenden Räumen bestanden. Er versuchte sich vorzustellen, wie Familien mit mehreren Kindern und den unvermeidlichen Großeltern und Katzen in diesen Zimmern kochten, aßen, schliefen, nein – vegetierten. Aber waren die alten Arbeiterwohnungen im Ruhrgebiet, in den Zechensiedlungen denn großzügiger? Noch kleinere, winzige Einraumhäuser hatte Vik ihm auf den Inseldörfern gezeigt, Dutzendfamilien hatten die ausgebrütet. Wie konnten die Menschen dort, wie lautlos und verkniffen oder wie ungeniert, wie selbstverständlich konnten sie eine Sexualität leben, die so viele Kinder mitten unter den Kindern zeugte?
Aber das fragte er die Griechen nicht, sondern ob diese Slums nun Lumpenproletariat hervorgebracht hätten oder, wenn nicht, wie es schien, warum?
Er sah, wann der Bürgermeister verstanden hatte. Seine grauen Brauenbüschel zogen sich zusammen. Aus diesen Vorstädten habe sich schon vor der deutschen Besetzung das kämpfende Industrieproletariat der Hauptstadt gebildet, hier sei die Linke immer besonders aktiv gewesen. 1944 zum Beispiel, im Dezember, da lief die Front zwi-

schen den Athener Partisanenbrigaden und den Engländern genau hier – unterhalb von Kessariani, wo das Zentrum anfängt.
Da hatte Anklam sich wohl verhört – Engländern? Nicht Deutschen?
Bliss erinnerte ihn an seinen Bericht in der Metro, wo er ihm schon angedeutet hätte, welche Doppelrolle die Engländer gespielt hatten, als Befreier und Kolonialisten, und Takis machte den Vorschlag, ihnen morgen das Gelände zu zeigen, drüben auf dem ehemaligen Schießstand, wo die Deutschen zweihundert griechische Arbeiter umgebracht hatten, am Ersten Mai 1944 – eh dann die Engländer mit Schiffskanonen auf sie schossen. Nein, zum Teufel, nicht auf die Deutschen – auf die Athener Arbeiter!
Das war auch für Bliss neu, er wollte mehr wissen, waren das Geiseln? Partisanen?
Takis sagte: Später, hielt vor einem zwischen höheren Häusern eingeklemmten Gelände mit einer Toreinfahrt auf den Hof und zwei farbig gewesenen Holzbaracken, eher Buden zu nennen, ein Schrottplatz vielleicht einmal, auf den Tische und Stühle gesetzt worden waren, beleuchtet samt den zwei Dutzend luftig gekleideten Eßgästen von einer diagonal über den Hof gespannten Glühlampenkette.
Schon das Betreten dieser Taverne, ihr gemeinsames Hineingehen, war ein gelebtes Gemälde. Die Schritte vom Auto durch die Toreinfahrt in die Kochdüfte, die ihnen aus der rechten Baracke entgegenströmten und die Anklam mit einer lustvollen Andacht einsog. Wenn man das malen könnte, Vik! Riech nur!
Besingen wär auch nicht schlecht.
Das angenehm beruhigende, gleichmäßige und doch belebte Geräusch zufrieden essender und redender Men-

schen. Die auf der Haut hier nur noch wie Streicheln fühlbare Abendluft und der über ihnen ausgespannte Himmel mit ersten Sternen.
Sieht aus nach einem Abend wie in deiner Taverne auf Leros, als die Griechen gesungen haben. Weißt du noch?
Ja, beim Thanassis.
Von innen die ungeduldige Reizung des Magens und im Kopf Erwartung auf die Gespräche mit den Griechen. Dieses appetitanregende Gewürz Neugier in der Gelassenheit eines runden Feierabends. Als träten sie in ein Stück entstörte Welt, eine Miniatur menschlicher Alltäglichkeit, wie sie geplant war bei der Erfindung der Erde. Der ärmliche Hof, die dürftige Einrichtung – ein Bild gewordenes Volkslied schien das. Die Patina von Freundlichkeit und Ruhe nahm allen Dingen die Kanten, was ist eigentlich Stimmung? So ungreifbar und doch unwiderstehlich. Wenn ich das jetzt meinen Baedecker frage, guckt der mich an wie ein Auto aus China.
Die Abfalltonnen gleich neben der Küchenbaracke störten ihn nicht, und auch die zweifellos nur von den dämmrigen Schatten verdeckte Unsauberkeit hatte hier etwas Ehrliches, wie der notwendige Schmutz an einem Arbeitsplatz.
Anklam kniff Bliss in den Arm, damit er sah, wie der Bürgermeister, noch einen fast unmerklichen Schritt vor Takis gehend, den Hof veränderte – die Gesichter, die sich ihm zuwandten, gewinkte Hände, hochgezogene Köpfe, Grußrufe.
Einer, der ihm ähnlich war an Figur, aber runder doch noch, eingepackter das Gesicht in freundlich gefaltetes Fleisch, kam ihnen entgegen, schlug den feuchten Tischlappen aus der Rechten in die Linke, wischte die Hand an der Schürze und begrüßte sie – Jassas sindrofi, willkommen Genossen! Jorgos, der Wirt. Ausgesprochen

sonnenähnlich. Hatte gleich ein paar Takte Sachliches mit seinem Bürgermeister zu besprechen, während Takis sie an den einzigen freien Tisch führte, mit dem sie einen verlängerten, an dem schon zwei Männer vor abgegessenen Tellern rauchten. Kurze Begrüßung. Maurerhände, fühlte Anklam. Takis ging in die Küche, nach dem Essen zu sehn.

Jetzt sitzen, die Beine unter den Tisch strecken, das war schon die halbe Erholung.

An der gekalkten Hinterwand des Hofes waren Flaschenkästen gestapelt und auf Böcken, Bauch an Bauch, mannhohe Weinfässer. Bliss und Anklam entdeckten das Dreigestirn gleichzeitig, das dort auf ein Stück freigebliebener Mauer gemalt worden war. Gleichzeitig kriegten sie das Grinsen.

Leck mich, sagte Anklam, das Ding ist stark.

Takis, zurück von den Töpfen, nickte beifällig: Der in der Mitte ist der Jorgos.

Überflüssiger Hinweis. Leibhaftig, wie er ihnen entgegengekommen war, so schritt der Wirt aus dem Wandbild, stolz und strahlend, ein runder Held der Gastronomie. Neben ihm prangten, lebensgroß, unverkennbar die Gesichter, Ho Chi Minh und Che Guevara. Aber nicht so, wie sie ihm von den Plakaten aus Deutschland fest im Gedächtnis saßen, sondern Onkel Ho, den Jorgos von links anschauend, lauthals und sehr jugendlich lachend, wie er ihn noch nie gesehen oder auch nur sich vorgestellt hatte, und Che von der andern Seite mit Zigarre im einen, einem unmißdeutbaren Feixen im andern Mundwinkel.

Stark, sagte Anklam noch einmal, seid ihr wirklich so weit in eurer Partei?

Takis mußte zugeben, daß der Maler wohl ein Stück vor der Linie der Partei zu suchen sei, und auch im Rizospa-

stis habe er dieses Beispiel von Volkskunst noch nicht abgedruckt gefunden.
Schade, fand Anklam, aber immerhin ein Anfang. Ich mags, wenn die Volkshelden lachen. Richtig lachen, wie wir. Ist Medizin gegen Personenkult.
Bliss meinte, daß sie zu Hause den Marx schon in Comics verbraten hätten, nur in den sozialistischen Ländern seien sie dafür noch zu hausbacken. Es habe ihm an dem russischen Film gefallen, den die KKE im Frühjahr an Lenins Geburtstag gezeigt hatte, daß da mehrere Male ein herzhaft lachender Lenin zum Vorschein gekommen sei. In Dokumentar-Aufnahmen, jawohl. Sie konnten aber Anklam nicht beantworten, warum die Sowjets erst jetzt mit diesen Bildern rausgerückt waren.
Na ja, meinte Takis grinsend, stell dir mal einen lieben Gott vor, der lacht – das können die Christen heute noch nicht. Da sind wir doch schneller.
Du nimmst das zu locker, kritisierte Anklam, wenn Stalin solche Bilder zugelassen hätte, hätten die Sowjets ihn zwanzig Jahre früher vom Sockel geholt.
Was ein Quatsch, Manfred. Bliss tippte sich an die Stirn. Kannst die Wirkung doch nicht für die Ursache verantwortlich machen.
Dialektisch gesehn, sekundierte ihm Takis, bist du jetzt der Stalinist, wenn du das Lachen so ernst nimmst.
Dialektisch gesehn! Ihr könnt mich mal, Freunde. Nein, jetzt ganz ernsthaft: Personenkult, sag ich, ist Ersatz für revolutionäre Verbindlichkeit. Alles wird Amt, alles wird Form, wenn die Idee wackelt. Die Überzeugung. Da landet ihr dann in der k.u.k. sozialistischen Donau-Monarchie – nur ohne einen Musil zum Drüberlachen. Ich bleibe dabei – erst wenn der Erich mit Zigarre vor der Fernsehkamera steht, glaub ich wieder an die Zukunft des Sozialismus in der DDR.

Wenn er nun mal nicht raucht! sagte Bliss.
Muß er lernen, Vik! Muß er lernen! rief Anklam ohne Ohr für die Ironie, fröhlich von seinem Einfall – ist doch Saarländer! Solange die SED den preußischen Stock nicht aus dem Kreuz kriegt, fährt euch die ganze DDR steif rum in der Welt wie ein Regierungsmercedes.
Takis amüsierte sich. Vielleicht übt er ja schon mal bei Fidel Havannas rauchen! Und informierte nun unwiderstehlich, was er in den Töpfen von Jorgos' Frau entdeckt hatte. Man aß hier wie zu Hause, also Choriatiki, Bauernsalat, dann heute Katsiki oder Keftedes mit Kartoffeln, gebackene Melitzanes und Tzatziki könnten sie auch haben, als Vorspeise, mit reichlich Knoblauch. Außerdem müßten sie wählen zwischen Retsina vom Faß, den Jorgos selbst von Evvia hole, oder eben Bier oder Wasser. Der Ziegenbraten liege jedenfalls in einer unwahrscheinlichen Soße, da gäbe es für ihn keine Entscheidungsprobleme.
Als Jorgos mit seinem Bürgermeister schon unbestellt den Salat brachte, zwei Teller in Grün-Rot-Weiß für den ganzen Tisch, wollten alle Katsiki, Fritten, Retsina und Tzatziki. Takis holte dazu geschnittenes Weißbrot, Bestecke, Gläser, die waren noch beklebt von den letzten Wahlen mit Portraits des Bürgermeisters Panajotis Mavros, und der entschuldigte sich bei den Deutschen, man hätte nicht gewußt, wie haltbar dieser Klebstoff sei, die Gläser würden wirklich täglich benutzt. Gespült natürlich auch.
Während sie schon hungrig von allen Seiten die Tomaten und Paprika aus den beiden Tellern spießten und mit Weißbrotbrocken den zerbröckelnden Schafskäse und das Olivenöl aufstippten, flachsten sie, ob Jorgos nicht heimlich neue Gläser mit den Bildern beklebe, denn bei des Bürgermeisters Popularität würden doch unwei-

gerlich viele geklaut. Na ja, dem Bauernschädel von Jorgos sei einiges an Erfindung zuzutrauen, gab Takis zu, aber in zwei Tavernen mit Karamanlis-Leuten als Chefs, wußte der eine Arbeiter am andern Tischende, mußte man die Gläser wegschmeißen, die sie während der Wahlkampagne heimlich beklebt hatten.
Wenn wir nur schon ein paar so haltbare linke Köpfe hätten, brummte Anklam, für den Bundestag.
Er trauert immer noch Dutschke nach, erläuterte Bliss.
Kaum, sagte Anklam – eher Thälmann.
Da brachte Jorgos in zwei Krügen den Retsina, schenkte ihnen ein und sah breitbeinig stehend zu, die Hände in den Hüften, das Denkmal eines glücklichen Wirts, wie sie die Gläser auf ihre Gesundheit aneinanderrieben. Ein saftiges Zitronenschnitz hing der Mond jetzt in den Gräten einer Fernsehantenne, erinnerte Anklam an ihr Nachtgespräch auf dem Schiff. Er wünschte sich eine Wiederholung dieses Einverständnisses, wollte nicht streiten mit Vik und nicht mit diesen sympathischen Griechen, auch nicht an den Betrieb denken, nur übers Essen reden vielleicht oder über Frauen – ob man mit griechischen Kommunisten über Frauen reden konnte? Diese Männergesellschaft in den Tavernen, kaum mal eine Frau dazwischen, nur Touristinnen, ungebrochenes Patriarchat. Las Vik jetzt wieder seine Gedanken? Ob einer von ihnen diese Studentin kannte, fragte er, diese Sotiria, mit dem langen Namen. Aber das war nicht sein Thema, eine Tote, jetzt vor diesem Essen, das konnte nur wieder Politik werden, er meinte lebende Frauen, warme, bewegliche, die Lust brachten, wenigstens in den Kopf.
Vasilakopoulou, sagte Takis, nein, keiner hat sie gekannt. Sie war erst einundzwanzig, nicht mal Parteimitglied. Nur in der Jugendorganisation. Aber habt ihr die

Bilder von der Demonstration gestern gesehn? Sechzigtausend. Und heute zum Friedhof. So viel Rot haben die Popen seit Lambrakis' Beerdigung nicht erlebt. Ein Wald von Fäusten, sag ich euch, an ihrem Grab.
Unsre Partei kennt ihre Helden erst nach ihrem Tod, ließ der Bürgermeister sagen.
Und der Sotiris in dem Lied von Theodorakis? Bliss versuchte, mit ein paar Tönen die Melodie anzudeuten.
Sotiris Petroulas, ja, und Lambrakis, das hat uns alle betroffen, derselbe Name, und auch überfahren, wie Lambrakis. Kein Mordwerkzeug – ein Mordfahrzeug.
Jetzt wurde Bliss der Mund gestopft, der Wirt brachte den Knoblauchjoghurt, dann die Teller mit dem Ziegenbraten, den Pommes frites, den in Scheiben gebackenen Auberginen. Die Düfte, das mürbe Fleisch, die exotischen Gewürze verlangten Pietät vor der Kunst der Küche.
Aber Anklam konnte sich nicht mehr auf die angebotenen Genüsse konzentrieren. Sein Kopf widersprach seinem Gaumen, seinen Sinnen. Während er Muskat und Zimt aus der Soße schmeckte, stand plötzlich der blinde Krüppel aus der Metro mit dem Blechbecher vor seinem Auge. Von Frauen reden – warum heißt das gleich, an die schwarzen Alten vor ihren Abrißbuden denken oder an tote Heldinnen? Und der gelbe Mond in der Antenne beleuchtet auch die Brandstifter unten in der Stadt, Viks KZ-Inseln in der Ägäis – warum kann ich das nicht ausblenden? Wie verdreht hat uns dieses politische Gewissen, das sich da gleich meldet, mir ins Essen spuckt, auch ohne Viks Fragen, daß ich die Gefühle kaum noch frei krieg für meinen ganz naiven, privaten Genuß? Wer liegt hier eigentlich verkehrt, wir oder die andern, die Millionen, die sich nicht ablenken lassen in ihrem Vergnügen? Oder muß das keine Spaltung im Kopf sein, das eine zu

schmecken, das andre zu wissen? Anklam versuchte, die Gesichter der beiden Griechen zu lesen. Da stand nichts von Skrupeln. Sie kauten und schluckten, spülten nach mit Wein, schoben Fleisch und Soße mit dem Brot auf die Gabel, leckten sich die Finger ab, der Bürgermeister schmatzte genießerisch. Dauernd stieß einer mit seinem an die Gläser der andern, die zwei Arbeiter hielten mit. Takis rief quer über den Hof nach neuem Retsina. Der floß auch in dieser runden Abendluft durch die Kehlen wie flüssige Lyrik, jeder Schluck rief gleich aus dem Magen nach seinem Bruder, der noch im Glas schwamm.
Als die Arbeiter den Bürgermeister mit ein paar gelachten Bemerkungen in ein Gespräch zogen, wischte Takis sich mit dem Handrücken die Soße aus dem Schnurrbart, teilte ihnen mit, daß Panajotis Mavros, der Mann mit dem Bauch, Feldwebel der griechischen Luftwaffe gewesen war, Jagdflieger, ob sie das gedacht hätten.
Wie – als Bürgermeister? Als Roter? staunten sie.
Das dann doch nicht. Damals, einundvierzig, nach der Metaxas-Diktatur.
Metaxas, sagte Bliss mit vollem Mund, ist nicht der Schnaps, an den du denkst, sondern ein General.
Vik hat Oberlehrer studiert, erklärte Anklam. Der weiß alles.
Prost Genossen, grinste Takis. Die Wassergläser klangen scheppernd beim Anstoßen. Er strich seinen Schnurrbart erneut zurecht. Anklam merkte, daß er dasselbe tat.
Der ist wirklich griechische Geschichte, der Panajotis. Takis holte Luft für einen langen Satz. Ist durchgebrannt, desertiert, mit einer ganzen Staffel Jäger nach Ägypten, als eure Blitzkrieger von Jugoslawien und Bulgarien her nach Saloniki durchgestoßen sind, und dann weiter bis Athen, da gabs genug deutschfreundliche Offiziere in unsrer Armee, die ihre Truppen einfach in den

Kasernen ließen. Hätten am liebsten überhaupt nicht gekämpft, die Generäle, überall Hochverrat. Soldaten sind in Urlaub geschickt worden und Bergpässe nicht verteidigt, die eine Handvoll Soldaten gegen euren Sepp Dietrich mit seiner ganzen Leibstandarte gehalten hätte. Nix Leonidas und Thermopylen, den gabs nur für die Schulkinder. Die Generäle haben kapituliert, aber viele einfache Soldaten haben ihre Waffen versteckt und schon gewußt, gegen wen sie gut sein würden – nicht nur gegen die deutsche Besatzung. Der Panajotis hat sein Flugzeug natürlich nicht vergraben können, da hat er mit ein paar Kameraden gegen seine Offiziere geputscht, und sie sind mit ihren Jägern ab nach Suez zu den Engländern.
Mit einem Kopfnicken bekräftigte Takis seine Rede, sah stolz vom einen zum andern.
Gleiche Kappen, gleiche Brüder, dachte Anklam. Ewig ihre Aufschneiderei. Ihn stach der Hafer. Also ich hätte mein Flugzeug auch vergraben, Takis. Stell dir vor, wieviel Benzin sie gespart hätten!
Takis setzte sein Glas verblüfft auf den Tisch zurück. Interessiert euch das nicht?
Bliss sagte schnell Natürlich, er hätte aber seinem Freund schon ziemlich viel aus der Geschichte des griechischen Widerstands erzählt, hätte ihn ein bißchen genervt wahrscheinlich, als Mann aus der Produktion interessierte ihn einfach mehr die Frage, warum zum Beispiel es so viele Einzelgewerkschaften gebe in Griechenland, immer noch keine Einheitsgewerkschaft, Hunderte seien das ja wohl –
Danke, Vormund, unterbrach ihn Anklam, spürte, wie ihm Wut in den Kopf schoß, ich red vor vollem Haus, ohne daß mir einer vorsagt! Schon gar nicht so ein intellektueller Starfighter, der von Raupenschleppern träumt und bei Drehbank an Karussell denkt! Ich weiß, Doktor, wann ich mich entschuldigen will.

Anklam trank sein Glas auf einen Schluck leer, achtete nicht auf die erschrockenen Gesichter der beiden andern, konnte auch nicht mehr beachten, daß er jetzt zerschlug, was er eben noch genossen hatte.
Alle eure Heldensagen! Alle eure Siege! Worauf seid ihr eigentlich stolz? Redet doch mal von euren Niederlagen, damit man euch glauben kann! Dieser traurige, ärmliche Sozialismus, aus dem wegläuft, wer weglaufen kann! Unsre deutsche Mauer – ein Sieg! Ungarn 56 – ein Sieg! Prag 68 – noch ein Sieg für den Sozialismus! Jetzt streiken die Arbeiter in Danzig – die Arbeiter! Ja, meine polnischen Kollegen! Wollt ihr wissen, was daraus wird? Na? Wieder ein Sieg über die Konterrevolution, logisch. Anders darfs nicht sein. Und wenn deine Partei von null Komma vier auf null Komma drei gerutscht ist, dann ist auch daran der Klassenfeind schuld, höchstens noch deine eignen kleinen Genossen, weil sie den Massen die richtige Politik der Partei nicht richtig verklickert haben, die armen Schweine, die von Wahlkampf zu Wahlkampf hecheln und das Maul gestopft kriegen mit der Befreiung Angolas! Oder mit dem einen Genossen, der in Tupfingen in den Stadtrat gehievt worden ist.
Der Bürgermeister und die Arbeiter hatten aufgehört zu reden, sahen zu ihnen herüber, aber Takis dolmetschte nicht. Keiner aß mehr.
Der Retsina, sagte Bliss verstört, hilflos.
Anklam schlug sich mit der flachen Hand vor die Stirn. Der Retsina! Natürlich! Deine Weisheit. Aber im Wein liegt Wahrheit. Sagt das Volk, Junge.
Takis suchte in dem dämmrigen Licht der bunten Lampen die Augen Anklams. Sekundenlang nur die Busukis aus dem Kofferradio am Nebentisch. Redest du so auch zu deinen sechzehnhundert Kollegen? fragte er mit einer bedrohlich ruhigen Stimme.

Anklam biß sich auf die Unterlippe, zögerte, sagte durch die Zähne, kaum hörbar: Nein. Da nicht.
Sag mir, wer recht hatte, Manfred – zehntausend deutsche Kommunisten in euren Kazets oder achtzig Millionen Volksgenossen, die mit Hitler marschiert sind? Gegen Frankreich, gegen die Sowjetunion? Gegen uns?
Anklam schwieg, fühlte sich allein. Seine Wut war explodiert und verschwunden. Warum habe ich Vik jetzt beleidigt, warum will ich ihn verletzen – aus welchem Motiv? Warum fällt dem nur der Retsina ein? Auch unter seinem Niveau. Warum antworten sie mir nicht wirklich? Was soll ich mit dem Faschismus, wenn ich vom Sozialismus reden will? Natürlich sind Massen kein Argument gegen Wahrheit. Oder dafür. Aber wenns ihnen in den Kram paßt, dann doch. Selber mach ichs so, oft genug.
Seine Stimme klang plötzlich resigniert, abgeschaltet. Jetzt werdet ihr von der Dialektik reden, nicht wahr? Oder vom internationalen Klassenkampf. Ich kenns auswendig.
Bliss zerdrückte ein Stück Weißbrot, sah ihn nicht an.
Vielleicht ist alles verspielt, weshalb ich hier runtergefahren bin, vielleicht ist das jetzt das Ende von unserm Duett, aber ich werde den Jähzorn noch unterkriegen, eines Tages werde ich fromm sein wie ein Wallach, wie ein Engel, wie die Jungfrau Maria – ach leckt mich doch am Arsch –
Das Schweigen wurde lastender, je länger es dauerte. Takis arbeitete heftig an seinem Schnurrbartzipfel.
Ich muß gehen, einfach aufstehn und gehn, ich habe hier nichts mehr zu suchen, sie schließen mich aus, verurteilen mich, ich habe ihnen nichts zu sagen übriggelassen.
Im Augenblick, als er aufstehen wollte, schon in der Bewegung dazu, nahm Takis den Weinkrug, goß ihm das Glas voll, füllte auch sein eignes und das von Bliss, sagte,

anstoßend und sie zum Mittrinken zwingend, wie eine Diagnose: Es liegt nicht am Retsina.
Und wiederholte: Nein, es liegt nicht am Wein, daß er recht hat, Viktor. Lauter Niederlagen.
Bliss hörte auf, das Brot zu kneten.
Lauter Niederlagen, Manfred. Auch hier in Griechenland. Und wir wollen nicht davon sprechen, weil sie uns schmerzen.
Entwicklungsschwierigkeiten! Rückschläge! versuchte Bliss ihn zu korrigieren, aber der Grieche nahm das nicht an.
So kannst du es darstellen vom Standpunkt der Geschichte. Manfred ist kein Historiker. Die Menschen empfinden es unmittelbar, was ihnen geschieht. Die Bedeutung davon erfahren erst ihre Nachkommen.
Anklam fühlte sich verunsichert, weil der Grieche ihm recht gab, zugleich argwöhnte er, daß dies womöglich nur ein besonders raffinierter Versuch sei, ihn zu überzeugen, gegen den er keine Abwehr wußte, jedenfalls kein Argument.
Ich glaube, sagte Takis, daß wir von den Menschen zu viel erwarten, zu viel Einsicht in ihre Lage, zu viel Elan und Entschlossenheit. Wir messen alle andern an uns selbst, an denen, die ihr Leben an die Sache der Revolution gehängt haben. Eigentlich müßten die meisten Menschen werden wie wir, objektiv spricht alles dafür, und entsprechend machen wir unsre Prognosen und Pläne. Daraus folgen die Fehleinschätzungen, die Enttäuschungen. Aber wie sollen wir kämpfen ohne Hoffnung, ohne Optimismus?
Takis zog seine Brieftasche aus der Hose. Erlaub mir, daß ich dir jetzt doch ein Beispiel aus unsrer Geschichte gebe, sagte er, während er einen zerknitterten Zettel entfaltete, ich trage das Zitat immer bei mir. Gibt wenige

Zeugnisse, die so stark sind. Du weißt, daß die Engländer unsre Partisanenarmee unterstützt haben, gegen die deutschen Besatzungstruppen?
Hm, nickte Anklam ungeduldig, hat Vik mir erzählt. Und?
Wir – das heißt die Führer der Befreiungsfront damals – haben ihnen vertraut. Es sollte nach der Befreiung eine provisorische Regierung und Wahlen geben. Dieses Vertrauen hat Tausende unsrer besten Genossen das Leben und die Freiheit gekostet.
Anklam konnte sich denken, was das werden sollte, eine Unterrichtsstunde war aus dem Streit geworden, zwei Lehrer, ein Schüler, aber das war für den Augenblick doch besser als die bittere Ausweglosigkeit eben, die er auch nicht wollte.
Also lies schon! sagte er.
Es ist aus dem Band elf der Memoiren Churchills, bezieht sich auf den Herbst vierundvierzig, als wir die deutschen Truppen aus unserm Land hatten. Man konnte der Gewaltlosigkeit – so Churchill – der Gewaltlosigkeit, mit der die Kommunisten Athen erobern und sich der Welt als die vom griechischen Volk gewollte Regierung präsentieren wollten, nur mit Waffengewalt begegnen. Es hatte keinen Zweck, so etwas halbherzig zu tun. Anthony Eden und ich waren bis zwei Uhr morgens zusammen. Wir stimmten völlig darin überein, daß man das Feuer eröffnen mußte.
So steht es da wörtlich, Manfred, Seite 256, Band 11 – daß man das Feuer eröffnen mußte gegen die Gewaltlosigkeit. Bitte, schau selbst – er reichte ihm den Zettel über den Tisch –, es ist deutsch.
Anklam winkte ab, auch nur eine andere Strophe vom gleichen Lied, unheimlich vertraut, er hörte kaum noch, was Takis weiter erklärte, von der zusammengeschosse-

nen Demonstration am Syntagma-Platz, dem Aufstand, den Kreuzern vor Piräus, den britischen Panzern. Verrat, Intrige, Heuchelei, Täuschung, Lüge – welch ein unerschöpflicher Vorrat menschlicher Gemeinheiten! Überall! Er hatte es bis an den Hals satt, er wollte nicht immer weiter und immer neu aus der Niedertracht der andern lernen müssen, sich die Moral von der Unmoral verderben lassen – saubere Hände, saubere Waffen, eine reine Moral, keine dialektisch gezinkte, keine Propaganda – Wahrheit, klare, ehrliche Wahrheit –

Vom Sozialismus rede ich, Takis! sagte er heftig – du redest von der Unmoral unsrer Gegner!

Nenn mir den Unterschied, gab der hart zurück. Solange wir schwächer sind, schreibt uns der Gegner die Waffen vor. Nirgends entsteht der Sozialismus auf einer Insel. Und hat dir vielleicht jemand von uns erzählt, unter sozialistischen Produktionsverhältnissen kommen plötzlich kommunistische Babys zur Welt?

Ach, nicht? höhnte Anklam, ich dachte, im sozialistischen Weltsystem wird wenigstens revolutionär gebumst! Und wieder mit dieser verzweifelten Wut in der Stimme: Hör auf, das Brot zu manschen, Vik! Sag mir, ob du auch glaubst, daß der Gegner uns diktiert, wie wir kämpfen!

Bliss' Hand zuckte von dem Brotkloß zurück, als hätte sie sich elektrisiert. Aber er antwortete nicht ihm, sondern dem Griechen. Denkst du nie, Takis, fragte er, daß uns die Unmoral unsrer Gegner überholt? Vertrauen ist gut – Kontrolle ist besser – damit leben unsre Parteien seit Lenin. Damit haben sie auch gesiegt, in einigen Ländern, ja. Gesiegt und ihre Macht erhalten durch das Gift Mißtrauen. Dieses Gift, daß wir gegen uns selbst anwenden, weil wir nie wissen, wo bei uns der Gegner versteckt ist, kann uns das nicht umbringen? Davor habe ich Angst.

Als ihm keiner gleich antwortete, redete er weiter.
Es ist wie in einer antiken Tragödie – sie zwingen den Fortschritt, sich selbst zu kompromittieren. Zu zerstören.
Ich sehe keine Zerstörung, sagte Takis düster.
Doch. Alles, was Manfred genannt hat, Ungarn, ČSSR, die Mauer um die DDR – wär das nötig gewesen, wenn wir das Vertrauen gehabt hätten, das Vertrauen des Volkes, wie wir behaupten, statt der Geheimpolizei? Hat das nicht mit der Kontrolle, dem Mißtrauen zu tun – die Verletzungen der sozialistischen Gesetzlichkeit zur Zeit des Personenkults?
Warum sagst du jetzt nicht Verbrechen des Stalinismus, Vik? fragte Anklam, aber viel milder als eben noch – du redest doch auch nicht von den Verletzungen der bürgerlichen Moral durch die Nazis. Sondern von ihren Verbrechen –
Bliss sah zu Takis, seine Fingernägel kratzten nervös Splitter von der abplatzenden Farbe des Holztischs. Ja, warum? Vielleicht, weil die Last der Wahrheit zu schwer ist?
Welche Wahrheit, Viktor, welche? fragte Takis. Das Volk hat doch der Parteiführung vertraut. Oder jedenfalls die Kommunisten. Zu viel vertraut, blind vertraut, wenn wir schon von den großen und kleinen Stalins in unsern Parteien sprechen. Das wär meine Wahrheit in dieser Sache. Ein irrationales Vertrauen, wie die Katholiken mit ihrem Papst. Jeder einzelne hat da versagt.
He – sagte Anklam und versteckte nicht sein erfreutes Staunen, ihr könnt ja auch untereinander ganz fetzig streiten –
Mensch Takis, sagte Bliss heftig darüber, sie haben Angst gehabt! Angst! Im Sozialismus! Und mit Parteidisziplin haben sie ihr Gewissen entschuldigt!

Takis blieb ruhig. Das war der verhängnisvolle Umschlag, der Umschlag vom Vertrauen in sein Gegenteil. Wir sind Dialektiker, wir korrigieren unsre Fehler im Vorwärtsgehen. Zum Leiden muß man stehenbleiben.
Und die Opfer der Fehler, wie korrigieren wir die? Die Toten?
Bliss bekam keine Antwort auf die Frage, die er ohne Nachdenken gewußt hatte.
Der Wirt war mit einem Weinkrug zu ihnen getreten, wies zu einem andern Tisch. Ein Grieche winkte dort mit seinem Glas zu ihnen herüber. Ein Geschenk für die deutschen Freunde, erklärte Takis. Der Wirt goß ihre sechs Gläser randvoll. Sie mußten ihre Gesichter zu Freundlichkeit zwingen, prosteten hinüber. Nur der Bürgermeister rief etwas, laut, ungeniert, provozierte einen kurzen, gelachten Wortwechsel mit den Griechen am andern Tisch, eh er weitersprach zu den beiden Arbeitern.
Takis wischte mehrfach den Schnäuzer, räusperte sich, seine schwarzen Brauen stießen aneinander über der Nasenwurzel. Er sah Bliss an, nicht Anklam. Irgendwer hat gesagt, die Weltgeschichte ist ein Buch, das mit Blut geschrieben ist. So ist das – Seite für Seite. Wort für Wort. Auch die Worte Gerechtigkeit, Solidarität, Liebe sogar – alles mit Blut. Der Sozialismus ist noch nicht sauber. Aber er ist nicht mehr blutig. Da, wo er die Macht hat.
Bliss saß jetzt zusammengesunken, die langen Haare waren ihm ins Gesicht gefallen. Apathisch sagte er: Die Wirklichkeit macht so ungeheuer müde. Ich kann manchmal unsre Erklärungen nicht mehr hören.
Immer noch die lockeren Gespräche von den anderen Tischen, Lachen, das Gedudel griechischer Schlager aus dem Kofferradio.
Bist du deshalb aus Deutschland weg auf die Insel? fragte Takis, mehr Anteilnahme als Neugier in der Stimme.

Bliss sah ihn einen Augenblick an, überrascht, schien es, aber sagte nichts.
Hilflos fischte Takis Krümel Schafskäse aus dem Öl des Salattellers, griff dann sein Glas, stieß an ihre. Sie tranken schweigend.
Dieser Unterschied! dachte Anklam, der Takis und Vik. Obwohl der auch studiert hat. Sicher Arbeiterkind. Wie der die Sachen anfaßt, ohne Sentimentalität. Das ist Bier aus meiner Brauerei. Wenns schal ist, schmeckts mir trotzdem nicht, zugegeben. Und Vik wieder völlig am Ende. Statt daß ich ihn aufbau, reiß ich ihn noch mehr rein. Warum fühl ich mich schuldig, wenn ich nur gesagt hab, was sich in meinem Kopf denkt? Lecken wir doch die gleichen Wunden, bloß jeder auf der andern Backe? Vorsicht Anklam! Jetzt keine übereilten Schritte!
Aber wenigstens die Hand ausstrecken –
Ich – ich weiß nicht, er stotterte ein bißchen, beide sahen ihn verdutzt an bei dem Wort, ich weiß nicht, Genossen – eigentlich wollte ich heut abend von euerm Wein reden, von Frauen, vom Mond, über Soho, oder über Leros meinetwegen, oder vom Kino. Wie ist das jetzt passiert? Deinen Bürgermeister haben wir total rausgelassen, immer nur deutsch.
Der kommt gut allein zurecht, wie du siehst. Takis sagte es ohne erkennbaren Vorwurf.
Sauunhöflich ist es doch, beharrte Anklam. Und schade. Er interessiert mich. Natürlich interessiert er mich, Vik! Sag ihm, daß wir uns entschuldigen, Takis –
Der sah ihn noch skeptisch an, mischte sich aber in das Gespräch der drei Griechen, und der Bürgermeister rückte seinen Stuhl heran. Takis schien ihm zu erklären, wovon sie gesprochen hatten, sein Blick ging von Anklam zu Bliss und zurück zu Anklam, aufmerksam, nicht unfreundlich. Er nickte mehrmals, nahm dann selbst das

Wort, sprach sichtlich jetzt zu den Deutschen, merkwürdig langsam und nachdrücklich, wie bei einer Ansprache. Bis Takis ihn unterbrach, zum Übersetzen. Die deutschen Sozialdemokraten hätten nie den Sozialismus gewollt und nie ihren Klassenverrat von 1918 bereut, das habe er jetzt neu verstanden aus der antikommunistischen Politik ihres Musterschülers Soarez in Portugal, mit dessen Hilfe sie eine sozialistische Entwicklung dort abgefangen hätten. Sie hätten sich bis heute nie die Frage gestellt, wieviel menschlicher der Sozialismus von Anfang an ausgesehen hätte, wenn er von zwei so großen Völkern wie dem russischen und dem deutschen zugleich verwirklicht worden wäre.
Der Alte hat das auch wieder, dachte Anklam, dies Erklären und Belehren, muß ein Gattungsmerkmal sein. Internationale K-Gruppe der Besserwisser. Wie er aussieht, redet er jetzt zehn Minuten. Anklam mußte sich Geduld vornehmen. Er wollte nicht wieder aus der Rolle fallen.
Bei ihnen in Deutschland werde die Frage Revolutionäre und Reformisten immer nur unter dem Aspekt diskutiert, wie eine Einheitsfront der Arbeiterklasse 1933 den Faschismus und seine Opfer verhindert hätte. Es sei zwar heute eine reine Spekulation ohne praktischen Wert, aber erkläre doch manches, wenn man die wirkliche welthistorische Schuld der Ebert, Scheidemann und Noske darin sähe, daß sie die mitteleuropäische Arbeiterklasse 1918 in den Antikommunismus getrieben hätten. Dadurch hätten sie die Entstellungen der Aufbauperiode in der isolierten Sowjetunion und den zweiten Weltkrieg als Krieg zur Vernichtung des Sozialismus im Grunde erst ermöglicht.
Hat der studiert? fragte Anklam zu Bliss, während Takis dem nächsten Redestück des Bürgermeisters zuhörte.
Ja bestimmt, zischte Bliss leise zurück, im Gefängnis. Frag ihn selbst.

Sie sollten ihn nicht mißverstehen, ließ er wieder Takis dolmetschen, er suche keinen bequemen Sündenbock für Irrwege einer kommunistischen Partei, wolle auch nicht ablenken von der Notwendigkeit selbstkritischer Korrekturen. Die müsse jede Partei selbst vollziehen. Sie arbeiteten in der griechischen Partei noch an einer kritischen Einschätzung ihrer Politik nach der Befreiung und während des Bürgerkriegs.
Da bin ich übrigens drin, erklärte Takis von sich, in der Historikerkommission. Wir haben auch unsre Stalinisten gehabt und gute Genossen auf dem Gewissen.
Euern Robin Hood, wie heißt er doch gleich, Vik, der aus deiner Geschichte –
Er meint Velouchiotis, sagte Bliss, kaum hinhörend, und Takis: Zum Beispiel.
Da schaute Bliss den Bürgermeister voll an und stieß seine Frage raus: Gibt es das – Tragödien der Weltgeschichte? Augenblicke, wo sich alles unwiderruflich entscheidet, so oder so, was hundert Jahre lang geschieht?
Anklam beobachtete gespannt das Gesicht des Alten, sah, wie sich seine Fliegeraugen zusammenzogen, als spähte er nach einem entfernten Ziel. Es kam nur ein Satz von ihm.
Was du damit meinst, frage er.
Ich meine, sagte Bliss, ob wir Sozialisten seit 1918 immer nur den Maßstäben hinterherlaufen, die uns der Imperialismus setzt. Wie der Hase und der Igel.
Takis zögerte etwas, schien nach Worten zu suchen, als er das weitergab.
Der Bürgermeister kratzte sich am Kopf, antwortete nicht sofort. Anklam war versucht, innerlich zu lachen, so überraschend und unangemessen empfand er den Kontrast zwischen dieser instinktiven Bewegung und Viks Gedanken.

Dann die Antwort, knapp, wegwischend, Takis übersetzte wörtlich: Die Frage geht mich nichts an. Die mußt du der Geschichte in hundert Jahren stellen.
Und er wandte sich gleich ab, rief nach Jorgos, der am Nebentisch aus einer Flasche einschenkte, kippte einen Rest Retsina aus seinem Glas auf den Boden, bedeutete ihnen, auch ihre Gläser zu leeren, und ließ den Wirt eine Runde Ouzo eingießen.
Ja mas, sagte er, mit allen anstoßend.
Ke ja to sosialismo, sagte einer der beiden Arbeiter.
Das ist der Abschied, jetzt hat er die Schnauze voll von uns, dachte Anklam, fand das auch irgendwie verständlich. Statt dessen lehnte der Alte sich auf seinem Stuhl zurück und ließ ihnen sagen, sie sollten nun etwas aus ihrem Deutschland erzählen.
Bliss machte ein gequältes Gesicht. Der einzige, der schwitzte, war Takis.
Kannst du noch? fragte Anklam. Schick uns doch ins Hotel.
Ich kann, sagte der. Aber ihr seid müde, wie? Habt nicht geschlafen auf dem Schiff.
Vik hat mir Makronissos gezeigt.
Da war der – Takis zeigte mit den Augen auf den Bürgermeister – fünf Jahre auf Staatskosten in Urlaub. Aber man erfährt kein Wort von ihm darüber.
Bliss holte seinen Band mit den Ritsos-Gedichten aus der Tasche, reichte ihn dem Bürgermeister. Afto diawassa, sagte er.
In dem Augenblick rief jemand von der Straße. In der Hofeinfahrt standen schon drei oder vier Personen im Halbdunkel. Die Griechen waren gleich von den Stühlen.
Kommt schaun! rief Takis.
Draußen redeten die Griechen nur leise und wortkarg miteinander. Im Norden schien der Himmel zu brennen.

Sie sahen kein Feuer, aber dicke, heftig quellende Rauchwolken glühten wabernd vom Widerschein eines riesigen Brandes. Anklam meinte, etwas wie Andacht in den Stimmen zu spüren, oder ein hilfloses, fasziniertes Staunen vielleicht.
Dann sprach der Bürgermeister.
Wir werden unsre Wachen auf dem Imittos verstärken, sagte Takis, ich geh gleich mit. Ihr werdet das verstehn.
Sie sahen zu dem vom Mondschein matt beleuchteten Bergmassiv hinauf. Einige Griechen entfernten sich.
Der Bürgermeister hakte die Deutschen unter, zog sie zurück in den Hof. Er sagte einen Satz direkt zu Bliss.
Der, zu Takis, auf der andern Seite: Übersetz mal, ich weiß nicht, ob ich richtig verstanden habe.
Wer nicht verzweifeln kann, muß nicht leben, sagte Takis leise, erstaunt, aber Anklam hatte es doch gehört.

# *KATINA*

## *Wie schaffen wir die Liebe*

*Ach Gott Vik – was machst du für Sachen! Fieber! Jetzt plötzlich wieder! Warum denn? Der Arzt sagt, eine Krise. Aber die Schwester sagt, eine Art Rückfall. Und Ruhe brauchst du, sagt er. Aber Zuspruch auch, sagt die Schwester, Streicheln für die Seele, so widersprechen sie sich. Oder vielleicht ist es kein Widerspruch. Ich soll nicht so lange hier am Fenster stehen, wo du mich sehen kannst, weil es dich aufregt.*

*Regt es dich denn auf? Ich dachte, es freut dich, wenn ich dir von Sotiria erzähle. Hat auch die andre Schwester gesagt, die Leni. Damit du eine Ablenkung hast für deine Gedanken. Also nicht nur an deinen Zustand denken mußt und deine Schmerzen vergißt.*

*Wenn ich jetzt wüßte, was in deinem armen Kopf vor sich geht!*

*Weiß ich es nicht? Eigentlich weiß ich genug von deinen Gedanken, du hast mir viel mehr erzählt, als du gesagt hast. Natürlich hab ich manchmal in diesen Tagen geglaubt, es hat auch mit deinem Kopf zu tun. Oder mit deiner Seele, deinem Seelenzustand. Daß dir dies hier passiert ist. Meine Großmutter hat behauptet, es gibt solche Zustände, die das Unglück anziehen. So wie du gemeint hast, Sotiria hätte ih-*

*ren Tod geahnt. Ich hab dir da widersprochen, ganz spontan, stimmt, und würde es wieder tun, was Sissu angeht, aber wenn man alle Metaphysik und Religion und Aberglauben wegstreicht, dann bleibt vielleicht doch etwas übrig, in manchen Menschen, was ihren Tod sozusagen anlockt. Hoffnungslosigkeit. Verzweiflung.*
*Meine Großmutter hat es sich als eine Art Geruch vorgestellt, den der Tod wittert, wie ein Haifisch. Die sollen ja Blut im Wasser auch über weite Entfernungen riechen, und man kann nicht erklären, wieso. Plötzlich sind sie da und beißen zu.*
*Meine Erklärung wäre etwas materialistischer: Ein Mensch mit dieser Krankheit im Kopf paßt nicht mehr richtig auf, er verliert den Lebensinstinkt, der uns schützt vor dem Tod. Weil der uns wirklich auf jeder Treppenstufe bedroht, zum Glück vergißt mans, an jeder Straßenkreuzung lauert, ganz banal. Jeder Polizist trägt ihn in der Tasche, hab ich schon manchmal bei unsern Demonstrationen gedacht, wenn ich die Pistolenkolben rausgucken sah – man könnte jeden Polizisten als uniformiertes Gerippe malen, nur statt der Sense den Revolver.*
*Weshalb ich dir das erzähle? Ich bin deine Kopfschwester. Krankenschwester. Deine Seelenpflegerin, verstehst du? Warum das so geworden ist, weiß ich nicht. Du bist eben gekommen mit deinen müden Augen, und ich hab ihre Fragen verstanden. Infolgedessen bin ich verantwortlich für dich, dazu steh ich, und sage: Genosse Viktor, streng dich bitteschön an, daß du gesund wirst, es gibt hier draußen eine Menge Menschen, die das von dir erwarten. Nicht nur mich. Und es ist deine revolutionäre Pflicht, wir brauchen deinen Verstand und deine Kraft, auch deinen und gerade deinen, du verstehst so viel, was andre nicht mal ahnen. Das ist eine Verpflichtung, doch, verdammt noch mal – wer unsre Probleme kennt und trägt nichts bei, sie zu lösen, wird selbst ein*

*Teil von ihnen. Das kannst du nicht wollen, lieber Genosse, oder?*
*Hach Vik, es gefällt mir auch nicht, so streng mit dir zu sprechen.*
*Du hast jedenfalls nicht genug gelebt, um hier sterben zu dürfen! Blödsinn. Was red ich immer noch vom Sterben! Diese ernsten Gesichter von dem Doktor und der Schwester, die sich so wichtig vorkommen. Machen einen ganz verrückt.*
*Ich will nicht, daß weiter vom Sterben gesprochen wird. Auf keinen Fall im Zusammenhang mit dir. Ich will dir lieber sagen – als du bei mir warst, wir in der Küche standen, am Fenster, mit dem Wein, in die brennenden Wolken schauten, da hab ich mir gewünscht, daß du deinen Arm um meine Schultern legst, ja, und wenn nicht dieser Anruf gekommen wär, dann hättest du das auch getan, nicht wahr, und wir hätten Sissu vergessen oder hätten sie nicht vergessen, sondern hätten gewußt, daß sie gern gelebt hat und hat das allen gewünscht, also auch dir und mir, und nie hätte sie so etwas wie Neid empfunden, auf die Freude von andern – ach Mann, werd doch gesund!*
*Aber jetzt hab ich dir vielleicht mehr von meinen Wünschen gesagt, als ich sollte. Als gut für dich ist.*
*Wenn ich mir vorstelle, daß ich dich überhaupt nur einen Tag kenne! Einen Tag – zwölf Stunden –, und dann warst du schon weggerissen, in diese Unberührbarkeit. Dieses Schweigen. Oder Gefängnis.*
*Und doch sprech ich zu dir wie zu einem sehr vertrauten Freund.*
*Keine Ahnung, wie du das empfunden hast, unsre kurze Begegnung. Denn eigentlich, muß ich mich erinnern, hast du dich für Sissu interessiert, und zu mir bist du nur ihretwegen gekommen. Genau wie ich übrigens. Ich dachte – da ist einer, mit dem kann ich über meine Freundin sprechen, und der ist ein Genosse, der hat vieles verstanden wie ich, da*

*könnten wir zusammenlegen und gemeinsam noch etwas mehr verstehen von unsern Leben, und das hat ja geklappt, nicht wahr, auch wenn noch viel Arbeit bleibt, und alles schaffen wir sowieso nicht oder erst, wenn wir graue Haare haben und begreifen, daß gar nicht alles verständlich ist. Nicht heute. Und daß man noch viel mehr Geduld haben muß mit den Menschen, bis wir hinter die Sterne gucken können. Und hinter uns selbst. Wir Menschen, wir machen uns selbst. In unsrer Geschichte.*
*Aber herrje! wie lange das dauert – wirklich – ich wills nicht erst in tausend Jahren oder als Großmutter wissen. Sechzig Jahre ist Lenin schon tot und Marx noch länger!*
*Nein Vik, wenn ich ehrlich bin – mir liegt Geduld überhaupt nicht. Und ich lehne sie auch ab, also gefühlsmäßig. Deshalb will ich, daß du dich anstrengst, und wirst bald gesund, hörst du?*
*Wenigstens so weit, daß ich an dein Bett darf und mit dir reden. Damit ich erfahre, zum Beispiel, wie das an dem Abend für dich war, unser Gespräch. Weil ich das wissen muß, ganz aktuell. Ob ich immer mehr ins Leere spreche, je länger ich mit dir rede oder ob du der bist, der – also diese Ungewißheit – mir scheint, ich entwickle dich weiter, in meinem Kopf, in meiner Vorstellung, aber vielleicht an dir vorbei, verstehst du? Das ist seltsam. Es fehlt die Kontrolle, wenn du nicht widersprechen oder mir zustimmen kannst.*
*Du bist, glaube ich, nicht ungeduldig. Oder wenn doch, dann ist es eine stille, eine hartnäckige Ungeduld. Die nicht zutage tritt, ja? Die ich von Sotiria kenne.*
*Obwohl das ein Widerspruch ist, scheinbar – hartnäckige Ungeduld. So etwas wäre doch eher Geduld. Oder? Allerdings denkt man bei Geduld gleich an Toleranz, und die ist nun wirklich keine revolutionäre Tugend. Ungerechtigkeit und Unterdrückung kann ich sowenig tolerieren wie Krankheit und Hunger, nicht wahr.*

*Gestern, auf der Fahrt zur ETMA, habe ich mit Kostas über diese Fragen, mein Problem – und stell dir vor: Er hat mich genau verstanden! Ich war ganz überrascht. Die Sache mit den zwei Friedhofsarbeitern, die mir so zu schaffen machte. Weil ich sie wirklich am liebsten umgebracht hätte, in dem Augenblick. In meiner Verzweiflung. Meiner Empörung. Er hat mir dazu von einem gefangenen vietnamesischen Partisanen erzählt, den sie gefoltert hatten und der gesagt haben soll: Die Menschen sind unschuldig. Weil sie Menschen sind.*

*Kostas meinte, dies sei so zu verstehen, daß wir eben erst zehntausend Jahre Zeit gehabt hätten, uns vom Tier wegzuentwickeln, uns zu kultivieren. Das müßte dieser Soldat gewußt haben, und nur deshalb hätten die Vietnamesen überhaupt so lange und so unvorstellbar geduldig und opferbereit um ihre nationale Unabhängigkeit kämpfen können. Und offenbar, was das Erstaunlichste ist, auch ohne Haß. Weißt du, an was ich da gleich gedacht habe? An das Gesicht des alten Ho Chi Minh. Da kann man das drin lesen. Und dann, daß Sotiria Ähnlichkeit hatte mit diesen Vietnamesen. Wenn du dich erinnerst, was ich dir von unserm Abschiedsmorgen am Meer erzählt habe, ihre Worte da.*

*Deshalb hätten wir uns gut ergänzen können, sie und ich, weil ich eben nicht so empfinden kann wie sie. Vielleicht ein ähnliches Verhältnis wie zwischen dir und deinem Freund?*

*Über den hab ich auch noch nachgedacht. Warum ich ihn einen starken Typ finde, wie ich gesagt habe. Du kannst dich darüber nicht geärgert haben, daß er mir gefällt – wo er dein Freund ist.*

*Ihr seid – war mein Eindruck – so verschieden, so gegensätzlich, daß man sich fragt, wie sie möglich ist, eure Freundschaft. Ganz unwillig war er doch, als du so hartnäckig nach Sotiria gefragt hast, das hab ich deutlich gemerkt. Hat ihn gar nicht interessiert, was du von uns wissen wolltest. Aber dann vor der ETMA, als die Busse rausfuhren und die Polizei – wie verwandelt! Plötzlich wie einer von unsern! So zornig. Als wärs um seine eigne Sache gegangen, seinen eignen Betrieb. Dagegen warst du richtig – richtig – na sagen wir mal: besonnen. Ja? Entschuldige, wenn ich nicht das richtige Wort finde. Zurückhaltend.*

*Dein Freund hat mich sehr an meine Männer erinnert, aus Kreta. Nicht nur äußerlich – auch dieses selbstverständliche Selbstbewußtsein, von dem sie nicht wissen, woher es stammt, worauf es sich gründet.*

*Worauf sollen wir Kreter denn stolz sein? Daß wir auf einer Insel mitten im Wasser leben? Aber der ist einfach da, dieser Stolz, eine Art Lebensgefühl. Und ist schön, was soll man machen. Solche Menschen. Oder vielleicht, weil sie immer gekämpft haben, die Kreter, gegen die Venezianer und die Türken. Aber wer von ihnen weiß das schon. Die Bauern doch nicht. Höchstens an den deutschen Überfall erinnern sie sich. Und außerdem sind wir immer besiegt worden. Das kann es nicht sein.*

*Na egal. Wer so selbstbewußt ist und stolz auf sein Leben, versteht dafür andre schlecht, stimmts? Das ist die Kehrseite. Immer diese Schreierei von unsern Männern. Wer am lautesten schreit, behält recht. Ich ja auch, du wirst es nicht glauben. Ich hab gedacht, meine Emanzipation besteht darin, daß ich genauso laut reden und streiten kann wie die Männer, mich nicht einschüchtern lasse. Da hab ich eben erst angefangen, was andres zu lernen, von Sissu.*

*Noch neulich, einkaufen sind wir gegangen in Poulithra an einer Baustelle, Gräben haben sie ausgehoben, die Bauarbeiter, für die Wasserleitung, in den Felsenboden gehackt und gebohrt, schwerste Arbeit, und in der Hitze, Taschentücher auf den Kopf geknotet und die Muskeln an den nackten Armen, der Schweiß lief ihnen nur so übers Gesicht. Haben*

*wir zugeschaut. Wie ein Bild aus dem sozialistischen Realismus, die Szene, solche Gestalten mußt du dir vorstellen. Nur die Bierflaschen hätten nicht gepaßt, die auch rumstanden. Kannst es auch umgekehrt sagen: Die Flaschen bei der Arbeit haben sie so lange übersehen, die Maler, deshalb sind ihre Bilder oft so aufgeblasen und unwahr. Na jedenfalls, die Arbeiter hatten dann eine Pause, luden uns ein, versuchten natürlich auf die übliche Art, uns anzumachen. Wußten, daß wir keine Frauen aus dem Dorf waren. Einer besonders, so ein Unwiderstehlicher. Und ich, nur um sie zum Denken zu bringen – war frei erfunden, verstehst du –, hab den gefragt, wie er es mit der Gleichberechtigung hält, ich hätte gerade gesehn, daß seine Frau einen jungen Mann, einen Touristen, zum Kaffee ins Haus geladen hat. Na, da ging was los! Als ob eine Bombe eingeschlagen wär, du. War ein Volltreffer. Der wollte sofort nach Hause rennen. Richtig gezittert hat der. Gekocht. Sotiria hat es kaum geschafft, ihn festzuhalten, hat versucht, ihnen zu erklären, warum ich das erfunden hatte. Aber die Wut dann, von den Männern! Eine Frau erlaubt sich, einen Mann anzuführen!*

*Ich wollte auch nicht zurückstecken, war doch im Recht, prinzipiell zumindest, und das hat sie erst hochgebracht, Mann! Ein paar hatten noch gelacht, daß ich den Schönen so aufs Eis geführt hab, Schadenfreude, nicht, aber als sie gemerkt haben, daß es gegen sie alle ging, ihre Männerehre, und politisch wurde es dann auch noch, da hatte ich verschissen. Schimpfworte – die übersetz ich dir lieber nicht. Wenn zwei nicht Sotiria gut gekannt hätten, ich weiß nicht, was sie noch mit mir angestellt hätten.*

*Und hinterher der Streit mit Sissu, deshalb. Das heißt, ich war so in Hitze, so empört, daß ich sie auch angeschnauzt hab, als sie mir Vorwürfe machte, sie könnte sich nun nicht mehr ins Dorf trauen – in dem Stil, weißt du. Sie wollte noch öfter ihre Ferien in Poulithra – und diese Arbeiter,*

*selbst Opfer der Gesellschaft, der herrschenden Vorurteile – also ich fand Sissu da einfach kleinbürgerlich und hasenherzig, mit ihren Bedenken. Was hab ich denn andres getan, als den Spieß umzudrehn, mit dem ihr Männer uns an jeder Ekke aufspießt, also mich einfach mal gewehrt – du würdest das zugeben, wenn du mir antworten könntest, nicht wahr?*
*Das einzige Argument, was ich anerkannt habe, war, daß die Frau von dem Mann es hätte ausbaden müssen, meinen Aufklärungsversuch. Familientragödie, womöglich. Das läuft in Griechenland wirklich manchmal noch wie bei Shakespeares Othello. Das hätte ich berücksichtigen sollen. Ich weiß auch, daß bei uns in Chania wegen solchen Sachen sich Familien gegenseitig umgebracht haben, ist noch nicht lang her, die Blutrache. Ja, mein Gott. Spontaneität muß auch mal erlaubt sein, man kann nicht alles im voraus bedenken.*
*Ehrlich gesagt – ich hoffe jetzt noch, daß sie hinterher doch zum Nachdenken gekommen sind, diese Arbeiter. Durch die Provokation. Oder wenigstens als sie ein paar Tage später in der Zeitung gelesen haben, wie Sotiria umgekommen ist.*
*Vielleicht hätte ich mich sogar entschuldigt, bei dem jungen Achilles, wenn er zum Fest auf der Platia gekommen wär, an unserm letzten Abend. Hat sich aber nicht blicken lassen.*
*Ich erzähl dir das nicht, um mich zu rechtfertigen, Vik. Auch nicht, damit du weißt, daß es schon mal Meinungsverschiedenheiten zwischen uns gab. Zank will ich nicht sagen. Sondern wie Sissu die Sache reflektiert hat, das sollst du erfahren. Es ist so typisch für sie.*
*Sie hat mir nicht mehr geantwortet, auf unserm Nachhauseweg. Böse war sie wohl nicht. Eher traurig. Einem Esel sind wir noch begegnet, der neben einem Bauernhaus angebunden stand, muß sehr alt gewesen sein, ganz grau sein Gesicht, wie er uns angeschaut hat. Dem hat sie die Nase gestreichelt. Den Arm um den Hals gelegt. Hat gemeint, so einen wünschte sie sich manchmal als Bruder. Solche Ideen hatte*

*sie. Esel seien Philosophen und hätten bestimmt eine sehr empfindliche Seele. Also das kann einem nur als Stadtmensch einfallen, wenn man nicht weiß, wie stur und dickfellig Esel sind. Wenn sie schreien, hat sie dann noch gesagt, würde es sich anhören, als hätten sie das ganze Leid der Tiere in ihrer Brust gesammelt, und plötzlich bräche es hervor. Da dachte ich, vielleicht meint sie nicht das Leid der Tiere, so klang es. Aber ich konnte noch nichts sagen, in dem Moment.*

*Wie sie den Esel gestreichelt hat und umarmt – wie viel ungenutzte Zärtlichkeit lag darin! Warum hat sie wohl keinen Freund gehabt? – Seltsam – du hast mich danach nicht gefragt. War dir das unwichtig? Wenn wir mal Andeutungen gemacht haben, in der Pandio, bißchen Spott, hat sie nur gelacht. Keine Zeit hätte sie dafür. Nicht mal in unsern Ferien wollte sie über das Thema sprechen. Merkwürdige Scheu. Über Männer nur in ihrer Eigenschaft als Genossen oder Kollegen. Aber dann diese versteckte oder verheimlichte Zärtlichkeit!*

*Jedenfalls, am Abend, als wir auf der Terrasse saßen, hatten uns Wein von unsern Nachbarn gekauft und Ziegenkäse, wir müssen wohl beide gedacht haben, daß wir jetzt gelassener über den Vorfall sprechen könnten, so war auch die Stimmung – versöhnlich – harmonisch. Mit diesem ruhigen goldnen Himmel im Westen über dem Taijetos und oben immer mehr Sterne, windstill – kannst du es dir vorstellen? Es schmolz alles zusammen. Die Rufe von unserm Käuzchen aus dem dicken Olivenbaum, aus dem Tal von der Ziegenherde mal eine Glocke, so ganz verschlafen. Nachtmotten. Sissu hatte eins von unsern Katzenkindern auf dem Schoß.*

*Da brach sie das Schweigen, sagte: Katinka – ich glaube, Liebe und Vertrauen zu uns können wir bei den andern nur soviel wecken, wie wir ihnen selbst entgegenbringen.*

*Ich hab gleich gemeint, das sei für mich eigentlich keine Frage, eher eine Selbstverständlichkeit, aber sie fand, ich hätte*

*das jetzt zu schnell geantwortet, und am Nachmittag, bei den Arbeitern, müßte ich es wohl versteckt haben, denn keiner hätte es merken können, sie auch nicht.*
*Das mußte ich ihr zugeben, obwohl ich wieder kam mit meinem – soll denn kein gerechter Zorn erlaubt sein? Ich hatte auch den Verdacht, daß bei Sissu ein bißchen ihr christliches Elternhaus mitsprach, aber sie, als hätte sie meine Gedanken gelesen: Nicht daß man die andre Backe hinhalten soll, wenn man geschlagen wird vom Feind, so bestimmt nicht. Diese Arbeiter waren ja keine Gegner, keine echten.*
*Darin mußte ich ihr wieder zustimmen.*
*Und dann kam das, was mich wirklich überrascht hat und weshalb ich dir die Geschichte erzähle: Sotiria sagte, ihr sei beim Nachdenken auf dem Weg ein Satz eingefallen, den ihr ein Genosse mal genannt hätte, von Marx, der lautet: Nur die Liebe, die Gegenliebe erweckt, ist produktiv. So ungefähr. Das Zitat ist nicht wörtlich, sie müßte den Genossen noch einmal fragen nach der Stelle, vielleicht hieße sie auch umgekehrt: Die Liebe, die keine Gegenliebe weckt, ist unproduktiv.*
*Was sagst du nun dazu? Ob du die Stelle kennst? Ist ein langes Thema, nicht? Möcht ich mal mit dem Genossen Breschnew diskutieren. Oder mit Florakis. Wir haben die halbe Nacht darüber gesprochen, ob das wohl erst im Kommunismus gelten soll oder allgemein und immer? Vielleicht auch nur für den Verkehr der Individuen untereinander, in solchen Situationen wie an der Baustelle. Objektiv konnten wir das nicht klären, ohne den Zusammenhang zu kennen, von dem Zitat.*
*Ich habe in diesen Tagen herumgefragt, bei einigen Genossen, wen ich eben getroffen hab – keiner konnte sich dran erinnern. Und ich weiß nicht, von wem Sotiria es bekommen hat. Einer hat schon gemeint, vielleicht hätte sie es sich ausgedacht, weil der Gedanke so gut zu ihrem Leben passen*

*würde. Aber das ist ausgeschlossen, nicht wahr, dazu wäre sie nicht fähig, bei ihrer Aufrichtigkeit. Ausgeschlossen. Warum schaffen wie so schwer Gegenliebe bei denen, die wir lieben und deren Interessen wir doch vertreten wie unsre eignen? Was hab ich falsch gemacht bei den Bauarbeitern? Wenn du aus der Isolierstation raus bist, Vik, dann möchte ich wissen, bin gespannt, was du dazu meinst. Wie du diese Bemerkung von Marx verstehst. Ich mach jetzt Schluß, die Schwester hat mir schon zweimal gedroht, daß ich gehen soll. Dabei siehst du aus, als ob du schläfst – soweit ich das jetzt erkennen kann. Ich versuche, morgen wiederzukommen, ja? Hoffentlich strengt dich mein Gerede nicht wirklich zu sehr an – es ist schwierig, die Gedanken in einen klaren Zusammenhang zu bringen, wenn einem keiner antwortet. Und man auch nicht ungestört ist. Ich wünsche mir von dir, daß du das Fieber wegbekommst, mit Hilfe von dem Doktor Kechaidis.*
*Jassou, kaimene mou sindrofe.*

# BLISS
## Wer erraten wird darf sterben

Hat Manfred doch recht. Unerträglich die Dialektik. Rolltreppe, unendlich, glühende Stufen, barfuß. Rennen rennen. Kein Ende und zurück auch nicht.
Wie das schleudert das Fahrzeug. Schmeißt dich hin und zurück. Abgeschraubt, die Haltegriffe, wer da einsteigt ist schon verloren. Glauben immer feste glauben! Eine Wahrheit ist keine Wahrheit ist eine Wahrheit Amen.
Die gewisse Gewißheit des Wissens, dreifach genäht. Hält nicht. Ich grab nach der Wahrheit immer tiefer – im Schutt der Widersprüche.
Die Wahrheit ist also die Dialektik? Der Satz geht nicht. Aber er stimmt.
Was immer einer tut bewirkt auch das Gegenteil. Sie bringen das Mädchen um und setzen eine Heldin in die Welt. Wir bringen die Revolution in die Welt und zwingen das Kapital, seine Macht zu stärken.
Das Gesetz ist die Veränderung. Das Gesetz steht fest. Mein Gott schalt mir doch einer das Hirn ab!
Die Wahrheit ist der Sisyphos.
Der Mond über Athen. Weißer, nackter Mond über der Wüste. In der Jauche fließt und Blut und Retsina. Kein Wasser. Wo gibts noch Milch und Honig!

Und der Wald brennt. Brennt politisch. Aber lösch ihn mal sozialistisch! Berechne mal dialektisch die Winkelsumme im Dreieck!
Manfred, die Klassiker behaupten, selbst die Natur funktioniert dialektisch. Aber die Erde steht doch fest, oder? Hast du schon mal erlebt, daß die Erde auf eine höhere Stufe springt?
Laß mich in Ruh Vik. Ich bin glücklich.
Glücklich? Das ist eine Provokation. Nimm das zurück!
Setz dich woanders hin, wenn du meinst, ich bin ansteckend. Der Bus hat fünfzig leere Plätze.
Das reicht nicht, ich steige aus! Ich fahr nicht mit so einem im gleichen Bus! Sag daß du satt bist und besoffen. Verliebt. Müde. Was weiß ich.
Ich bin zurechnungsfähig, Vik.
Ja, das stimmt. Du Träumer. Armer Kerl. Da muß ich wohl bleiben und auf dich aufpassen. Hör zu Manfred, mein Verdacht fällt auf Heraklit, was meinst du. Der hat das angestiftet. Aber Plato im Tor, hat zweitausend Jahr Heraklits Mannschaft abgewehrt. Dann haben sie Hegel eingewechselt, Marx dazu, auf der linken Flanke, jetzt fallen die Tore. Und du schreist immer noch Plato! Plato!
Ich bin ziemlich sicher, daß mir der Alte gefallen hat, der Bürgermeister, sagte Anklam gelassen. Für den bin ich.
Was ich sage – du brauchst immer noch Helden. Das Paradoxe daran ist: ich auch.
Anklam legte den Arm um seine Schulter, freundlich: Und der Unterschied zwischen uns – du willst einer sein. Aber weißt nicht, wie.
Bliss spürte die Hand durch sein Hemd, die leichte Wärme, die Festigkeit – eine Empfindung, die ihm so bekannt vorkam, als hätte er sie lange erwartet. Er war nicht er-

staunt. Wortlos nahm er die Geste hin, und, obwohl er sie nicht erwidern konnte, empfand er sie nicht als Beschwichtigung, sondern wie eine angemessene Zusammenfassung dieses Abends, dessen Ausweglosigkeit und Verzweiflung das Leben nicht zu zerstören schien. Eher war er doch eine Bekräftigung.
Nur nicht fragen, woher. Nur nicht den Kopf provozieren.
Die Häuser rollen vorbei – wer hat die motorisiert? Dieser Bus ist eine Traumkutsche, der Fahrer könnte ein verstoßener Engel sein, Engel auf Urlaub, das lautlose Gleiten bergab, auf der Startbahn ohne Halt, will keiner mehr zusteigen? Sind wir die Letzten, die den Planeten verlassen? Gleich heben wir ab in den roten Himmel, Endstation Hoffnung, Endstation Schlaf.
Bruder, merk ich das richtig, daß wir uns heute abend näher waren? Kommt mir vor, als hättest du was kapiert.
Du nicht? fragte Anklam zurück.
Du mußt mit allem rechnen, Manfred. Schau, der Himmel ist klar wie auf Leros. Jede Menge Sterne. Selbst der Mond ist uns nachgeschwommen, so viel Aufmerksamkeit. Und jetzt diese Rauchwolken, dieses Athener Feuerwerk. Welch ein Theater.
Manchmal mag ich sogar deine Lyrik, Vik.
Bliss lachte – verdank ich das auch dem alten Jagdflieger? Ich hab allerdings eine Tragödie beschrieben.
Anklam holte seinen Arm zurück, sah Bliss von der Seite an: Das hast du vorhin schon behauptet! Und der Alte hat dir gesagt, laß gefälligst noch was fürs dritte Jahrtausend!
Er hat noch was andres gesagt, antwortete Bliss aus dem Fenster.
Ja, hab ich gehört, Vik. Meinst du, das war seine Altersweisheit? Gibts das – Weise Kommunisten?

Bliss, überrascht, wischte sein Haar mit der Kopfdrehung Anklam durchs Gesicht: Weise –? Kopfschütteln. Wer weise ist, versteht alles. Da geht die Parteilichkeit in die Binsen. Ich kann mir keinen weisen Kommunisten vórstellen. Wer alles versteht, kämpft nicht mehr.
Kann nicht stimmen Vik, überlegte Anklam, die Kommunisten, die ich kenne, konnten immer alles erklären.
Bliss zog sich hoch: Komm, Syntagma, wir müssen raus. Und draußen, in der linden, rauchigen Luft, stehenbleibend, Anklam festhaltend: Erklären schon, hast du recht – aber verstehen?
Dann wär der Alte doch einer. Ein Weiser. Antwortete Anklam, erstaunt und zufrieden.
Und Bliss, einverstanden: So gefällt mir die Dialektik eher.
Komm, sagte Anklam, hakte ihn unter, irgendwo wirds noch was zu trinken geben. Nur verlang nicht, daß ich das jetzt verstehe.
Bliss versprach: Und ich werds dir auch nicht erklären.
Der Platz war hell beleuchtet von den hohen, insektenumschwirrten Kandelabern, der Autoverkehr weniger heftig und lautstark, die Terrassencafés unter den Bäumen noch besetzt, Athener Schickeria, bessere Ausländer aus den großen Hotels, die Höhe der Preise war der Eleganz der Kellner zu entnehmen. Da durch, ohne Berührung.
Plaka. Kochtopf der Lüste. Der dampfte von Schweiß und Musik und schnellem Profit. In Scharen trieben die Billigtouristen und griechischen Nepper durch die engen Gassen, kein Ladenschluß für die Souvenir-Shops, schoben sich aus einer Taverne in die nächste Boite, Busukis, Gitarren, Mundharmonikas, die näselnden Stimmen der griechischen Sänger, das suppte aus den offenen Türen und Fenstern, verklebte die Hirnzellen. Bliss hörte Theo-

dorakis-Melodien heraus, Erinnerungen an die Junta-Zeit, Kampflieder, die sie damals in München auf Solidaritätsveranstaltungen kennengelernt und mitgesummt hatten, eine Volksmusik, die von der Freiheit erzählte – wenn die aus den Musikboxen in Piräus und Schwabing zu hören wär, dann wär das die Losung der neuen Gesellschaft nach der friedlichen Revolution – die ganze Erde uns und kein Stück den Tyrannen – die Obristen verjagt, aber nicht den Gegner! Der hat sich die Kunst der Befreiung gekauft, selbst die Partisanenlieder, Guantanamera, Bella Ciao, Grandola Vila Morena. Frei die Verwertung der Volkskunst, nicht das Volk. Wenn die Träume der Menschen nicht zu beseitigen sind, dann kaufen wir sie, eh sie wirklich werden, heilig ist nichts und nichts ist zu teuer. Beim Thanassis, Guten Tag Sonne guten Tag – da wars noch der Traum, was hier längst als Ramsch auf der Stange hängt.
Da hängt die Musik wie die gedruckten Blusen aus Kreta und Mykonos, da hängen Apoll und Athene und Herakles der Befreier wie diese Menschen, die sich ihre Zeit und ihr Leben vertreiben lassen und für den Raub noch bezahlen. Dort oben der Parthenon im künstlichen Licht, unübersehbar, vergeistigter Stein, humanisierter Marmor. Hier unten alles pseudo und nebbich.
Willst du wirklich was davon kaufen! Paß auf – gleich quatscht er dich an!
Ich brauch das, Vik, muß dem Spiros was Echtes mitbringen, aus dem Betriebsrat. Sonst glaubt mir keiner, daß ich hier war.
Deutsch? Bitte kommen Sie, sehen Sie an – und Anklam schon drin, noch der triumphierende Blick, daß er ohne Dolmetscher auskam, der Mann mit dem Sesamöffnedich von der BfG in der Schatzkammer, zwischen den Imitationen bemalter Amphoren, Schalen, Öllampen, den

künstlich gealterten Bronzen, Kopien des Zeus, des Wagenlenkers, der Koren aus dem Nationalmuseum, und welch Phantasiereichtum schon wieder im Erfinden marktgängiger Kitschvarianten, die Götter im Aschenbecher, Poseidon auf dem Bettvorleger, der Delphinreiter auf dem Geschirrtuch – der hunderttausendste Aufguß des Riesengeistes, der einmal die Welt geformt hat für Jahrtausende, durchgedreht für die Kapazität von Spatzenhirnen und Vertikos. Die Wunder des Phidias zerhackt auf das Zwergenformat von Kleinbild und Bierdekkel. Ist das die Erfüllung eurer Träume, die erfüllte Sehnsucht der Menschen nach Wissen und Welt? Ist das die Demokratisierung der Kulturschätze des Abendlands, ermöglicht durch Verkehrstechnik und Urlaubsgeld?
Manfred – was ist der Unterschied zwischen Souvenir und Erinnerung?
Anklam schwenkte grinsend ein kleines Päckchen an der Schnur, das gibt was, wenn sie den auspacken! und höhnisch: der Snob vom Dienst, wie? als Bliss bitter fragte Habt ihr dafür gestreikt? aber lenkte dann ein, mehr Neugier als Spott: Was schreibt denn dein Reiseführer über dies Bumsviertel? Vermute, da schweigt er.
Ja da schweigt er. Erzählt dir nicht, daß hier die Proletarier Belojannis versteckt haben bis er ein Held wurde vor dem Tod, und nebenan in der Boite, Lydra heißt sie, der Tsavellas mit den Kleftenliedern den Widerstand gegen die Obristen warm gehalten hat und heut noch die Andartika singt, die Faust in den Himmel reißt bei Schöne Partisanin in den Bergen, egal ob vor Touristen oder Kommunisten –
Siehst du, sagte Anklam, da fällt ihm nichts ein.
Der dichtende Schuster schläft. Die Kesselschmiede haben ihre Feuer gelöscht, schlafen auch. Tsavellas singt im

Sommer die Partisanenlieder auf Kreta, von dem solltest du eine Platte kaufen für deine Betriebsversammlung, der brächte dir eure Griechen auf die Beine.
Einverstanden, morgen. Für jetzt schlag ich vor, wir schaffen zwei Flaschen Getränke an Bord und ziehn uns zur Beratung zurück, in unsern Fünfsterneschuppen. Schlafen kann ich noch nicht, irgendwie wimmelt mein Kopf. Und außerdem – er faßte Bliss um die Hüfte, kam mit dem Schnurrbart so nah an sein Ohr, daß es ihn kitzelte – vergiß nicht: ich bin glücklich. Oder was das ist.
Bliss juckte sein Ohr mit dem kleinen Finger. Aber verlang nicht, daß mir auch noch dein Kitsch gefällt.
Das prallt ab, Vik – du kannst mich heute nicht mehr beleidigen. Versuchs morgen wieder.
Dann sag mir, weshalb wir nicht mit Takis in den Wald gegangen sind? Trinken ihren Wein, fressen ihre Ziegen und lassen sie allein mit ihren Brandstiftern.
Weil wir morgen nach Deutschland fliegen. Weil der liebe Gott seinen irdischen Genossen eine gewisse Aufgabenteilung verordnet hat. Weil ich mit dir zwei Flaschen Wein bei Frau Kokkinou trinken und über einen Jagdflieger reden will. Such dir eins aus.
Also gut. Roten. Feuerlöscher. Ich hab auch mehr Lust, zu kapitulieren.
Als Bliss das Licht anschaltete in ihrem Zimmer, mußte er stehenbleiben und sich räuspern.
Anklam plätscherte auf dem Klo nebenan, rief fröhlich: Dieselben Kakerlaken wie im Hotel Unter den Linden!
Die Glühbirne, nicht mal Milchglas, wie eine Stripperin, sich selbst und alles um sich herum zog sie aus. Was das gelbgrüne Lindenlicht des Nachmittags besänftigt hatte, das stand jetzt kraß und unausweichlich vor den Augen – die dreckstarren Vorhänge, die Risse, Flecken, Mücken-

kadaver an dem bräunlich-verschossenen Wandputz, die Spinnweben in den Ecken, die undefinierbar grauen Bettdecken.
Vor Ameisen mußt du dich nicht fürchten, sagte er zu Anklam, der mit den Zahnputzgläsern aus dem Klo kam, die sind in Griechenland in jedem alten Haus. Nützliche Insekten.
Das waren Kakerlaken. Aus dem Abfluß im Boden.
Ich meine hier die, unterm Fenster.
Anklam besah sich die Ameisenstraße, schüttelte sich, aber brachte doch raus: Auch Schichtarbeiter. Sagen wir Kollegen. So lange sie nicht zu mir ins Bett steigen. Das ist ein Alptraum meiner unglücklichen Kindheit, Ameisen im Bett.
Er stellte die Gläser auf den Hocker zwischen ihren Bettpritschen, dazu das Souvenirpäckchen, hatte Korkenzieher und Kapselheber am Schlüsselbund, öffnete die beiden Weinflaschen. Bliss zog sich aus, kramte den Schlafanzug aus dem Koffer, Seifendose und Zahnbürste.
Wenn du dich wäschst, entfernst du die letzte schützende Hülle, warnte Anklam. Zähneputzen kannst du morgen bei mir in Düsseldorf. Hier ist Mundwasser. Prost.
Bliss nahm das Glas, stellte es zurück. Darf ich eben noch pinkeln? Als er im Klo das Licht einschaltete, verzogen sich zwei, drei der bräunlichen Insekten eilig in den Abfluß der Dusche. Lichtscheues Gesindel. Hat den Schock gut genommen, nicht wieder derselbe Aufstand wie am Nachmittag. Den Staub wenigstens vom Gesicht, das Wasser kann nicht dreckiger sein als ich.
Anklam ausgestreckt auf dem Bett, in Unterhose, hatte sogar einen Bügel für seinen Sakko gefunden, die Gabardines akkurat in den Falten über der Stuhllehne. Er blickte ihm entgegen, bewegte anklagend die Hand über seinen Körper: Ich bin nackt, Vik! Deine alte Kokkinou

hat die Laken vergessen – unter diese Decke kriech ich nicht.
Wirklich! Bliss konnte nicht lachen. Mein Gott ich hol sie aus dem Bett die Schlampe – diese dreckigen Lumpen bei der Hitze!
Halbzwei, sagte Anklam hoffnungslos, strich wieder über seinen haarigen Leib. Wir dürfen das Fenster nicht aufmachen. Ich übe einen zu starken Reiz auf weibliche Wesen aus. Das fängt bei Mücken an.
Willst du meinen Schlafanzug?
Nee danke, keine Intimitäten.
Als Bliss auf dem Bett saß, mit dem Rücken an die Wand gelehnt, sein Glas nahm, hörte er in der Stille deutlich das feine tückische Sirren. Eine Mücke – es ist doch eine da!
Anklam puhlte in seinem Bauchnabel. Die kommt noch in meine Reichweite, sagte er gelassen, besah interessiert, was er aus dem Nabel gekratzt hatte, schnippte das neben das Bett. Willst du nicht wissen, was ich den lieben Kollegen mitbringe?
Kann ja nur eine Verirrung sein.
Rat mal.
Akropolis im Schneegestöber.
Eiskalt. Anklam löste vorsichtig die Schnur von seinem Päckchen. Die ist schon fünfmal auf diesem Papier.
Eine Hamadryade aus Onyx.
Angeber, was ist das?
Faust Zwo. Baumnymphe in den Wechseljahren.
Schon wärmer. Du rätst es nicht. Er wickelte die Schachtel andächtig aus dem Papier. Eine Art Sextant, könnte man sagen, ein vereinfachter.
Du machst mich nicht neugierig Manfred, streng dich nicht an.
Anklam, die Brauen hochgezogen, die Augen voll strah-

lendem Triumph, hob den tönernen Satyr aus der Schachtel, dessen Phallus überdimensional wie ein zweiter Körper vor seinem Bauch aufragte, und als er ihn rüberreichte, war der Ausdruck freudigen Stolzes auf den Gesichtern Anklams und der Figur so ähnlich, auch die herausfordernde Geste ihrer Arme, daß Bliss sich geschlagen gab, eine leichte Bewunderung grinste, aber die Figur nicht annahm.

Hat dich der Holländer drauf gebracht, wie? Heut nachmittag.

Quatsch Holländer. Das ist keine Sauerei. Ist ein klassisches Fruchtbarkeitssymbol, solltest du wissen. Er besah sich den Satyr genau – so sollen die früher hier rumgesprungen sein, Vik, stell dir das Leben vor – zufriedene, zustimmende Kopfbewegungen, schob ihn dann auf den Hocker zwischen ihre Gläser. Ich denk mir, der kriegt einen Ehrenplatz im Betriebsratsbüro. Der steht für die Arbeiterklasse.

Bliss kam ein kurzes Lachen aus dem Hals. Und die Frauen? Habt ihr keine im Betriebsrat?

Nur eine. Aus der Kaufmännischen. Die Ruth weiß was gut tut.

Mein Gott Manfred! Dein Selbstbewußtsein bringt mich zur Verzweiflung! Bliss' Handbewegung war so heftig, daß der Wein aus dem halbvollen Glas schwappte.

Und Anklam, etwas eingeschüchtert: Aber das wird gekauft, Vik – wirklich!

Von mir nicht.

Ja, sagte Anklam, Flasche angekippt am ausgestreckten Arm, komm her mit deinem Glas. Vermutlich weil du überhaupt nicht weißt, was das ist. Weißt es nicht mehr. Ich kenn dich noch anders. Los, trink jetzt! Dein Pyjama braucht keinen Wein. Auf deine Gesundheit. Und vor einem warne ich dich Bruder, im Hinblick auf unsre ge-

meinsame Zukunft: Versuch nicht, mir einzureden, daß mein Selbstbewußtsein nur Kompensation ist, von weiß der Teufel welcher tieferen Flaute. Du kriegst es mit drei Bataillonen Stahlarbeitern zu tun. Anklam hieb mit der Faust auf sein Knie, den Daumen in die Höhe gereckt: Ich steh noch immer so da! Und das brauchen die auch.
Nicht so laut Manfred – wir haben schlafende Nachbarn –
Sollen kommen, die Nachbarn! Ich hab gern Publikum.
Schweigen. Jeder Augenblick Schweigen zwischen ihren Sätzen in dem kahlhellen Zimmer wie Watte, Styropor – kein Laut aus den Nebenzimmern, aus der Nacht vor dem Fenster. Bliss langte den Satyr vom Hocker, griff sich die Schachtel vom Boden, legte die Figur in die Holzwolle, schloß den Deckel, schob das Päckchen unter Anklams Bett. Der sah ihm zu, mißtrauisch, aber ohne Widerstand.
Vorhin kamst du mir nicht so gewaltig vor. Als du unbedingt mit deinem Betrieb telefonieren wolltest.
Schau – erklärte Anklam, ganz Arzt wieder und Geduld, ich bin mit der Bude verheiratet. Jeder denkt mal, was ist? geht die Alte jetzt fremd? Sind so Anwandlungen. Morgen werd ichs wissen. Sag mir lieber, warum du dich weigerst, mal ehrlich glücklich zu sein. Das war doch ein Abend, voll Genossen von dir – für die zahl ich dir fast jeden Preis! Wenn ich so was erleb, da bin ich imstande –
Glück! unterbrach ihn Bliss zornig, Glück ist Schnaps!
Ja, Vik – fünf Sterne! Und knapp auf dem Weltmarkt. Unheimlich gefragt!
Bliss schnaufte, trank sein Glas leer, füllte selbst nach. Glück ist pervers! Das Wort gehört aus den Köpfen gestrichen.
Mensch – sagte Anklam mitleidig, und ich dachte, du bist der Hans, der sein Glück in der Sonne sucht. Hast du

denn keinen Schluck davon abbekommen, auf deiner Insel?
Es ist unmöglich, glücklich zu sein! Glück ist Einbildung!
Bah Vik – die unmöglichsten Sachen passieren, in der Wirklichkeit. Ob du willst oder nicht. Ist dir nie so was untergekommen, früher?
Doch, Manfred. Bliss nahm etwas von der Härte aus seiner Stimme. Wenn ich den Verstand mal abschalten konnte.
Anklam sah ihn an, von oben herab, Mischung von Spott und Herausforderung in den Augen: Du hast es also versucht! Nur nicht geschafft. Deshalb ist deine Geniereise gescheitert. Dein Holzweg ans Mittelmeer – das willst du nicht zugeben. Und jetzt bist du sauer auf die Welt.
Ich bin dir keine Rechenschaft schuldig!
Bliss spürt körperlich, wie ihn die Resignation wieder ankriecht, oder ist es die Müdigkeit, die durch die Knochen sickert, ein Gefühl als wären sie ausgehöhlt, während die Hirnzellen unter Hochspannung stehn, das kalte Licht scheint auch im Kopf, wie soll ich ihm erklären was für ihn unerreichbar ist, ich bin kein Dreisatz, mich hat keine Arbeiterfrau mit proletarischer Milch gesäugt, wo er seinen Kompaß hat sein Klassengefühl, da sitzt bei mir dieser hemmungslose Verstand – ich bin keine Dreisatzaufgabe Manfred, du löst mich nicht nach der Methode Wer–wen?. Wenn du lachst – wunderbar! Freut sich die Arbeiterklasse. Wenn du glücklich bist – noch besser! Ist ein Stück verwirklichte Zukunft. Du siehst: ich korrigiere mich. Einverstanden mit deinem Glück, auch wenn die Swapo-Schwarzen im Napalm brennen und die Kinder in Vietnam mit zwei Köpfen geboren werden, einverstanden! Aber mein Glück Manfred läuft nicht über den Bauch, ich kriegs privat nicht mehr zustande. Ist schon

lange her, aber jetzt weiß ichs – ich hab mein privates Glück an meinen Verstand verkauft, als der mich aus meiner verrotteten Klasse verjagt hat. Ich hätt ihn mir ja verbieten können, aber ich wollte wohl Marx widerlegen, mein Bewußtsein mein Sein bestimmen lassen, so ein masochistischer Ehrgeiz wahrscheinlich, auf der Seite der Zukunft zu stehn, obwohl ich sie nie erleben werde. Genug meiner Sorte hat auch die Zukunft schon mitgefressen, da wo sie angefangen hat, Gegenwart zu werden. Die Zukunft ist nicht zimperlich, sich die Vergangenheit aus den Federn zu putzen, und das mit deren eigenen Mitteln. Da sieht das kommunistische Glück noch ganz schön alt und von gestern aus. Du weißt was ich meine. So eine Revolution, die wächst sich jung oder gar nicht. Kommt auf die Welt wie ihre eigne Großmutter, die allen versprochen hat, eine strahlende Schönheit zu werden. Hat auch das Bild davon im Kopf, aber weil es im Kopf ist, siehts keiner so richtig, man sieht nur die Runzeln. Ob die neue Haut drunter wächst, ist schwer zu erkennen. Da hängen die Genossen drüben viele aufgeblasene Luftballons um die Runzeln und Falten von ihrer Revolution. Die Christen haben ihren Trost das Himmelreich, das war eine gediegene Lösung fürs Volk, unüberprüfbar, keine Beweislast, aber die Genossen in der DDR haben die Leute darüber aufgeklärt, daß der Himmel auf der Erde liegt und nun fragen die dauernd Wo denn? Wo denn? Und schielen über die Mauer.
Anklam räusperte sich. Bliss schaute ihn an. Wolltest du was sagen? Der Ton liegt auf den Nuancen, es sind nicht deine Predigten.
Tj, sagte Anklam zu seinem Bauchnabel, hast du gehört? Der Kerl spielt Dissident!
Die Ideen für die Revolution – wer findet denn die? Etwa deine Stahlarbeiter? Aber machen, machen müssen

die sie, wenn überhaupt jemand. Sind nicht viele dabei wie du, die Literatur lesen, die kritisch denken. Natürlich wollen sie das Sagen haben, wollen das verwirklichen, was sie sich als Glück so vorstellen, nämlich gelernt haben, also Auto mit viel Autobahn, Glotze voll Dallas und Dalli-Dalli, gemütliche Arbeit und mit Neckermann in die Plaka. Dann kommen solche Kopftypen wie ich und erzählen ihnen Freunde, Moment, so läuft die Zukunft nicht, wie ihr euch das ausgedacht habt – Revolution ist was andres. So sieht das Glück nicht aus. Was tun da deine Röhrenwerker?

Haun dich auf den Hut, Vik, klar.

Danke, sagte Bliss ohne Sarkasmus, du bist ein ehrlicher Freund. Da weißt du, in welche Perspektive du mich abschleppst.

Anklam stand auf vom Bett, patschte ein paarmal auf dem schmalen Gang hin und her zwischen Hocker und Fenster, setzte sich wieder auf die Bettkante, griff sein Glas, aber trank nicht. Schüttelte nur, kaum merklich, den Kopf.

Du starrst in dein Glas wie die Pythia in ihren Kaffeesatz. Siehst du etwas andres als ich?

Anklam zog die Brauen zusammen. Das ist nicht komisch, Vik. Er tunkte den Zeigefinger in den Wein, rieb ihn langsam im Kreis auf dem Glasrand, gedankenverloren. Es kam kein Ton.

Was hat er gesagt, der alte Jagdflieger, fragte er langsam, am Schluß, zu dir? Wer nicht verzweifeln will, muß leben –?

Kann, Manfred, kann. Wer nicht verzweifeln kann, muß nicht leben.

Hm. Nickte Anklam. Das erste wär mir logischer. Muß man denn verzweifeln können? Ich glaube, mir liegt das einfach nicht.

Ja, Glückspilz. Bist eben mit dem richtigen Blechlöffel im Mund geboren.
Anklam drehte die Beine wieder aufs Bett, wühlte hörbar in seinen Haaren, klatschte plötzlich mit der flachen Hand gegen die Wand – ich krieg dich noch! – und zu Bliss, wie eine Erkenntnis, ein Fazit: Ich weiß nicht, was ich den Jungs übermorgen in der Betriebsversammlung erzählen soll –
Ich auch nicht, Manfred. Ich auch nicht.
Wer fragt dich denn? Keiner hat dich gewählt. Außer mir.
Ja, sagte Bliss langsam, und ich kann dir nicht helfen. Und du kannst mir nicht helfen. Was hältst du von Schlafen?
Anklam knetete seinen Schnurrbart. Beste Idee des Abends. In der Stille war nur das Knirschen der borstigen Haare zu hören. Weißt du noch, letzte Nacht, der Mond über der Insel – hieß die nicht Ikarus?
Ikaria.
Also nach dem Flieger?
Der soll da abgestürzt sein. Muß dir der jetzt einfallen, so kurz vor dem Start?
Komm, Vik, ich hab grad festgestellt, daß ich nicht sein Vater bin. Wir liegen gemeinsam im Teich. Pervers sind wir – haben den Kater, bevor wir anständig besoffen sind. Und schiffen muß ich auch schon wieder, sagte er noch, das ist der Gipfel der Tragik.
Kommt vom Wein, fiel Bliss dazu ein, und als Anklam im Klo war, kommentarlos diesmal, wollte er sich entschuldigen, zog sein großes Badetuch von unten aus dem Koffer, warf es auf Anklams Bett. Suchte aus seinem Toilettenbeutel den Zopfgummi. Auf dem Tisch der Rizospastis, wieder das Bild. Wieder dieser stille, festhaltende Blick aus den schwarzen Augen, der ihn zwang, auch die

Zeitung mit aufs Bett zu nehmen. Mit den Fingern kämmte er sich die Haare hinter den Kopf, band sie zu einem Schopf zusammen. Es kam ihm vor, als wollte sie sprechen, wie schon am Nachmittag in dem milden Lindenlicht, obwohl dieses Licht jetzt totenbleich war und von erkältender Nacktheit – trotzdem der verhaltene Anruf aus dem Gesicht der Frau, der aber nicht durchdringen konnte, solange noch draußen der Nachtwind die Lindenblätter aufrauschen ließ und die Mücke sirrte und sein Herz schlug – es hätte die absolute Stille eintreten müssen, dann hätten ihre Lippen sich öffnen, ihr Mund Laute finden können – wo ist die zu suchen – die Stille der Himmel, die Stille des Weltraums, wo die Seelen und Raumschiffe aneinander vorbeistürzen und nur das schwarze Licht rauscht – sie spricht nicht, was sie weiß, wir werden es nicht erfahren, außer –
Anklam, in der Tür, musterte das Zimmer, als sähe er es zum ersten Mal. Seufzte resigniert. War mal ein schöner Tag. Wenigstens die einfachen Freuden nimmt einem keiner. Zum Beispiel das Leerpinkeln einer überfüllten Blase. Das bleibt. Schau nicht so schuldbewußt, sonst denk ich, du bist sentimental. Soll ich das als Laken nehmen?
Bliss nickte. Oder zum Zudecken.
Und du?
Hab den Schlafanzug. Ist warm genug.
Danke. Und mit einem schrägen Blick auf die Zeitung: Hast du dich heut nicht satt gefressen an Politik? Ich brächte nicht mal mehr ein Nachtgedicht runter. Er breitete das Tuch aufs Bett, legte sich drauf, schlug es über sich. Frühschicht beginnt um acht. Mach deine Träume kurz. Wenn du die Mücke siehst, bestell ihr einen Gruß von mir und schlag sie tot.
Drehte sich um, ließ ihn allein im nackten Licht. Das war wie Stein, so hart, so unerbittlich. Er hätte einen Meißel

gebraucht, um es aufzuschlagen, um etwas Dunkelheit hereinzulassen, und konnte den Arm nicht eine Handbreit heben, das unendliche Gewicht der Müdigkeit.
Du, Manfred – dies Mädchen, das sie totgeschla-, das sie überfahren haben, die Studentin – ich frag mich, ob die was für uns gewußt hätte?
Wenn du das dich fragst, knurrte Anklam zur Wand, mußt du mich deshalb nicht wachhalten –. Frag doch die, die sie gekannt haben – brachte er noch raus, da war plötzlich von draußen vor dem Fenster ein unterdrücktes Getuschel zu hören. Sie schraken hoch, beide.
Was war das? Da ist wer!
Ehe Anklam antworten konnte, klopfte es vorsichtig. Bliss sah durch die zum Vorraum offenstehende Tür, wie die Klinke der Außentür herabgedrückt wurde, die Tür sich öffnete und erst eine, dann noch eine helle Gestalt hereinhuschten, die im nächsten Augenblick zwei junge Frauen wurden, barfüßige, nacktbeinige, die größere in einem dünnen indischen Flatterkleid, die andre in hellblauem Sportzeug. Sie schoben sich durch die Innentür an das Fußende von Anklams Bett, eine Mischung von Befangenheit und Lausbüberei in den Gesichtern, die von Kichern und Räuspern, aber keinen Worten durchbrochen wurde, als sie die beiden Männer richtig sahen.
Guten Morgen, sagte Anklam, dem zuerst ein bißchen Geist zurückkam, und wie selbstverständlich auf deutsch, ihr seid aber nicht die Töchter der Frau Kokkinou?
Entschuldigt, brachte da die Große mit einem unverkennbar hessischen Anklang hervor, wir wollten uns beschweren, daß wir um halb drei wegen euch noch nicht schlafen können –
Außerdem, sagte die Kleinere jetzt auch aus ihrem dunklen Krauskopf heraus, hat einer von euch gesagt, sie sollen nur kommen, die Nachbarn.

Da haben wir gedacht, half ihr die Blonde weiter, vielleicht haben sie ja wirklich noch was zu trinken für ihre Nachbarn. Wenn sie sie schon einladen.
Mein Gott, sagte Anklam, der sich aufgesetzt und die Beine angezogen hatte, das ist Operette. Fangt ihr jetzt an zu singen?
Vielleicht später, sagte die Blonde schlagfertig.
Viel haben sie uns aber nicht übriggelassen, wenn das der ganze Rest ist – sie zeigte auf die halbvolle Demestika-Flasche.
Wenn die Damen es in der Bar gegenüber versuchen wollen? Anklam griff nach seinem Glas und füllte es auf.
Kann man wirklich alles hören nebenan? sagte Bliss, kopfschüttelnd, mehr vor sich hin.
Mhm, mhm, machte die Große, leichtes Kopfschütteln dabei, nahm das hingereichte Glas, sagte: Du bist der Manfred, stimmts? und als Anklam mit einem großen, neu erstaunten Blick, aber schon freundlicher, sie anschaute, setzte sie sich selbstverständlich auf das Fußende seines Bettes und nippte an ihrem Glas.
Bliss konnte nun nicht anders, machte eine unbestimmte Handbewegung, schaffte zugleich seine Beine an die Wand – bitte – Stuhl ist nicht da. Ich bin der Viktor – und du?
Die Kleine setzte sich, aber vorsichtiger, ohne gleich die Beine mit aufs Bett zu holen, nahm das Glas, das er ihr eingeschenkt hatte, schaute hinein, fischte mit dem Zeigefinger nach einem Stück Kork, schaute ihn mit einem entschuldigenden Lächeln an: Karin.
Hast du auch einen Namen? fragte Anklam, und das blonde Mädchen antwortete seltsam nachdenklich und zerdehnt: Ich? Nein. Vergessen. Weißt du ihn – Manfred?
Es klang wie der Name eines Fremden – Manfred. Von

dieser Frauenstimme gesprochen. Zugleich fast intim, eine spontane Berührung. Jedes Wort bohrte ein Loch in die Stille.

Aha – Prinzessin! Verzaubert, wie?

Die Karin lachte: Das ist ein Poet, Gitte!

Wenn ich eine Prinzessin bin, was schon mal jemand festgestellt hat, sagte die Große zu Anklam, dann heiß ich nicht Gitte, sondern –

Beatrix? schlug Anklam vor, siegessicher.

Sie lächelte, geschmeichelt, legte den Kopf schief: Dann bist du also niemand anders als der Claus von Amsberg. Was hat mein Horoskop gesagt, Karin? Sie werden einem bedeutenden Menschen begegnen.

Da hatten die Sterne mal recht, bestätigte Anklam zufrieden. Und mit einer Kopfneigung zu Bliss: In diesem Fall doppelt.

Bliss überlegte: Viel älter als zwanzig konnten sie nicht sein. Als hätten sie ihren Mut mit ihrem Einmarsch verbraucht, schwiegen sie jetzt, tranken nur in kleinen Schlucken. Hat eine putzige Nase, die Karin, etwas nach oben gebogen, als ob sie zu den Augen hochschaut. Schöne Augen. Dunkler Ernst. Gymnastik macht sie, turnt vielleicht, kein Gramm Fett am Körper. Er sah, wie die Große, die eben ernannte Beatrix, um sich abzustützen, ihre Hand auf Anklams Fuß legte, ihm das leere Glas zurückreichte.

Anklam goß es wieder voll, betrachtete den Rest in der Flasche, rümpfte die Nase: Wir sind wirklich am Ende unsrer Kunst.

Wirklich? Bis eben habt ihr gesprudelt wie Apollinaris! Plötzlich seid ihr zwei Eisheilige. Habt ihr Angst vor der Jugend?

Paß nur auf, wenn der da drüben den Rasputin rausläßt, sagte Anklam drohend, und da lachte die Große einen

Augenblick schallend, so daß Bliss die Ursache ihres gepreßten Mundes: ihre kleinen Mausezähne, sehen konnte, ehe sie, über die plötzliche Lautstärke erschrocken, die Hand vor den Mund schlug und nur noch unterdrückt lachte, mit der andern an Anklams Fuß rüttelte: Und du, wen läßt du raus?
Anklam prompt, mit der freien Faust auf seine haarige Brust trommelnd, mit wüster Stimme: Den Gorilla!
Huh, huh! spielte da die Gitte mit, alles auf die Bäume!
Bliss, der geschwankt hatte, ob er von ihrem ersten Gelächter beleidigt sein sollte, lachte nun auch.
Die Karin hatte die Beine vor sich hoch bis ans Kinn gezogen, fragte über ihre Knie hinweg: Worüber habt ihr bloß so lange gesprochen? Seid ihr Künstler oder ewige Studenten oder was?
Als er noch überlegte, was er auf diese Fragen halbwegs wahrheitsgetreu und für sie verständlich antworten sollte, log Anklam schon feierlich: Über die Liebe!
Wie schön, sagte Karin ganz einfach und ehrlich – zwei Männer reden über die Liebe. Und was? Was haben Männer sich da zu erzählen?
Tja Kindchen, sagte Anklam pathetisch, das ist eine Sache der Erfahrung, weißt du.
Doofkopp, gab Karin ihm flach über ihr Knie zurück.
Er flachst, erklärte Bliss ernst, wir haben darüber gesprochen, warum in Griechenland die Wälder brennen und weshalb vor ein paar Tagen eine junge Frau, in eurem Alter, umgebracht worden ist bei einer Demonstration. Hier die – das ist ihr Bild. Wir haben heute abend mit Griechen geredet, die bei der Beerdigung waren. Und dann in der Plaka dieser ahnungslose Rummel, diese –
Du Manfred, hörte er da die Große mit einer rauhen, zugleich nachdrücklichen und auch feierlichen Stimme, ich möchte mit dir schlafen.

Ja ja, sagte Anklam, verdutzt nickend, ja, natürlich. Das hab ich mir fast gedacht. Keine Einwände.
Seine Stimme klang brüchig, er mußte sich räuspern.
Bliss schnürte es die Kehle zu, er wagte nicht mehr, dem Mädchen auf seinem Bett ins Gesicht zu sehen. Die saß bewegungslos, mit geradem Rücken, schien auch Angst zu haben vor einer Berührung. Die Große, das sah er mit einem halben Blick, hatte ihre Befangenheit ganz abgelegt, strich Anklam mit den Kuppen ihrer Finger über die Beine, und der streckte sich langsam weiter aus. Er fühlte sich angegriffen und fasziniert, eine absurde Lage, der Zwang dabeizusein, kein Ausweg, und zugleich der matte Gedanke, daß da drüben nichts Schreckliches, nichts Unnatürliches passierte, ein Bild im Museum, das plötzlich lebte, die Augen hat er geschlossen – als ob er sich dadurch verstecken kann vor dem Lampenlicht und unsern unzugehörigen Blicken, wie – unsern? – da kam ein leiser Seufzer aus seiner Brust, schlüpfte fast sichtbar durch seine leichtgeöffneten Lippen, blieb mitten in der Stille hängen, erschreckte Bliss noch stärker.
Anklam öffnete die Augen wieder, sah unsicher zu ihm herüber. Die Gitte plötzlich, freudig: Hey – da ist er ja! Der Weihnachtsmann! Bescherung!
Alle mußten lachen, in Abstufungen.
Anklam setzte sich auf, zog die Beine an den Bauch, fragte: Habt ihr saubere Laken in eurem Zimmer?
Ja, komm, ziemlich, schau sie dir an.
Und ich, fragte Karin schnell, ängstlich, ein verhuschter Blick zu ihrer Freundin –
Kann sie nicht hier schlafen, Rasputin? Karin beißt nur ganz wenig –
Doch doch, natürlich, sagte Bliss, ohne einen anzusehn. Er spürte eine Sekunde lang Anklams Hand auf seinem Haar: Nacht Vik. Schlaft gut. Laß doch mal alles weg.

Er schaute den beiden nicht nach, hörte deutlich ihre leicht patschenden Füße auf den Metallplatten des Außengangs, dann nebenan: die Tür, die Wasserspülung, das Knarren von Matratzenfedern.
Dann Stille.
Laß doch mal alles weg. Mein Gott, was hast du begriffen von mir. Zwei Tage reden und nichts, nichts. Laß doch mal alles weg, spring über deinen Schatten, bums dich frei von deiner Verzweiflung, da sitzt die Gelegenheit – warum, Manfred, ist meine Einsamkeit für dich undurchdringlich? Warum sind meine Worte unbrauchbar, dich zu erreichen, so stumm und taub, ich versteh dich nicht, du verstehst mich nicht –
Was bist denn du für einer?
Sie schaute ihn an, aus großen traurigen Augen, kein Mut darin, kein Glanz, kein Lächeln versteckt in den Winkeln. Eingepackt, die Arme um ihre hochgezogenen Beine geschnürt. Was bin ich für einer. Was bist du für eine. Das große Lebensraten, wer erraten wird, darf sterben. Gehe ich richtig in der Annahme, daß Sie mit riesigen Gedanken beschäftigt sind? Ja. Bewirken oder produzieren Sie damit etwas Nützliches? Nein. Stimmt es also, daß niemand sich für Ihre Arbeit interessiert? Ja. Könnte man also auch sagen, daß niemand Sie liebt? Richtig. Mit andern Worten: Sie sind ein Versager! Ja. Jaja. Genauso ist es, wie haben Sie das so schnell –
Sag was, Viktor, sonst krieg ich Angst vor dir. Schau mich mal an.
Ich kann nicht. Entschuldige. Ich bin zu kaputt.
Sie seufzte, resigniert. Ich gefall dir nicht.
Er sah hoch, überrascht. Hatte den Impuls, über ihren Arm zu streichen, aber schaffte keine Bewegung. Doch Karin, du würdest mir gefallen.
Unmögliche Entfernung. Exotisches Wesen. Eine Mauer

aus Glas. Und das Bild, die Zeitung, die zwischen ihnen lag.
Kennst du diese Schmetterlinge, in Kunstharz eingegossen? Oder Käfer. So sitzen wir in diesem Zimmer. Wir sehen uns und können uns nicht bewegen.
Sie öffnete ihren Armriegel, streckte ihm die Hand entgegen, versuchte ein Lächeln: Ich kann –
Er mußte ihre Hand nehmen, spürte an ihrer Wärme sofort die Kälte seiner eigenen. Ich bin wahnsinnig müde, hörte er sich sagen, ich habe heut zehn Jahre gelebt. Es ist nichts mehr von mir übrig. Vielleicht morgen früh – versuchte er einen Trost.
Sie nickte langsam, nahm ihre Hand zurück. Kalt wie der Winter, sagte sie. Du mußt wirklich sehr müde sein. Du bist ganz grau im Gesicht.
Er schaute sie nicht mehr an. Es tut mir leid, Karin. Wir haben nicht mal Laken zum Zudecken in diesem Zimmer. Du kannst nur mein Badetuch nehmen.
Sie stand auf, ohne Zögern jetzt, schaltete das Licht aus, tastete sich auf das andere, knarrende Bett, kein Wort mehr, kein Seufzer. Wie ein Hund, in die Kälte geschickt. Dabei bin ich die Kälte. Er streckte sich aus, legte sich weg, die Entspannung in den Gliedern ein irgendwie erleichterndes, beruhigendes Gefühl. Die kleine Hand, die sich auf seinen Arm tastete, dort liegenblieb, merkte er regungslos, eh auch diese Empfindung erlosch. Der Schlaf kam wie eine Narkose.
Der Anflug auf die brennende Stadt, durch die stiebenden Wolken, Böen rüttelten an dem Bus, überall die Brandherde, schnell sich vergrößernd, phantastische Sicht, der Fahrer drückte die Nase noch tiefer, steuerte ins Zentrum, Manfred hielt seinen Arm gepackt, schluchzte, versteckte das Gesicht auf seinem Schoß, der Feuersturm schüttelte das Fahrzeug, er wollte aufsprin-

gen, den Fahrer ans Bremsen erinnern, er mußte den Bus jetzt abfangen, aber Manfred hielt ihn fest, hing an ihm, er kam kaum hoch, zog sich zäh durch die Sitzreihen, faßte den Fahrer an der Schulter, erkannte Manfreds starres brandrotes Gesicht, versteinert hielt er das Steuer, der brennende Schloßpark, keine Möglichkeit abzuspringen mit dem schluchzenden Körper an seinen Beinen –
Vor dem Aufschlag rettete er sich ins Wache, lag benommen, angstverkrampft zwischen Traum und Bewußtsein, aber das Weinen hörte nicht auf, jemand war im Raum, Manfred weint wirklich, ein fahler Schimmer vom Fenster, und auch das Geräusch, wie eben, hört nicht auf, das Rütteln und Knarren, rhythmisch –
Da war er hellwach.
Er tappte zum Fenster, taumelnd von plötzlichem Kopfschmerz, zog den Vorhang zurück, Stück blasser Himmel neben dem schwarzen Laub. Ein Körperumriß auf dem Bett. Warum weinst du, fragte er, aber bekam keine Antwort, nur das leise Schluchzen brach ab.
Mein Gott, muß ich jetzt schiffen, sagte er laut, brutal. Er ging ins Klo und tat es. Es dauerte. Er zog nicht ab, hatte Scheu vor dem Lärm des Wassers. Im Zimmer dachte er, daß es ein Fehler war, die Spülung hätte die Geräusche von nebenan übertönt. Er setzte sich auf ihr Bett, legte seine Hand auf ihren Arm. Sie drehte ihr Gesicht hervor, ein kaum hellerer Schemen im Kranz des schwarzen Haars.
Hörst du das schon länger so?
Sie machte nur einen undeutbaren Laut. Er merkte, daß er ihren Arm streichelte, langsam, beruhigend, gegen den sich beschleunigenden Rhythmus des ächzenden Bettes.
Hab ich lang geschlafen?
Nein, nicht lange, kam es kaum hörbar zurück.
Zu dem Geräusch des Bettes mischte sich jetzt ein Knur-

ren und Stöhnen und dabei ein höheres, glückliches Seufzen, heiß-kalt ging es ihm in die Glieder, er fror innerlich und glühte, auch das Mädchen zitterte unter seiner Hand. Wie wahnsinnig das ist, sagte er heiser, da kamen die kleinen Schreie der Frau und dann ein unmenschliches, tiefes Stöhnen von dem Mann, der Manfred war.

Und Stille, betäubend, dröhnend. Nicht endend. Keine Bewegung mehr. Nur das Herz in der Brust wie ein Hammer.

Das habe ich noch nie so gehört, sagte sie leise, aber der Satz blieb in der halben Dunkelheit stehn, dick und gefräßig.

Sie streckte die Hand aus nach seinem Gesicht, streichelte ihn vorsichtig, die glatte, etwas warme, angenehme Haut, die Empfindung drang durch, als berührte die Hand ihn auch innen. Er erkannte dieses Gefühl wieder, von weit her, es war etwas Vertrautes, Intimes, etwas unerlaubt Liebevolles darin, gegen das er sich nicht wehren konnte, zugleich entstand eine rieselnde Wärme in seinem Bauch – was machst du?

Komm, sagte sie, rutschte zur Wand und half ihm, als er die Beine auf das Bett hob, die Jacke ausziehn, eh er sich neben ihr ausstreckte. Er blieb an der Bettkante, nur ihre Beine berührten sich, ließ ihre Hand weiter streicheln, seine Brust, seinen Bauch, zog den Bauch ein, als sie sich durch das Gummiband der Hose schob, und weiter die tastenden Streichelbewegungen, bis sie an den harten fiebrigen Schwanz stieß und den anfaßte.

Siehst du, flüsterte sie, und er hörte die Zufriedenheit noch aus der tonlosen Stimme, jetzt bist du doch geil geworden.

Das Wort traf ihn wie ein Schmerz, zerriß seine Spannung. Er wünschte noch, daß ihre Hand sich weiter be-

wegte, aber die hielt sie still um den schnell schrumpfenden Schwanz, während sie anfing, leise, hastig zu reden. Er dachte, sie wollte mich nur prüfen, es war eine Prüfung, Funktionsprüfung, konnte sie mit keinem Wort, keinem Laut unterbrechen, als sie erzählte, daß sie vierzehn Tage auf Mykonos zugebracht hatten, heute der letzte Urlaubstag, dort diese Männer, Kamakis, die alle eins wollten, auf die schnelle, ficken und bumsen, sie anstarrten wie Beute, daß sie nur noch Wut gehabt hatten, auch über die Frauen, die das mitmachten, oder manche kämen sogar bloß deshalb. Sie hätten Griechenland erleben wollen, auch die Menschen, alles sollte möglich sein, aber nicht so, so nicht, und dann hier in dieser Pension, Gittes Idee, als sie die Stimmen hörten von nebenan, einfach den Spieß mal umzukehren, aus Rache, eigentlich hätte sie das nicht gewollt, Angst gehabt, aber nun sei es doch ganz anders geworden, erst schlimm, ja, schrecklich die Enttäuschung, genau ihre Angst, und nun doch noch schön, kein Abenteuer, sondern ein Erlebnis, das wollte sie ihm sagen, damit er sich nicht über sie irrte.
Bliss lag erstarrt. Gefühllos. Ein Kopf ohne Körper. Ein übergroßer grell erleuchteter Kopf, aus dem er zusah, wie sie seine Hand an ihre Brust legte, die kalt und bewegungslos blieb auf der schmiegsamen Rundung, und mit ihren Fingern an dem spielte, was übrig war von seinem Geschlecht, ein schlaffer Lappen, gestorben, der stinkende, unbrauchbare Wurm, der nicht mehr zu ihm gehört, Pißröhre, Abflußkanal, erledigt, vorbei, nie wieder, ich habs doch gewußt.
Komm, Viktor – hab ich dich erschreckt? Und als er nichts antwortete: Du bist doch nicht so. Du bist ein schöner Mann. Du gefällst mir.
Die Stimme wie von außen in einen verschlossenen Sarg. Er sah unter sich, unter dem Bett, den grinsenden, prah-

lenden Satyr, der seinen Phallus siegesbewußt anbot. Der Hohn unter seinem Rücken, der ihn aufspießte. So etwas brauchten sie, das war gefragt, mit oder ohne Schmus, und ein zuverlässiges Herz, das dies Blutgefäß vollpumpte, damit es zustoßen konnte in die weichen saftigen Bäuche, Saft zu Saft spritzen, das unendliche Saftmeer der Lust, den Phallus auf die Siegessäule und das Nelsonmonument, den Satyr über Amerika statt der Freiheitsstatue – ja, den Revolver in die Hose stecken, wegschießen was –

Denkst du an eine Frau, die du liebst?

Sie sagte den Satz nachsichtig, verständnisvoll, und schrak zurück von dem bitteren Auflachen, das sie damit aus seinem Mund holte.

Die liegt bei einem andern im Bett!

Und ich lieg jetzt bei dir, Mann –

Bemüh dich nicht, Karin. Du bist nicht da, wo ich bin.

Wo bist du? fragte sie, ratlos.

Unter der Erde.

Ach komm, du bist doch kein Maulwurf, sagte sie, entmutigt jetzt und mit leichtem Vorwurf, mach dich nicht lustig!

Doch! Ja! Ein Maulwurf. Bravo!

Er stand so brüsk auf, daß ihre Hand von ihm abfiel, hörbar aufs Bett. Am Fenster riß er seine Jeans vom Haken, zog sie über die Schlafanzughose, griff sein Hemd, die Sandalen. Der Blick in seinem Rücken war sprachloser Schreck – er wußte den, ohne sich umzudrehn.

Im Rausgehn sah er sie sitzen, zusammengekauert in der Ecke.

Da unterm Bett liegt einer, der hat, was du brauchst! sagte er böse und kalt, ich kann dir nicht helfen!

Noch die Schlüssel, zog die Tür hinter sich zu, hielt inne auf dem Gang, aber als er merkte, daß ihm das Wasser in

die Augen drückte, bückte er sich, schnallte die Sandalen zu, zog das Hemd über, ging leise durch das Haus.
In den Straßen leben nur Katzen und Hunde. Am Zaun der Agora ein betrunkener Penner, schlafend unter Zeitungen. Aber die Vögel. Unglaublich ihr Morgenjubel aus den marmornen Trümmern. Gebete an gestorbene Götter.
Unter die Erde, ja, unter die Erde. Ich ertrag mich nicht mehr. Ich bin umzingelt ohne Ausgang. Mein altes Leben steht um mich, Beton. Da bricht mich keiner raus. Wohin denn auch.
Deutschland! Das hat mehr Tode, als wir alle sterben können. Mein kleiner Untergang braucht nicht das große Feuer.
Der Berg ist kalt, sein Herz erfroren. Die Liebe ausgebrannt. Nichts geht mehr auf. Begraben wir das Licht.
Am Turm der Winde wispert das Echo vom Kolonos des blinden Ödipus – Das Höchste ist die Ungeburt; doch wenn du lebst das Beste, schnell heimzukehren dahin, von wo du kamst.
Ihn zu widerlegen, hat Bliss den Vers vom Deutschen Hölderlin gelernt.
Jetzt ist er überzeugt.

# ANKLAM
## Auskunft bei Sotirias Freunden

Warum bin ich es jetzt wieder, der sich den Kopf zerbricht, was mit dir passiert ist! Statt daß ich dir meine Geschichte erzählen kann. Wenigstens den lustigen Teil davon. Heut früh, das war ja der blanke Horror. Deine verdammte Maulstarre.
Bliss schaute nicht hoch, zog mit den Zähnen das Stück Fleisch von seinem Spieß.
Kauen kannst du doch! Also warum nicht reden? Ist dasselbe Werkzeug.
Trink das Bier, wie es ist, sagte Bliss, oder laß es stehn.
Ach scheiße. Nicht mal erzählen kann man gegen solche Wände. Ich krieg eine Verhaltung. Anklam schluckte sein Glas leer.
Was du mir erzählen könntest, hab ich live erlebt, Manfred.
Wie, fragte Anklam verblüfft, du? Warum war deine Kleine dann so verheult, heut früh?
Nicht erlebt, gehört. Euer Symphoniekonzert. Sagte Bliss ohne einen Schimmer von Heiterkeit.
Und warum hast du nicht mitgespielt? Was ist los mit deiner Flöte?
Bliss hielt den Spieß mit beiden Händen, biß und zog

sich den nächsten Brocken vom Holz. Soll ihn sich mal durch die Nase bohren. Germanischer Besatzungspunk, im Schmuck einer gehackten und gegrillten Athene. Weiß der Teufel, was ihm da wieder schiefgelaufen ist. Der Satyr unterm Bett scheint auch nicht gewirkt zu haben. Aber daß er mir den Morgenfick vermasselt hat, trag ich ihm nach.
Kein Funken war mehr aus der Gitte zu schlagen gewesen, als sie beim Aufwachen im andern Bett die Kleine entdeckt hatten, total zerknittert und mit roten Augen. Ihn einfach auf dem Bett vergessen, so behandelt man seine dreckige Unterhose vom Abend. Jeder Charme in die Binsen, Möse gewaschen wie eine Kaffeekanne, kein bißchen Schamgefühl. Auch bemerkenswert, wie so ein aufregender Körperteil dann morgens nur noch ein nackter Hintern vorm Waschbecken ist. Als hätt ich nicht alle verfügbaren Kalorien eingesetzt. Mein Bestes gegeben! Na ja, war nicht das Letzte. Kein Gedanke mehr an Frühstück zu viert, wir müssen zum Flugplatz, keine Adresse, nichts. Tschüs junger Mann, der Urlaub ist aus, das Leben geht weiter, sieh zu, wie du klarkommst mit deinem verkorksten Freund. Wortlose Frauenkumpanei. Versteh einer die Weiber. Die sitzen jetzt im Flugzeug und tratschen über unsre Schwänze, wetten? Wenn ich das meinem sensiblen Viktor sage, bricht der zusammen. Mit seinem Faible für Katastrophen.
Vik, was heißt: noch ein Bier?
Mia bira. Aber der spricht englisch.
Mia bira, please, rief Anklam zu dem Griechen hinter der Theke, und der nickte, yes, amessos.
Immerhin eine Entschädigung, dies verspätete Frühstück mit Schaschlik und Henninger Pils. Wirklich annehmbare Fortsetzung des Abendbrots mit andern Mitteln, konnte man sich schon halb zu Hause fühlen. Der

Dreck, na ja. Wenigstens lebt das hier. Das Fleisch ist gut, und die Zwiebeln sind sauber. Der Grill riecht besser als die brennenden Wälder.
Anklam wunderte sich, wie viele Griechen, Geschäftsleute offenbar oder Angestellte, so korrekt gekleidet, am Vormittag schon dem Bratfritzen seine Spieße abkauften. Gingen über die Theke wie Würstchen beim Weihnachtsmarkt. Der Junge, der an den paar Tischen bediente, war höchstens vierzehn. Bis zur Schulpflicht haben sies noch nicht gebracht in Griechenland. Kinderarbeit überall. Quatsch – Ferien!
Hier hätte man jetzt sitzen können mit den Mädchen, wenn du die Karin nicht vergrault hättest. Das mit dem Flug war garantiert eine Ausrede, weil sie deine Schönheit nicht mehr ertragen konnten. Wär das Warten lustiger geworden als mit dir Schwanzhänger.
Bliss schaute zur Decke.
Zählst du die Fliegen da oben?
Der Junge stellte die Flasche auf den Tisch. Anklam hielt ihn am Arm fest. Hör mal, du mit deinen schwarzen Lokken, Jannis oder wie du heißt – hast du schon mal mit einer Frau geschlafen, die noch Sand in der Möse hatte, wie? Echten griechischen Meersand?
Der Junge sah, den Kopf schüttelnd, verständnislos zu Bliss. No understand.
Endaksi, endaksi, sagte der schnell und: Laß das Kind los, du Idiot. Erklärte: Theli na plirossi!
Oh pay! verstand der Junge, erleichtert lachend, a moment. Rief zur Theke: Theloun na plirossoun, und der Grieche nickte ihnen ein kurzes Verstanden rüber.
Hör zu, Manfred, sagte Bliss, plötzlich zum Reden entschlossen, gestern abend gabs Augenblicke, da dachte ich, wir verstehn uns. Aber das Spiel, was du jetzt spielst – ich laß mich nicht vergewaltigen!

Vergewaltigen, Mensch Vik. Wozu denn? Zu ein bißchen Leben. Wer zu alt ist für solche süßen Dummheiten, ist zu alt für die Revolution. Und wenns bei dir bloß nicht geklappt hat, vermut ich mal, Herrgott Kerl – was heißt denn das? Gar nichts. Daß du müde warst und vor lauter Nachdenken übers Glück nicht gemerkt hast, wies dir grad ins Bett gehüpft ist. Ein kleines immerhin. Ziehst jetzt den heißen Psychoterror ab. Ja, du! Starrst in dich rein wie ein Macker in die Peep-Show. Statt in die Welt zu schaun, wos noch genug zu staunen gibt. Warum muß ich dir das jetzt sagen? Anklam verteilte die Flasche Pils auf ihre Gläser, sah Bliss' Faust neben dem Glas, die Knöchel weiß vor Spannung. Da trink. Ist kalt. Spüls runter. Ich trag auch mein Päckchen.
Bliss trank nicht. Als ob ich keine Welt wär!
Du?
Ja, ich. Mein Programm ist noch nicht abgeschlossen.
Und wo forschst du jetzt? Am Nordpol oder am Äquator? fragte Anklam, beeindruckt von diesem bissigen Selbstbewußtsein.
Der Takis hat mir versprochen, daß er ein paar Studenten in die Redaktion der Studentenzeitung schickt, um zwölf, die dabei waren, als das Mädchen umgebracht wurde. Die will ich sprechen.
Ach Schwager. Deine Weibergeschichten und meine. Anklam seufzte, schaute seine Uhr an. Elf Uhr sieben, paar Stunden Zeit haben wir noch. Was tu ich nicht für dein Seelenheil. Besser, die Herausforderung nicht weiter zuzuspitzen. Soll er sich die Medizin holen, wo sie ihm schmeckt.
Der Grieche baute sich vor ihren Tisch, Kugelschreiber und Block in den Händen, zählte drei Bierflaschen und vier Souvlaki, sagte Fourhundredfifty und schrieb die Zahl groß auf den Block. Schob ihn zu Bliss, auf die Zif-

fern zeigend, und noch einmal: Fourhundredfifty. Ne ne katalawa, knurrte der, zog den Packen Scheine aus der Hosentasche. Where from? fragte der Grieche freundlich, und ehe Anklam Germany antworten konnte, hatte Bliss schon geschnauzt: Mexiko! so daß der Grieche nur noch Oh really! und ein paar verblüffte Blicke von Anklam zu Bliss rausbrachte, mit dem Geld abzog.
Warum das denn? fragte Anklam, war dein Fleisch alt?
Gehn mir auf den Geist, mit ihrem verdammten Touristenenglisch. Wozu hab ich Griechisch gelernt.
Anklam protestierte. An unsereinen denkst du nicht. Wir sind hier die Mehrheit.
Bliss stocherte mit einem Zahnstocher in seinem Gebiß, kaute zwischen den Zähnen vor: Also? Gehn wir? Zum Odigitis? Das Amt ist in der Nähe, wenn du vorher noch anrufen willst.
Den Betrieb! Ja! Danke, Vik. Ich wußte – da war doch was. Er trank sein Glas leer, im Aufstehn, wischte den Schnäuzer. Trinkgeld? Kriegen die nichts?
Kannst dem Jungen was lassen, sagte Bliss, schon die Tasche am Arm, und Anklam klaubte ein paar Münzen aus der Jacke, zeigte dem Jungen: For you, Jannis! schlug sie mit Schwung auf den Tisch.
Sie mußten hintereinandergehen, die schmalen Fußgängersteige waren für mehr als eine Person unpassierbar, Auslagen von Obst und Wäsche, Schuhen, Kassetten und billigen Büchern vor den Geschäften, wirkungsvoll ergänzt von herumliegendem Baumaterial, gestapelten Mülltüten, parkenden Autos, Lieferkarren, Motorrädern. Einmal eine kleine Menschenansammlung, junge Männer vor allem, eine aufgeregte Stimme in der Mitte, Anklam machte den Hals lang, drängelte sich vor, fand einen Berg Socken, auf eine Plastikplane geschüttet, der Verkäufer schwenkte fünf Paar gebündelt vor den Nasen der

ΣΟΡΜΠΑΣ
10

Zuschauer. Vik stand ein Stück weiter, wartete ihm entgegen, zeigte mit dem Kopf zur Hauswand neben sich: Sotiria. Da war ein Plakat angeklebt, in der Mitte das große Bild der Frau in der schwarzen Lederjacke. Dasselbe Foto wie gestern in der Zeitung, oder? Bliss nickte. Flirrende Hitze, auch im Schatten, auch wenn die bräunlichen Wolken die fast im Zenit stehende Sonne abdeckten. Der Bieralkohol stieg Anklam als angenehm einlullender Schleier ins Hirn, aber trieb auch den Schweiß in die Achseln, das frische Hemd schon wieder naß. Am Omonia, den kannte er jetzt wieder, war die Luft stärker in Bewegung, schob sich durch die langen Straßenschluchten auf den Platz, bog und zerstäubte den Fontänenstrahl, mischte den fernen Brand mit den Abgasen der versammelten Verbrennungsmaschinen. Der mehr stockende als kriechende Strom der Busse und Wagen vor ihnen. Bliss startete die Überquerung noch bei Rot, zog ihn hinter sich her durch die Lücken zwischen den gestockten Fahrzeugen, ehe der Schwall Fußgänger von der andern Seite um sie schwappte, alle Lücken ausfüllte, dagegen hatten Ameisen in ihren Haufen vermutlich ein lockeres Leben. Das vibrierende, stinkende Wagenkarussell auf dem Platz war verkeilt. Auch in dem halben Dutzend einmündender Straßen hatte sich das rollende Blech festgefahren. Die Fontäne auf dem Rasenrondell schien Anklam das höhnische Denkmal einer unerreichbaren Erfrischung. Er hielt Bliss am Ärmel, zeigte vom Bordstein: Die Hydra! Der Drache mit den sieben Köpfen! Jemand versucht dauernd, mit den Ampeln die Hälse abzuschlagen!
Klingt komisch von dir, schrie Bliss zurück. Eigentlich mein Ressort. Aber dem antiken Vieh wuchsen immer zwei Köpfe für jeden abgeschlagenen!
Sei nicht kleinlich, wenn ich schon mal dichte!

Bliss zog die Mundwinkel hoch. Du – oder der Arno Schmidt in dir?

Bist du als Doktor geboren? konterte Anklam. Der Schmidt ist die halbe Uni.

Als sie in der Halle am Schalter warteten, war Anklam der Dunst aus dem Kopf in die Glieder gesackt, hatte sich ausgebreitet, keine Erwartungsspannung, keine Unruhe vor dem Gespräch.

Rufst du im Lufthansa-Büro an, während ich mit Düsseldorf telefoniere?

Das hatte ich vor, ja, sagte Bliss.

Schön. Also gibts wieder eine Art von Zusammenarbeit.

Noch als er die Kabine betrat, Viks Zettel mit der Vorwahlnummer in der Hand, die Tür etwas offen ließ – atemberaubende Mischung von heißem Knoblauchatem und Schweißdampf in dem Kasten – war er voll Gelassenheit. Halb zwölf, also in Deutschland halb elf – da müssen die Kollegen im Büro sitzen, Willi auf jeden Fall. Obwohl er sie im Kopf hatte, schrieb er die Nummer des Betriebs und den Apparat hinter die Vorwahlzahlen. Fünfzehn Ziffern! Also Geduld. Er kurbelte, hielt den klebrigen Hörer näher ans Ohr – klar, besetzt. Von vorne. Wieder besetzt. Dasselbe Spiel wie gestern. Langsam drehen, hat Vik gesagt. Also noch langsamer. Null – null – vier – neun – zwei – eins – da! Besetzt. Jetzt schon. Schon bei Düsseldorf. Von vorn. Diesmal kam er durch bis zur letzten Ziffer – kein Besetztzeichen. Nur Stille. Absolute Stille. Als lauschte er am Ende eines tiefdunklen Rohrs, das vom Omonia bis direkt ins Betriebsratsbüro reichte, hörbare Entfernung. Plötzlich knack und wieder besetzt. Mist. Telefonieren die grade. Macht Schluß Jungs, der Vorsitzende ist in der Leitung! Also noch mal. Er behielt den Hörer nah am Ohr, falls schon vorher das Besetztzeichen käme, das Rattern der Kontakte oder was

das war, als drehten sich Zahnräder, Art Dampftelefon haben die hier, wie? und Herrgott, wieder besetzt! Quatscht die Ellie womöglich mit ihrem Alten. Na dann gute Nacht. Null – null – vier – neun – da. Anklam knurrte. Wozu ist das Scheißding eigentlich erfunden worden. Frustmaschine.
Nichts? fragte Bliss hinter ihm durch den Türspalt. Anklam fletschte ihm die Zähne.
Langsam drehen, Manfred. Mit Gefühl.
Anklam stieß die Tür mit dem Fuß auf, hielt ihm den Hörer hin: Noch mehr bring ich nicht auf! Versuch dus!
Bliss quetschte sich neben ihn, drehte die Scheibe, auch nicht anders, erwartungsvoll lauschendes Gesicht, dann fielen ihm die Schultern runter, kurzes Kopfschütteln, neuer Versuch, nur die Vorwahl, hielt ihm den Hörer vors Ohr.
Du, ich kann das inzwischen singen! schnaubte Anklam.
Warum willst du eigentlich unbedingt anrufen?
Anklam zog die Brauen hoch, verblüfft. Ja warum eigentlich? Kratz mir den Kopf – weiß ich selbst nicht mehr. Schnapsidee. Was war bei der Lufthansa?
Dein Flug ist o.k. Siebzehn Uhr. Mit einer Olympic-Maschine.
Besser als mit nem Freiballon. Und du?
Nur einer war fest. Schau nicht so mißtrauisch. Ich bin auf Stand-by. Wer hat die Betriebsversammlung.
Anklam nickte. Dann komm. Gehn wir zu deinem Mädchen.
Diesmal schneller unter dem Omonia durch und nach Viks Plan in den drängeligen Gassen, wieder das halb betäubte, kurvenreiche Vorwärtsstreben, Ausweichen, Lückennutzen, Abbremsen, das keinen zusammenhängenden Gedanken zuließ neben der Konzentration auf den Karneval von lebenden und toten Hindernissen, 'xcuse me,

sinchorite, hundert winzigste Entscheidungen je Minute, die der Computer ausspuckt, damit er ungerempelt ans Ziel gelangt auf seinen zwei heißgelaufenen Füßen. Die Griechen nehmen das sportlich, Überlebenstraining, gestern, am Hafen hat er das gesagt und sich dareingestürzt in das Chaos wie ins Schwimmbad, der verrückte Hund, wie viele Abenteuer ist das her? Kein Dschungel kann voll so viel Raubzeug sein, mein Düsseldorf ist ein Naturpark. Wie weit noch?

Bliss sah auf die Uhr. Eine weiter – schaffen es knapp!

Vor ihnen rollte undurchdringlich die Fahrzeugkolonne die schmale Einbahnstraße hinunter, mit einem Tempo, als wäre es die letzte grüne Ampelphase des Tages. Zwischen den engstehenden Häusern vibrierte die Luft vom gefangenen Lärm.

In einem Hauseingang hatte ein anderthalbbeiniger Mann auf den Stufen seine Krücken und ein paar Zeitungsstapel ausgelegt. Bliss nutzte die Pause, kaufte seinen Rizospastis.

Was sagst du zu folgender Vorstellung, schrie ihm Anklam entgegen: Jeder Bus ein furzender Elefant, jedes Auto ein stinkender Tiger!

Als die Kreuzung frei war, in die Lärmpause, fragte Bliss: Und wir? Was sind wir in dem Zoo?

Die Affen vielleicht, antwortete Anklam grimmig. Ja, die anarchistischen Affen. Aber nicht mehr lange. Ich fahr nach Düsseldorf in Urlaub. Was schreibt deine Zeitung? Hat man unsre Anwesenheit zur Kenntnis genommen?

Bliss gab ihm das Blatt.

Was soll ich damit?

Die Bilder, sagte Bliss.

Vor ihrer Beerdigung?

Bliss zeigte mit dem Finger: Der da ist Theodorakis. Der daneben ihr Parteivorsitzender.

Tausende, echt. Fast ein Staatsbegräbnis.
Wald von Fäusten, wie der Takis gesagt hat.
Und was willst du jetzt diese Leute fragen?
Bliss nahm ihm die Zeitung aus der Hand, steckte sie in seine Tasche. Hier muß es sein, odos Solomou. Bog ein in die kleine, ziemlich ruhige Straße.
Anklam hielt ihn fest an der Schulter. Weißt du nicht, was du sie fragen willst?
Bliss sah ihm in die Augen, als hätte er etwas Überflüssiges, weil längst Bekanntes gefragt. Doch, Manfred. Warum sie gestorben ist.
Mann – Vik. Anklam schüttelte den Kopf. Ob du da an der richtigen Adresse bist? Drehte ihn wieder um und schob ihn in Bewegung. Pfarrerfrage. Die werden dumm schaun, seine Genossen, wenn er das wirklich fragt.
Das Haus der Studentenzeitung war nicht zu verfehlen. Die Säulen des Portikos und die Hauswände bedeckt mit Plakaten. Ganz frisch die mit dem Bild des ermordeten Mädchens. Entziffern konnte Anklam nichts als die großen Buchstaben KNE und das rote Hammer-und-Sichel-Zeichen. Im Hausflur stapelweise Zeitungen und Poster. Aber kein Vergleich mit dem baufälligen Parteibüro vom Abend. Steinfußboden, Marmor, das Zeug haben sie hier so reichlich wie Sonne.
Bliss fragte einen jungen Mann, der nahm sie mit zum Lift. Lift ist gut – die Kiste zockelt hoch, als wär sie ihr eignes Museum. Flohr-Otis, Jahrgang 37, Respekt. Haben sie also doch schon mehr gehabt als die Akropolis. Vielleicht kann ich in der Redaktion telefonieren? Mein Gott, der palavert mit dem Griechen. Wenn das jetzt zwei Stunden so geht. Die werden doch wohl wenigstens englisch sprechen. Quatsch telefonieren, ich hab den Flug um fünf, das reicht. Ruf Willi gleich von Lohausen aus an.

Im dritten Stock verschnaufte der asthmatische Kasten, der Grieche führte sie über einen schmalen, schmucklosen Gang, offene Türen, Blicke in Redaktionsstuben, jüngere Männer und Frauen, Schreibtische, Aktenschränke, belebte Unordnung überall. Dann überließ ihr Führer sie einer Frau hinter einem fast leeren Schreibtisch, zwei Sätze zur Einführung, zog gleich die Tür hinter sich zu.
Die Frau kam ihnen entgegen, ausgestreckte Hand, kein Erstaunen, sie waren erwartet, my name is Kalliopi, Vik nannte ihre Namen, sie wurden auf Stühle gebeten. Etwas warten sollten sie, die Genossen von Sotiria hätten angerufen, kämen ein paar Minuten später. Ob sie inzwischen Fotos ansehen wollten.
Ihr Englisch war brüchig und gut zu verstehen. Schönes, unaufdringliches Gesicht, ungeschminkt. Anfang dreißig vielleicht. Matronentyp, nach Brust und Hüften zu urteilen. Sehr souverän, wie sie Anordnungen gab, durchs Telefon, im Flur, und begutachtete, was eine ihr an Papieren auf den Schreibtisch legte. Die weiß nicht erst seit heute, daß sie hier was zu sagen hat.
Vik studierte die Mappe mit Fotos, die sie ihm aus der Schublade gereicht hatte, stellte keine Fragen. Er sah wirklich verboten aus, in dieser Umgebung, die langen Haare, nicht mal das Hemd richtig zugeknöpft. Die Griechen leisteten sich frische Hemden, saubere Blusen, locker, aber ordentlich, egal wie dreckig die Stadt war. Vielleicht eine Art persönlicher Verteidigung der Körper dagegen. Die Kalliopi schiens nicht zu stören,Viks flippiger Aufzug, sie hatte kein Stocken, keinen abschätzigen Blick merken lassen. Anklam entschloß sich, den Sakko auszuziehen, hängte ihn über die Stuhllehne. Sie nickte ihm freundlich zu, von dem Manuskript, an dem sie korrigierte: Too hot in Athens in summer.
Yes, sagte er, really.

Er hätte die Fenster gern geöffnet, aber draußen knallte die Sonne jetzt voll in den Hof – trotz der fast geschlossenen Fensterläden war es kaum verschattet im Raum und vorstellbar, daß die stickige Dämmerung noch erträglicher war als die helle Hitze. An Rauchen nicht zu denken. Vielleicht haben sie was zu trinken.
Anklam wollte nach einem Glas nackten Wassers fragen, nur nicht wieder etwas den Puls und Schweiß Treibendes, da erschienen drei junge Leute in der Tür, vorweg ein Schlanker, Blonder, kam strahlend auf sie zu, Sideris hieße er und solle ihnen mit Übersetzen behilflich sein. Das in einem Deutsch, wie es fließender nicht gesprochen werden konnte. Er lachte zufrieden über ihr bewunderndes Erstaunen und stellte ihnen die beiden andern vor, Mitstudenten der Sotiria von der Pandio, Katina und Andreas. Die blieben ernst bei der Begrüßung.
Die Ältere ging selbstverständlich mit ihnen um, half Stühle zurechtstellen, im Halbkreis um ihren Schreibtisch, fragte jetzt nach den Getränkewünschen. Hatte das also nicht vergessen, sondern organisatorisch scharfsichtig geplant, richtige Sozialistin, Cola, Saft, Wasser oder Kaffee wurde geboten, gekühlter Kaffee, also geschlagener Nes. Verwirrendes Gemisch von Griechisch, Englisch und Deutsch. Als das Technische geregelt war, alle saßen, Anklam hautnah neben Bliss, sehr viel Raum war nicht zwischen Schreibtisch und Schrank, gegenüber die beiden Studenten, in der Mitte des Halbkreises der Blonde – entstand eine Stille.
Klar, daß Vik anfangen muß, ich sag hier nichts, er hat um das Gespräch gebeten, er ist ihr Genosse, er ist der Mann, der die Verhältnisse kennt. Aber er sprach nicht, drehte seinen Kugelschreiber, sah auf den unbeschriebenen Notizblock, druckste herum. Merkt wohl jetzt, daß er mit seiner metaphysischen Frage reichlich falsch liegt.

Anklam räusperte sich, stellvertretend für Bliss, aber bewirkte nur, daß alle zu ihm schauten. Herrgott, warum fängt Vik nicht an! Blöde Situation. Also bitte – ich bin Betriebsrat, in einer Metallfabrik in Düsseldorf, wenn ihr wißt, wo das liegt. Am Rhein. Westdeutschland. Wir machen übrigens auch Rohre für die Erdgasleitung, in Sibirien. Aber ich bin bloß Arbeiter. Der Schreiber von uns ist Viktor. Der hat die Fragen. Los Vik. Er stieß ihn mit dem Ellbogen.
Bliss sah hoch. Ja –
Moment! sagte da der Blonde und übersetzte kurz, nickte dann Bliss zu.
Und der, na endlich – ja, sagte er, Pause, wir haben davon gehört, Pause, von Sotiria, Pause, und gelesen, gestern, wir sind auf der Rückreise, in die Bundesrepublik – hab ich schon gesagt Vik – dort wissen wir wenig, fast nichts, von eurem Kampf. Seit die Junta gestürzt ist, kümmert sich keiner mehr um Griechenland, was bei euch los ist, politisch. Jetzt soll ja euer Land in die EG kommen. Wir könnten, ich könnte darüber schreiben, über diesen Fall, als aktuelles Beispiel.
Wenn du so vor deinen Schülern rumstotterst mein Junge. Hätten mich die Kollegen längst abgeschossen. Wenigstens hat er sich die Schicksalsfragen verkniffen. So werden sie ihn verstehn.
Der Blondkopf hatte übersetzt, schaute wieder erwartungsvoll zu Bliss.
Wie heißt du noch mal? fragte Anklam, Katina und Andreas ist einfach, aber –
Sideris, sagte der. Und, offenbar stolz: Heißt auf deutsch der Eiserne.
Der Eiserne? Wie – also Stalin auf griechisch?
Sideris lachte hell auf und erklärte den Griechen den Grund. Die brachten aber kaum ein höfliches Lächeln

zustande, und Bliss fand die Idee auch nicht witzig, sagte leise: Ist ein ganz normaler Name, wie Hartmut.
Sideris zu Anklam, immer noch fröhlich: Mein Großvater heißt Sideris. Bei uns wird der älteste Enkel nach dem Großvater genannt.
Anklam nickte. Verstanden. Du bist dran, Vik. Ich wollte euch nicht unterbrechen.
Ich, sagte der, ich möchte verstehn, was es bedeutet, daß hier eine junge Frau umgebracht wird, aus politischen Gründen. Bei uns in der Bundesrepublik ist so etwas seit dreißig Jahren nicht passiert.
Ohnesorg, mußte Anklam erinnern.
Ein, zwei Fälle. Die waren untypisch. Eigentlich haben wir Frieden. Nein, Frieden nicht. Kämpfe schon, aber ohne Gewalt. Ganz anders als in der Türkei zum Beispiel. Oder in Lateinamerika.
Sideris hob die Hand, dolmetschte.
Anklam dachte an die RAF-Leute, die Aufrüstung der Polizei, Brokdorf, Kalkar, Gorleben, das war doch Gewalt, und massenhaft.
Wir haben Berufsverbote, ja, ich weiß, was das bedeutet, bin selbst davon betroffen, als Lehrer. Und wir haben Arbeitslosigkeit. Wir haben auch Angst vor den neuen Atomraketen und wehren uns dagegen wie ihr gegen die amerikanischen Basen bei euch. Aber eigentlich geht es uns gut, den Arbeitern, auch den linken. Keiner hat eine Vorstellung, eine wirklich faßbare, außer ein paar Alten, wie das aussieht, was für euch noch vor ein paar Jahren Realität war – wenn nachts die Faschisten kommen, Todesschwadronen, Gewerkschafter überfallen, linke Journalisten entführen – foltern – umbringen – wenn Werkschutzkommandos auf streikende Arbeiter schießen oder die Polizei. Von solchen Möglichkeiten spricht bei uns keiner. Obwohl es das alles bei uns gegeben hat, die Ge-

stapo, die SS – keiner hält es heut für möglich. Als ob die Geschichte sich nicht wiederholen könnte. Als ob wir gegen die Pest immun sind, weil wir sie zwölf Jahre im Land hatten. Kannst du das übersetzen?
Sideris nickte, ernst jetzt. Er hatte sich Stichworte aufgeschrieben.
Vik also wieder bei seinem Thema. Anklam sah das Sonnendeck vor sich, die Stunde vor der Ankunft in Piräus, der Kopf mit den fliegenden Haaren, wahrscheinlich hat er den Gedichtband jetzt auch in der Tasche. Verfolgen ihn diese Toten, oder verfolgt er sie? Gut, Strauß kandidiert für den Bundeskanzler – das reimt sich auf Angst. Aber wer will mich überfallen? Wer soll Vik entführen? Selbst hat er sich entführt!
Die Griechen hatten ein paar Sätze der Verständigung untereinander gewechselt. Sideris fragte Bliss, ob er konkrete Fragen hätte, oder wie man denn nun vorgehen solle. Natürlich sei die Situation in Griechenland im Jahr 1980, habe die Genossin Kalliopi festgestellt, nicht zu vergleichen mit der vor 1974. Die Linke könne heute im allgemeinen legal arbeiten, die Faschisten seien vorläufig in ihre Mauselöcher gedrängt, auch wenn andrerseits Papadopoulos und Pattakos in ihrem Gefängnis Fernsehen und beste Bedienung hätten.
Eben! Stabil ist da nichts! unterbrach ihn Bliss. Aber über die politische Situation haben wir gestern mit Takis Vamvakis diskutiert und mit eurem Bürgermeister Mavros in Kessariani. Wenn ihr erzählen könntet, was ihr erlebt habt, wie es geschehen ist, und warum, der Mord an Sotiria. Wart ihr dabei, vor dem Betrieb?
Ich nicht – die beiden, sagte Sideris, sie sind in der gleichen Hochschulgruppe wie Sotiria. Er informierte die Griechen. Der Andreas schaute die Frauen an. Die nickten ihm zu. Da preßte er die Hände zusammen, die Ell-

bogen dicht am Körper, zog die Schultern hoch, beugte sich leicht vornüber und begann zu sprechen. Als müßte er seine Brust gegen einen inneren Druck zusammenhalten, so verkrampft saß er da. Er sprach leise, angestrengt, aber fast ohne zu stocken. Sein Blick knapp vor ihnen auf dem Boden fixiert. Sieht einen Film, liest ihn ab, beschreibt ihn. Und Vik, vielleicht versteht er tatsächlich, hört zu. Könnte doch die Übersetzung abwarten. Oder täuscht vor, daß er versteht, um den Sideris zur Konzentration zu zwingen. Der schreibt nicht mit – wie will er alles behalten? muß endlich unterbrechen, dolmetschen soll er, nicht bloß zuhören.
Anklam spürte aber auch die Unmittelbarkeit der Erfahrung, aus der der Grieche sprach, die neu entstehende Nähe des Erlebnisses durch die Worte. Vielleicht versucht er zum erstenmal, die Vorgänge aus seiner Erinnerung herauszuholen und in einen erzählbaren, einen für uns faßbaren Zusammenhang zu bringen. Wahrscheinlich haben sie bisher nur reagiert und gehandelt, aber keine Möglichkeit gehabt, nachzudenken. Und jetzt fordern wir ihnen das ab.
Das Mädchen legte ihm schließlich die Hand auf den Arm, da hielt er an, offenbar mitten im Satz, schaute irgendwie erschrocken, wie geweckt, anscheinend haben sie keine Ahnung vom Dolmetschen. Woher auch, als Studenten. Als ob er erst jetzt merkt, daß wir ihn nicht verstehn.
Der Sideris sprach gleich ziemlich sicher – Formulierungsschwierigkeiten hatte er nicht. Mittags haben sie sich in der Hochschule getroffen, am Montag, die ganze KNE-Gruppe der soziologischen Fachschaft, mit der Aufgabe, Informationsmaterial vor der ETMA zu verteilen. Es war der letzte Großeinsatz vor der zentralen Manifestation am Dienstag. Eine Manifestation der unab-

hängigen Gewerkschaften, unterstützt von der Partei, gegen Arbeitslosigkeit und Teuerung. Die ETMA ist ein Chemiekonzern. In dem Werk in Peristeri, das liegt draußen im Industriegürtel, werden vor allem Chemiefasern und Plaste hergestellt und verarbeitet. Also eine große Belegschaft – aber Verhältnisse! Auf zehn Arbeiter ein Aufpasser der Direktion. Die unabhängige Gewerkschaft hat – das heißt hatte da praktisch keinen Zugang. Deshalb war es besonders wichtig, dort zu mobilisieren für die Manifestation. Das Werk hat zwei Tore, und vor dem Haupttor in der St.-Anna-Straße standen sie, mit ungefähr fünfzehn Studenten. Da waren auch die meisten Trambouki versammelt, als sie ankamen, um zwei, zum Schichtwechsel. Trambouki, so nennen wir die, vom Werkschutz, die Privatpolizei der Unternehmer. Sind so Typen aus der Junta-Zeit, ehemalige Geheimpolizisten, Gefängniswächter, die haben da eine neue Herzensaufgabe gefunden. Aber auch richtige Polizisten waren dabei, uniformierte. Wie sich gezeigt hat, um die Busse schnell auf das Werksgelände zu leiten, mit denen die Arbeiter gebracht wurden. Die St.-Anna-Straße ist nämlich eine Art Umgehungsstraße, praktisch ununterbrochener Verkehr, vor allem von den vielen Fabriken dort draußen. Die Firma war also vorgewarnt, wie die Genossen vermutet hatten. Sie hatten sich darauf eingestellt, daß Polizei auf dem Werksgelände ist. Trotzdem haben sie es geschafft, Flugblätter in die Busse zu werfen, bei der Einfahrt. Das muß die Leiter drin sehr geschmerzt haben – nur ein paar Flugblätter! Denen ging es ganz nackt und brutal darum, ihre Macht nicht in Frage stellen zu lassen. Als die Busse dann zurückkamen, etwas später, mit den Arbeitern der Frühschicht, vom Fabrikgelände, fuhren sie unheimlich schnell und ganz dicht hintereinander in Kolonne, mehrere. Unsre Leute standen direkt neben

dem Tor und konnten nichts machen. Dann kam wieder einer, das war der – Sideris fragte ein paar Worte auf griechisch, und Andreas nickte – das war der fünfte. Der bog aber in die andre Richtung ab, völlig überraschend, dorthin, wo Sotiria stand, in einer ganz scharfen, engen Kurve, mit unglaublichem Tempo, sagt Andreas, und der war es, der sie angefahren hat, umgefahren hat, und einfach weiter ist, ohne anzuhalten oder zu bremsen, obwohl er wissen mußte, daß er einen Menschen überfahren hat, und Andreas ist hinter ihm hergelaufen, hat geschrien, daß einer überfahren wurde, er wußte in dem Augenblick noch nicht, daß es Sotiria war.
Sideris stockte, und Anklam dachte dumm, warum dem Griechen wichtig war, daß der fünfte und nicht der sechste oder vierte Bus die Studentin überfahren hatte. Vielleicht um zu zeigen, daß er auf die Einzelheiten achtete. Da ergänzte Sideris noch, daß sie den Fahrer doch zum Anhalten gezwungen hatten, mit dem Auto eines Genossen, der etwas entfernt gewartet hatte und quer vor den Bus gefahren war.
Vik sah aus, als wollte er Fragen stellen, wahrscheinlich war ihm diese Schilderung des äußeren Ablaufs zu oberflächlich, obwohl, die Konzentrationsleistung des Sideris – erstaunlich! Oder er hat vorher schon Berichte in der Zeitung gelesen. Auch die Erläuterungen für uns – das muß seine eigne Zutat gewesen sein, daran kann der Andreas nicht gedacht haben.
Der hatte während der Übersetzung seine zusammengepreßten Hände nicht auseinander genommen, sie auch nicht angeschaut, wie die Katina neben ihm, die wohl auf die Reaktion in ihren Gesichtern wartete, und sprach sofort weiter, mit diesen gefesselten Händen, vielleicht wollte er die Gesten unterdrücken, das Gestikulieren der Griechen, wenn sie erzählten und sich erregten, seine

Stimme blieb leise, fast tonlos jetzt, eine nüchterne Spannung – gibt es das? Wirklich erstaunlich das perfekte Deutsch von dem Sideris – wo er das gelernt hat? Nur Manifestation sagt er, statt Demonstration. Und Plaste – wo hab ich das mal – schüttelt den Kopf, als ob er nicht glaubt, was der Andreas berichtet.
Was ich jetzt sage, ist nicht übertrieben. Andreas war nicht als einziger dabei. Als sie den Bus gestoppt haben, kam auch ein Polizist gelaufen, vom Fabriktor, aber der hat nicht den Fahrer verhaften wollen! Der hat versucht, die Genossen aus dem Weg zu schicken, und ist zu dem Fahrer hoch und sagt zu dem – los fahr weiter! Hau schnell ab, ein Unfall, so was kommt vor! Und unsre haben eine lebende Straßensperre gebildet, daß er nicht fahren konnte, da mußte der Polizist diesen Trambouko doch festnehmen und seinen Namen aufschreiben. Zwei Arbeiter, vorn im Bus, haben gehört, daß ein Leiter ihm gesagt hat, er soll einfach reinfahren in die Demonstranten, auf keinen Fall sich anhalten lassen, und das hat der befolgt. Es soll deutlich zu sehn gewesen sein, daß er die Frau, also Sotiria, angefahren hat und ihr Kopf plötzlich verschwand vorn am Fenster. Sie haben einen Schrei gehört im Bus und die Rufe, aber dieser Charilos hat Gas gegeben! Nicht gebremst, sondern Gas gegeben, und so scharf ist er um die Kurve, daß er mit den Hinterrädern über ihren Kopf weg ist!
Die Arbeiter haben auch gesagt, später, daß er schon bekannt war für andre Gewalt gegen sie, in dem Betrieb. Gar kein Zweifel, daß er mit voller Absicht gehandelt hat. Und wenn ihr das nicht glauben könnt – als die Genossen vom Pförtnerhaus telefonieren wollten, nach einem Rettungswagen, haben die Leute vom Werkschutz sie nicht reingelassen, und der Anführer von den Trambouki hat sie noch verhöhnt und gesagt: Eine Kommuni-

stin ist tot – na und? Was weiter? Das sind die Zustände in unsern Betrieben.
Das ist ja Wahnsinn, sagte Anklam. Das wär bei uns nicht möglich gewesen.
Die Griechen nickten bestätigend zur Übersetzung dieser Worte.
Haben denn die Arbeiter, fragte Bliss verstört, haben die in dem Bus nichts gemacht? Nicht eingegriffen? Dreißig, vierzig Arbeiter! Warum haben sie den Fahrer nicht angehalten? Wenigstens nachher – als es geschehen war!
Andreas wußte nicht, was in dem Bus vor sich gegangen war, bevor er gestoppt wurde. Niemand hatte in der Verwirrung darauf geachtet, danach gefragt.
Katina ergänzte ihn jetzt zum erstenmal: Es wären fast nur Frauen darin gefahren, die seien noch stärker eingeschüchtert als die Männer in dem Betrieb.
Er hörte Vik neben sich: Wenn ich mir vorstelle – die Unternehmer benutzen einen Autobus voller Arbeiter als Mordwerkzeug an einer Kommunistin!
Und Anklam, leise, daß Sideris es nicht übersetzen konnte: Heut nacht wußte ich mal nicht mehr, was ich den Kollegen in der Betriebsversammlung sagen soll – verstehst du das?
Andreas hatte auf Viks Gedanken geantwortet: Die Arbeiter nennen die ETMA eine Galeere. Dazu noch die Ältere: Es gibt viele Betriebe bei uns, die diesen Namen verdienen.
Aber warum lassen sie sich solche Zustände gefallen! Gehört dieses Land nicht zu Westeuropa?
Sideris dolmetschte ohne Anklams Empörung, mit einem kleinen Lächeln, als kenne er die Frage längst und wisse auch die Antwort. Die gab die Kalliopi: In jedem größeren Betrieb seien vom Unternehmer bezahlte Betriebsräte eingesetzt, die sich Gewerkschaft nennen, daneben hundert

Branchengewerkschaften, aber keine einheitliche Gewerkschaft als politische Macht. Also kein Gewerkschaftsbund, wie bei euch in der BRD, erklärte Sideris.
Andreas wußte es anders: In der Nacht nach dem Mord an Sotiria haben die ETMA-Arbeiter gestreikt. Ihre Wut war stärker als ihre Angst. Und von Katina übersetzte Sideris: Viele Frauen, die zur Nachtschicht gekommen sind, haben Blumen mitgebracht, Nelken, für die Stelle, wo ihr Blut in den Sand geflossen war. Als Katina in einen Bus der Nachtschicht gestiegen ist und hat zu den Frauen über den Mord gesprochen, ist eine ältere Frau aufgestanden und hat ganz laut, scheinbar ohne Angst, gesagt, es ist wahr, sie haben sie umgebracht! Sie haben auch meinen Sohn umgebracht, der Matrose war auf einem Frachtschiff – das haben sie versenkt, weil sie die Versicherung betrügen wollten, da sind alle ertrunken, nachts im Schlaf, alle, bis auf den Kapitän und den Offizier. Ich weiß, daß sie Mörder sind! hat sie gesagt, die Frau, und dann sind sie ausgestiegen und haben sich dem Streik angeschlossen.
Bliss hatte wieder auf seinem Block geschrieben, fragte, ob es später möglich war, in die Firmenbusse zu steigen.
Es war, nickte Sideris ohne Rückfrage. Berichtete dann von Andreas, der jetzt lebhafter gesprochen hatte, befreiter, schien es, daß nachher alles anders gewesen war, die Situation total umgeschlagen, die Empörung hat alle Vorsicht erstickt, sie sind in das Pförtnerhaus eingedrungen, haben nach dem Krankenwagen telefoniert, die Parteizentrale angerufen und das Büro der zuständigen Gewerkschaft. Welche sind in die Busse gestiegen, die restlichen, haben die Arbeiter informiert. Von denen sind viele gleich dageblieben, die Sotiria liegen gesehn hatten. Der Rettungswagen ist erst eine halbe Stunde später gekommen.

War sie da schon tot? fragte Bliss dazwischen, und Sideris gab die Frage weiter.
Die Katina sah Bliss an, ganz große Augen, aber Andreas antwortete. Ja, sicher. Sie wußten es nicht, aber es konnte nicht anders sein.
Hattet ihr sie zugedeckt? Habt ihr irgendwie versucht, sie hochzuheben, auf eine Bahre zu legen, das Blut zu stillen?
Warum fragt er das? Was nützt es uns, das zu wissen.
Andreas schüttelte leicht den Kopf, wußte nicht weiter, blickte zu Katina. Die sprach sehr leise.
Nein, nicht zugedeckt. Nur Tote deckt man zu. Sie haben nicht glauben können, daß Sotiria tot war. Sie haben auch nicht gewagt, sie zu bewegen, ohne Arzt.
Wie sah sie aus? Konntet ihr annehmen, daß sie noch lebte?
Es war auf Katinas Gesicht zu lesen, was sie sagte.
Schrecklich. Du sollst das nicht fragen, sagt sie.
Aber Vik: Gibt es Bilder von ihr? Nach dem – nach der Verletzung?
Hör doch auf Vik, was mußt du das wissen!
Bliss, erschrocken, schaute die Griechen an, ob sie dasselbe dachten. Was ist denn das Wichtigste an einem solchen Tod?
Soll ich das übersetzen? fragte Sideris, jetzt auch verunsichert.
Ja – ich weiß nicht. Bliss zögerte. Wenn du meinst –
Die Griechen schienen unschlüssig, mußten sich beraten.
Sotiria lebt in unserm Kampf, sagt Kalliopi. Das sollt ihr nicht als Phrase verstehn, sagt sie.
Katina sprach zu Bliss, ließ Sideris nach jedem Satz Zeit zu übersetzen: Wir sind am Sonnabend aus den Ferien gekommen, sie und ich. Sie hat gleich unsern Vorsitzenden

angerufen. Sie hat mich informiert, daß es Montag die Aktion vor der ETMA gibt. Sie hat es für notwendig gehalten, daß wir dabei sind. Sie hat neben mir gestanden mit ihrem Plakat und hat mit mir im Sprechchor gerufen. Sie hat neben mir gelacht und war fröhlich. Sie hat keine Angst gehabt, als der Tod kam. Sie hat ihn nicht gespürt.
Mußte es Sotiria sein, die starb? fragte Bliss, hat sie sich irgendwie hervorgetan an diesem Nachmittag? Hat sie etwas geahnt?
Anklam fühlte sich abgemeldet, ausgeschlossen, ein Zwiegespräch zwischen Vik und der griechischen Frau, die eine unerklärliche Geduld zu haben schien mit diesem verbohrten Frager. Oder ihn vielleicht doch besser verstand. Oder etwas loswerden wollte.
Sotiria war freundlich zu allen. Sie überlegte jeden wichtigen Schritt genau. Sie lernte gern und lebte gern. Sie lebte so gern, daß sie wollte, alle Menschen sollten so leben können. Das hat sie mir wörtlich so gesagt. Ich glaube, sie war eine Genossin, die wußte, daß dieser Wunsch das Leben kosten kann, wenn man anfängt, ihn zu verwirklichen.
Seltsame Entschiedenheit und Festigkeit in der Stimme dieser Frau, auch in ihren Sätzen zu spüren, noch in der Übersetzung vom Sideris. Schien erst so verhuscht und sprachlos neben dem Andreas. Die Ältere klingt auch sicher, aber irgendwie offizieller, über ihren Schreibtisch weg, nicht betroffen. War nicht dabei.
Kalliopi stimmt Katinas Einschätzung zu, übersetzte Sideris. Allerdings hat sie Sotiria nicht persönlich gekannt. Aber prinzipiell, meint sie, ist sie doch überzeugt, daß alle Kommunisten in der einen oder andern Weise ihre Pflicht erfüllen, wie Sotiria. Man darf nicht zwei Klassen von Genossen einrichten.
Katina hatte ihr noch vor der Übersetzung antworten

wollen, aber Sideris hatte sie unterbrochen, und sie saß mit geradem Kreuz, die Worte mit der Hand im Mund zurückhaltend, sprach sofort los, als Sideris sie anschaute, wieder direkt zu Bliss, als müßte sie ihn überzeugen, und Sideris übernahm unwillkürlich ihre Lebhaftigkeit.
Das hätte Sotiria auch nicht gewollt. Im Gegenteil! Sie hat sich nie für etwas Besseres gehalten. Das hat sie gerade ausgezeichnet! Sagt Katina.
Bliss nickte ungeduldig, hatte wohl schon vor der Übersetzung verstanden, fragte gleich weiter, unersättlich: Wenn du sie so gut kennst, könntest du uns dann noch etwas aus ihrem Leben erzählen? Irgendwelche charakteristischen Erlebnisse mit ihr?
Mein Gott Vik! Willst du jetzt einen Roman schreiben?
Komm Manfred, hab noch was Geduld, bat Bliss.
Eine Frage wolltest du stellen, hast du gesagt. Eine!
Andreas hatte seine Armbanduhr befragt, besorgte Miene, und Kalliopi schaute auf ihre, kopfnickende Verständigung. Sie müßten aufbrechen, rausfahren zum Schichtwechsel zur ETMA. Im Augenblick sei es schwierig.
Katina zeigte ihr erstes Lächeln. Ob sie Zeit hätten, mitzufahren? Dort bekämen sie lebendigen Anschauungsunterricht. Mit Polizei und allem.

# *KATINA*

## *Ein Stück von ihrem Leben lag im Sand*

*Ach es ist schon richtig dumm, daß du mir immer noch nicht antworten kannst. Wir haben uns so gut verstanden, am Donnerstag abend, bei mir. Hätten sie uns nicht weggerufen, dann hätte ich dir bestimmt noch viel von dem erzählt, was ich jetzt hier mühsam auf die Kassette spreche, und weiß nicht mal genau, ob es das Richtige ist, was du hören willst. Muß mir immer deine Fragen und Gedanken vorstellen. Im Krankenhaus, auf dem Gang vor deinem Fenster, ist das noch schwieriger, mit dem Hin und Her um einen herum. Und mit deinem zugepackten Kopf vor Augen. Hab den Doktor Kechaidis angerufen, der sagt, daß es dir etwas besser geht als gestern, den Umständen entsprechend. Hast du dich also angestrengt, gut Vik. Ich hoffe, er bestellt dir, wie froh ich darüber bin.*

*Sitz jetzt an meinem Schreibtisch, schön ruhig. Da seh ich dich, in Gedanken, ganz heil, wie du hier neben mir gesessen hast, hattest noch deine blonden Haare, aber die werden ja schnell wieder wachsen! und hast nach Sotiria gefragt. Ich hab dasselbe hellblaue Kleid an wie neulich abend. Die Beine auf dem Bett. Hab mir einen kalten Saft gemacht. Kannst dus dir vorstellen?*

*Morgen erwarte ich nämlich meinen Bruder von Kreta zu-*

*rück, er bringt meinen Vater für ein paar Tage mit, da werde ich dich nicht besuchen können. Zum Glück ist mir eingefallen, daß sein Kofferradio ein eingebautes Mikrofon hat, damit nehme ich jetzt meinen Besuch bei dir vorweg, und Sideris hat mir versprochen, daß er morgen rausfährt und die Kassette auf der Station abgibt. Er kommt nachher vorbei und holt sie.*
*Die Tage vergehen so schnell, man kommt kaum zur Besinnung. Unsere Mahnwache vor der ETMA werden wir wohl nicht mehr lange durchhalten können, beginnt bald die Vorbereitung für das Festival in Peristeri, Plakate kleben erst mal. Zum Lesen fürs Studium ist einfach keine Zeit. Keine Ruhe. Wenn ich doch mal eine Stunde hab, setz mich an ein Buch – denkst du, ich könnte mich konzentrieren? Als ob mir dauernd ein Sturm im Kopf bläst, so wirbeln meine Gedanken durcheinander. Am meisten denk ich vielleicht an dich. Weil du da so hilflos liegst. Liegst und kämpfst. Ohne daß einer dir wirklich helfen kann, außer den Ärzten.*
*Und an Sotiria. Wie schnell das Leben weiterrennt. Heute hab ich zum ersten Mal nichts über sie in unserer Zeitung gefunden. Gestern noch der Bericht über die Anfrage unserer Abgeordneten im Parlament, die Karamanlis-Regierung will den Mord tatsächlich als einen Verkehrsunfall abtun, und den Fahrer, diesen Charilos, haben sie freigelassen gegen eine Kaution von fünfzigtausend Drachmen! Ich dachte, mir steht der Verstand still, vor Erbitterung, als ich das gelesen hab. Diesen Faschisten freigelassen! Und dann sagen dir die Freunde, was hast du anderes erwartet, Katina – es ist die Regierung des Kapitals, die wirklich Schuldigen, die den Mann losgeschickt haben, werden sowieso nicht bestraft. Kostas, der! Hat bloß den Kopf geschüttelt, mit seinem unbegrenzten Überblick, als ich vor Wut angefangen hab zu heulen. Natürlich ist es besser so, weckt keine Illusionen, über die Gerechtigkeit unserer Justiz. Aber ich will einfach nicht*

*so denken, Viktor! Ich kanns nicht! Ich will den Mörder bestraft sehn, der über ihren Kopf gefahren ist! Ist das nicht menschlich? Ein Zeichen müßte auf seine Stirn, eingebrannt, unauslöschlich! Daß jeder ihn erkennt! Daß er von ihr träumen muß, jede Nacht! Aber er hat sein Opfer nicht einmal gesehn, glaube ich.*
*Entschuldige, daß ich so emotional werde. Kannst du mich wenigstens ein bißchen verstehn? Ja, ich weiß, es paßt nicht zu Sotiria, solche Gefühle. Paßt nicht zu dem, was ich dir gestern von ihr erzählt habe. An den vietnamesischen Soldaten soll ich denken. Ach, jetzt hab ich richtig Herzklopfen. Daß einen bloße Gedanken so aus der Fassung bringen können, bloße Vorstellungen. Du würdest es nicht so nüchtern sehen wie Kostas, so politisch, nicht wahr?*
*Obwohl du nichts von allem erlebt hast. Nicht einmal persönlich gekannt hast du sie, das vergesse ich manchmal fast. Darüber muß ich auch immer wieder nachdenken, wie es möglich ist, daß einer aus einem fremden Land hierherkommt und solche Fragen stellt wie du, nachforscht, mit dieser Einfühlung, dieser Nähe. Ich weiß fast nichts von dir. Außer daß du sehr traurig sein mußt. Das habe ich gleich gesehen an deinen Augen, in der Redaktion, als wir uns gegenübergesessen haben. Vielleicht ist es diese Traurigkeit, die uns verbindet, mich und dich, und Sotiria unter der Erde. Obwohl ich eigentlich sonst nicht traurig bin, bestimmt nicht. Hab gar keinen Grund. Hatte keinen. Bei Sotiria war das schon anders. Hab ich dir ja erzählt, von ihrer Familie.*
*An dem Morgen ihres Todes war davon nichts zu spüren bei ihr. Jedenfalls zuerst. Unsere Fahrt von der Pandio zur ETMA war eher lustig. Die Jungs haben rumgeflachst, Periklis besonders, und Stavros. Kostas war mit dem Auto vorausgefahren. Wenn er dabeigewesen wäre, hätten sie wahrscheinlich nicht diese dummen Witze gemacht, über das Glückwunschtelegramm von unserer Parteiführung, weil wir doch*

*eine Goldmedaille in Moskau gewonnen haben, die griechischen Ringer. Als ob das eine nationale Großtat war. Die Russen hatten ja da schon, ich weiß nicht, über 50 Goldene, alle ersten Plätze sozialistische Länder, und Periklis hat gefragt, ob sie vielleicht deshalb in Afghanistan einmarschiert sind, die Sowjets, damit sie unter sich sind, bei der Olympiade. Nicht direkt so, sondern ob im Westen jemand behauptet hätte, daß es so wäre, hat er gefragt, aber Sissu hat es anders verstanden und ihre zwei senkrechten Falten über der Nase gekriegt. Ich hab mich auch gleich erinnert, wie Periklis uns vorgelesen hatte, was die italienischen Genossen zu Afghanistan geschrieben haben, aus der Avji.*

*Wahrscheinlich erinnere ich mich daran nur, weil Sissu so böse wurde, in dem Augenblick, über den Witz von Periklis, hat ihn angefunkelt, aus ihren schwarzen Augen, und gesagt: Weißt du, wie viele Menschen dort sterben? Sie konnte es nicht gut ertragen, wenn ernste Dinge lächerlich gemacht werden. Dabei war es doch nur ein Mißverständnis, und eigentlich war Periklis' Frage nicht hergesucht, wenn man denkt, was alles in der bürgerlichen Presse an Verdrehungen über uns geschrieben wird. Allein was sie in den letzten Tagen über den Mord an unserer Sotiria verbreitet haben! Ich denke manchmal, es ist ganz gleichgültig, was wir wirklich tun, also die Sozialisten in der Welt – die Realität ist das, was die bürgerlichen Kommentatoren über uns sagen. Und was sie verschweigen.*

*Auf der Fahrt haben wir dann noch über die Situation vor der Fabrik gesprochen, keiner wußte was Genaues, ob sie alle mit Bussen raus- und reintransportiert werden, die Arbeiter, ob wir die stoppen könnten. Stavros hat noch Sprüche gemacht, daß es ganz einfach wär, wir brauchten nur die Pförtner überzeugen, daß sie für uns die Busse anhalten, dann könnten wir die Arbeiter agitieren, und alle würden gleich mitmarschieren zur Demonstration. Und Sissu, muß*

*ihren Ärger wohl noch nicht ganz geschluckt haben, hat ziemlich streng gesagt, daß sie es nicht so leichtnehmen dürften. Du siehst daran, daß keiner richtig gewußt hat, was uns erwartete. Sissu bestimmt auch nicht. Sie war eben nur ernsthafter und nachdenklicher als die meisten von uns.*
*Am Omonia sind wir umgestiegen, in den 135, weiß du – derselbe, mit dem ihr am Donnerstag mit uns rausgefahren seid, da standen wir auch zu dritt auf der hinteren Plattform, Sotiria, Andreas und ich, und haben über Theodorakis gesprochen. Andreas hat uns eingeladen zu einem Konzert am Wochenende, Das Lied vom Toten Bruder, im Theater der Athener. Er hat wohl gedacht, eh ich ihm absag, lädt er uns lieber gleich beide ein, und wußte gar nicht, daß Sissu sowieso hinwollte, weil sie doch bei Mikis singen soll, sollte, in dem Studentenchor, den er im Winter gründen will. Sie hat so schön gesungen, Viktor! Nach Poulithra hatte sie ihre Gitarre mitgenommen, haben wir abends oft in der Dämmerung auf der Veranda gesessen, mit Khomeini und Gaddafi, waren die beiden schwarzen Kater von unserm Bauern, ganz süße kleine Teufel, so haben wir die genannt, haben die Motten gefangen an unserm Windlicht, und sie hat gespielt und gesungen. Manchmal lagen sie morgens auf unserm Bett zwischen uns, zusammengerollt, daß du nicht gesehen hast, wo Kopf war oder Schwanz, nur ein pechschwarzer warmer Fellhaufen, so was Süßes!*
*Ach Mist und Scheiße! Ich will nicht wieder weglaufen!*
*Hör zu, Viktor. Ich werde dir jetzt den Montag ohne Gitarre und Katzen zu Ende berichten. Es ist einfach eine Frage der Konzentration. Ich habe alles im Kopf, die Bilder. Insofern ist es eigentlich wirklich ganz einfach. Ich muß mich nur zusammennehmen.*
*Wir sind an der Ajas Annis ausgestiegen, du kennst die Haltestelle. Kostas hat uns schon erwartet, gab uns Instruktionen. Am Haupteingang war die Polizei, also würden die Busse aus*

*den verschiedenen Stadtteilen dort reinfahren. Am Nebeneingang hatten sich Studenten vom Polytechnion aufgestellt, für alle Fälle. Er gab uns die Schilder aus dem Wagen, und wir gingen die Ajas Annis entlang, hängten unterwegs die Schilder um. Ich sah sie zum ersten Mal, die Fabrik, das scheußliche graue Hauptgebäude. An der Ecke hat Kostas den Wagen halten lassen, mit einem Genossen, der konnte von dort aus beide Tore überblicken. Es hat sich gezeigt, dann, daß das sehr gut war. Wir haben noch überlegt, was hinter den blinden Fenstern wohl produziert wird, Sissu hat das gefragt. Periklis meinte: Stoffe, alles Frauen an den Webstühlen, und wir haben uns empört darüber, daß man ihnen die Aussicht auf die Bäume zugemalt hat. Sotiria hat den richtigen Einwand gemacht, es sei aus Gründen des Sonnenschutzes, nicht um sie am Rausschauen zu hindern. Typisch Sissu, sie wollte immer gerecht sein, selbst zu unsern Gegnern. Hat sicher mit ihrem kleinbürgerlichen Elternhaus zu tun. Gab eine kleine Diskussion über die Frage, weil einer sagte, das ist kein Klassenstandpunkt, hat Sissu angegriffen, aber so ganz abstrakt, und sie hat sich verteidigt, den Unternehmer verteidigt, richtig verrückt, wie sie plötzlich das Gegenteil ihrer wirklichen Meinung verteidigt hat, nur weil sie glaubte, da wird der Gegner beschuldigt, wo er gar nichts Böses tut. Bis Panos gesagt hat: Markisen! Wenn die ETMA das Wohl der Arbeiterinnen im Sinn gehabt hätte, hätte sie Markisen anbringen lassen, statt mit billiger Farbe die Scheiben zuzustreichen. Da hat sie es sofort eingesehen.*
*Am Haupteingang war das Gittertor aufgeschoben, aber der Schlagbaum geschlossen. Gleich dahinter der Polizeiwagen, direkt neben dem Pförtnerhaus. Ein paar Männer in Zivil, die Trambouki, von denen ja Andreas schon gesprochen hat, und zwei Polizisten. Also ganz anders als an den folgenden Tagen, es wirkte fast friedlich. Viertel vor zwei war es, als wir uns aufgestellt haben, auf beiden Seiten vom Tor. Wir*

*haben gesehen, daß einer von den Zivilen in das Pförtnerhaus ging und telefonierte. Ich weiß noch genau, daß Sissu leise zu mir gesagt hat: Der holt sich Anweisungen von der Direktion, weil ich das seltsam fand, wie sie plötzlich flüsterte, trotz dem Verkehrslärm von der Straße, und sie hatte es gar nicht gemerkt und lachte darüber. Der Polizeioffizier kam dann zu Kostas, wahrscheinlich weil er unser Megaphon trug. Es gab ein kleines Gerede, und das Ergebnis davon war, daß Kostas uns durchs Megaphon zurief, wir müßten uns drüben auf der andern Straßenseite aufstellen, wegen Verkehrsgefährdung. Haben wir uns noch geärgert, daß er so schnell nachgegeben hat, aber sind doch rüber. Na gut, wir haben eben dort unsere Reihe gebildet. Waren irgendwie frustriert, man konnte uns kaum sehen vom Fabrikhof, dauernd die Lastzüge dazwischen, und zu Fuß kamen nur ganz wenige Arbeiter.*

*Kannst du dich an den kleinen Kiosk erinnern, gegenüber vom Eingang, halb in den Büschen? Da kauften gerade zwei Arbeiterinnen Zigaretten, zu denen bin ich hin, hab meinen Spruch aufgesagt, von der Demonstration, die waren richtig verlegen, nicht feindlich, haben sich angeguckt und gekichert, und die Ältere hat auch das Flugblatt genommen und ganz nach unten in ihre Tasche gesteckt, im selben Augenblick, als ein Lastwagen die Sicht zum Tor verdeckt hat – also daran hab ich gemerkt, wie eingeschüchtert die waren, was da für ein Klima herrschte in der Fabrik, hab das Sissu und Urania erzählt.*

*Konnten aber nicht groß darüber nachdenken, weil plötzlich gerufen wurde: Achtung! Ein Bus! Da dachten wir noch, sie kommen einzeln aus den verschiedenen Stadtteilen. War sofort eine Hektik, zwei Polizisten rannten auf die Straße, versuchten, den Gegenverkehr zu stoppen, war schwierig bei dem Verkehr, da hielten die Busse schon vor uns, die ganze Kolonne. Wir hin, Periklis hatte es gleich begriffen, die offe-*

*nen Oberfenster, für ihn war das leicht, warf einen Packen Flugblätter rein. Wir versuchten es am zweiten und dritten, drin waren sie aufgestanden, schauten zu uns, fielen fast durcheinander, als die Fahrer Gas gaben, war sicher Absicht, und sind rüber über die freie Fahrbahn, einer dicht hinter dem andern, weg, vorüber, eine Sache von Minuten. Oder vielleicht bloß Sekunden. Kostas hat noch, glaube ich, durchs Megaphon geschrien, aber das ging unter.*

*War im Prinzip das gleiche Manöver, wie sie es jetzt wieder praktizieren, seit nicht mehr viele Demonstranten vor dem Tor sind. Wir waren natürlich überrascht, das ist ihnen gelungen, muß man sagen, keiner hatte damit gerechnet, daß sich die Busse vorher sammeln würden. War auch kurzsichtig von uns, wo der Rizospastis seit Tagen geschrieben hatte, daß vor den Betrieben mobilisiert werden sollte, wir hätten wissen müssen, daß die sich gut vorbereiten. Die können doch lesen. Wir haben zwar mit einigem gerechnet, aber daß wir gut vorbereitet gewesen wären, wie euch der Andreas erzählt hat, das kann man wirklich nicht behaupten.*

*Na war ja jetzt egal, ändern konnten wir sowieso nichts daran. Es gab nur einen Streit, ob wir stehenbleiben sollten, wo wir waren, oder rübergehen zum Tor, um wenigstens noch die zu erreichen, die zu Fuß – also Kostas hat uns gewarnt, er muß es gemerkt haben, daß die Chefs drin im Betrieb Angst hatten vor uns und Angst gefährlich macht, er hat einfach die Erfahrung, nicht, aber es hat keiner auf ihn gehört, ich auch nicht. Verstehst du, wir haben das für Legalismus gehalten, als Kostas uns bremsen wollte, sind einfach rüber, näher ran ans Tor.*

*Müssen wir uns deshalb Vorwürfe machen? Solche Gedanken kommen einem schon – wenn wir – dann wäre – aber das sind so verzweifelte und auch sinnlose Gedanken, die darf man wirklich nicht zulassen. Selbstzerstörerisch. Gerade Kostas, der hätte doch am ehesten sagen können, nicht wahr,*

*und hat mir regelrecht verboten, also so etwas zu denken, als wäre irgend jemand von uns schuld an dem, was kam. Genauso könnte man sagen, die Partei ist schuld, weil sie uns vor die Fabrik geschickt hat, oder die Widerstandskämpfer sind schuld an ihrem Tod, weil sie sich gegen die deutsche Besetzung gewehrt haben.*
*Sissu, ja, die hat erst gezögert. Aber nicht aus Angst, das glaube ich nicht. Sie wollte nichts gegen Kostas machen. Natürlich konnte er dann auch nicht allein stehenbleiben, ist ja kein Feigling, ist mit rübergekommen. So war es auch mit dir, nicht wahr? Ich meine, in der Nacht bei mir, als der Anruf kam und du nicht allein in der Wohnung bleiben wolltest. Du gehörst eben doch auch zu uns, egal ob du ein Deutscher bist. Warum reden wir denn sonst von internationaler Solidarität, wenn wir uns nicht helfen wollten in den Schwierigkeiten.*
*Das ist jetzt keine Abschweifung, Viktor. Sei nicht ungeduldig. Ich mußte dir das noch sagen, weil ich dir neulich von den Vorwürfen der Genossen erzählt habe, deinetwegen. Inzwischen habe ich entschieden, daß sie unrecht haben und ich mich nicht schuldig fühlen muß an deinen Verletzungen. Genausogut hätte es mich erwischen können, und jemand hätte sich um mich kümmern müssen, wo ist da der Unterschied? Ehrlich gesagt – wenn du auf mich gehört hättest und wärst nicht mitgekommen, ich glaube, ich wäre enttäuscht gewesen. Doch, das muß ich sagen. Enttäuscht. Und nun bin ich stolz auf dich, wie ich auch stolz bin auf Sissu. Wenigstens einmal will ich das gesagt haben. Vielleicht findest du Stolz nicht gut. Ist schon pathetisch, stimmt. Das ist mir jetzt egal. Ich bin eben auch aus Kreta. Es heißt ja, nationale Besonderheiten sind garantiert im Sozialismus.*
*Wo war ich angekommen? Ja, als wir über die Straße rüber sind, vor den Schlagbaum. Da waren aber die Busse schon leer, die Arbeiter weg, wie verschluckt von den Fabrikge-*

*bäuden rechts und links. Von den paar Arbeitern zu Fuß hat keiner sich getraut, ein Flugblatt von uns zu nehmen, unter den Augen der Wächter hinter dem Schlagbaum. Nur einer, war auch so eine Szene zum Erschrecken, sag ich dir, der nahm das Flugblatt, daß ich dachte: Mal einer, der sich nicht einschüchtern läßt! Und wie er durch ist, den Gang zwischen Pförtnerhaus und Schranke, hat der dicke Trambouko, der Häuptling von denen, bloß die Hand ausgestreckt, freundlich gegrinst dabei, wortlos, und der Arbeiter hat unser Flugblatt aus der Tasche gezogen und es ihm in die Hand gelegt. Der Dicke hat gar nicht draufgeschaut, sondern es gleich den beiden Leitenden hinter ihm weitergereicht. Ich dachte, ich krieg zuviel, du! Eine solche Selbstverständlichkeit!*

*Sotiria hat gemeint, es wär sicher ein Spitzel. Sie war da noch ganz zuversichtlich, hat mir sogar den Arm um die Schulter gelegt, so wie an dem Morgen auf dem Felsen, als ich gefroren hab. Ich sollte es nicht so tragisch nehmen, morgen würden wir zeigen, wie stark wir sind. Sie dachte an die große Demonstration. Da würden die zittern.*

*Aber um zwei, nach der Sirene, als die Frühschicht auf den Hof strömte, haben sie keinen zu Fuß durch das Tor gelassen. Wurden alle zu den Bussen geschickt. Saßen dann da drin. Türen zu, Fenster zu, in der prallen Sonne. Bestimmt zwanzig Minuten! Nach acht Stunden Arbeit! Eingesperrt, wirklich wie die Galeerensklaven. Und wir vor dem Schlagbaum. So eine Spannung. Unsere Sprechchöre haben die bestimmt nicht hören können. Ob sie nun auf uns wütend wären oder auf ihre Bosse, daß sie so lange warten mußten, darüber haben wir noch gesprochen, und dann hat Sissu zu mir gesagt, ich sollte auf die andere Straßenseite, in den Schatten, weil ich furchtbare Kopfschmerzen hatte, von der Hitze. Das waren ihre letzten Worte, Viktor, da hat sie sich noch um mich gesorgt, mit ihren letzten Gedanken –*

*Ja dann – dann ging plötzlich der Schlagbaum hoch, ich weiß nicht mehr – die Polizisten sind raus und der Polizeiwagen, mit Blaulicht, auf die Straße, und die Busse, der Lärm von den Motoren, kamen auf uns zu, wir mußten zur Seite springen, wie eine Panzerkolonne, zwei, drei waren schon vorbei, beim vierten riß drin einer ein Fenster auf, da bin ich mitgelaufen, hab versucht, Flugblätter reinzuwerfen, dadurch war ich weg von Sotiria, den einen Augenblick bloß, und hab den Fahrer von dem fünften gesehn, das war er, der Mörder, der drehte das Steuer nach rechts, dahin, wo sie stand, und war schon vorbei – und da lag sie, Viktor, da lag sie am Boden – ich hab doch nichts begriffen – ich bin hingerannt, dachte, er hat sie angefahren, komm, steh auf, Sissu, hab ich gesagt, dein weißes Kleid wird schmutzig, obwohl ich alles gesehn hab, das Blut lief aus ihrem Kopf und ihre Beine, die bewegten sich, als ob sie grad aufstehen wollte, und die Genossen um uns herum, Rettungswagen, das Wort hab ich gehört, und sah nur, wie ihr Blut in den Sand lief, immer größer wurde der See, hellrot, und ihr Gesicht war weg, weg, einfach weg, keine Augen mehr, nur noch die Nase, und was darin lag, in dem Blut, war ihr Leben, ein Stück von ihrem Leben, aus ihrem aufgeplatzten Schädel, Viktor – es war so unsagbar schrecklich, Viktor. Ich weiß nicht, ob ich es geschrien habe oder nur gedacht – wo ist der Mörder! wahnsinnige Gedanken, sie sollten ihn holen, in den Staub werfen vor seinem Opfer, mit ihrem Blut sein Gesicht beschmieren, und zugleich noch wieder Hoffnung, verzweifelte Hoffnung, daß sie doch nicht tot wäre, gegen alle Vernunft, so ein Aufbäumen, daß es nicht wahr sein könnte, eben noch ihre Stimme in der Luft –*
*Ach Gott, jetzt hat es geklingelt – das ist der Sideris – was mache ich denn jetzt, jetzt sieht der mich in diesem Zustand. Aber ich muß ihm doch aufmachen. Ich muß mal abschalten, Viktor.*

*Ja, Vik, es ist Sideris. Ich hab ihn in die Küche gesetzt. Er wartet solange. Ich hab ihm gesagt, was los ist, was ich dir gerade erzählt habe. Es gibt auch nichts mehr zu sagen, Viktor. Du siehst, ich habe dir nichts verschwiegen. Ich bin gar nicht heroisch gewesen. Die Genossen haben ja den Fahrer festgehalten. Sie sind auch in die andern Busse, die dann halten mußten, sie wollten mich mitnehmen, haben gesagt, wir müßten den Arbeitern jetzt sagen und erklären, was passiert war, aber ich konnte nicht, ich konnte das wirklich nicht, ich hab nur dagesessen und ihre Hand gehalten und geweint, bis der Rettungswagen kam. Nun weißt du die Wahrheit auch über mich, wie schwach ich war. Nein, ich schäme mich nicht, Vik. Der Tod ist so plötzlich gekommen. Ich hoffe nur, du bist stärker. Und wirst bald gesund, damit du deinen Bericht schreiben kannst, wie du es vorhattest. Das ist ja wichtig. Vergiß das nicht. Ich komme dann morgen wieder, also übermorgen.*

# BLISS

## Aus den Knochen wachsen die Wälder

Die Fahrt dauert. Halbbewußt registriert er, daß die Häuser niedriger werden, zweistöckig die meisten, dazwischen einzelne hohe Wohnhäuser, und alte einstöckige, ohne Patina auf ihrer rissigen Armut. Drei oder vier Generationen von Häusern durcheinander, wie eine aus Zwergen, Menschen und Riesen gebildete Ehrenkompanie, flankieren die Iera Odos, die Heilige Straße. Ein paar schöne klassizistische Häuser der Jahrhundertwende, mit den Ziersimsen aus roten Blumenziegeln, abbrökkelnder Putz, vernagelte Türen, Souvenirs einer verkauften Vorstadtidylle. Das Schlachtfeld der Grundstücksspekulation, ohne Spuren einer Genfer Konvention. Dazwischen hindurch windet sich das Doppelfließband der Ferntransporter, Busse, Privatwagen, Taxis und Motorräder, vorwärts-, gegeneinander-, durcheinandergepeitscht von allgegenwärtigen, aber unsichtbaren Antreibern. Drin die Schweißsauna der hundert eingequetschten hautnahen Leiber, draußen die tausendstimmige Höllensymphonie mit Gestank und Staub vor den Fenstern der Menschenställe.

Bliss, in der Ecke der hinteren Plattform, muß sich nicht festhalten, spürt den Druck der Handstange an den Rip-

pen, atmet flach. Er spricht allein mit den Rätseln des Lebens. Oder sind es die Rätsel seines Lebens. Oder sprechen die Rätsel mit ihm.
Er hat gelernt, daß es nur Mystifikationen gibt und noch ungeklärte Sachverhalte. Zufälle verdanken ihre Existenz und Wirksamkeit unzureichenden, unentwickelten Aufklärungsmethoden von sehr komplexen Zusammenhängen, so wußte es die materialistische Wissenschaft, damit sich nicht doch wieder ein Gott oder Gottchen in den Ritzen zwischen den gegebenen und den noch ausstehenden Erklärungen einnistete und dem Erkenntnisoptimismus Schnippchen schlüge.
Der unermüdliche, hoffnungsstrotzende Zukunftsglaube der Marxisten. Ist der ein Wunder oder ein Werkzeug. Der Glaube die gewisse Zuversicht dessen, das man nicht sieht, so hat mein Konfirmationspfarrer die Zweifel kuriert. Der Pfuscher. Genossen, wie wärs mit: Unser Glaube der unerschütterliche Zweifel an dem, was man sieht? Wo hat Marx Platz gelassen für objektive Rätsel? War er sich selbst mal eins? Der hatte die Geheimnisse satt. Hat sie abgeschafft. Uninteressant, Metaphysik, wer oder was die Welt erfunden hat und ihren Plan. Die Frage wird verworfen. Aber alles ist gesetzmäßig, und Ziel der Wissenschaft bleibt, den Zufall aus der Natur zu beseitigen.
In welcher Zukunft? Nun findet Bliss sie sich wieder, die pythischen Rätsel. Und er hängt auch an ihnen. Reibt sich den Sand aus den Augen, da liegen sie am Weg, erstaunlich unübersehbar und zahlreich, gordische Knoten aus Stahl, kleine und mächtige, an denen die Schwerter und Schweißbrenner der Ratio abblitzen. Wer sollte je die wehenden Gestalten dieser Wolken berechnen? Wer plant den Einstein des dritten Jahrtausends? Wer wollte vorhersagen, daß ein Leberfleck vom Umriß des südamerikanischen Kontinents sich unter dem freigekämmten

Ohr dieser Frau ansiedeln würde, die jemand Katina genannt hat? Daß der winzige Wortlaut Geil mich so hinabstoßen würde, aus meiner Tiefe in den noch tieferen Abgrund, in dem nichts mehr zu sehen und zu verstehen war? Da konnte nichts mehr anfangen, da war das Ende. Und fing doch an. Bin wieder hochgekrochen aus der Nacht, dahin, wo es nach frischem Licht riecht –

Wer oder was hat mich veranlaßt, Sotirias Freunde zu suchen? Was ein Mensch wollen wird, in den Spielräumen der Freiheit, die ihm die Mutter Geschichte gibt, wer kann das vorherbestimmen? Oder nur erkennen? Niemand außer mir hat mich bewegt, mit diesen Griechen zu der Fabrik zu fahren. Die gedankenweiten Spielräume für meine Handlungen. Der Zufall Vater meiner Freiheit.

Wie viele Zufallsschaltungen in Menschenköpfen ergeben ein Entwicklungsgesetz der Gesellschaft, aus dem ich lerne, was ich wirklich tue? Aus wie vielen Freiheiten schafft sich eine Notwendigkeit in die Welt? Heuhaufen Leben, liederlicher. In dem will ich Halm mir Ordnung schaffen? Meine gesetzmäßige Position bestimmen?

Schon wieder der Schicksalsbus. Freiwillig eingestiegen. Wohin werd ich gefahren? Irgendwie kommt etwas näher. Ob es etwas Wirkliches ist? Etwas Bekanntes oder Neues. Angst oder Hoffnung.

Es könnte ein Ende sein.

Ein Ende ist nichts Objektives. Ist eine Feststellung, ein Entschluß. Ein Verzicht. Eine Resignation.

Alles geht weiter in seinen Verwandlungen.

Aber der Tod, der setzt ein Ende.

Und die Metamorphosen der Körper? Auf den Beinhäusern wuchert die Dialektik der Natur. Aus unsern Knochen wachsen die Wälder.

Der Tod ist der Tod des Bewußtseins.

Mein Leben ist also mein Bewußtsein.

Sotirias Leben war ihr Bewußtsein.
Wenn sie es der Geschichte vermacht hat? Die höbe es auf. Die trüge es weiter. In der Geschichte der Menschen ist der Tod auch das Leben. Aber wenn es um so vieles stärker ist als der Tod, warum dann das Leben verteidigen? Warum nicht den Tod erwarten? Die Lust auf Hamlets Schlaf, ohne Angst vor dem Jenseits –
Es ist die unmeßbar ferne gleiche Stunde, in der er das Wasser aus dem Brunnen zog und Manolis den Abschied von Leros ankündigte, drei Sonnenrunden her. Da geschah ein Schritt von Unwiderruflichkeit. Der wurde gegangen von einem Menschen, zu dem er nicht mehr zurückkann. Auch der hieß Bliss. Aber er weiß noch nicht, wohin. Er geht weiter, jeder Schritt hat seinen eigenen kleinen Sinn oder Unsinn, und wartet, daß sich die Richtung herausstellt. Er kann sich nicht entschließen, eine Entscheidung zu finden. Doch erwartet er sie. Die Verdichtung der laufenden Ereignisse zur Unausweichlichkeit. Er ist in dem Zwischenzustand, wenn ein altes Gefühl langsam abschmilzt und ein neues andämmert.
Vielleicht will er immer noch näher an den Tod Sotirias, um den eigenen aus den Adern zu spülen. Vielleicht hineinschlüpfen in ihren Ätherleib, ihn einziehen, seinen Körper zur Verfügung stellen als Stoff für den freigewordenen Geist der jungen Frau, der so gern lebte, daß er wollte, alle sollten leben können wie er.
Oder hat diese Katina ihn schon an sich genommen? Sie und ihre Genossen? Misch ich mich hier ein in einen Tod, der ihnen gehört? Meine Fragen, die Manfred auf die Nerven gehen – verstehen sie die als Neugier oder als Anteilnahme? Sotiria lebt in unserm Kampf – der Satz läßt sich auf unserm betonen. Wenn er denn wahr sein soll.
Der Sideris hat ihren Tod gleich ins Allgemeine, ins Poli-

tische übersetzt, hat mitgeteilt, was dem Zweck eines aktuellen politischen Artikels in Deutschland dient. Auch der Andreas hat sich angestrengt, seine Betroffenheit in seine Hände zu verstecken. Aber diese unscheinbare Katina in ihren schlaksigen Jeans und Tennisschuhen, die war ganz offen und schutzlos, hat sich persönliche Gefühle erlaubt und sie weitergegeben, hat einfach hingenommen, daß ich mich einlasse, keine Angst, von ihrer Trauer abzugeben, einem Fremden, einem Gast –
War sie ihre Freundin?
Bliss überlegte, ob er dies fragen könnte oder ob es ihn und seine unangemessen persönliche Anteilnahme verriete, deren Begründung kaum zu erklären war. Vielleicht diesem Mädchen, wenn es möglich wäre, sich direkt mit ihr zu verständigen, über Worte, die nicht durch den Filter eines Dolmetschers gingen. Er hatte Hemmungen, sie auf griechisch zu fragen, wußte, daß seine Kenntnisse nur für eine oberflächliche, sachbezogene Verständigung ausreichten. Die Gefühlswerte, die Nuancen der griechischen Wortsinne entgingen ihm, und er machte Fehler, mußte auch oft zurückfragen. Er hatte keinen Griechen erlebt, der noch langsam und deutlich artikulierte, wenn er erst einmal einige halbwegs fehlerfreie Sätze herausgebracht hatte. Unter solchen Bedingungen scheiterte jeder Versuch, ein komplizierteres Gespräch zu führen.
Der Bus hatte sich etwas geleert, mehr Luft auf der hinteren Plattform, sie konnten wieder sprechen. Bliss fragte, ob sie mit Sotiria denselben Weg gefahren seien, am Montag. Sie nickten beide, Katina und Andreas, als Sideris die Frage weitergab, aber ohne Erläuterungen, auf ihren Gesichtern schrieb die Erinnerung.
Bliss sah hinaus auf die übergängliche Gegend, dieses von Industriebetrieben zerfressene Gartengelände, das eine seltsame Würde in seinen Augen bekam bei der Vorstel-

lung, daß ihre letzten Blicke dieselben Objekte berührt hatten, die er nun betrachtete, als könnten auch sie ihm Auskünfte geben. Autoreparaturwerkstätten, Tankstellen, Schrottplätze, Lager von Baumaterial, kleine struppige Schreinereien und Schlossereien, kaum arbeitende Menschen, Siestazeit. Auch einige Fabrikhallen und moderne Bürohäuser. Aufreizend weiß und strahlend dazwischen, wie über die staubige Armut erhaben, zwei Kirchen mit ihren muttergottesblauen Kuppeln. Brachliegende Plätze, auf dem Übergang vom Krautacker zur Müllhalde, manchmal Buden darauf aus verrostetem Kanisterblech und Eternitplatten oder bewohnte, räderlose Wracks von Omnibussen. Mehlig das Grün der noch übriggebliebenen Kleingärten, der wenigen noch nicht weggeräumten Palmen, Platanen, Eukalyptusbäume.
Einmal zeigte Sideris auf eine der Blechbuden, behauptete, dort wohnten ein paar alte Genossen, da fragte Anklam: Und wo wohnen die Leute, die von diesem Terror profitieren?
Sideris zuckte die Achseln. Dort hinten, wo jetzt die Wälder brennen, in Kifissia, am Pendeli. Rallis und Papandreou haben da ihre Villen. Unser ganzer Geldadel. Er lachte. Denen werden jetzt die Socken heiß. Und ernst: Man könnte sich drüber freuen, daß die mal schwitzen, trotz ihrer Klimaanlagen, wenn es nicht genau die politische Absicht wäre, diese Leute unter Druck zu setzen. Ich hör sie bis hier mit den Zähnen knirschen, unsre Genossen, die dort im Einsatz sind und helfen der Feuerwehr die Paläste unsrer Machthaber retten.
Warum sprichst du deutsch wie ein Deutscher? fragte Anklam die lang überfällige Frage.
Sideris lächelte. Ich studier in Leipzig!
Als hätte er endlich einen Anlaß, den Mantel aufzuschlagen und die Orden an seiner Jacke zu zeigen.

In Leipzig? fragten Anklam und Bliss gleichzeitig.
Er nickte. Seit einem Jahr. Abitur in Potsdam.
Gibt es das?
Sideris lachte wieder. Odysseus war ein Grieche. Ich bin in Rumänien geboren. Mein Vater war Kapetanios im Pindos, das ganze Dorf mußte flüchten nach dem zweiten Befreiungskrieg, 49. Später ist meine Familie dann in die DDR. Ich mach ein Sonderstudium, deutsche Geschichte und Literatur, marxistische Philosophie, Soziologie, Sprachen, alles Wichtige. Ich hab das große Los gezogen, könnt ihr mir glauben.
Anklam schien angesteckt vom Enthusiasmus ihres Dolmetschers, da würde er also in Leipzig zum künftigen Kultusminister Griechenlands ausgebildet, und Sideris meinte, Botschaftsattaché der Regierung Florakis in Bonn fände er auch schon ganz schön.
Nur keine falsche Bescheidenheit, spottete Anklam, Hauptsache, du hast den Kompaß für den richtigen Kurs immer dabei, Odysseus.
Da schaute Sideris ihn verdutzt an, das Lachen war weg, begriff: Ach so, ja. Keine Sorge. Ist eingebaut. Aber jetzt müssen wir aussteigen, hier ist die St.-Anna-Straße. Und folgte den andern zur Tür.
Minuten vor zwei. Andreas zog die andern auf dem schmalen Sandweg neben der Fahrbahn der Annastraße hinter sich her, hatte es eilig. Der Raum zwischen der knapp zweispurigen Asphaltstraße und den niedrigen Häusern oder Bretterzäunen war so eng, daß sie nicht zu zweit gehen konnten, ohne von den Lastwagen fast gestreift zu werden.
Bliss fühlte sich ausgeliefert in seiner Zerbrechlichkeit, die Übermacht der tonnenschweren rollenden Gewalten hautnah, physisch bedroht bis in den Schädel von den brüllenden Motoren der Laster. Alles Mordwerkzeuge.

Der Boden zitterte, als wäre er ein elastisches Trommelfell. Die Vibrationen der staubflimmernden Luft übertrugen sich direkt auf seinen Körper.
Wie ist es möglich, hier zu leben? Was bleibt von diesen Menschen übrig? Zu welchen Monstern wachsen hier die Kinder auf?
Flüchtige Blicke in niedrige Hauseingänge, Bilder der schwärenden Infektion im Halbdunkel. Alle Fensterläden verschlossen.
Hupsignale wie Schläge gegen den Hinterkopf, Schwaden von dunklen Dieselabgasen direkt in die Gesichter. Das tägliche Fegefeuer für die Arbeiter auf dem Weg zu den Fabriken. Wo wohnen die Regisseure dieses Terrors. Sie lebte gern und wollte, daß alle so leben könnten. Auf dem Weg in ihren Tod vor der Fabrik. Hab ich ihre Augen im Kopf. Ihre Gedanken. Ihre Angst oder ihre Hoffnung?
Unvermutet ein hinter die Häuserfront zurückweichender Hof, gab etwas Luft. Stapel rostiger Eisenplatten, T-Träger, Rundeisen, ein geordnetes Halbzeuglager unter einer Kranbahn. In der offenen Halle dahinter Arbeiter und einige Werkzeugmaschinen, ein vergleichsweise deutscher Anblick.
Fabelhaft improvisiert aber die Wäscherei, aus Beton, Ziegel, Naturstein, Holz gebaute Räume, zusammengebackt, proportionslos und wild, erfunden von einer barocken Phantasie, nicht technischer Rationalität – umwunden und gekrönt von silbrigen Rohren, die hektisch Dampf in den Sonnenglast stießen. Anklam zeigte auf das Gebäude, hatte denselben Gedanken: Als ob das ganze Ding gleich abfährt!
Daneben ein Schrottplatz, ein krumm geschrumpfter Mann kramte zwischen den Haufen alten, vernutzten Eisens, kaum davon unterscheidbar. Die Zahnräder,

Pleuelstangen, Achsen, verbeulten Bleche, Fässer, Kanister, Motorenrümpfe, tausend unkenntliche Gebeine zerlegter Maschinen. Der Erinnerungsfilm blendete die Knochenkippe in dem Beinhaus auf Leros ein, so hatten da die Menschentrümmer in zerfallenden Haufen herumgelegen, abgewrackte Griechen, die Armknochen und Rippen, die Becken und Wirbel und die gesichtslosen Schädel – wie heißt die Steigerung von nackt? Knochen. Knochen – längst entlassen, herausgefault, genagt aus ihrer Identität, aus Trauer und Gedächtnis, der anonyme Bauernschrott der Inseln – Judenschrott in Bergen-Belsen – und in Pnom Penh die neuen Schädelberge des Wahnsinns Pol Pot, mit denen sie Fußball spielen im Sitzungssaal der UNO – die gleichen Bilder – lichtschnelle Gedankenwirbel durch Epochen und Welträume – hör auf, Kopfspuk! Laß mich in Ruh! Da rastet ein Mann neben einem Esel unter einer Olive – ist das wirklich wirklich? Ein Feld – Olivenstämme – ein Bauer: Manfred, sind wir auf Leros oder in Athen? Was hat der Alte da zu bedeuten?
Anklam schaute ihn zweifelnd von der Seite an. Nichts, Vik. Daß er noch nicht gestorben ist. Ein Dickkopf, der nicht verkaufen will. Seine Kinder sammeln schon die Angebote.
Hinter dem Olivenfeld ragten die Silos einer Betonmischanlage hoch.
Katina blieb neben ihm stehen, sagte zu seinem Blick auf die anachronistische Idylle, in einer überdeutlichen Aussprache, weit ausschwingend der beschreibende Arm: You know, this has recently been the Garden Eden of Athens.
Bliss, überrascht, zurückgeholt: You speak English?
Von ihrer Antwort verstand er nur das hingehuschte Lächeln, ein Betontransporter zerdröhnte ihre Stimme.

Das war kein hausgebacknes Englisch. Warum kommt sie erst jetzt damit raus? Vielleicht gewartet, daß ich sie griechisch anspreche. Die komplizierte Höflichkeit der Griechen. Angenehmes Gefühl aber, eine Barriere weg, eine Hemmung. Und Manfred lacht mit dem Sideris. Kleine Lockerheit, fast Leichtigkeit plötzlich, als wäre alles nicht so schlimm. Offene Erwartung.
Der Fußgängerweg jetzt breiter, sie konnten zu zweit nebeneinandergehen. Nur Andreas einzeln, paar Schritte vor ihnen, wollte offenbar kein verzögerndes Gespräch, zog sie zur Eile.
Jenseits der Straße wurde ein grauer Hallenkomplex sichtbar, vier Reihen blinder Fenster übereinander, von einer mannshohen Mauer entlang der Annastraße und einer kleinen Querstraße eingegrenzt.
Over there – that's the ETMA, zeigte Katina in Richtung des Geländes.
Wie eine Festung. Bliss fand den Vergleich vordergründig, propagandistisch, aber Genaueres fiel ihm nicht ein.
Like a fortress, sagte er.
Prison, korrigierte ihn Katina.
Das ist der bessere Vergleich, natürlich. Auch abgenutzt, wie die Verhältnisse, für die der Kasten steht. Gefängnis, Galeere, Banjo. Keine Wachttürme, aber die Mauer ist da. Zum Trost oder Hohn gegenüber die Bäume, fast so hoch wie die Fabrik. Eukalyptus. Immer gleich der Geschmack der grünen Bonbons im Kopf, bei diesen Bäumen –
Andreas, stehengeblieben, zeigte in die abzweigende Industriestraße, ließ Sideris übersetzen: Da hinten ist das zweite Tor der ETMA. Gleich hier unter den Bäumen stand unser Wagen, der dann den Mordbus gestoppt hat.
Ging schon weiter, ehe Sideris ausgesprochen hatte, nur keine Fragen jetzt.

Die Seitenstraße menschenleer, wie ausgetrocknet. Ein Stück weiter auf der Hauptstraße, am Ende des langgestreckten Fabrikgebäudes, eine Ansammlung von Personen. Transparente, rote und schwarze Fahnen, in Bewegung. Unter den Bäumen viel Schatten, ein breiter Sandweg, da parkten mehrere Pkw. Von den gefleckten Stämmen sah ihnen das Porträt der Sotiria Vassilakopoulou entgegen. Hinter dem Drahtzaun verkrautetes Brachgelände, einige niedrige Hallen, wahrscheinlich auch Hoheitsgebiet der ETMA.
Manfred ist ein Phänomen. Als ob er seinen Flug vergessen hat. Als ob wir seinetwegen hier draußen sind.
He Manfred – was hat dir der Sideris erzählt, daß du die Nase so weit vorn hast?
Anklam zwinkerte ihm zu, grinste herausfordernd. Altes Schlachtroß. Wittert Produktion. Schau mal, dort – hinter der Mauer, die Helme!
Sind die Klops, erklärte Sideris. Die Klops sind wieder da!
Klops? Was ist das?
Ja eigentlich die Knüppel, mit denen sie uns streicheln. Ich weiß nicht, wie sie in der BRD heißen. Überfallkommando? Offiziell heißen sie MAT.
Aparter Vorschlag, Überfallkommando, sagte Bliss. Sieht aus wie Bereitschaftspolizei.
Und Anklam, grimmig: Bullen heißen die bei uns.
Bullen, natürlich! Sideris schlug sich vor die Stirn. Das weiß ich doch. Er übersetzte es den beiden Griechen, Andreas schnaubte einverstanden kopfnickend durch die Nase.
Ta pulman – the buses! rief Katina, elate!
Sie wollte loslaufen, zu den Demonstranten, die vor dem geschlossenen Fabriktor und auf der andern Straßenseite herumstanden, aber Andreas blieb stehen, hielt Bliss und

Anklam mit den Händen an, sprach zu Sideris. Sie sollten sich etwas entfernt halten, gegenüber, als Ausländer, falls es wieder Zwischenfälle gäbe.
Du bist wohl für uns Babys verantwortlich, fragte Anklam, gekränkt, und da Sideris das nicht übersetzte, machte Andreas diese leichte, ungeduldige Schüttelbewegung mit dem Kopf, die Nicht verstanden hieß, aber Bliss sagte schnell Okay, endaksi, und zu Anklam, ob er seine Betriebsversammlung vergessen hätte.
Dafür will ich mir Notizen machen, Jeck!
Im Kopf, Manfred, im Kopf. Die brauchen hier kein deutsches Schlachtroß.
Anklam grinste wieder, geschmeichelt. Aber nur, wenn unser Leipziger Allerlei bei uns bleibt!
Der meint dich, Sideris, lachte Bliss – wir brauchen dich als Entwicklungshelfer!
In den Gruppen vor dem Fabriktor war plötzlich Unruhe, schnellere Bewegungen entstanden, Polizisten hatten beide Fahrbahnen gesperrt, die Wagen stauten sich schnell zurück, verstellten ihnen die Sicht. Sie liefen die letzten fünfzig Meter auf dem Sandweg, Katina vorweg, hinter ihr Andreas, zwischen zwei Lastern hindurch auf die Fabrikseite, Sideris mit Bliss und Anklam blieben auf dem Sandweg. Sie hörten die Sprechchöre, angeleitet und unterstützt von einem Megaphon, darüber jetzt ein zweiter, stärkerer Lautsprecher.
Die Polizei! rief Sideris, und Anklam: Mein Gott, wie ich die Töne liebe!
Sie kamen in dem Augenblick am Fabrikeingang an, als das Gittertor vor der breiten Fabrikstraße aufrollte. Jenseits des Gitters eine längere Reihe Busse, dicht hintereinander, davor die kompakte Menge der Demonstranten mit ihren hochgehaltenen Schildern und Transparenten, den vier Fahnen, alles in quirliger Bewegung. Bliss

stieg auf eine niedrige Mauer, zwischen zwei Einfahrten, strategischer Platz, Abstand und Übersicht, vor sich der in Brusthöhe abgebrochene Eckpfeiler.
Anklam schüttelte seine Hand unwillig ab, brauch keinen Feldherrnhügel, als er ihn heraufziehen wollte. Sideris stellte sich hinter ihn. Er spürte seinen Atem im Nacken.
Zwischen den Demonstranten und den Bussen ein knappes Dutzend runde Polizeimützen, die meisten am Pförtnerhaus, vor dem vordersten Autobus. Die Gesichter, die hellblauen Blusen darunter, tauchten nur gelegentlich zwischen den bunten Demonstrantenkörpern auf. Dieselbe Sorte, wie die beiden, die den Verkehr auf der Straße sperren, Stadtpolizei. Die sind ja wohl harmlos. Manfred zwirbelt an seinem Schnurrbart, als ob er sich einen Zopf reinflechten will. Gespannte Augenblicke. Die Menge verharrte an der Linie, wo eben noch das Gittertor den Weg verschlossen hatte, und er erwartete, daß sie hineindrängten, die wenigen Polizisten aufsaugten, wegspülten, hin zu den Bussen mit den Arbeitern, bis die Klops von der Seite vorstießen, aber nicht dies geschah, sondern von links schob sich ein Streifenwagen vor die Autobusreihe, schaltete das Blaulicht und das Martinshorn ein, rollte im Schrittempo auf die Menschen zu, die Busse wie eine lange Raupe hinter sich herziehend.
Das ist eine neue Taktik! Sideris dicht an seinem Ohr mit einer Stimme, in der Herzklopfen zu spüren war.
Wo sind denn die Bullen? rief Anklam, seht ihr sie?
Da links – an der Garageneinfahrt!
Fast verdeckt durch den Gitterzaun auf der Fabrikmauer waren die weißen Helme mit den hochgeklappten Gesichtsschutzen auszumachen, bewegungslos aufgereiht, die lautlose Drohung.
Das Horn auf dem Polizeiwagen war direkt auf sie gerichtet, er hatte den Impuls, sich die Ohren zuzuhalten,

aber die Demonstranten waren noch viel näher dran, nahmen den Wagen jetzt in ihre Mitte auf.
Der Kontrast zwischen der lautstarken, fiebrigen Erregung, die von den Signalen des Fahrzeugs ausging, und der extremen Langsamkeit seiner Bewegung zwischen den Menschen. Die Bedeutung drehte sich Augenblicke lang um, der Polizeiwagen schien in äußerster Not um Hilfe zu schreien, statt gefährlich zu wirken. Der große rote Bus, als er hinter dem Funkwagen das Tor erreichte, war sofort von Leibern umschlossen. Der Busfahrer, hinter der breiten Frontscheibe, schlug wütend auf seine Hupe ein, als er stoppen mußte, getrennt von seinem Leittier. Auf der Straßenseite kam der Polizei-Volvo aus dem Menschenknäuel, ausgedrückter Fremdkörper, hielt überflüssig auf dem freien Platz zwischen den gestauten Fahrzeugen, immer noch blaues Blinklicht um sich sprühend, aber schaltete das Horn ab. Ein Polizeioffizier stieg aus und schaute hilflos zurück zu dem eingeschlossenen Bus.
Ein junger Mann versuchte, die vordere Tür des Busses zu öffnen, kurzer Kraftaustausch zwischen ihm und dem andern, der sich drin gegen die Tür stemmte, in der überlegenen Position war, sie zuhalten konnte. Der unten gab gleich auf, tauchte zurück zwischen seine Genossen, die den Bus umringt hatten und hochsprangen, Zeitungen und Blätter durch die oberen Fensterhälften nach innen warfen. Von Einschüchterung ist wirklich nichts zu merken. Viele Hände streckten sich an kurzen Armstummeln aus den schmalen Öffnungen – als ob der Metallkasten lebendige Greifer hat! –, schnappten nach den Papieren, gierig fast, aufgeregt, immer wieder auch vergeblich, weiße Blätter flatterten zurück zwischen die Köpfe – sie sollen doch ihre Hände drinlassen, die Fenster nicht verstopfen! aber nein, so ist es besser, das drückt den

Wunsch aus nach Information, den Hunger, das verbotene Einverständnis zwischen den Arbeitern und den Demonstranten.
Keine Minute, da gaben die vorn den Weg frei, ließen den Bus heraus, der bog an dem Streifenwagen vorbei nach links in die Landstraße ein. Die Männer und Frauen drin standen teilweise noch, viele mit den Papieren beschäftigt.
Die Busse gehören der ETMA, erläuterte Sideris, und die Fahrer auch. Alles Trambouki. Verkaufen den Transport als soziale Leistung, in Wirklichkeit wollen sie die Arbeiter nur unter Kontrolle haben. Möglichst gleich von der Haustür weg.
Bei uns fällt das unter Sozialklimbim. Wird abgebaut. Kommentierte der Betriebsrat. Tendenziell, schränkte er ein.
Vor den zweiten Bus hatten sich fünf Polizisten vom Pförtnerhaus in einer Kette geschoben, drückten die Demonstranten aus dem Weg, die kaum Widerstand leisteten, aber so zäh auswichen, daß die andern genügend Zeit hatten, von der Seite an die Fenster zu gelangen und das Material reinzugeben. Dieser Fahrer hupt nicht. Kann nicht seinen eignen Polizisten in den Hintern hupen. Der Eindruck von Stille. Die Lastzüge haben die Motoren abgestellt, die Jungs wissen Bescheid, richten sich auf Warten ein. Deutlich jetzt einzelne Rufe der Demonstranten zu den Busfenstern.
Auch die Beifahrer sind vom Werkschutz, sagte Sideris. Habt ihr gesehn, wie der die Tür zugehalten hat, damit wir nicht zu den Arbeitern sprechen können. Vorgestern haben Genossen einem von diesen Typen den Trommelrevolver aus der Hinterntasche gezogen und der Polizei gegeben.
Kannst immer noch Fremdenführer werden, wenn das

mit dem Kulturattaché nicht klappt, sagte Anklam, ohne raufzugucken.
Sideris kicherte hinter seinem Kopf wie ein Kobold.
Worüber freust du dich so?
Sideris rieb die Hände. Na schau doch, wie die heute wieder alt aussehn. Drei Tage geht das schon.
Ja, aber der Preis dafür. Den habt ihr vorher bezahlt.
Stimmt, sagte Sideris. Hielt die Hände still.
Als auch der zweite Bus ungestürmt und unbeschädigt aus dem Menschenknäuel herauszog, hielt der Polizeioffizier sein Funksprechgerät vors Gesicht, gab offenbar Anweisungen zum Pförtnerhaus. Der dritte Bus rückte ohne Polizeischutz vor, stoppte in der Menge. Schien zu warten, bis die Flugblätter verteilt waren. Sichtliche Entspannung der Situation.
Sympathisiert der Fahrer mit euch? fragte Anklam.
Schön wärs. Vielleicht nächste Woche. Er muß anerkennen, daß wir die Stärkeren sind, seit Montag. Eine am Boden, tausend im Kampf.
Tausend ist sonnig, sagte Anklam, nach meiner Schätzung sind das hundert.
Vorgestern waren es tausend, beharrte Sideris. Da standen sie dicht bis hier an die Straße. Der ganze Verkehr umgeleitet.
Verstehst du auch was von Arbeitskämpfen, Kulturattaché? In der DDR gibts ja keine, bei der allgemeinen Zufriedenheit.
Sideris merkte die Spitze nicht, antwortete sachlich: Ich bin jedes Jahr zwei Monate in Griechenland – warum?
Dann weißt du vielleicht, warum sie die Bereitschaftsbullen nicht einsetzen? Die hätten euch paar Männlein doch schnell weggeputzt. Sieht aus nach einem Abkommen – ihr dürft an die Busse, wenn ihr dafür das Fabrikgelände respektiert, wie?

Nee, lachte Sideris ohne Unsicherheit – Angst haben die!
Die Bullen? Das glaubst du selbst nicht.
Die Chefs. Die Produktion lassen sie sich schützen, aber Ruhe brauchen sie auch. Die eine Streiknacht steckt ihnen in den Knochen.
Was ich sage, Waffenstillstand. Da passiert heut nichts mehr. Ich riech mal an euren Bullen. Werd beim Pförtner Bescheid sagen, daß ihr hier auf einen Eiskaffee wartet –
Anklam marschierte los, entschlossen und ohne noch einmal zu ihnen raufzuschaun.
Meinst du, wir können rübergehn? fragte Bliss unsicher hinter sich. Obwohl der Überblick von hier besser ist, eigentlich.
Einen Parteibeschluß gibt es für diesen Fall noch nicht, verkündete Sideris und sprang von der Mauer. Aber ich bin für euch beide verantwortlich. Er zwinkerte ihm zu. Deshalb muß ich vor allem auf deinen tollkühnen Freund aufpassen.
Anklam war schon drüben in der ständig bewegten Menge verschwunden, aus der der nächste Bus auf die Straße zog, freigegeben. Bliss zögerte einen Augenblick, dem Griechen zu folgen, widerstreitende Empfindungen. Mißbilligung von Manfreds Selbstherrlichkeit – Andreas' Vorsicht für sie als Ausländer war berechtigt, die Komplikationen bei einer Verhaftung unabsehbar, und wer wollte den augenblicklichen Frieden für länger als drei Minuten garantieren? Zugleich die immer bei solchen Gelegenheiten irgendwo im Hintergrund schwelende Angst vor den Knüppeln, den chemischen Keulen der Staatsgewalt, deren er sich schämte, die er aber auch begründen konnte als Angst um seine zerbrechlichen Arbeitsgeräte, den Kopf, die Augen – nicht den Schmerz

fürchtete er, nicht die Wasserwerfer oder eine Verhaftung, nur die Zerstörung seiner Arbeitsfähigkeit, so war die Begründung, und dazu das Motiv, die Vorgänge beobachten zu müssen, die Distanz des Berichterstatters – der Überblick, das Verständnis gelingt nur aus der Entfernung, ein Schreibtischkämpfer ist er, der mit seinen Sätzen die Arme und Beine bewegen kann, die der andern. Genügend Vorbilder rechtfertigen solch weitblikkendes Verhalten, warum hat wohl Marx die Pariser Commune aus der britischen Nationalbibliothek verfolgt. Obwohl nun auch, in der ungewohnten Nähe der Auseinandersetzung, frühe, unauslöschliche Empfindungen hochkommen, angesichts der bewachten, abtransportierten Frauen und Männer vor der Fabrik – die Empörung, die sie damals auf die Straße getrieben, der unbedenkliche Zorn über die Gewalttaten des Imperialismus, der das Engagement ihres Verstandes befeuert und orientiert hatte – ein Gefühl, dem Manfred noch immer keine taktischen Fesseln anlegt, und die Studenten dort drüben haben es auch, erfahren es, zeigen es und müssen das eigene Risiko kennen, die Sotiria hat ihnen die Kosten vor Augen geführt –

Bliss hat den Augenblick verpaßt, wo er selbstverständlich mit dem Griechen die Straße, die Grenze überqueren kann. Nachlaufen, wie gezwungen, will er ihm nicht. Aber er braucht eine öffentliche Rechtfertigung, holt sein Schreibheft aus der Tasche, legt es auf den Pfeilerstumpf, notiert, was er sieht, versucht, aus dem in der Redaktion gehörten Bericht sich die Vorgänge vom Montag vorzustellen. Der weit nach hinten zu den Lagertanks und dem Schornstein gestreckte Fabrikhof scheint ihm vertraut. Die Bündel von Rohrleitungen querrüber. Da etwa könnten die Busse die Belegschaft eingesammelt haben, eh sie vorgestoßen sind ans Tor. Auch das Pförtnerhaus mit der

Normaluhr und der rotweißgestreifte Schlagbaum kommen ihm bekannt vor. Doch es gelingt ihm nicht, die Menschenmenge vor dem Tor wegzudenken, die Verlassenheit und Schwäche sich vorzustellen, in der die wenigen Studenten vor drei Tagen im Machtschatten der riesigen Anlage demonstriert haben mußten.
Er betrachtet die Bilder in der Zeitung vom Dienstag, die sie ihm in der Redaktion noch beigeschafft haben, das Foto des Blutflecks im Sand, wie ein Atompilz der Fleck, die hingeworfenen Blumen, vielleicht dort, wo jetzt die Schriftplakate an der Mauer hängen. Eine der Frauen in dieser Reihe ist Sotiria gewesen. Eine die Katina. Nicht zu erkennen die Gesichter, der Abstand zu groß. Er merkt, daß sie sich unmittelbar vor seinem Beobachtungsort aufgestellt hatten, das Foto zeigt auch die Einfahrt, die Mauer, auf der er steht. Da scheint es ihm absurd, daß er hier verharrt wie ein unbeteiligter Zeitungsleser, während sie drüben sich aussetzen. Keiner kann sehen, was ihn wirklich bewegt, wie nah er den andern, wie wenig neutral er ist. Er faltet die Zeitung zusammen. Manfred ist in der vielfachen Bewegung der Körper verschwunden, aber er entdeckt die kleine Katina am Rand, sie trägt Zeitungen auf dem Arm, knifft sie einzeln, damit die Größeren sie hochreichen zu den Fenstern. Da erträgt er seine Entfernung nicht mehr.
Drei oder vier Busse sind noch abgefahren, von vorn ist das Ende der Reihe nicht zu sehen. Es ist, als passierten sie eine Kontrolle, eine Abfertigung, ehe sie sich aus der Menschentraube herausschieben und nach rechts oder links in die Annastraße einbiegen. Ältere Reisebusse alle, aber kein Schrott, Büssing, Magirus, Volvo. Die Uniformierten haben sich an das Pförtnerhaus zurückgezogen, zu den zivilen Typen, die Bliss sich als Trambouki identifiziert und Angestellte der Direktion. Er sieht Frauen aus

den Bussen zu den Demonstranten winken, aber eher verstohlen und ernst.
Katina nimmt seine Ankunft ohne Erstaunen oder Vorwurf zur Kenntnis, ist zu beschäftigt mit dem Falten der Rizospastis. Er will ihr helfen, den unhandlichen Stapel vom Arm nehmen, doch sie zieht den Kopf hoch: I can fix that allright, comrade. Er steht nutzlos am Rand herum, sieht kein bekanntes Gesicht, wird von niemand beachtet. Erst als der Bus vorzieht, die Sicht freigibt, macht er Manfred auf der andern Seite aus, kaum zu unterscheiden ist er von den griechischen Männern, winkt ihn her, und der drängt sich noch vor dem nächsten Bus durch, Sideris im Schlepp, flachst: Kommst du deinen kalten Kaffee selbst holen?
Plötzlich eine Unruhe um den Bus, lautere Stimmen. Auch drin Erregung, zwei Frauen drängen den Beifahrer neben der Tür zur Seite, der ihnen den Platz nicht freigeben will, ein kurzes Handgemenge, bis die eine Frau sich direkt vor der Tür befindet, an den Griffen zieht, aber nicht öffnen kann, weil der Fahrer die Preßluft nicht betätigt. Die Wortwechsel sichtbar, die heftigen Gesten, andere Frauen springen von ihren Sitzen, gestikulieren mit, ihre schrillen Stimmen dringen heraus. Aus der Menge Rufe zu denen vor der Tür, die begreifen nicht, was zu tun ist, doch, jetzt drücken sie von außen dagegen, öffnen sie mit Gewalt, und die Frau steigt aus. Als die zweite ihr folgt, gibt der Fahrer Preßluft, die beiden Türflügel greifen sie wie die Backen einer Zange, halten sie fest. Sie zappelt erschreckt, hilflos, es sieht gefährlich aus, dazu das bösartige Zischen der Preßluft, ein Protestschrei aus vielen Kehlen brandet hoch um den Wagen. Der Fahrer öffnet die Tür, eingeschüchtert, läßt sie offen stehn. Die junge Frau dreht sich auf den Stufen um, schreit mit spitzer, sich überschlagender Stimme einen Satz zu ihm,

bekommt Beifall von denen in der Nähe. Sideris stößt Bliss mit dem Ellbogen, stolz: Sie hat gesagt, sie will nicht mit dem Mörderbus fahren! Und Bliss zu Anklam: Das ist der Mörderbus! Und zu Katina: Ist es auch derselbe Fahrer?

Die zieht wieder kurz den Kopf hoch.

Auf die leeren Stufen springt jetzt ein großer, breitschultriger Lockenkopf, füllt den Zwischenraum fast aus, beginnt drin sofort laut zu sprechen, ein zweiter Student mit Flugblättern folgt ihm. Der Fahrer winkt heftig aus seinem Fenster zu den Trambouki hinüber, der Beifahrer steht unschlüssig neben ihm, zurückgedrängt, traut sich nicht, etwas gegen die aufgebrachten Arbeiterinnen und die Studenten zu unternehmen.

Auf der Straße beginnt plötzlich der vorderste Lastzug zu hupen, der Fahrer ist nervös geworden durch die weitere Verzögerung der Busausfahrt. Der Polizeioffizier macht ihm von seinem Funkwagen aus heftige Zeichen, vergeblich, denn wie von diesem Signal befreit, entlädt sich eine Kakophonie dutzender Hupen aus den zwei weit zurückgestauten Wagenkolonnen, vermehrt mit ihrem schrillenden Lärm die Spannung vor dem Tor, während nur die beiden Arbeiterinnen mit einer unnatürlich wirkenden Ruhe über den freien Platz an dem Streifenwagen vorbeischreiten, wie durch ein Bild, hin zu dem Kiosk gegenüber, den Bliss erst jetzt zwischen den Oleanderbüschen bemerkt. Er nimmt noch wahr, daß sie ein paar Schritte neben dem Kiosk verharren und auf den Boden sehen, denkt, das kann doch nicht die Stelle sein, dann wird ihm der Blick versperrt.

Durch die Demonstranten, vom Pförtnerhaus her, bahnt sich ein Stoßtrupp von Polizisten, schubsend und drükkend, den Weg zur Bustür, einige rufen denen drinnen Warnungen zu, aber die hören sie nicht oder wollen nicht

reagieren. Mehrere Polizisten steigen mit raschen, entschlossenen Bewegungen in den Bus, es ist nur noch ein Durcheinander bewegter Leiber zu erkennen, dann schieben je zwei Polizisten die beiden Studenten an den nach hinten gedrehten Armen über die Stufen, keine Zeichen von Widerstand bei denen, und auch die draußen hindern die Polizisten nicht, wie sie mit den Verhafteten in ihrer Mitte zu ihren Auftraggebern zurückkehren. Das läuft wie abgesprochen. Ein älterer Mann folgt dem Trupp in das Pförtnerhaus, Katina erklärt, der sei ihr Rechtsanwalt und seit Montag nachmittag immer dabei.
Der Fahrer kann die Tür hinter den Polizisten nicht schließen, andre Frauen drängen heraus, er läßt den Motor mehrfach laut aufheulen, aber erreicht nur, daß weitere Arbeiterinnen aufstehen, sich nach vorn drücken, auch einige Männer, und den Bus verlassen. Sie mischen sich allerdings nicht unter die Demonstranten, sprechen auch kaum mit ihnen, sondern entfernen sich rasch in kleinen Gruppen Richtung Hauptstraße.
Sträflingstransporte! sagt Anklam laut und böse.
Könnt ihr euch vorstellen, was es die Frauen kostet, jetzt hier auszusteigen? fragt Sideris als Antwort, und Anklam, kopfschüttelnd: Unbegreiflich, daß die sich derart einsperren lassen! Sideris optimistisch: Seit Montag schaut die Belegschaft nach vorn. Die Gewerkschaft soll ein paar hundert neue Mitglieder haben, nur aus der ETMA.
Bliss hört in seinem Kopf wieder das Ena sto choma, chilies ston agona, einer am Boden, tausend im Kampf, das er mehrfach in der Zeitung gelesen hat, die Beschwörungsformel, die das Verhältnis von Opfer und Fortschritt zählt, sieht dem fast leer abfahrenden Büssing nach. Kein Kainsmal, kein Zeichen seiner Täterschaft, das Mordwerkzeug nur ein harmloses, alltägliches Transportmittel auf der Straße.

Die Situation ist weiter elektrisch, spürbar am Rand des Umkippens, des Ausbrechens in neue Gewalt. Alle Mittel dazu sind versammelt, die Demonstranten mit Adrenalin im Blut, die stählernen Fahrzeuge, der Hupenlärm, das dumpfe Brüten der Sonne vom verschleierten Himmel, das den Schädel auch physisch zum Kochtopf werden läßt, die Werkschützer mit ihren erregt kläffenden Schäferhunden. Und im Hintergrund, frisch gehalten vom Schatten der Produktionshalle, die MAT-Brigade, willenlos gemachte junge Männer, gelehnt auf ihre rechteckigen Kunststoffschilde, lässig fast, die Gesichtsschutze an den Helmen hochgeklappt, Prätorianergarde des Kapitals, die legalen Wegelagerer der abendländischen Staaten, wartend auf den Go-Befehl. Aufreizend ist der Anblick. Knapp sitzen die kurzärmligen Hemden auf den trainierten Körpern, die nackten Unterarme sprechen selbst aus der Entfernung von einsatzbereiten Muskeln, präpotent und borniert, wie Bademeister oder Bodybuilder – wer außer Lustschlägern läßt sich schon freiwillig die Aggressionen hochzüchten und sich kasernieren in den Ordensburgen der Staatsgewalt. Bliss, der die Schocktruppen der Herrschaft seit Jahren nicht so nah gesehn und gespürt hat, fühlt sich durch den Anblick deprimiert. Auch die erstickende Hilflosigkeit der Studenten, der unbewaffneten Arbeiter gegenüber der sichtbar ausgestellten, massierten Gewalt nährt eine Mischung von Verzweiflung und dumpfer Angst. Das ist auch die Absicht.

Noch warten drei Busse auf dem Fabrikgelände. Am Pförtnerhaus redet ein Leitender hitzig auf den Polizeioffizier ein, will ihn zu irgendeiner Maßnahme veranlassen.

Wollen die jetzt doch noch die Klopse loslassen? fragt Anklam ungläubig zu Sideris.

Bestimmt nicht. Wir geben ihnen keinen Anlaß, antwortet der überzeugt.
Da setzt sich der Uniformierte in den zweiten Streifenwagen, greift nach dem Mikrophon, spricht zu den Belagerern. Es klingt mehr beschwörend als nach barschem Befehlston, Bliss versteht die verzerrten Worte nicht. Ein Großer von den Studenten erwidert durch das Handmegaphon. Die Busse dringen einer nach dem andern langsam in die Menge ein, werden nicht mehr angehalten, wenige laufen noch ein Stück nebenher, werfen die letzten Flugblätter durch die Fenster.
Was hat er gesagt? fragt Anklam.
Wir sollen die Busse nicht mehr aufhalten, sonst müßten sie wegen Verkehrsgefährdung einschreiten. So ungefähr. Erklärt Sideris.
Anklam pfeift leise durch die Zähne. Dann ist hier also jetzt Feierabend. Schluß der Vorstellung. Na bitte. Hab ich Abkommen gesagt, Vik, oder nicht?
Das Gittertor rollte automatisch zu. Gespenstisch und definitiv, als setzte es alle gefangen, die den grauen Gebäuden nicht entwischt waren. Neben der verschlossenen Durchfahrt nur noch die mannbreite Passage, der Kontrollgang zwischen Pförtnerfenster und einem hüfthohen Geländer, dicht zugestanden von Werkschutzleuten und Polizisten, die jetzt ihre harten Gesichter ablegten, untereinander zu reden begannen, Gelächter sogar, Erleichterung oder Triumph.
Auch vor dem Tor zerfaserte die eben noch auf die Busse konzentrierte Geschlossenheit der Demonstranten in viele kleine Bewegungen und Gespräche, in denen die Erregung sich entspannte und auslief. Der Verkehr auf der Straße rollte wieder, zwei aus allen ihren Gliedern brüllende Bandwürmer.
Bliss diskutierte mit Anklam und Sideris. War die Aktion

ein Erfolg für die Gewerkschaft und die KP oder für die ETMA? Das taktische Entgegenkommen der Demonstranten. Oder war es ein Zurückschrecken vor der direkten Konfrontation? Die aber auch von der Polizeiführung sichtlich vermieden wurde – neue schwere Zwischenfälle vor dem Betrieb hätten die Unruhe im ganzen Land weiter angefacht, nachdem der Tod Sotirias schon in vielen Städten zu Demonstrationen mit Volksfrontcharakter geführt hatte, die durch die Brandstiftungen bewirkte allgemeine Unruhe noch verstärkend. Dagegen müßten die ETMA-Chefs interessiert sein, die Belegschaft wieder vom Einfluß der unabhängigen Gewerkschaft und der Linken zu isolieren, dürften die Arbeiter nicht weiter reizen, hätten aber, um sie einzuschüchtern, gern den Einsatz der anonymen Staatsgewalt gegen die Demonstranten vor dem Betrieb gesehn. Ihre eigenen Schläger konnte die Direktion dazu nicht mehr brauchen, es hätte die Unterdrückungsfunktion des Werkschutzes noch weiter entlarvt, wenn sie gegen die vorgegangen wären, bei denen die Sympathien der Arbeiter waren. Sie hätte die Behauptung vom Tod Sotirias durch Verkehrsunfall damit selbst widerlegt.
Anklam verbiß sich in seine Meinung, daß die offene Situation von den radikalen Kräften wieder mal nicht entschlossen genutzt worden sei, die Chancen für eine größere politische Bewegung durch Zaudern und Lauheit vertan, das alte Lied, der Respekt der Kommunisten vor der Gesetzlichkeit des Kapitals, den hätten hier schon die linken Studenten verinnerlicht, trotz andrerseits brauchbarer Ansätze. Aber hätte die KKE weitere Opfer provozieren, ihre moralische Überlegenheit durch militante Aktionen gefährden sollen? Nicht um die Gesetze des Gegners ginge es doch, sondern darum, was sie in den Köpfen der Unterdrückten gälten. Die Besonnenheit der

Genossen sei vielmehr zu bewundern, wie sie ihren Zorn, ihre Betroffenheit in politisches Handeln übersetzt hätten, unmittelbar nach dem Mord sei das noch viel schwieriger gewesen als heute. So aber sei eine Bresche in die Festung ETMA geschlagen für die unabhängige Gewerkschaft, die Arbeiter und Arbeiterinnen hätten gemerkt, daß das Netz ihrer Abhängigkeit zerreißbar sei, und daran müsse jetzt in dem Betrieb, im ganzen ETMA-Konzern weitergearbeitet werden.

Bliss fühlte sich schnell überfordert in der Auseinandersetzung, die sich in ihrer abstrakten Abschätzung der politischen Möglichkeiten weit entfernte von dem persönlichen Tod Sotirias. Er konnte die beiden nicht wirklich kritisieren, daß sie kalkulierten mit dem Lebensopfer der jungen Frau, aber er ertrug es nicht, hatte Kopfschmerzen, Herzschmerzen plötzlich, der Mund rauh vor Durst und der Atem beengt, flach von Hitze. Er ließ sie einfach stehn, ging zu Katina, sie stellte ihn englisch dem großen Lockenkopf vor, Kostas, den sie wieder freigegeben hatten. Der freute sich, sehr beschäftigt, den deutschen Genossen kennenzulernen und bat Katina, sich weiter um ihn zu kümmern.

Bliss sah die kleinen Schweißperlen auf ihrer Stirn, empfand sich als Belastung, aber sie nickte, pflichtbewußt oder gern, das war nicht zu erkennen. Er fragte sie, was die beiden Arbeiterinnen neben dem Kiosk betrachtet hatten. Sie sagte, einen Moment abwesend: Ela– na sou to dixo! und korrigierte, übersetzte sich gleich: Come on, I'll show you. Vor der Wagenschlange mußten sie warten, welche Lücke ausreichte. So einfache Sätze brauche sie wirklich nicht übersetzen, informierte er sie. Als er dann loswollte, vor dem Lkw, griff sie nach seinem Arm, hielt ihn zurück, er spürte einen festen, kleinen Griff am Handgelenk, der ihn hinter dem Laster in die Lücke zog und erst losließ, als sie die Straße überquert hatten. Sie schickte ihm ein kurzes Lächeln hoch, vielleicht eine Entschuldigung.

Hier haben wir zuerst gestanden, am Montag, quer über diesen Weg, zeigte sie.

Das wußte er schon von den Fotos.

Zwischen dem zu einer andern Fabrik führenden Sandweg und dem aus Brettern gezimmerten Kiosk, angelehnt an das verwilderte Oleandergebüsch und etwas verdeckt von seinen Zweigen, waren an Stangen zwei große Kränze befestigt, das Grün dicht besteckt mit roten verwelkenden Nelken. Am Boden darunter eine Steinplatte, leicht nach hinten erhöht, auf Ziegel gesetzt, wenige Worte in schwarzen griechischen Lettern. Er buchstabierte sie langsam aus: Doxa ke timi stin agonistria Sotiria Vassilakopoulou, Ruhm und Ehre der Kämpferin Sotiria. Nelken, frische, lagen auch auf dem Stein. Warum habe ich keine Blume mitgebracht, diese leeren Hände. In den Kirchen küssen die alten Frauen und Männer die Heiligenbilder an den Ikonostasen. Er bückte sich, möglichst beiläufig, berührte die Platte, strich mit den Fingerspitzen über die Buchstaben, wie um zu prüfen, ob sie eingegraben oder aufgemalt waren.

Ruhm und Ehre der Kämpferin Sotiria Vassilakopoulou, las Katina langsam noch einmal. Dieselben Worte trugen gestern die Arbeiter vor sich, bei der Beerdigung.

Die Worte darunter verstehe ich nicht, sagte er.

Katina überlegte einen Augenblick. Gewerkschaft der Spinnereien und Webereien.

Dein Englisch ist wirklich gut.

Sie schien nicht geschmeichelt.

Schnell hat sie reagiert, die Gewerkschaft. Sind da viele Genossen drin?

In der Leitung nicht einer, meinte sie.

Bliss staunte, daß sie sich dann so selbstverständlich mit einer kommunistischen Studentin identifizierten.
Die Studenten haben hohes Ansehen bei den fortschrittlichen Arbeitern, erklärte sie sehr ernsthaft. Seit 1973 haben wir ein Stück gemeinsame Tradition, die Arbeiterklasse und die Studenten.
Du meinst den Novemberaufstand an der Athener Universität, der den Sturz der Junta vorbereitet hat, zeigte Bliss seine Kenntnisse.
Katina nickte. Sotiria hat die Fahne des Polytechnikums getragen.
Der Satz gab ihm einen Stich, machte ihn aufsässig, die heroische Symbolik der Worte schien ihm nur die Kehrseite der Strategiediskussion von eben, das Pathos solcher Sprache so weit entfernt von dem erfahrenen Tod wie das Zählen der in die Gewerkschaft eingetretenen ETMA-Arbeiter.
Wo ist sie überfahren worden?
Schon als er den Satz sprach, merkte er, daß er ihn übertrieben neutral formulierte.
Der Mord geschah drüben, sagte Katina nachdrücklich. Bis vorgestern hatten wir den Platz abgesperrt.
Auf den Fotos in der Redaktion hatte er die Absperrung gesehn. Einige rohe Bretter, auf Preßsteine gelegt, ein Meter Abstand rings um den schwarzen Blutfleck, ein paar abgerissene Oleanderzweige dabei. Nicht genau zu erkennen, wie nah am Tor.
Denkt sie wirklich Mord, und die Redakteure, wenn sie Mord schreiben, in diesem eigentlichen Sinn der Absicht, einen der Kommunisten vor dem Tor umzubringen – oder ist es doch eher ihr Schmerz, der sie so sprechen läßt, und das Wissen, daß Sotirias Tod beim Verteilen der Flugblätter, wie fast jeder tödliche Unfall in den Fabriken, eine Folge unmenschlicher Verhältnisse, der Ar-

beitshetze, der Profitlogik genannt werden muß? Wie die Genossen an den Bussen hochsprangen, so kann Sotiria nebenher gelaufen, gestolpert, gestürzt sein –
Kannst du mir die Stelle zeigen?
Ja.
Er fühlte wieder den schmalen Handgriff an seinem Arm, Katina sagte: Jetzt! ließ ihn nicht gleich los, als sie durch die Verkehrslücke schräg über die Straße liefen, dorthin, wo die Plakate an die Fabrikmauer geklebt waren.
Er sah Anklam in einer Gruppe vor dem Tor, noch diskutierend. Auch der lange Kostas dabei und der Andreas. Hinter der Mauer die Helme der MAT-Polizisten, in langsamer Bewegung am Rand des Fabrikhofs zu ihren vorgefahrenen Mannschaftswagen. Neben dem Pförtnerhaus wachte noch der weiße Polizei-Volvo, der Offizier und die beiden sportlichen Herren von der Geschäftsleitung blickten gelassen zu den Leuten draußen.
Die Produktion lief wieder, der Treibstoff, die Arbeiter, in Sicherheit gebracht. Die Schlacht ist abgeblasen, vertagt, auf morgen oder wann, die Zukunft ist lang.
Wo ist es? fragte Bliss.
Du stehst davor. Hier.

# ANKLAM
## Der Rücksturz

Irre, Vik. Du machst dir keine Vorstellung, was hier los ist in den Fabriken! Da denkst du immer, bei uns ist es schlimm, und es ist auch schlimm, aber das hier. Also so offen, so brutal ist die Unterdrückung bei uns nicht mehr. Dagegen haben unsre Ausbeuter so was wie Kultur. Geldstrafen! Und Tagelohn! Die ziehen den Arbeiterinnen bis zu fünfundzwanzig Prozent vom Tageslohn ab, wegen Ordnungsvergehen! Sogenannten. Du denkst, weil sie irgendwas verbockt haben, mit Schaden, oder weil sie ein paar Stunden gefehlt haben? Geschnitten. Gegen einen Meister protestiert! Überstunden verweigert. Nur weil sie sich irgendeine Frechheit von den Aufpassern nicht haben gefallen lassen. Die Hallenmeister als Gerichtsherrn!

Sicher, mit den Jahresprämien, da haben sie bei uns auch Druckmittel, wenn einer zu viel krank ist, oder daß die ganze Stunde nicht bezahlt wird, wenn einer den Bus verpaßt und kommt fünf Minuten zu spät. Aber hier überwachen sie die Leute mit Fernsehkameras, wo sie nicht für zehn Mann einen Aufpasser einstellen! Die müssen doch echt Arbeitskleidung in verschiedenen Farben tragen, damit man in der Pause sieht, ob einer mit einem

von einer andren Abteilung spricht, Komplott, Störung des Betriebsfriedens, verstehst du. Und die Nummer von ihrer Personalkarte auf dem Anzug, Vik! Tu dir das mal rein. Wie Sträflinge. Klar, bei uns schaffen sie das auch, daß einer kaum den Kopf rumgedreht kriegt an der Maschine, mit Stückzahlvorgabe, MTM, Bandgeschwindigkeit, ist alles drin, und keine Springer, kannst kaum schiffen gehn, aber die Pausen, die sind wenigstens tabu. Da macht keiner den Kollegen Vorschriften, ob sie die BILD lesen oder mal eben im Betriebsratsbüro vorbeischaun.
Überhaupt diese Gewerkschaften und die Betriebsräte in den Werken – da wendet sich der Gast mit Grausen. Zustände wie unter Kaiser Wilhelm, kriegst du das Schlottern. Hast du mal was von Gelben Gewerkschaften gehört, Doktor? Rhetorische Frage, du natürlich. Aber wer weiß davon noch was bei uns, Mittelalter ist das. Betreiben die Unternehmer hier mit vollen Rohren. Allein drei solche Betriebsausschüsse in sechs Anführungszeichen bei dieser ETMA. Vom Konzern bezahlte Leute, die am ersten Mai Ausflüge organisieren und bei jedem Konflikt sich ganz tief hinter der Sportzeitung verkriechen. Klar, ich bin auch vom Unternehmer bezahlt, als Freigestellter, aber das muß der, und hinter mir steht die ganze IG Metall, egal wie krumm – wenn ich in die Halle geh und sprech mit einem Kollegen an der Maschine, dann schickt mich kein Meister und kein Vorstandsvorsitzender weg. Ich hol unsern Gewerkschaftssekretär an der Pforte ab, nicht wahr, da marschiert der durch den Betrieb, und kein Werkschutzmann hat auch nur zu husten. Mein Lieber. Aber hier! Irgend eine Art von Betriebsverfassungsgesetz muß es noch geben, aus den fünfziger Jahren – so eine Gebrauchsanweisung für Raubritter, wie man sparsamer mit seinen Bauern umgeht – lach nicht!

Danach dürfen Vertreter der Branchengewerkschaft – das sind die Unabhängigen – angemeldet in den Betrieb und zu den Arbeitern, aber die Leitungen scheren sich einen Teufel um das Gesetz. Da ist einfach kein Zuständiger zu finden, wenn der Kollege an die Pforte kommt, da sind die Werkschutzhunde losgelassen, der Betriebsrat ist in Urlaub, tausend Tricks, und wenn der Mann dann doch drin ist bei den Kollegen, dann drehn die ihm den Rücken zu und stecken die Nase ins Hemd, weil gleich hinter ihm ein Leitender geht, und nicht etwa unauffällig, sondern offen, mit dem Notizblock in der Hand, und alle Arbeiter wissen – ein Flugblatt annehmen, und am nächsten Ersten hat deinen Arbeitsplatz ein Pakistani. O Mann, da kriegst du zuviel, Vik. Wußtest du, daß sie Araber und Pakistani einsetzen, als Fremdarbeiter? Denen reicht ihre normale Arbeitslosigkeit noch nicht zum Lohndrücken. Der Kollege von der Spinner- und Weber-Gewerkschaft, hast du den gesehn? Dieser Kleine, Breite mit der Gurkennase, Riesenschnauz, am Tor stand der meistens, das muß ein tougher Bruder sein, da zieh ich den Hut ganz tief, was die zu kämpfen haben, um überhaupt einen Fuß in den Betrieb zu kriegen und ein eignes Werkskomitee anzuleiern.
Der Giros wird von deinen heißen Worten nicht wärmer, Manfred. Iß mal was – ich kenn schon das Alphabet. Mußt mich nicht agitieren.
Ich sag dir, Vik - was du heut gesehn hast, daß die Arbeiterinnen die Flugblätter angenommen haben, das ist überhaupt nur zu verstehn aus den Vorgängen um die Sotiria. Da hat die Belegschaft jetzt richtig tief Luft geholt. Dem Kollegen von der Gewerkschaft, du, dem haben die Augen geleuchtet, wie der von dem Streik am Montag erzählt hat – der erste, nach fünf Jahren Friedhof! Klar, von so einem Streik kannst du eine Weile le-

ben in einem Betrieb, das ist wie bei uns zu Haus – plötzlich gehn sogar die krummen alten Männer aus der Pakkerei gerade, und die Herren von oben mit den steifen Kreuzen, die sind Butter und Honig und kaun an ihrer Wut, daß sie bald dran ersticken.
Ja gut, Vik, ich übertreibe. Ich schwärme. Ich habe Bock auf meine Alte in Düsseldorf – morgen wird getanzt! Wirst du nie begreifen können aus deiner Universität, was das heißt, du hast jahrelang geschafft und gemacht und noch die Krümel von den kleinsten Brötchen aufgesammelt, und dann ist plötzlich das Maß voll und die Bude platzt und Angst ist ein vergessnes Wort.
Und der olle Marx lacht aus seinem Grab in Highgate.
Ja, Vik, man muß mit allem rechnen. Und du – was machst du?
Der, kauend: Ich eß den Giros, siehst du doch.
Scheißintellektueller. Sags ja – keine Ahnung von angewandter Kunst. Anklam langte aber gleich über den Tisch, legte die Hand auf seinen Unterarm, kriegte seine Augen zu fassen, fand in den Augenwinkeln die Zustimmung und, erleichtert: Ein Glück, daß du lügst!
Bliss nickte, freundlich: Wie die Wirklichkeit, Manfred, wie die Wirklichkeit.
Nee, Vik – bist du sicher? Daß du das meinst?
Findest du nicht? Wir wissen längst wie sie ist, und ständig versteckt sie sich, führt uns an der Nase rum. Widerlegt uns. Stinkt gegen uns an.
Versteh ich nicht, du, sagte Anklam resigniert. Das ist entweder Philosophie oder Quatsch. Muß unter meinem Niveau sein.
Bliss machte das lachen. Und ich versteh nicht, warum ich Hunger hab, und du dein Fleisch vergißt. Ist auch eine Umkehrung der bestehenden Verhältnisse.
Hast mich aus dem Konzept gebracht. Ich könnt einen

Ochsen fressen, davon abgesehn. Wollte dir sagen, daß ich es nicht bereue, diesen Trip. Egal, ob du nachher mit mir fliegst oder nicht.
Ach – sagte Bliss, überrascht. Was ist passiert?
Zwei Gründe, ziemlich banal eigentlich. Ich kapier jetzt besser, was du hier gesucht hast. Und für mich ist zweitens auch was bei rausgesprungen. Was das ist? Gott ja – wovon hab ich die Rede gehalten? Vergißt man doch, wenn man drinsteckt, jeden Tag. Arbeiterklasse, so was in der Art. Daß es die gibt. Überall. Jetzt kommst du mit deinen Sprüchen. Wirklichkeit lügt! Klingt mir wie gestern früh auf dem Schiff. Ist die Studentin tot oder nicht? Hats den Streik gegeben oder spinn ich?
Anklam schob seinen Teller über den Tisch – da, nimm dir meinen Salat, ich bin keine Ziege – ließ Bliss die Blätter aufspießen. Nicht die Zwiebeln! Fing an, die Fleischschnitze einzugabeln.
Sie aßen schweigend. Der Verkehrslärm von der Hauptstraße war als gedämpftes, eingeebnetes Rauschen in der Luft, erträglich nach dem unverhüllten Lärm der Straßen, fast erholsam, wie der flimmrige Schatten der hohen Silberpappeln nach der harten Hitze vor der ETMA und der schwülen in den Bussen und Häuserschluchten. Der Nationalpark im Bauch der Betonstadt, seine alten Bäume und verwachsenen Gesträuche – die gepflegte Natur humaner als ihre Pfleger. Zufluchtsort für ein paar ihrer eingesperrten, verkümmerten Sehnsüchte. Die spielenden Kinder, einsamen Liebespaare, schwatzenden alten Männer und strickenden Mütter hatte er dieser Stadt schon nicht mehr zugetraut. Hier schien es angehoben, das Gewicht des Athener Sommers, aufrecht konnte man gehen und durchatmen.
Der Weg durch den Park, nachdem sie sich getrennt hatten von den Studenten, an der Bushaltestelle hinter dem

Schloß, war wortarm, wie verabredet, aber nicht dies bedrückende Schweigen vom Morgen. Erschöpfung vielleicht. Zu viel Spannung, Konzentration, zu viele Eindrücke, zu wenig Schlaf.
Oder der Abschied – die Zuspitzung zum Abschied, noch wenige Stunden. Abschied wovon? Von Athen? Diesen Griechen? Abschied von Vik? Es schien ihm da fast sicher, daß Vik nicht mitfliegen würde oder jedenfalls nicht wollte, obwohl er ihn sicher dazu zwingen konnte, es gab keine vernünftigen Gründe zu bleiben, aber das wär keine Lösung, noch mehr Druck anwenden.
Und die Fluggesellschaft Schicksal spielen lassen? Das hat ihm auch nicht gefallen.
Die Wirklichkeit sollte sprechen, die hatte die härtesten Argumente, die wollte er Vik noch einmal vor Augen führen mit dieser Rede, so, wie sie sie jetzt zusammen erlebt hatten, fast wie damals in München und Berlin, damit er sich selbst entscheidet. Nur wenn er sich selbst entscheidet, kann er die Konsequenzen packen. Irgendwie pervers, wie er diese Argumente jetzt weggeputzt hat. Wie will er denn leben mit solcher Einstellung.
Ohne Lust schmeckte Anklam die Würze der Fleischstükke, der Zwiebeln und Paprikaschoten.
Hat Vik nur Angst vor den Konsequenzen einer Entscheidung? Die Konsequenzen. Ein Niemandsland, was ihn erwartet. Und das voll Menschen. Überall Arbeit nötig, und keiner will seine. Muß sich arbeitslos melden, durchfüttern kann ich ihn nicht auf länger. Würde sein Stolz nicht vertragen, wer erträgt so was schon. Arbeitslos. In die Scheiße verschleppen. Beerdigung, hat er auch gesagt. Ich fahr ihn zu seiner Beerdigung. Geändert hat sich inzwischen nur, daß ich weiß, was er damit meint. Und die Sache mit der Lena kommt noch dazu. Scheißperspektive.

Der Ball eines Mädchens rollte vom Weg unter ihren Tisch. Bliss schob ihn mit dem Fuß von der einen auf die andre Seite, und wieder zurück, neckte das Kind, lachte, als es unter den Tisch kroch, seinen Fuß festhielt und sich den Ball schnappte. Wortlos, das Ganze.
Anklam legte die Gabel auf den Teller, spülte mit dem letzten Schluck Bier nach. Möchte verdammt wissen, was sich in deinem Hirnkasten abspielt.
Das Stück Schafskäse in deinem Mundschurz, Manfred, sagte Bliss hilfsbereit. Leuchtet richtig.
Anklam schielte auf den Schnurrbart, versuchte, es zu finden.
Andre Seite! Ja!
Er betrachtete das Bröckchen zwischen den Fingerspitzen, leckte es mit der Zungenspitze in den Mund, zog sich eine ziemlich zerdrückte Zigarette aus dem Päckchen in der Hemdtasche. Kannst du jetzt mit mir sprechen?
Haben wir noch Zeit für ein Bier?
Anklam sah auf die Uhr. Wir lang bis zur Kokkinou und wie lang braucht das Taxi zum Flugplatz? fragte er.
Zehn Minuten in die Plaka. Zum Flugplatz rechnest du besser eine Stunde.
Wirklich?
Vielleicht reicht eine halbe. Weißt du nie, um die Zeit.
Egal – eine Runde.
Bliss winkte dem Kellner, der von seinem Tablett Biere und Limonaden an den Tischen verteilte.
Anklam genoß die Zigarette. Erst die zweite heute, erstaunlich. Er wartete, daß Vik sprach. Der muß jetzt sprechen. Welchen Sinn hat sonst das Bier. Schaut rauf in die Bäume. Da hängen keine Antworten. Dreht wieder seine Haarsträhne. Laß ihn, er ringt. Ja – die Haare um den Finger. Komische Assoziation. Ob er sich die Wei-

berzotteln abschneiden läßt? Das brächts auch nicht. Schlecht sieht er nicht aus damit, nur verwahrlost. Die Renate macht Prinz Eisenherz aus ihm.
Läßt du dir die Haare mal schneiden?
Meinst du, wär besser? Bliss zog den Zeigefinger aus der Locke, holte seinen Blick runter, sah Anklam in die Augen: Finde gut, daß du mich da rausgeholt hast, aus Leros. Bin dir dankbar.
Anklam zog die Brauen hoch, erstaunt. Wartete auf den nächsten Satz. Viks Augen sofort wieder verschwunden, der Kopf gesenkt. Deutlich, daß er noch vor der Tür stand, aber die Hand an der Klinke. Mußte erst noch trinken. Den Mund abwischen. Die Kehle klären.
Würdest du mich verachten, wenn ich bleibe?
Er hatte kaum verstanden, so leise, und auch so anders als erwartet die Frage. Verachten? Er wollte nicht sofort Nein antworten, drehte die Zigarette zwischen den Fingern, schlürfte hörbar einen Zug, blies den Rauch lang aus. Hat er davor Angst. Habe ich mal Verachten gedacht. Höchstens in der Wut. Das kann es nicht sein, Verachtung. Oder doch? Verrat – ja. Gestern früh auf dem Schiff, vor Athen. Das Wort hats gegeben, hat ers gemerkt. Hängt zusammen – Verrat und Verachtung. Aber veraltet, out, nach allgemeiner Übereinkunft. Abgeschminkt. Resignation paßt da besser. Wenn einer einen verläßt.
Noch ein Zug. Er drückte die Zigartte auf dem Tellerrand aus.
Wenn du glaubst, daß du hier erfährst, was du brauchst, Vik –. Ich geb zu, ich hab mich mit dem Gedanken angefreundet, daß du eine Zeitlang bei mir wohnst. Privatunterricht für Akademiker in Sachen Literatur – hab ich mir vorstellen können. Aber verachten? Anklam schüttelte entschlossen den Kopf. Hast du nicht gesungen: Uns aus

dem Elend zu erlösen, können wir nur selber tun? Es ist dein Leben. Deine Entscheidung.
Vik schien mit der Antwort zufrieden, nickte, lehnte sich in den Stuhl zurück. Sagte lockerer: Ziemlich pathetisch, der Text. Neunzehntes Jahrhundert. Meinst du, der gilt noch für mich?
Anklam zuckte die Achseln. Kommt auf die Übersetzung an. Du liebst deine Gefühle, Vik, klar. Ist normal. Wehrlos bist du nicht, da du nicht krank bist.
Mhm, machte Bliss. Schwieg.
Hast du dich mit dem Mädchen verabredet? mußte Anklam jetzt doch fragen.
Mit welchem Mädchen? fragte Bliss zurück, abweisend.
Anklam, ärgerlich über den Rückfall: Ja bestimmt nicht mit deiner Eroberung von heute nacht! Und als Vik ihn verunsichert ansah, immer noch streng: Hör zu Freund – laß uns jetzt nicht kämpfen. Eben hast du ohne Finten gesprochen. Wir haben nicht mehr viel Zeit für Umwege.
Bliss zog wortlos eine Zeitung aus der Tasche, der Rizospastis wieder, schob sie über den Tisch, zeigte auf eine an den Rand gekritzelte Nummer. Da – mehr hab ich nicht.
Hat sie die geschrieben?
Vor dem Tor. Sie hat mir die Stelle gezeigt, wo die Sotiria überfahren wurde. Sie war ihre Freundin. Meinst du, ich kann sie anrufen?
Mir hat sie gefallen, Vik. Vielleicht kriegt sie dich hin.
Mich hin? Also glaubst du immer noch, daß ich einen Arzt nötig hab?
Anklam zögerte. Das nicht. Was du hier suchst – ich weiß nicht, ob das richtig ist. Oder wichtig ist. Erst hast du gesagt – Reiseführer. Okay – hab ich nicht überblickt, kann ich aber akzeptieren. Ist dein Job. Jetzt kommst du mit

deinen neuen Einsichten in die Wirklichkeit. Wahrscheinlich stinkt dir eine unbrauchbare Wissenschaft, stimmt nicht überein mit unsrer Erfahrung, da willst du was Praktisches, was Brauchbares machen. Einverstanden. Lieber ein fortschrittlicher Reiseführer als ein fortschrittlicher Raupenfahrer, solang Barrikaden nicht gefragt sind. Dann die Sache mit der ermordeten Frau. Gut, ist eine Genossin von dir. Irgendwie auch von mir, will ich nicht leugnen, prinzipiell. Nur, wie du da rangehst, das bleibt mir fremd, letztendlich. Vielleicht les ich die falsche Literatur. Trotzdem, Vik, ich laß dir das. Ich sehs ein – aus mir wird kein anständiger Intellektueller mehr, ich lern deine Sprache nicht, hab wahrscheinlich den richtigen Einstieg verpaßt. Komplexe krieg ich deshalb nicht. Du bist ein Freund, sag ich ehrlich wie ichs meine, kannst es ruhig hören, aber ich weiß nicht, ob dir das was bringt, weiß ich immer noch nicht, bei all meinen Macken, politisch und sonst. Vielleicht hab ich mich dir wirklich bloß aufgedrängt, denke, ich muß die Feuerwehr spielen, verirrte Katze aus der Dachrinne holen, eh sie abspringt, oder verhungert, und in Wirklichkeit sitzt die da ganz vergnügt und fängt Grillen. Na ja – so stimmts auch nicht. Leg das nicht auf die Goldwaage. Hast ja gesagt, wärst mir dankbar. Das rahm ich mir ein. Ich hab diesen Trip gemacht, weil mir nicht egal ist, was aus dir wird. Obwohls wahrhaftig wichtigere Sachen gibt. Oder nicht?

Anklam versteckte sich hinter seinem Glas, bis es leer war. Bliss beobachtete die Spatzen, die die Reste der Pommes frites von den Tellern pickten. Als Anklam das Glas hart auf die Tischplatte setzte, die Vögel verscheuchte, nahm er seins vors Gesicht, trank aus.

Laß uns jetzt gehn, Manfred, sagte er, du darfst den Flug nicht verpassen. Und im Aufstehn: Ich kann die Dinge nicht klarer sehn als sie sind.

O verdammt Viktor Bliss – ist das deine ganze Antwort?
Als Anklam die Beine streckte, knackte es in den Knien, als säße schon der Kalk in den Gelenken. Er hatte Mühe, von seinem Stuhl hochzukommen. Er sah Bliss zwischen den Tischen, zwischen den Griechen und Touristen, verhandelnd mit dem Kellner, der lachte sogar, als er den Schein wechselte. Viks Antwort paßte nicht in seinen Kopf, sie paßte überhaupt nicht, war überhaupt keine Antwort, war die Verweigerung einer Antwort, so streicht ein trauriger Ritter seinem Sancho übers Haar – schon recht, treue Seele, hast ein gutes Herz, zerbrich dir nicht den einfältigen Kopf über die höhere Bestimmung deines Herrn – und ich legs ihm noch nah, mach mich klein, daß ers leicht hat zu widersprechen, aber nichts, kein Widerspruch, keine Antwort – weggewischt, wie Rotz von der Backe.
Anklam fühlte sich ausgezogen, sitzengelassen – angeschissen wie eine Frau, die sich angeboten hatte und verschmäht worden war. Mit Widerwillen ließ er es geschehn, daß Bliss ihn am Arm packte, locker unterhakte, auf den Weg zog zur Straße, und konnte nicht zuhören, was der ihm erzählte, gesprächig plötzlich, aufgedreht, von Besuchen bei dem Takis, Geschichtskommission, irgendwelche Namen von Orten, die er aufsuchen wollte, irgendwelche Massaker, Widerstandskämpfe, Partisanengenerale, die reine Ablenkung. Er schaffte es nicht mehr, wütend zu sein, nur noch Müdigkeit, Resignation, und Viks Heiterkeit hatte keine Beziehung zu nichts, nicht zu ihm, nicht zu dem Ende dieses Gesprächs, nicht zu dieser quälerischen Gemeinsamkeit von zehn Tagen, nicht zu der bevorstehenden Trennung. Nur schweigend konnte er ausdrücken, wie ihm zumut war, und der merkte das nicht, wollte es nicht merken natürlich, blieb nun noch

stehn an dem Kiosk, Eis kaufen, mein Gott, wie lächerlich - Eis!
Widerstandslos nickte Anklam zu Viks Frage, das dunkle Gesicht zwischen den Magazinen und Ansichtskarten fauchte kaum vernehmbar etwas, Vik kramte zwei Eis aus der Kühltruhe, er sah, direkt am Straßenrand, durch die offene Seitentür den schmächtigen Mann krumm auf seinem Stuhl hocken, mit dem Spinnenarm das Geld durch die Luke einraffend, eingesperrt in dem winzigen, vollgestopften Innenraum, verbannt in diese Kiste, bewegungsunfähig, nicht mehr gerade zu biegen, einmal lebenslänglich für Dummheit, auch ein Prolet.
Als sie an der Fußgängerampel warteten, das Eis auswikkelnd, das sofort zu schmelzen begann, vor sich die zehnspurig rollenden aggressiven Maschinen, auch Vik jetzt sprachlos gemacht vom Verkehrslärm, bemerkte Anklam plötzlich, daß sie noch immer im Schatten standen – die Sonne über den Häusern auf der andern Straßenseite wieder von diesen bräunlich-schwarzen Rauchwolken verdeckt. Ihm fiel ein, daß er vom Flugzeug die Brandherde sehen könnte. Oder doch nicht, bei der Helligkeit. Auch in Düsseldorf wird noch Tag sein. Der Flug über die Alpen. Vielleicht alles in Wolken, regnet in Deutschland, grauer Sommer. Ziemlich unvorstellbar, in dieser Hitze. Natürlich wird es regnen, was sonst. Der hat recht, daß er hierbleibt, jeder vernünftige Mensch würde hierbleiben, der die Möglichkeit dazu hat. Und ich hab mein Einverständnis gegeben, klar, so schmeckt ihm das, kann er lachen und Eis essen, warum bin ich eigentlich sauer. Hat nur meine Worte ernst genommen. Also flieg ich allein und nichts hat sich verändert, so einfach ist das. Vor die Hunde wird er nicht gehn. Und ich auch nicht.
Anklam arbeitete sich aus seiner Enttäuschung, Bliss folgend die leicht abschüssigen, engen Straßen hindurch,

ein wortloser, beschleunigter Gang zu der Herberge. Das Gehen, die rasche Bewegung schon eine Befreiung, der Rückweg in den Betrieb, jetzt wirklich, jetzt endgültig und zielstrebig, ohne weitere Umwege. Die Taxis, an dem kleinen, von Tischen fast zugestellten Platz, zwischen den halbhohen Häusern der Plaka, warteten, ihn zum Flugplatz zu bringen. Die leere Telefonzelle bot sich an, als schnellere Brücke.
Anklam klaubte die Münzen aus seiner Hosentasche, hielt sie auf der offenen Hand zu Bliss: Welche Sorte braucht man?
Der verstand nicht.
Zum Telefonieren – nach Düsseldorf –!
Stutziges Gesicht – willst du noch mal –? Wozu?
Anklam nickte nachdrücklich. Sag schon. Letzter Versuch. Griff sich den Hörer.
Die Zwanziger, sagte Bliss, die Großen. Und fand auch zwei.
Weißt du die Nummer? Null null vier neun.
Im Kopf, sagte Anklam, ließ die schweren Stücke durch den Automaten rasseln, wählte die Zahlen in rascher Folge, ungeduldig, gab ihnen keine Chance für ein Besetztzeichen. Er wunderte sich nicht, als nach kurzer Stille sofort das deutsche Rufzeichen kam. Bin durch, nickte er selbstverständlich in Viks fragendes Gesicht, und da war schon die Stimme, vertraut, kaum entfernt: Betriebsrat, Röhrenwerke Düsseldorf –
Mensch Ellie! freute er sich – na endlich! Gibts euch noch! Manfred ist hier – aus Athen, auf dem Sprung zurück – sag mal, hast du Willi in Reichweite?
Es war still einen Augenblick, ein Räuspern von ihr, Stimmen im Hintergrund des Raums.
Na was ist Ellie – hats dir die Sprache verschlagen vor Freude?

Ja, Manfred, sagte ihre Stimme, seltsam heiser, wart mal einen Moment, er ist da, ich stell rüber.
Stille. Ich hab ihn! sagte er, komm rein, Vik, mach die Tür zu, die Motorräder. Halt deine Groschen bereit.
Manfred! schrie ihm die Stimme Willis ins Ohr, jetzt rufst du an! Wos zu spät ist! Ich bin in der Scheiße am Rudern, bis zum Hals! Muß für morgen den Bericht vorbereiten!
Spinnst du, schrie auch Anklam, was für einen Bericht?
Entlassen haben sie dich! Kannst –
Komm laß deine blöden Witze, Willi, ich hab nicht viele Münzen – ich bin in fünf Stunden in Lohausen, das –
Das ist kein Witz, Jeck! Du bist entlassen! Kannst dir den Arsch putzen mit deinem Ticket! Hoffentlich hat deine Traumfrau eine Villa an der Costa brava!
Hör auf zu schreien, Willi, ich bin nicht auf dem Mond!
Das gibt es nicht – ich bin Betriebsrat, ich –
Ich schrei nicht – du schreist! Hör doch erst mal zu, wenn du nicht kapierst! Fristlos! Die Arbeitsplätze hast du auf dem Gewissen, in der Stahlschmelze, weil du die Finger nicht von der verdammten Bürgerinitiative lassen konntest!
Was sagst du?!
Ich? Die Geschäftsleitung sagt das. Die Stadt macht jetzt die Auflage Entstaubung, also wird geschlossen. Und dir wirds in die Schuh –
Aber der Betriebsrat –
Doch! Das ist ja der Hammer – hat zugestimmt! Nur Rainer und ich dagegen. Gewarnt hab ich dich immer, Manfred, aber du konntest ja –
Willi! Hör zu, Willi! So läuft das nicht!
Los, schmeiß rein, Vik!
Hab keine Münzen mehr, sagte Bliss.
Ah, scheiße, wir haben keine Münzen mehr. Ich bin um

neun in Lohausen, komm da hin, Olympic Airways, da besprechen wir alles, wie wir die hochgehen lassen! Keine Panik jetzt, Junge, die sollen uns kennenlernen. Morgen in der Betriebsversammlung –
Geschissen Betriebsversammlung – du kommst nicht mehr rein in den –
Knack. Weg. Tot.
Anklam starrte den Hörer an wie eine abgezogene Handgranate. Er sah seine Hand den Hörer an den Haken heben, ihn einhängen, und wußte nicht, wohin nun mit der Hand, hielt ihn noch fest, bis er Viks Stimme hinter seinem Kopf hörte, sehr besorgt klang die und vorsichtig – was ist Manfred? Probleme? Da fiel die Hand runter, er drehte sich um, langsam, Viks forschendes Gesicht, das zurückwich, durch die aufgeschobene Tür, etwas kühlere Luft. Ein Tropfen Schweiß rann ihm durch die Augenbraue ins Auge, er wischte mit dem Handrücken über die Stirn, das Salz brannte im Auge, mit dem Taschentuch noch einmal über die Stirn, nahm die Sonnenbrille ab, über die Nasenflügel, durch die Augenhöhlen, rieb das Auge, der leichte Schmerz verstärkte sich noch. Sein Hirn war stumm, lieferte nichts als das eine gehörte Wort: Probleme. Ja. Er nickte. Probleme.
Als sie gingen, legte Vik leicht den Arm auf seine Schulter, kaum spürbar. Aber nur wenige Schritte. Ihm wurde schwindlig, ein weicher Schwindel, irgendwie von den Knien rauf und vom Magen in den Kopf, er mußte stehenbleiben. Ein heller, hoher Pfeifton in den Ohren. Was ist das denn, dachte er, was ist los mit mir? Augenblick sitzen, murmelte er, versuchte ein Lächeln, setzte sich auf den Rand des Blumenkübels. Da verschwand der Schwindel, aber nicht der Ton aus den Ohren, und nicht das Drehen im Magen. Das verstärkte sich. Das drückte nach oben. Mensch Manfred – red doch! hörte er Viks

Stimme über sich, schaute hoch, noch ein Versuch mit Lächeln, selbstironisch, hilflos. Schlecht – brachte er raus, mir ist schlecht. Da war wieder der Druck, noch stärker, es kam den Hals hoch, verzweifelt schluckte er, kämpfte gegen den Drang von innen, hatte Angst, Ekel vor dem Inhalt seines Magens, als sollte er sein Innerstes offenbaren.

Mein Gott, du bist ganz weiß – willst du Wasser? sagte Bliss erschrocken, ich hol dir was, warte! nahm von dem nächsten Tisch ein halbvolles Glas. Anklam spürte die Blicke der Herumsitzenden, aber konnte sich nicht rühren, nicht weglaufen, trank einen Schluck, das war falsch, der Magen antwortete sofort, stülpte sich hoch mit einer Gewalt, gegen die er sich nicht mehr wehren konnte, die ätzende, saure Masse schoß ihm in den Mund, er schlug die Hand vors Gesicht, stürzte zum Rinnstein und erbrach sich röchelnd und hustend in quälenden Konvulsionen. Endlos dauerte das, kein Widerstand mehr gegen die folgenden Schübe aus seinem aufständischen Magen, entsetzt sah er das stinkende Zeug am Boden und an seiner verschmierten Hand, Kotze, dachte er, Kotze, ich habe gekotzt! und wagte kaum, sich wieder aufzurichten vor Scham mitten in den neugierigen Blicken.

Bliss stand neben ihm, hilflos mit dem Glas, mitleidsvoll anteilnehmend: Ist es vorbei? Alles raus? Und er, die Rechte mit vor Ekel gespreizten Fingern von sich weghaltend: Mein Taschentuch, Vik! Ließ es sich aus der Hose ziehen, wischte die Hand ab, schmiß das Tuch auf das Erbrochene, versuchte, mit dem Wasser die Reste aus dem Mund zu spülen, aber der Geschmack blieb.

Das ist mir noch nie passiert, Vik, sagte er leise, kann ich dir schwören. Der verdammte Giros.

Die Hitze hat das bewirkt, Manfred, erklärte Bliss, tröstend wie ein Arzt. Muß die Hitze gewesen sein. Ein

Hitzschlag. Du mußt zuviel Sonne abgekriegt haben, vor der ETMA. Und dann die Telefonzelle.
Gibt es das? fragte Anklam.
Ja sicher, mach dir nichts draus.
Anklam verweigerte den Blick um sich, stand unschlüssig neben dem zerlaufenen Fleck. Als ob wir auf die Polizei warten, dachte er. Aber das Unfallopfer bin ich selbst. Roch an seiner Hand. Die stank.
Solln wir ein Taxi nehmen? fragte Bliss.
Anklam nickte. Meine Beine sind Pudding, es ist nicht zu fassen, murmelte er.
Das ist typisch, Manfred, brauchst dich nicht wundern.
Die drei Taxifahrer sahen ihnen entgegen. Sie steuerten auf das vorderste zu, da schaute der Fahrer in die andere Richtung.
Mnissikleous, sagte Bliss zu ihm durch das offene Fenster, wollte die Fondtür öffnen, aber der Fahrer schüttelte heftig den Kopf: No!
Arsch, sagte Bliss halblaut und zog Anklam zum zweiten Wagen. First Mnissikleous, then to the airport, sagte er, und der Mann grinste, ließ sie einsteigen, manövrierte sich aus der Reihe.
Anklam wunderte sich, daß Vik englisch gesprochen hatte. Ich stinke, sagte er, stimmts?
Macht doch nichts, kannst dich gleich waschen. Willst du mir jetzt verraten, was du in deinem Betrieb erfahren hast?
Anklam packte seinen Arm, heftig: Du glaubst es nicht, Vik, jede Wette – du glaubst es nicht! und als der nur groß aus den Augen schaute, leise und kalt: Sie haben mich entlassen.
Was! schrie Bliss so laut, daß der Fahrer den Kopf rumriß.
Gekündigt, Vik. Rausgeschmissen. Fristlos. Ja. Mit Zu-

stimmung des Betriebsrates. Essig die Betriebsversammlung. Willi hält die Rede.
Er spürte so etwas wie Genugtuung an Viks Schreck, seinem aufgerissenen Gesicht.
Meinetwegen? fragte der tonlos.
Da mußte Anklam lachen, ein hektisches, zerfetzendes Lachen: Nein, Viktor Bliss, so wichtig bist du nicht. Wegen der Bürgerinitiative. Ich habe den Betrieb geschädigt. Sie haben endlich den Dreh gefunden. Ich habe die Arbeitsplätze der Kollegen gefährdet. Ich! Nicht der Vorstand. Das ist die Todsünde.
Bliss schwieg. Er zeigte dem Fahrer das Haus.
Ihr Gepäck stand im Wohnzimmer der Kokkinou. Anklam konnte sich noch waschen, Bliss gab der Kokkinou die Schlüssel. Sie sagten nur das Notwendigste, eine dumpfe Sprachlosigkeit. Als sie aus der Tür traten, öffnete der Fahrer gleich den Kofferraum, Anklam reichte ihm seine Reisetasche. Auch Bliss gab ihm seinen Koffer.
Was machst du, Vik – ich find mein Flugzeug!
Und der, kopfschüttelnd: Denkst du, ich laß dich allein in der Scheiße?
Anklam hob den Koffer wieder aus dem Wagen, hielt ihn Bliss hin: Da nimm, Vik. Ich versteh, wie dus meinst. Ich brings nicht, jetzt danke zu sagen. Du mußt sehn, wie du klarkommst.
Er stellte den Koffer vor Bliss auf die Straße, wollte ihn nicht mehr anschaun, stieg ein, zum Fahrer. Airport, sagte er, hurry.
Im Außenspiegel sah er Bliss, noch neben seinem Koffer – stop, wait a moment – lehnte sich aus dem Fenster, winkte ihn heran. Der kam zögernd die drei Schritte, verstummt, er streckte den Arm aus, faßte ihn an der Knopfleiste, rüttelte an ihm – Vik! Hör zu – vielleicht ist Glück immer nur für einen von uns da. Vielleicht kannst

dus jetzt übernehmen. Ich wünsch dirs, neidlos. Versuchs mal.
Bliss antwortete nicht.
Anklam seufzte, entschloß sich, stieg noch mal aus, umarmte ihn kurz, sagte dicht an seinem Ohr – Idiot, Mensch. Machs gut.
Und im Wagen, zum Fahrer: Lets go.
Als sie abbogen, in die Querstraße, winkte er. Er sah noch – Vik hob den Arm. Mühsam. Als kriegte er ihn kaum hoch.

# *KATINA*

## *In einer Haut von Eisen*

*Also jetzt Ruhe, Katina! Mach dein Fenster auf und laß frische Luft in den Kopf. Konzentration. Räum deine Gedanken auf, und dann eins nach dem andern.*
*Als erstes: Guten Tag, Genosse Viktor. Ich bin wieder da, Katina. Und eine Kassette läuft. Aber ich bin nicht dort, im Krankenhaus, bei dir, sondern zu Hause, das ist das zweite, und das dritte, daß mein Vater und mein Bruder gestern früh in Piräus angekommen sind und mein Vater bei uns wohnt. Da habe ich Schwierigkeiten, dich zu besuchen.*
*Eine wichtige Neuigkeit gibt es für dich, Vik, die muß ich dir auf jeden Fall berichten. Die Lena Bliss hat gestern nachmittag bei mir angerufen – zum Glück sprach sie auch englisch – und hat gefragt, ob sie nach Athen kommen sollte? Sie sagte, sie war ein paar Tage verreist, sonst hätte sie sich eher gemeldet auf das Telegramm. Ich hab ihr gesagt, daß keine Lebensgefahr mehr besteht, daß du über den Berg bist, aber auf der sterilen Station liegst, also noch keiner zu dir darf. Da lohnt es den teuren Flug kaum, hab ich gemeint und erst hinterher gedacht, ob das wohl richtig war, ihr abzuraten, vielleicht wäre es für dich wichtig gewesen? In der Aufregung hab ich vergessen zu fragen, wer sie denn nun eigentlich ist, deine Verwandte oder deine Frau, weil für deine*

*Mutter war ihre Stimme zu jung, und sie hat es mir auch nicht von selbst gesagt – aber sie wird wieder anrufen. Also kann es nicht schlimm sein, meine Eigenmächtigkeit, nicht wahr.*

*Du wirst der Krankenschwester sagen oder aufschreiben, was du möchtest, ob sie herkommen soll. Oder vielleicht hast du eine andre Nachricht für sie. Was dir passiert ist, habe ich ihr natürlich mitgeteilt, in Stichworten. Daß es kein Unfall war, daß du helfen wolltest, die alten Leute zu retten, dein Leben riskiert hast, und sie sagte, daß sie von den Waldbränden bei uns in der Zeitung gelesen hat. Und daß ich dich grüßen soll, klar. Sie ist froh zu wissen, daß du noch lebst, hat sie auch gesagt, soll ich dir ausrichten.*

*Ja und ich sitze jetzt in meiner kleinen Küche, allein, und da wo du noch vor ein paar Tagen den Salat gegessen hast, saß gestern abend mein Vater. Er und ich. Alexis war zu seiner Freundin.*

*Es sieht hier allerdings ziemlich anders aus als an unserm Abend, ein leichtes Chaos. Nicht nur, weil drei Menschen viel mehr Unordnung verursachen, sondern von all den Sachen, die sie von Kreta mitgeschickt haben, meine Mutter, als ob wir hier kurz vor dem Verhungern stünden. Also ich hab schon lachen müssen, als sie die Koffer auspackten, unser halbes Dorf kam zum Vorschein – Ziegenkäse, auch frischer, Misitra, falls du den kennst, und Feigen und Weintrauben, Öl auch, selbstgepreßtes, und ein paar Flaschen von seinem Rotwein hat mein Vater spendiert, davon haben wir gestern getrunken, und die Mutter hat extra noch Brot gebacken, vor der Abreise, Schwarzbrot und Zwieback. Sogar Eier, das heißt – ein paar davon waren kaputt, Rührei, gelbe Soße, obwohl er so aufgepaßt hatte, mein Vater. Konnt ich gleich seine Hemden auswaschen, die die Mutter drumgewickelt hatte.*

*Aber warum erzähl ich dir diese Banalitäten. So sind eben*

*Eltern. Sicher überall auf der Welt. Meinen es gut. Ich hab mich auch gefreut, natürlich. Wenn ich mich richtig erinnere. Ich muß mich orientieren.*
*Das steht alles noch hier rum, von dem unabgewaschenen Geschirr nicht zu reden. Ist mir jetzt egal. Dazwischen der Radiorecorder. Ich sitze auf demselben Stuhl wie gestern abend und wie neulich, als du hier warst. Hab ich eben schon gesagt, wie?*
*Komme mir vor wie mein eignes Denkmal. Wer war ich vor zwei Tagen? Wer war ich vor zwei Wochen? Kenn ich die Frau noch? Sicher seh ich so aus wie vor den Ferien. Und denke, ist eine Art Lüge, ein Betrug an meinen Freunden. Sie können nicht merken, daß ich ein veränderter Mensch bin. Du noch am ehesten, Vik. Dich hab ich reinschauen lassen.*
*Ein Mensch, in den so eingegriffen wird wie in mich in diesem Sommer, dem müßte eigentlich ein neues Gesicht wachsen.*
*Also allein bin ich, mit mir. Die Männer fort. Mein Vater zum Arzt. Hat er behauptet. Vielleicht sitzt er in einem Kafenio. Dieser starke Mann. So – unbeugsam immer. Hab ihn nie krank erlebt. Daß seine Haut undurchdringlich geworden ist, hab ich gedacht, vom Meer und vom Wind. Nicht nur für Krankheit. Auch für Schicksal.*
*Doch, ja, ich hab mich gefreut, ihn wiederzusehn, gestern morgen am Hafen – dieser schöne Graukopf mit den blauen Augen, jede Falte könnt ich dir beschreiben. Hab ihn sofort erkannt, mitten zwischen den Passagieren – die Herde Menschen, die aus dem Schiff quoll.*
*Und gleich, wie zur Entschuldigung, daß er mitgefahren ist, hat er erklärt, er müßte zum Arzt. Das Rheuma in den Händen, und eine Lesebrille brauchte er auch. Könnte keine Netze mehr flicken, sagte Alexis. Mir schiens erst nicht so unwahrscheinlich – gibt zwar genug Ärzte in Chania, natürlich, ist aber eine alte Vorstellung bei den Leuten auf dem*

*Land, die stirbt so schnell nicht, daß man das Beste nur in Athen kaufen kann. Obwohl ich mich da schon gewundert habe – jetzt bin ich überzeugt, daß es ein Vorwand war, eher für die Mutter und die Brüder als für mich.*
*Sie haben im Rizospastis von Sotiria gelesen. Auch meinen Augenzeugenbericht. Waren ja mehrere abgedruckt, hast du sicher gesehn, Kostas, Periklis, Urania, fast alle die dabei waren wurden gefragt. Daher wußten sie Bescheid. Und er, mein Vater, muß sich vorgestellt haben, was es für mich bedeutet hat. Ja ja – das wird mir jetzt klar – es war nicht mal eine Lüge, das mit dem Arzt in Athen. Er muß gedacht haben, ich könnte sein Arzt sein. Oder so etwas Ähnliches.*
*Erst hat er mich berichten lassen, von dem Nachmittag vor der ETMA, sehr genau alles, Sotirias Tod – fast wie du. Und dann er selbst. Hat erzählt wie ein Testament. Er hat gesagt, er weiß nicht, ob wir uns noch einmal sehen werden. Fünfundsechzig ist er, Vik! Und mir scheint es so, als hätte ich ihn gestern erst wirklich kennengelernt. Zum erstenmal in diesen Menschen hineingeblickt. Diese Wunde. Neben der ich zwanzig Jahre ahnungslos gelebt habe.*
*Ahnungslos? Nein, nicht ganz ahnungslos. Soviel man als Kind wohl ahnen kann, instinktiv, ohne Bewußtsein davon. Später auch deutlicher, als ich anfing, politischer zu denken, auch mal was gehört hab, von diesem geheimnisvollen, finsteren Bürgerkrieg, von dem nie einer sprechen wollte. Schweig, Kind, hat meine Mutter gesagt – blas nicht in die Asche! Hörte sich an, als wollte ich einen schlafenden Drachen am Ohr ziehn.*
*Ob mein Vater mit andern geredet hat, ein paar Alten vielleicht, die überlebt haben wie er – ich weiß es nicht. Mit uns Kindern nie. Es war ein Tabu, was nach dem Krieg passiert ist, eine ganz dunkle Geschichte. Nur manchmal, abends, aus den Ritzen der Häuser, dieser dumpfe, feuchte Geruch. Bildlich gesprochen. Bruderblut.*

*Während andrerseits die Widerstandszeit, der Befreiungskampf gegen euch und die Italiener – das ist eine öffentliche Angelegenheit, dafür gibt es Denkmäler und Reden und Feiertage. Bücher. Seit langem.*
*Wenn von der Partei die Rede war, bei uns zu Hause, muß ich das genommen haben, als wär unsre Familie immer ihr Mitglied gewesen, als gehörte sie zu uns – vielleicht wie zu andern Häusern das Christuskreuz und die Öllampe davor. So selbstverständlich. Da bin ich reingewachsen. Ich hab nicht nachgedacht, auch später nicht, hier in Athen, als ich mehr erfuhr, daß sie die längste Zeit illegal war, die Partei, nach dem Krieg. Was das bedeutet hat. Daß manche unsrer Partisanen fünfzehn Jahre, zwanzig Jahre sich in den Bergen versteckt halten mußten, mit ihren Träumen. Tausende andre im Ausland, tot für unser Volk, ausgestoßen.*
*Ich war zehn, verstehst du, als die Obristen geputscht haben. Als grade eine neue Zukunft für unser Land anfangen sollte.*
*Er hat nie viel gesprochen, mein Vater. Aber mit mir noch am ehesten. Jetzt weiß ich besser, weshalb er mich vorgezogen hat –*
*Über die Arbeit auf dem Meer, und über die Gesellschaft, politisch, was in Athen vor sich ging und in Chania, das hat er kommentiert, sozusagen. Sonntags beim Essen, zum Beispiel. Das war dann auch für meine Brüder. Art Sonntagspredigt.*
*Je mehr ich daran denke, seit gestern, und davon spreche, jetzt, je mehr fällt mir wieder ein aus dieser Zeit, an Einzelheiten. Du mußt wissen, daß ich seit meinem Jahr in England nicht mehr zu Hause war. Ich hab das wegschieben wollen, das Dorf, die Provinz, all das Enge. Es war für mich eine Befreiung in die Welt, ziemlich radikal.*
*Was hat das mit Sotiria zu tun.*
*Ohne ihren Tod, ohne meine Verbindung dazu, hätte mein Vater mich nicht an seinen Abgrund geführt und hineinschauen lassen. Er denkt, ich bin jetzt erwachsen genug, daß*

*er mich einweiht in sein Geheimnis. Damit er es nicht mehr allein tragen muß. Die andern sind umgekommen, später, die noch dabei waren.*
*Aber ich bin nicht so stark wie er, so gehärtet, das in meinem Kopf zu behalten, dies Ungeheure, allein für mich – zweiunddreißig Jahre hat er es geschleppt! Wenn ich mir über die Bedeutung klar zu werden versuche, indem ich dir davon mitteile, mit dir teile – er kann das nicht mißbilligen. Auch wenn er dich nicht kennt, von deiner Existenz noch nichts weiß. Du wirst es mitnehmen in dein Land –*
*Manchmal, wenn er sich wusch, am Samstag, in der Küche, habe ich das Loch in seinem Rücken gesehn, faustgroß, wußte, daß es von einer Kugel oder einem Splitter stammte, mehr nicht. Eine große Faszination hat das für mich gehabt, immer der Wunsch, es einmal zu berühren, meine Hand hineinzulegen, und zugleich die Scheu, die Angst, die es mir eingeflößt hat, dieses unheimliche Loch im Körper meines Vaters. Von dem mir einmal die Idee kam, es ist ein Eingang zu seinem Herzen, ein notdürftig verschlossener, nur von einer dünnen Schicht Haut bedeckt – der Gedanke, der Wunsch hat mich nie wieder ganz verlassen. Vielleicht wollte ich so einmal sein Herz anrühren, einfach physisch, etwas schien sich auch zu bewegen in dem Loch. Ich habe mir vorgestellt, daß es sein Herzschlag wäre. Ich habe es nie gewagt.*
*Dabei hatte mein Vater wirklich viel Verständnis für mich, wie gesagt, mehr als viele andre Väter bei uns – was du allein daraus siehst, daß er entschieden hat, meine Tochter bekommt kein Haus als Aussteuer, sondern eine Ausbildung, damit sie nicht auf einen Mann angewiesen ist. Und er hat auch abgeschafft, daß nur die Männer das Fleisch essen und die Frauen die Reste von den Knochen knabbern oder beim Fisch die Köpfe und Schwänze auslutschen, wie das bei vielen Bauern noch üblich ist, obwohl die Frauen nicht weniger hart arbeiten. Hat sogar manchmal selbst Kaffee gekocht,*

*wenn keine Frau im Haus war. Statt nach einer zu schreien. Was meine Mutter dann gar nicht gut fand, typisch. Für die war das ein Tadel, eine Einmischung in ihre Angelegenheiten, so durcheinander geht das in vielen Köpfen.*
*Ach, ich verzettele mich, Vik. Was ist da kaputtgegangen! Ich kann so viel Gutes sagen von meinem Vater. Ich habe ihn bewundert. Er war doch ein Vorbild für mich. Obwohl ich nichts wußte von seinen Empfindungen. Ja, mich manchmal gefragt habe, ob er welche hat – ob er zum Beispiel meine Mutter geliebt hat, diese Schale von Stolz und Härte. Und Arbeit.*
*Doch – ein einziges Mal, außer gestern abend, hab ich ihn offen gesehn und gespürt, bewußt. Das war beim Abschied, als ich nach England fuhr, und er wohl dachte, vielleicht kehre ich nie zurück. Heirate da. Das Mal habe ich nicht nur seine Hand geküßt, wie sonst, und er mich aufs Haar, sondern er hat mich umarmt, und ich hab ihm die Tränen von seinen Stoppelwangen geküßt. Das muß so etwas Ähnliches gewesen sein, dieses Salz auf meinen Lippen. Ich meine, so etwas wie sein Herz anzurühren. Aber gestern – mein Gott – das war doch noch etwas ganz anderes.*
*Kenntest du meinen Vater, Vik! Und etwas von dieser Geschichte – die wir selbst kaum kennen! Ich weiß, du hast die Gedichte aus Makronissos gelesen. Vielleicht sind die eine Art Schlüssel. Weit wirst du nicht kommen. Es bleibt so viel zu erklären. Keine Ahnung, ob du je auf Kreta gereist bist, und bei uns, in den Weißen Bergen. Als ob das wichtig wäre. Aber es hilft mir, das Erklären. Meine Gefühle zu neutralisieren. Schreckliches Wort. Muß ich das?*
*Gleich geht mir der Hals wieder zu –*
*Vieles versteh ich selbst noch nicht. Warum damals, 1944 im Winter, die ELAS, unsre Befreiungsarmee, hier auf dem Festland nach der Flucht der Deutschen die Waffen einer machtlosen monarchistischen Regierung ausgeliefert hat –*

*aber dann, zwei Jahre später, praktisch ohne Waffen, hat sie dieser Regierung den Bürgerkrieg erklärt! Das konnte mein Vater auch nicht richtig begründen. Er hat das auf Kreta anders erlebt, weil bei uns die deutschen und italienischen Truppen nicht fliehen konnten, eingeschlossen von unsrer Volksarmee in ihren Lagern bis zum Mai fünfundvierzig, bis zur allgemeinen Kapitulation, als die Engländer sie abgeholt haben in die Gefangenschaft. Deshalb behielten die Partisanen ihre Waffen. Dann seien aber auch diese Stillhaltebefehle aus Athen gekommen, sagt er, von unsrer Parteileitung, und sie hätten mitansehen müssen, wie die Rechten ihre Macht ausbauten, die Faschisten aus den Gefängnissen entlassen wurden und gleich rein in solche Trupps, zusammen mit Viehdieben und Totschlägern, Vaterlandswächter nannten sich die, Todesschwadronen im Grunde, wie heut in Südamerika. Und dann, siebenundvierzig, als sie stark genug waren, haben sie auf einen Schlag viele unsrer besten Führer verhaftet. Da sind unsre Männer wieder in die Berge gegangen, es war gleich eine verzweifelte und verlorene Sache, sagt mein Vater. Einige hatten sich auch vorher dorthin zurückgezogen, die die Entwicklung voraussahen. Sie hätten in Chania schon länger an den Direktiven des Athener Politbüros gezweifelt, aber dann hätte es durch die Aktionen der Rechten keine andre Wahl mehr gegeben.*

*Erst haben sie sogar kleine Erfolge erzielt, durch Überraschungsangriffe, und weil sie sich in den Bergen auskannten. Wurden auch von der Landbevölkerung unterstützt, die lange Tradition, mußt du dir vorstellen, die Widerstandskämpfer in den Bergen, gegen die Türken, die Deutschen, das ist fast ein Mythos, die Sfakioten in den Weißen Bergen, das Gebiet ist nie wirklich erobert worden.*

*Das haben wir in der Schule gelernt. Das ja. Aber nicht, was mein Vater mir gestern – die Grausamkeiten der Regierungstruppen, vom Festland, und auch die kretischen Faschisten, wie sie die Partisanengruppen durch Verrat in Hinterhalte gelockt – niedergemetzelt – Gefangene nur für die Folter – Vik, es waren meine – meine Landsleute! Mit denen habe ich gelebt! Sie haben den Kapetanios, weil sie auf ganz Kreta berühmt waren, die Köpfe abgeschlagen und sie in den Städten ausgestellt! Im Triumph herumgefahren! In Iraklion! Auch in Chania!*

*Ist es das, was herausgekommen ist aus unsrer alten Kultur, die sie überall in der Welt als Vorbild bewundern? Woran sollen wir uns denn festhalten, wenn solche Dinge möglich sind?*

*Nein, sei still, warte – merkst du, wie ich mich vortaste in dieser Höhle, dieser Finsternis – in dieser Kälte? Ohne Licht. Ohne Mantel. Und ich muß es sagen, muß es selbst aussprechen, damit ich es begreife.*

*Kennst du die Samaria-Schlucht in unsern Bergen? Durch die heut jeden Tag im Sommer tausend Touristen wandern, weil sie so einmalig und schön ist? Da hat er gekämpft, der Partisan Dimitris. Mein Vater.*

*Die letzte größere Gruppe, die noch übriggeblieben war auf Kreta. Sie hatten sich zurückgezogen in die Schlucht, weil sie die Zugänge verteidigen konnten gegen die Übermacht. Vom Libyschen Meer her griffen die Truppen an und von oben, vom Omalos. Sie hätten entkommen können, aber die Kapetanios haben die Stärke der Truppen unterschätzt, haben den Kampf riskiert. Drei Tage und Nächte lang haben die Partisanen, hundert Mann und ein paar Frauen, haben sie die Eiserne Pforte und den Abstieg von oben, den Xiloskalo, verteidigt. Dann ging der Kampf noch zwei Tage im Innern der Schlucht. Unerträglich seien der Hunger und dann auch der Durst gewesen, sagt mein Vater, als sie die Quellen aufgeben mußten. In der fünften Nacht der Befehl zum Rückzug. Die zwei aus Samaria wußten den geheimen Aufstieg, durch eine Seitenwand der Schlucht. Vor Erschöp-*

*fung konnten sie kaum noch laufen. Unmöglich, die Schwerverwundeten den steilen Berg hoch zu tragen. Die baten, sie nicht liegenzulassen, nicht lebend diesem Feind in die Hände. Fünf waren es, vier Männer und eine Frau. Die Frau hieß Katina und war zwanzig Jahre. Sie war die Liebste meines Vaters. Er hat nicht gesagt, welche Verwundung sie hatte. Der Kapetanios gab den Befehl, die fünf zu töten. Sie hatten keine Kugeln mehr. Sie wollte, daß mein Vater es tat. Er sagt, sie hat gesagt, Dimitri, wenn ich sterben muß, dann sei deine Liebe dein Messer. Er hat es getan. Ja, er hat es getan. Er mußte sein Liebstes erstechen. Es gab keinen Ausweg. Er sagt, er hat die Genossen um seinen Tod gebeten. Der Kapetanios hat geantwortet, daß er sterben wird als ein Palikari, ein Held im Kampf für das Volk, oder als ein Feigling, aus Liebe zu einer Frau.*

*Auf dem Rückzug, dies ist das Letzte, wurden sie mit Flugzeugen angegriffen. Ein Bombensplitter hat ihn getroffen. Er hat nicht davon sterben können. Er sagt, er mußte es überleben, weil sein Herz schon tot war. Wie die Gefangenschaft, die Folter, die Jahre im Lager auf Gavdos.*

*Begreife ich jetzt, was ihm geschehen ist? Er hat seine Liebe aus Liebe umgebracht.*

*Ich habe ganz ruhig und kalt erzählt, nicht wahr? So kalt wie es in dieser Höhle ist.*

*Was du gehört hast, ist eine kleine Lebensgeschichte aus unserm Bürgerkrieg. Oder eine Todesgeschichte? Beides. Eine Todesgeschichte für ein langes Leben.*

*Wahrscheinlich gibt es mehr solche, im Untergrund der Menschen, die ich kenne. Wie viele unsrer Genossen haben diesen Bruderkrieg mit verstümmelten Herzen überlebt? Sag mir, wie soll da ihre Liebe produktiv werden – und nicht ihr Haß?*

*Jetzt, als ich zum erstenmal das Herz meines Vaters anrühren durfte, war es tot. Wie soll ich das trösten?*

*Ich möchte mit dir sprechen, Viktor, wie an unserm Abend, mich versichern – wissen was wir da gewußt haben. Ob ich es noch wiedererkenne? Auch mir ist ein Stück von meinem Herzen gestorben.*
*Ich möchte mit Sotiria sprechen, sie fragen, was sie zu deinem verbrannten Gesicht denkt – mit dem du ihr Bild betrachtet hast. Und zu dem toten Leben des Partisanen Dimitris.*
*Mir ist sehr kalt, Viktor. An diesem Mittag.*
*Echoume dekapende Avgoustou. Xanakoussa afti tin kasseta. Den tha swiso afta pou ipa. Ma tha mou itan adinato na tin doso ston Jermano ston sindrofo n'akoussi tin alithia mou. Den echo pia parigoria gia afton. To prosopo tou ine opos to kammeno to dassos mas.*
*Leb wohl, lieber Freund. Jemand wird zu dir kommen und dir erklären, weshalb ich dein Gesicht jetzt nicht mehr anschauen kann. Die Nähe so vieler Untaten übersteigt meine Kraft.*
*Unser großer kretischer Schriftsteller Kazantsakis hat erzählt, daß er seinen Großvater um seinen Segen bat. Der sagte: Tue, was du kannst, Niko. Aber der war nicht zufrieden, er wollte keinen gewöhnlichen, sondern einen kretischen Segen. Da schaute der alte Mann lange in die Berge, sagte: Dann wünsche ich dir, daß du tust, was du nicht kannst.*
*Vielleicht ist es das, Viktor, war wir müssen. Ich will versuchen, es zu lernen.*
*Wie heißt der Ort, wo die Menschen friedlich leben?*

# BLISS

## Auf daß der Tod uns lebend trifft

Bliss, allein.
Was mach ich jetzt.
Das ist mein Koffer. Alu, verbeult. Ein Schloß kaputt.
Das ist meine schwarze Ledertasche. Eins zwei drei Reißverschlüsse, ein Druckknopf. Handgriff und Tragegurt.
Meine Füße. Braun. Griechische Riemensandalen. Brauchbare Füße.
Die Jeans. Ausgefranst. Geflickt. Kupfernieten. Hellblau.
Der Ledergürtel aus der Plaka.
Das Khakihemd, offen, zwei Brusttaschen zum Knöpfen.
Der Quetzal, Silber. Aus Yukatan. Guatemala. Es gab die Liebe.
Die Jacke. Flanell oder was das ist. Fast weißgebleicht. Schön locker. Auch zwei Taschen, die Zeitung drin. Innen die Brieftasche mit der Identität.
Darüber muß ein Kopf sein, wo kämen sonst die Haare her.
Der Stein, auf dem mein Koffer wartet, daß ich ihn wegtrage, ist Griechenland, Athen, die Mnissikleous in der Plaka. Ich bin noch hier. Der Berg da heißt Akropolis, in Ost und West.

Aber mein halbes Deutschland ist erst mal wieder zu. Punkt.
Was mach ich jetzt.
Kopf – streng dich an, du lahme Krücke! Beweis mal deine Existenz.
Was eigentlich ist anders als eben?
Manfred ist weg, das ist unstreitig. Fliegt in die Scheiße. Vielleicht ist sein Löffel groß genug.
Takis.
Katina.
Katina heißt auch Sotiria.
Takis: Um sechs bin ich im Parteibüro, da erreichst du mich garantiert.
Um sechs. Danke, Kopf. Dann bring mich also langsam zu einem Telefon zur griechischen Geschichte der Klassenkämpfe. Bliss läßt sich den Anstoß geben, sucht sich den Weg zurück, durch die eben im Taxi gefahrenen Gassen bis zu dem Platz, wo die Katastrophe hereingebrochen war durchs Telefon. Ausgebrochen war.
Die lag noch im Rinnstein. Stinkendes Symbol.
Widerlich dieser Fleck. Halb getrocknet schon, so schnell. Sein Taschentuch weggeweht.
Warum widerlich? So sieht die Maische aus, die ich im Magen koche. Vergorener Giros.
Widerlich.
Gibt Leute, denen duftet ihre Scheiße. Mir nicht.
Warum stinkt nicht auch die Scheiße, die mein Kopf produziert? Alle Kopfscheiße sollte stinken, dann wär man gleich gewarnt. Dann wüßte man, was brauchbar ist und was für den Gulli.
Gibt zu viele, die den Gestank aus ihren Köpfen lieben, sonst wär die Luft wohl reiner in Europa, he.
So. Kommt also wieder ans Laufen, Herr Kopf, die Produktion. Vorsicht, langsam. Jetzt mal möglichst ohne

Ausschuß. Produzier mal Klärung der laufenden Ereignisse.
Geschieht mir recht, wie? daß Manfred mich abgestoßen hat wie seinen Giros – den Koffer vor die Füße geknallt, hau ab in dein Idyll, kaputter Typ, Männer sind jetzt gefragt. Halbe Stunde früher, da oben im Park, als der Giros noch die richtige Richtung ging, gurgelabwärts, da hätt ichs ihm beweisen können, meine Brauchbarkeit oder was, hab ihn abstinken lassen samt seiner Liebeserklärung. Warum?
Damit er sich nicht als mein Retter aufspielen kann, wenn mans mal scharf formuliert. Selbst kommt der Mann. Idiotischer Stolz.
Gottverdammte Kapitalistenärsche, die uns in die menschlichen Beziehungen scheißen!
Bliss merkt, daß ihm was aufreißt im Kopf, ein Staubekken, schüttet ihm Hitze ins Blut, Art langsame Explosion, ein Strom, der durch den Körper rinnt, das Herz entzündet, die Hände, die Finger zittern macht, auch die Haut, irgendwie, ein Zittern oder Flimmern unter der Haut und Schweiß aus den Poren – Herrgott wie heißt das? Das kenn ich wieder – die Nachrichten aus Vietnam – die Bomben und Knüppel – die brauchten keine Übersetzung – das ist die Wut! Das ist die Wut, die mich mal in die Partei gebracht hat, die Wut der Empörung.
Wo hab ich die vergessen? Wer hat mir die abgetrieben? Sei gegrüßt, Wut! Wo warst du? In welchen Untergrund versteckt? In welchen Panzer diszipliniert? Hab ich dich sublimiert bis zum Verschwinden? Kannst du jetzt wieder beißen, Wut! Beiß zu!
Er biß sich in den Unterarm, betrachtete die zwei halbrunden Reihen von Zahnabdrücken, biß noch einmal, stärker, ein scharfer Schmerz, aber die Zähne drangen nicht durch die Haut.

Als einer der Plaka-Hunde sich schnuppernd an dem Erbrochenen zu schaffen machte, stieß Bliss mit dem Fuß nach ihm, daß der aufjaulend, mit eingekniffenem Schwanz und geducktem Kopf unter ein Auto kroch.
Tschuldigung, murmelte Bliss, warst nicht gemeint, Hund.
Hinter ihm sagte einer, laut genug, und deutsch: Faschist, was? Oder Sadist.
Der Blick des Trampers, der mit zwei andern am Tisch saß, Rucksäcke neben sich, da tat er drei schnelle Schritte hinüber, sah kaum ihre überraschten Augen, blaffte sie an: Faschisten, die waren vor euch da oben, Hakenkreuz auf dem Parthenon, in schwarzer Uniform, SS, Himmler und Konsorten – schon mal von gehört? Habt ihr die weggebracht, ihr Freaks? Habt ihr gekämpft gegen die braune Pest aus Deutschland, daß ihr hier Retsina trinken und die Backen aufblasen könnt? Meine Leute waren das! Verscharrt auf Makronissos und in Dachau und in Hué!
Der Schwarze war aufgesprungen, die Arme auf den Tisch gestemmt, aber der neben ihm zog ihn auf den Stuhl zurück – komm laß, kein Stunk, Jupp. Was hat denn dich gestochen Landsmann – verträgst die Sonne nicht, wie?
Die Kälte, erklärte Bliss, die Kälte. Da drüben hat mein Freund gekotzt, weil sie ihn rausgeschmissen haben aus seinem Betrieb, weil er hierhergekommen ist mich abholen. Und ich sitz noch hier.
Okay okay, Schicksal, Junge. Aber was kann der Hund dafür?
Nichts, sagte Bliss grimmig, und ihr wahrscheinlich auch nicht. Da – er zog einen Schein aus der Hosentasche, schmiß ihn auf den Tisch – trinkt ne Runde Ouzo auf die, die kämpfen!

Sah noch, wie der eine ihn grinsend festhielt vorm Wind, drehte sich um, schnappte seinen Koffer, schaute nicht mehr auf den Fleck am Boden, ging zur Telefonzelle, wählte das Büro in Kessariani.
Eine mürrische Stimme: O Takis den emfanistike simera.
Pos? Den katalawa –
O Takis den ine edo! Noch mürrischer.
Alla pote –
Den to xero, avrio. Na dokimaste avrio.
Aufgehängt. So ein Knochen. Bestimmt der Alte.
Morgen. Was nützt mir morgen! Fünf Uhr. Also um sechs noch mal versuchen.
Aber die Kotze bewach ich nicht länger!
Der Weg zurück zum Nationalpark schien ihm jetzt weiter, mit dem Koffer, der am Arm zerrte. Das befreiende Wutgefühl blieb. Den Ausbruch gegenüber den Deutschen fand er korrekt bis zur Befriedigung, auch wenn er sinnlos war, klar. Bewirken konnte der nichts. Aber deutlich war ihm zugleich, daß dieses Gefühl nicht die Erfahrung seiner Niederlage verdeckte, sondern sie im Gegenteil aus einer dumpfen, selbstmitleidigen Stimmung in die Klarheit der Erkenntnis vortrieb oder zumindest die Forderung aufstellte, Analyse, Anstrengung, Durchblick zu schaffen. In den zwei Tagen seit der Abfahrt aus Leros, während derer Manfred oder die begonnene Rückfahrt ihm seine Sprache zurückgezwungen hatten, hatte er das halbe Jahr seiner einsamen Gefühle und Gedanken noch einmal durchlaufen, nachvollzogen, zusammengefaßt.
Diese Einsicht war ihm plötzlich im Kopf. Als hätte der Gedanke sich im geheimen und ohne sein Zutun selbst formuliert und sei erst nun, fertig und rund, ans Licht gesprungen.
Aber das Ergebnis dieser Zusammenfassung war keine Handlung. Oder jedenfalls war etwas seiner Tat zuvor-

gekommen, hatte sie kurz vor dem Start zurückgestoßen. Nun mußte er sich dazu verhalten. Darauf reagieren. Wieder reagieren. Unverkennbar, daß ihm die Möglichkeit zur Initiative von neuem geraubt war. Es schien dieselbe Situation wie zu Hause in Gießen, als er so von allem und allen zusammengedrückt, geknebelt worden war, daß er nur durch den Sprung aus dem Land seine Person vor dem Erstickungstod retten konnte.
Aber doch nicht dieselbe Situation. Vor einem halben Jahr war Erschöpfung und Verzweiflung, was ihn beherrscht hatte. Jetzt die wiedergefundene Wut. Wut kommt nicht aus Schwäche.
Auf der Parkbank, wo er neben sich den barschen Freund vermißt, muß er sich fragen, ob der ihn jetzt schuldig spricht an seinem Rausschmiß. Er will es nicht glauben.
Ein seltsames, plumpes Flugzeug brummte niedrig über die Stadt, gleich darauf ein zweites, die Spaziergänger sahen ihnen nach. Löschflugzeuge, wie auf den Zeitungsfotos, erinnert er sich. Er holt die Zeitung aus der Jackentasche, will das Bild vergleichen, aber kommt davon ab, überlegt, ob Anklam, im Flugzeug sitzend, unten die abendblaue Ägäis, die gelbbraunen Inseln, bald neben sich den immerweißen Gipfel des Olympos-Massivs, an die letzten Tage und Gespräche noch denken könnte oder schon vorauseilend die ersten Sätze zu seinen Kollegen oder Gegnern formuliert. Oder, in dieser unklaren Situation, zur Ablenkung, zur Überbrückung, von einer Welt zur andern, als Medium seine Literatur, den Musil?
Ob dieser Abschied für ihn Trennung bedeutet, ein abgeschlossener, endgültig gescheiterter Versuch eine – ja, was? Kampfbrüderschaft? Oder doch Freundschaft? wiederherzustellen. Gescheitert und bestraft, von den Verhältnissen, die solche privaten Erfüllungen von Bedürf-

nissen nicht dulden. Die Strafe für den Trotz, auch das eigene Notwendige tun zu wollen.
Aber Manfred denkt nicht rückwärts, mit seiner Lust an Sauberkeit – Vergangenes ist für ihn das Verbrauchte, staubig, klebrig, nur die Zukunft riecht frisch und läßt sich schnitzen. Er plant seine Verteidigung, nennt es Gegenangriff, mit diesem kalten erfahrenen Zorn, der alte Betriebsindianer, der in den Machtgebirgen der Konzerne die Höhlen und Schleichwege der Partisanen kennt und vielleicht doch noch die Niederlage umwenden kann in einen kleineren Sieg. Wenigstens dort. Im Betrieb.
Wahrscheinlich ist, daß er zerrieben wird. Verschlissen in der Defensive, wie ich in den Jahren nach dem Berufsverbot. Hat sich die Blöße gegeben und muß jetzt kämpfen mit dem Messer im Fleisch. Die Düsseldorfer Genossen werden eine kleine Solidarität organisieren. Der DGB gibt Rechtsschutz, die IG Metall bringt eine Demonstration auf die Beine und berichtet darüber. Vielleicht ein Warnstreik der Belegschaft, spontan, aber befristet, von jeder Kranbahn hängt die Stahlkrise über die Arbeitsplätze. Die Konzernleitung kennt sich aus, das sind die kalkulierten Spesen, ein kleiner Wutstreik läßt den Unmut ab, klar, daß es zischt, wenn die Luft rausgelassen wird. Viele Köpfe bleiben, aber sind kein Problem mehr – der Kopf ist ab und wächst den Arbeitern so schnell nicht nach. Das ist, was für den Vorstand zählt.
Bliss hat sich solche Erfahrungen selbst erlebt, als Draufgabe der Gesellschaft zu seinem Studium der Leidensgeschichte des Fortschritts, da braucht er wenig Vorstellungskraft, um die nächste Zukunft Anklams auszumalen: Als Ereignis wird schon der halb gefüllte Saal der Protestversammlung verzeichnet sein, eine Rede mit Kapitalismus und Verstaatlichung und Unternehmerwillkür als Verheißung der nicht vergessenen Revolution, ein

Warnstreik als Markstein, eine Handvoll Unterschriften als Versprechen auf die Empörung der Massen und ein Aktionsbündnis von Kommunisten bis Jungdemokraten die nahende Volksfront.

Weiß Manfred das? Er muß es wissen. Er kennt die Gewerkschaft, kennt seine Kollegen, kennt die Genossen, die roten, die orangenen. Aber wenn er den Kampf riecht, hält ihn keiner. Wie sein Kollege von der ETMA – trinken aus dem gleichen fast leeren Glas und fallen sich um den Hals vor Freude, daß schon so viel drin ist. Das sind die kleineren Lügen der Wirklichkeit, die uns freuen.

Bis wir aufwachen aus den Träumereien. Ein Anruf in Düsseldorf.

Und die Großen? Sind wir aus denen erwacht?

Bliss schmeckt seine Wut noch bitterer, da er das gerechte Feuer seiner Freunde so wirkungslos abbrennen sieht – es sind die Fragen des Abends in Kessariani, die wieder herandrängen und fordern, gestellt zu werden, damit die Wirklichkeit wirklicher werden kann. Der Platz auf der Bank neben ihm wird leer bleiben, ein Manfred Anklam kommt nicht zurück, der braucht seine Fragen auch nicht, aber mit dem Takis müßten die entscheidenden, die befreienden gedacht werden können, wenn nicht mit dem Bürgermeister, der damit warten will bis ins dritte Jahrtausend, wenn Geschichte nicht mehr erfragt werden kann und Zukunft erst recht nicht, weil sie zu Ende ist. Die Geschichte unsres Untergangs wird keiner mehr schreiben. Der Bürgermeister will sie jetzt machen, die Geschichte, die zu schreiben sich lohnt, in seinem humanistischen Trotz.

Er hat den Ritsos-Band griffnah in der Tasche, sucht nicht lang nach der Versicherung des Genossen von der steinernen Insel Makronissos im Stacheldraht der Ägäis, neunundzwanzigster November 1948.

Zensierte Postkarten. Schnee. Ich erinnere mich an ein paar Knobelbecher, gefüllt mit Schnee. Ich will den Dingen einen Sinn geben, den sie nicht haben. Ein Mann mit seinem Bart ein Tisch kein Baum. Die Türklinke war warm, einst, wie eine Hand. Aber in jener und auch der nächsten Nacht war es der gleiche stotternde Mond. Es gibt, sagten wir, Zeit für den Irrtum für die Reue. Es müssen nur stärkere Bäume wachsen. Nein nein. Schließt die Fensterläden. Jetzt dürfen wir nicht mehr lügen.
Die Zeit für den Irrtum ist um, es müssen stärkere Bäume wachsen, jetzt dürfen wir nicht mehr lügen. – Das wäre auch Manfred zu schreiben, in der Ankündigung einer Ankunft, der Rückkehr.
Die Fragen für Takis formuliert er in sein Tagebuch, das er seit Anklams Ankunft auf Leros nicht mehr benutzt hat. Der böige Wind zerrt an den Blättern, will sie ihm, während er nachdenkt, verschlagen.
Athen, 31. Juli 1980. Zwischen Gestern und Morgen, ein Zwischenraum.
Sotiria, umgebracht. Manfred, weggeräumt. Ich frage für sie, und für die Geschichte, aber im eigenen Auftrag:
Der Kapitalismus, den die Klassiker angefault und im Sterben sahen, hat seine Macht allen unsern Kämpfen und Leiden zum Trotz behaupten und mit den schrecklichsten Zerstörungsmitteln der Menschengeschichte bewaffnen können – als mäste er sich an unsern Angriffen, als lecke er sich an unsern Wunden und Niederlagen stark. Leitet er nicht noch unsre Siege durch seine Mühlen, bis sie zerrieben sind und unkenntlich für die Sieger? Wie geschieht das, gegen den Auftrag der Geschichte, der schon so klar und reif vor uns lag? Ist es so, daß die arme Macht der Befreiung von unten, wenn sie zur Tat drängt, die überlegene materielle Macht der Herrschenden anspornt, steigert, zu immer größeren und schnelle-

ren Leistungen der Unterdrückung und Vernichtung herausfordert, in einer von uns nicht erwarteten Dialektik der Zerstörung unserer humanen Vorhaben und Hoffnungen? Eine Zerstörung, die uns auch in den schon befreiten Gebieten wieder einholt? Hat sich der Gang der Geschichte umgedreht?
Als Marx und Engels den Ausgebeuteten die Strategie der Befreiung zeigten, die Einheit der Besitzlosen vor allem, haben da die Profiteure, im Besitz der Wissenschaft, immer schon mitgelesen und im voraus die Gegenstrategie geplant, entwickelt, unüberholbar gemacht? Haben sie weitblickend die Hände gerieben, als sie Lenin zwangen, die Kontrolle als Vormund über das Vertrauen zu setzen, sie den Befreiten unentbehrlich machten durch ihre sprungbereite Drohung, die häßliche, ungeliebte Waffe zur Sicherung der schon siegreichen Revolution, berechnend, daß dies der Keim sein werde einer Entfremdung zwischen der Befreiungsmacht und den Befreiten? Das Hoffnunggebende, der gerechte, menschenfreundliche Staat sollte sich entwickeln können im Schutz eines Mißtrauens, dem jeder Bürger, weil ein Mensch, ein möglicher Verräter war? Und die Kontrolle, die Vorsicht, ist sie nicht die Schwester der Unwahrheit, das Mißtrauen Urheber der taktischen Lügen, die ihren Motor Wahrheit vergiften? Plant der Imperialismus des Kapitals schneller, reicher, weiterblickend als die Revolutionäre, weil er die besseren Denkfabriken besitzt, die raffinierteren Agitatoren, die phantasievolleren Medienzauberer, die rücksichtsloseren Militärs und Wissenschaftler, und uns so in die Defensive drängt, in die Korruption unserer humanistischen Anstrengungen, in einen Zirkel der Negationen? Einen Zirkel, der uns beschädigt, bloßstellt vor den Völkern, die zwischen Resignation und Empörung schwanken?

Bliss ging den Weg zur Amalias zurück, in den langsam gelb werdenden Vorabend, die Bilder der Sommerkleider und lockeren Hemden vermischten sich mit den Lumpen der Sträflinge, die Limonaden und Biere mit den Blechbechern der dürstenden Verbannten, die schattigen Bänke vor dem bewässerten Grün des Parks verschmolzen mit glühenden Steinbrüchen. Der Losverkäufer am Straßenrand, hinter seiner Staffelei mit angesteckten Lotteriescheinen, den flatternden Fähnchen auf den Hund gekommener Hoffnungen. Der könnte dieselben doppelten Bilder sehen, alt genug ist er und hat nie zu den Beglückten gehört. Wie viele der Ärmsten Athens leben von dieser Ausbeutung der Glücksträume ihrer Armutsgenossen?
Mit fünf Losen trödelte er weiter zum Syntagma, wo er eine ruhige Telefonzelle wußte, neben dem Parlamentsgebäude. Im Blick die Fassade des Hotels Grande Bretagne, unverändert seit jenem Dezember vierundvierzig, aus dessen Fenstern nach der Befreiung des Landes die ersten Schüsse der Konterrevolution geschossen wurden. Unvergeßlich.
Wenn er nicht abspringen wollte aus dem Bus und ihn nicht anhalten konnte, blieb die Frage: Wie fährt er mit?
Minuten nach sechs. Bliss legte die Lose auf den Apparat, für den nächsten Benutzer. Er wählte das Büro, wappnete sich für die schroffe Stimme des alten Genossen, aber niemand hörte. Er hatte sich nicht verwählt, auch der zweite Anruf blieb ohne Antwort. Das gleiche Ergebnis in Takis' Wohnung. Das war wie eine Ablehnung, eine Verweigerung.
Vielleicht sind sie draußen, am Imittos, in den Wäldern, wieder bei der Brandwache. Die Löschflugzeuge.
Einfach wie gestern nach Kessariani auf die Platia fahren? Dort nachfragen? Aber unangemeldet? Er hätte die

Griechen zu neuen Anstrengungen der Gastfreundschaft genötigt, nach dem Aufwand, den sie schon getrieben hatten.
Avrio. Na dokimaste avrio. Morgen ist auch ein Tag. Die Fragen werden bis morgen nicht alt, das ist sicher. Und nicht die Wut.
Er tastete nach der Zeitung in der Jackentasche, mußte sie nicht auseinanderfalten, die Nummer war gleich obenauf, mit Blei an den oberen Rand geschrieben. Er las die Zahlen: 22 34 576. Ob sie weiß, daß sie fast eine arithmetische Reihe als Telefonnummer hat? Wäre leicht zu behalten. Mit dem kleinen Schönheitsfehler am Ende.
Er langte die Münze aus dem Rückgabebecher, warf sie ein, verfolgte ihr aufhaltsames blechernes Flippern in den verborgenen Eingeweiden des Apparates bis zur Stille, wählte zögernd, vorsichtiger.
Als er das Rufzeichen hörte, dachte er, daß auch Katina nicht zu Hause sein würde oder die Nummer nicht stimmte, irgend so etwas. Es wurde abgenommen, eine undefinierbare Stimme sagte, kühl und fremd, Embros. Er hatte sich nicht überlegt, was er sagen sollte, stotterte auf griechisch, daß er die Genossin Katina sprechen wolle und fragte auf englisch, ob er englisch sprechen könne, da hörte er ihre jetzt deutlich wiedererkennbare Stimme, wie sie, und gar nicht erstaunt, ganz selbstverständlich, sagte: The German comrade, yes I know – how are you. Er fand seine Sprache wieder, noch etwas hektisch, erzählte ihr, daß sein Freund abgeflogen sei, der mußte überraschend zurück zu seinem Betrieb, ganz plötzlich, ein ähnlicher Betrieb wie die ETMA, vom Umfang her, aber mit andren Produkten, und er sei noch geblieben, müßte noch einiges erledigen, Fragen auch, je mehr Antworten, je mehr Fragen, hätte er den Eindruck, und er sei da auch unersättlich in diesem Bedürfnis.

Wo er denn sei, wollte sie wissen, am Syntagma, und was er nun am Abend vorhabe, ja eigentlich wollte er zu einem befreundeten Genossen, bei dem er auch schlafen könne, ein Studienfreund aus Deutschland, der sei aber nicht erreichbar. Ob er Lust habe, zu ihr raus zu kommen, fragte sie, sie wäre froh, nicht allein sein zu müssen mit ihren Gedanken, sie spräche gern noch über Sotiria, mit einem nicht direkt Beteiligten müßte das einfacher sein. Bliss glaubte, daß er dies Gefühl verstehen könne und natürlich selbst auch gern mit ihr spräche, wegen verschiedener seiner Fragen. Dann solle er doch nicht lange zögern, es sei sehr einfach, mit dem gelben Elektrobus Linie 1 bis Endstation Attiki, da käme sie ihn abholen. Als er überlegte, wo er seinen Koffer lassen solle, meinte sie, den könne er ruhig mitbringen, und mit dem Übernachten gäbe es auch keine Probleme, das Zimmer ihres Bruders sei zur Zeit frei.

Als er eingehängt hatte, fühlte er sich etwas verwirrt. Die Selbstverständlichkeit dieser Verabredung. Als hätte sie ihn wieder am Handgelenk genommen und über die Straße geführt. Angenommen. Einfach angenommen, ohne nach Sinn oder Hintersinn zu fragen, bring dein Gepäck ruhig mit, du Mensch. Du Genosse.

Du Mann – so hat es wohl nicht geheißen. Obwohl es jetzt ein leichtes Ziehen in der Brust gab, ein verhaltenes Wohlgefühl, das eben noch unvorstellbar gewesen wäre. Konnte auch ein Schmerz sein, ein angedeuteter. Ausgelöst weniger von dem Inhalt ihrer Worte als von dieser lebhaften Telefonstimme, die ihm noch nachklang im Gehör, als er wieder im Straßenlärm stand, an der Haltestelle, fast an der gleichen Stelle, wo sie letzte Nacht so euphorisch unglücklich und einig gewesen waren. Vielleicht war Manfred auch wirklich glücklich gewesen. Da war seine Welt im Lot.

Jetzt wieder eine Fahrt im Bus. Fahrten und Gespräche schienen diese Athener Tage deutlicher zu strukturieren als die Zeiger der Uhr, die Tageszeiten. Kaum unterscheidbar, was im Licht, was bei Nacht sich ereignet hatte. Das Verschwimmen der beiden Tage zu unbemeßbaren Lebenszeiten, in denen einzelne Stundenangaben auftauchten wie Zeichen aus einer anderen, unbemerkt vorhandenen Welt, real und wirksam, aber unverständlich, eigentlich unzutreffend auf das eigene Dasein, obwohl das ihrer Herrschaft doch auch unterworfen blieb in der Negation.
Die Dramatik der Vorgänge, der Bewegungen fast unsichtbar in der physikalischen Welt.
Bliss konnte sich nicht vorstellen, daß Manfred in gleicher Weise seinen normalen, sozialen Zeitsinn verloren haben sollte, mit der Betriebsversammlung, dem Abflugtermin als ständiger Orientierungsmarke seiner Handlungen. Vielleicht daß ihm jetzt zu Hause, in der offenen Situation des Kampfes um seine Existenz, auch die Zeit aus ihren chronometrischen Zahnrädern sprang.
Aus dem fast lautlos die Panepistimiou hinabrollenden Trolley, in der Kette sich überholender, sich behindernder Busse, sah er den marmorhellen Komplex von Universität, Akademie und Nationalbibliothek, die Imitationen der antiken Säulen, Giebel und Plastiken in den klassischen Maßen, wie die späte Erinnerung an ein vor Jahrtausenden gegebenes, noch immer uneingelöstes Versprechen. Versprechen auf die Herrschaft von Maß und Ordnung, Weisheit und Schönheit, auf die Übereinstimmung von Natur und Geist in den menschlichen Werken – die Erde als Wohnung der Menschen, nicht als ihr Schlachtfeld – konnte man darin lesen mit dem geeigneten Lexikon. Gutes Wissen, daß es deutsche Landsleute waren, die diese Erinnerung zurückgebracht hatten an den Ort

ihrer Ursprünge, wenn auch noch immer als Ausdruck von Macht und kolonialer Vorherrschaft. Sie ist doch weitergetragen worden durch die Zeiten und Völker. Auch die beiden andern Landsleute, Architekten, waren von dieser Erinnerung ermutigt, als sie die Revolution entwarfen, die das Versprechen einlösen sollte. Was weiß ihr Lehrmädchen Katina davon?
Vielleicht hat sie Fotos gesehn aus der Besatzungszeit, die Siegesparade der Stahlhelmreiter auf dem Syntagma, die Ju-52 mit dem Balkenkreuz über der Akropolis. Aber daß die Enkel Winkelmanns und Goethes ihre suchende Seele in den Panzern zum Land der Griechen schafften, Hölderlin und Nietzsche im Gepäck, ahnt sie nicht. Wo Wallraff dann für die Freiheit der Demokratie sich in Ketten schloß, hat dreißig Jahre zuvor der Todesengel mit dem Bürokratengesicht den gefallenen Kriegern salutiert. Er könnte es dort oben in den Propyläen seinen neugermanischen Helden gesagt haben, die trugen den Totenkopf am schwarzen Mützenband, daß sie anständig geblieben sind, im Angesicht der hundert oder tausend Leichen, den Opfern ihrer reinlichen Heldentaten. Die edle Einfalt und die stille Größe der SS. Pack die Seele in den Tank. Aparter Doppelsinn, paßt heute wie zweiundvierzig.
Gesichert ist nichts.
Omonia, diesmal von oben aus dem Fenster auf die Kopfscharen, zwischen denen sie gesteckt hatten, neulich, am Morgen, vorhin. Wie hätte sich unsere Zeit entwickelt, wenn Manfred schon da den Betriebsrat erreicht – nicht vorzustellen. Oder gestern abend im Büro in Kessariani? Nutzlose Spekulation. Sinnvollere Frage ist – was von unsern Wochen auf Leros und danach ist der Griechin mitzuteilen? Wohin zielt der Abend. Katina heißt nicht Takis und heißt nicht Manfred. Eine Fremde

doch. Nein, nicht Fremde – Unbekannte. Die Brücke heißt Sotiria. Die Brücke ist ihr Tod. Ihr Todesengel kam ungepanzert, im Autobus. Und ist doch derselbe.
Der Larissa-Bahnhof. Wie zum Fasching geschmückt von den bunten Gepäckstücken der Rucksack-Touristen, die ringsum lagerten, auf die Abfahrt des Hellas-Expreß warteten, ahnungslose Inseltrotter, unberührt von den Kämpfen dieses Landes. Wenn sie nicht zufällig in eine Demonstration gerieten oder die Seeleute streikten. Sahen sie das Dutzend Jeeps der Militärpolizei vor der Kaserne, direkt dem Bahnhof gegenüber? Die waren wohl nicht zufällig aus der Junta-Zeit dort übriggeblieben, als Empfangsspalier, und die amerikanischen Panzer in den Hallen wurden noch von denselben Griechen gefahren, die die Studenten des Polytechnion zusammengeschossen hatten. Die Drohung stand sichtbar in und um Athen, gerichtet an das änderungslustige Volk, daß bei einem zu ungestümen Wahlsieg der linken Kräfte der Putsch von siebenundsechzig wiederholt werden könnte.
Ein Reiseführer in die Geschichte der Emanzipation dieses Volkes könnte aus den flachen Illusionen, die einer jetzt reisend aus dem Land holte, historische Reliefs, genaue, vorwärtstreibende Anschauungen entstehen lassen. Schicht nach Schicht abheben von der Zwiebel, ein wütender und bewundernder Baedecker des Volkswiderstands. Statt der klassischen Kämpfe die Klassenkämpfe. Oder ist das die Idee eines arbeitslosen marxistischen Geschichtslehrers, aus Verzweiflung und Einsamkeit geboren?
Manfred hat drüber gespottet, zuerst. Und wär doch einer, dem ich das schreiben könnte. Hat angefangen zu fragen und verstehen wollen. Los, Vik – bring mir was bei!
Der Satyr, na ja.
Manfred mag Menschen, Leben. Die einzelnen, mit de-

nen er Bier trinken und reden kann. Aber die kennt einer nicht und versteht sie, ohne ihr Volk und ihre Geschichte. Was sie gebaut haben, ist auch ihr Leben, ihre Arbeit, Manfred. Wissen die meisten nicht, leben geschichtslos. Warum sie geschichtslos leben, erfährst du aus ihrer Geschichte. Das Innere der Gegenwart ist die bewußtgemachte Vergangenheit. Wäre ein Motto für meinen Baedecker, wie?

Als die letzten Fahrgäste aufstanden, sich zu den Türen drängten, wußte er, daß er am Ziel war. Der Bus hielt hinter einem andern an einer grauen Fabrikmauer, nur ein schmaler Steig war den Fußgängern eingeräumt. Unter einem der jungen Lindenbäume, an die Mauer gequetscht, ein Obstkarren. An ihm stand Katina.

Er erkannte sie sofort, obwohl er nur ihren Rücken sah und sie jetzt ein helles Sommerkleid trug. Unverkennbar die schmächtige Gestalt, die schmalen Schultern, hervortretenden Schulterblätter. Und die gewebte Tasche am Traggurt, die sie auch vor der ETMA umgehängt hatte.

Er stellte seinen Koffer neben ihr ab, sagte Jassu Katina. Sie drehte sich halb zu ihm, nickte Jassu, als hätte sie ihn längst gesehn, machte ein kurzes Lächeln, das hieß: Moment noch, und kaufte zu den Pfirsichen, die sie schon in der Hand hielt, Tomaten und eine Gurke. Ich dachte, ich mach uns einen Salat, informierte sie ihn auf englisch, während sie bezahlte, oder hast du großen Hunger?

Gar nicht, sagte er, wir haben nach der ETMA was gegessen. Aber egal, ich werd dir Gesellschaft leisten. Oder kann ich dich einladen, in eine der Tavernen hier auf dem Platz?

Sie zog den Kopf hoch, entschied: Jetzt gehen wir erst mal rauf, daß du den Koffer los wirst. Komm.

Ja, und ein bißchen waschen, das wär gut nach diesem Tag.

Sie trug einen schmalen Goldreif an ihrem braunen Arm, der gefiel ihm und auch ihre flachen, unaufwendigen Slipper. Komplexe, daß sie zu klein geraten ist, hat sie nicht. Die halblangen offenen Haare hatte sie jetzt nicht mehr zurückgesteckt, sie fielen ihr ins Gesicht, verdeckten es von der Seite. Ein paarmal schob sie sie mit der Gurkenspitze zurück, hinters Ohr, aber das war sinnlos. Sie sagte, es klang ihm wie eine Fußnote, daß sie noch eine Besprechung in der Pandio gehabt hätten, mit der Gruppe, eine Einschätzung der heutigen Aktion und Verteilung der Aufgaben für morgen.
Wollt ihr weiter jeden Tag vor das Tor?
Ja, vorläufig. Die Gewerkschaft hält es für sehr notwendig. Aber das ist nicht das einzige.
Bliss wartete, daß sie ihre Bemerkung erläuterte, aber sie schwieg nun. Er fragte nicht, der bücherschwere Koffer an seinem Arm zog ihm den Hals zu. Als er ihn eben absetzen wollte, schwenkte Katina zur Tür eines schmalen Wohnhauses, schob ihm die Gurke unter den Arm, kramte ein Schlüsselbund aus dem Beutel und schloß auf.
Kein Fahrstuhl, pro Etage eine Wohnung. Dritter Stock. In einem Zug durchgetragen. Herzklopfen, Schweißausbruch vor der Wohnungstür. Ein winziger Flur, vier Türen.
Sie öffnete die erste. Bitte. Ist das Zimmer von Alexis. Mein Bruder. Er ist seit ein paar Tagen bei den Eltern in Chania. Hier gegenüber ist die Toilette, wenn du duschen willst. Hast du ein Handtuch? Das Bett mach ich dir nachher.
Sie ließ ihn in dem dämmrigen Zimmer allein. Trotz der zugezogenen Fensterläden war es drückend warm. Er öffnete die Läden sofort, und obwohl in dem engen, abgeschlossenen Hof die erhitzte Luft stand wie eine fette, heiße Suppe, meinte er, nur so, bei geöffnetem Fenster,

seine Lungen durchatmen zu können. Gegenüber waren alle Fensterläden geschlossen, die niedrig gesunkene Sonne beleuchtete noch einen schmalen Mauerstreifen unter dem Dachsims, aber er spürte die Wärmeausstrahlung der aufgeheizten Mauer auf seiner Stirn. Jedenfalls kein direkter Straßenlärm. Die absolute Stille der Nächte auf Leros war in Athen nirgends zu erwarten. Das kleine Zimmer enthielt nicht viel mehr als eine flache Liege, einen einfachen Tisch und zwei billige Stühle. Einzige Unterschiede zum Mobiliar eines Zimmers auf den Dörfern der Schrank und das Regal mit zwei Reihen Büchern. Keine persönlichen Gegenstände – entweder war der Bruder so bedürfnislos oder hatte sie mitgenommen nach Kreta. Oder Katina hatte sie weggeräumt für den Gast, was ihm unwahrscheinlich schien.

Allerdings zwei große Poster. Das Bild des schwarzäugigen Aris Velouchiotis, mit Säbel und Patronengurt. Robin Hood ist wirklich nicht der richtige Vergleich. Eher mexikanische Partisanengeneräle, wie in den Filmen. Santana, Zapata. Das Bild hätte Manfred sehen sollen. Sicher trug er auch Stiefel mit gewaltigen Sporen, die Beine waren abgeschnitten vom Bildrand. Das zweite zeigte das berühmte Nachtfoto des amerikanischen Panzers vor dem angestrahlten, mit Trauben von Studenten besetzten Gitterzaun des Polytechnion.

Demnach ein Wilder, der Bruder. Paßte in seine Vorstellung von den ungezähmten Kretern. Vielleicht die ganze Familie revolutionär verseucht. Als er neugierig die Schranktür etwas öffnete, fielen ihm schmutzige Wäschestücke entgegen. Er hob sie schnell auf und stopfte sie zurück durch den Spalt.

Das Bett war eine stärkere Versuchung als das Bücherregal, aber er bestand darauf, sich erst zu duschen, und das kalte Wasser war schon die halbe Erfrischung. Dann streckte er sich, noch ohne Hemd, auf die Liege. Als er durch die angelehnte Tür die Geräusche aus der Küche zu identifizieren versuchte, in die sich vom Fenster her gedämpfte Laute der Stadt mischten, rutschten die Gedanken ihm sofort weg in Traumbilder.

Er erwachte davon, daß etwas ihn aus dem Schlaf zog. Eines dieser unbelasteten, erfrischten Erwachen nach einem Kurzschlaf, dem keine Müdigkeit und Schwere anhängt, bei dem das Bewußtsein so unmittelbar und angenehm einsetzt wie das Licht beim Heraustreten aus einem dunklen griechischen Haus, hinter dem die Sonne steht. Als er die Augen öffnete, sah er Katina in der Tür, ihn anschauend, ernst. Als ob es langsam aus einer Erinnerung auftauchte, entwickelte sich ein Lächeln um ihre Augen. Geschlafen? fragte sie, und gleich: Ich hab den Salat fertig.

Er hörte die Worte deutlich, aber nur allmählich zog ihr profaner Sinn in sein Bewußtsein und verdrängte seine Verwunderung, daß die junge Frau in der Tür englisch sprach und nicht deutsch. Eine befremdliche Dehnung der Augenblicke, bis sie, etwas ungeduldig, sagte: Ist deine Sprache verschwunden?

Da schüttelte er den Kopf: Ich komme. Sofort.

Erst als er seine Worte hörte, merkte er, daß er sie deutsch gesprochen hatte und verbesserte sich: Thartho, amessos. Damit verschwand die Gestalt aus der Tür.

Er konnte sich nicht entschließen, sich sofort aufzurichten, wollte das Gefühl noch einen Augenblick kennenlernen, auskosten, das ihn beherrschte. Diese Leichtigkeit plötzlich. Kaum noch rückrufbar mit dem Verstand die Wut, das Aufbegehren des Nachmittags, die so absolut scheinenden, vernichtenden Nachterfahrungen der Plaka, diese ungeheure Last der letzten Tage mit ihren nagenden Gedanken und zerstörenden Empfindungen. Es kam ihm vor, als sei er an eine Küste gelangt, hätte das ausgedörrte Land hinter sich zurückgelassen, betrachte den vor ihm liegenden Abend wie ein Meer, in das er tauchen wollte. Erwartungsvoll. Neue Erfahrungen schienen nicht mehr unmöglich, Überraschungen, Schönheiten sogar und Gefahren. Deutliche Erinnerung an die lustvolle Spannung vor dem Abtauchen mit Preßluft, in das immer offene Abenteuer der Welt unter Wasser.

Er dachte flüchtig, er müsse sich warnen vor diesem Gefühl, das nur eine Illusion, eine Gaukelei seiner Nerven sein könnte – was sollte sich wirklich verändert haben durch die Erquickung des kurzen Schlafs? Aber gab sich doch gleich wieder der angenehmen Empfindung hin, die ihm die Vorstellung erweckte, mit der jungen Frau in der Küche Salat essen und sprechen zu können, ohne Hast, an einem offenen Abend. Er wunderte sich, wie stark sein Interesse von der toten Sotiria auf die lebendige Katina übergegangen war. Oder vielleicht hatte sich das eine mit dem andern inzwischen unmerklich vermischt.

Der Geruch von Gebratenem holte ihn aus seinen Gedanken. Er raffte sich auf, zog das saubere Hemd an, das er noch im Koffer fand, kämmte sich, streifte die ausgekämmten Haare vor dem Fenster aus dem Kamm, beobachtete kurz, wie der Auftrieb sie hochzog.

Die Küchentür stand weit offen. Der leichte Luftzug durch die Wohnung kühlte kaum. Er zögerte noch einen Moment auf dem halbdunklen Flur, schaute in den Garderobenspiegel, aber sah dem Gesicht nicht in die Augen, verließ es schnell. Katina, vor dem Küchentisch, versuchte eben, sich mit einer Gabel am Rücken zu kratzen, ungelenk, hatte ihn nicht gehört, lachte etwas überrascht, als sie ihn in der Tür bemerkte. An der schwierigsten Stelle hat mich was gestochen! erklärte sie, drehte ihm den Rücken hin: Schau mal, was das ist.

Es war deutlich ein Stich mitten unter ihren Schulterblättern, am Rand des Kleidausschnittes.
Ja, ein Stich. Soll ich kratzen? fragte er, mehr im Scherz, und sie sagte sehr nachdrücklich: Ja, bitte, gab auch zustimmende Laute von sich, als er es tat.
Gerade als er dachte, daß es nun reichen müsse, jedenfalls für den Stich, sagte sie: Gut, danke. Setz dich. Legte die Gabel zu ihrem Teller auf den Tisch und nahm die Pfanne von dem zweiflammigen Gaskocher.
Ich hab uns ein paar Eier gebraten. Im Restaurant bist du schnell tausend Drachmen los in Athen. Dabei sind wir noch nicht Mitglied in der Europäischen Gemeinschaft.
Sie schob ihm zwei Spiegeleier auf den Teller, sich selbst nur eines, und er protestierte nicht gegen die ungleiche Verteilung.
Der frische Bauernsalat, die Tomaten- und Gurkenscheiben, der ölbeträufelte Schafskäse, der saure Zitronengeruch zogen ihm das Appetitwasser in den Mund, als hätte er nicht seit Monaten täglich solche Salate gegessen. Er drückte mit zwei Fingern auf das Weißbrot, hörte lustvoll das Knacken der frischen Kruste und schnitt, als sie ihm wortlos das Messer reichte, ein paar Scheiben ab.
Sogar Butter hast du! staunte er, Gott hab ich lange keine frische Butter gegessen!
Ja, nimm, sagte sie, Butter hab ich erst in England richtig kennengelernt. Du trinkst doch Milch? Aber eh du mir erzählst, auf welchem Dorf du so lange ohne Butter gelebt hast, sag mir bitte deinen Namen noch mal. Den hab ich heut mittag nicht verstanden.
Wie hast du mich da bisher genannt? fragte Bliss überrascht und etwas pikiert.
Der deutsche Genosse. Wie sonst.
Da hab ich dir also etwas voraus. Ich hab deinen Namen schon seit heut mittag im Kopf.

Du bist – ich weiß nicht – zehn, fünfzehn Jahre älter als ich. Da war es für mich nicht so leicht zu fragen.
Heißdurstig leerte er das Glas Milch in einem Zug und füllte es neu aus der Flasche. Aber jetzt, fragte er, hast du den Respekt vor mir verloren – seit ich dir den Rücken gekratzt habe.
Sie lachte hell auf.
Wenn du am Telefon nicht so aufgeregt gewesen wärst, hätte ich mich sicher nicht getraut, dich hierher einzuladen. Und mich kratzen zu lassen.
Ihre Direktheit gab ihm einen Stich und gefiel ihm doch zugleich. Zum erstenmal sah sie ihm offen ins Gesicht, aber er konnte die Farbe ihrer Augen nicht erkennen, da sie gegen das Licht saß.
Ich glaube, nicht ich war aufgeregt, sondern diese zwei Tage waren es, seit ich in Athen bin. Für mich. – Nein, so stimmt es auch nicht, fügte er gleich hinzu.
Wie stimmt es? drängte sie, jetzt wieder ernst.
Ich weiß es nicht. Überschwemmt von Ereignissen. Fast drin ertrunken. Egal jetzt. Vielleicht stellt es sich noch heraus. Es ist schön, daß ich dich sprechen kann. Sotiria gehört zu den Ereignissen. Du hast heut mittag in der Redaktion ein paar Sätze über sie gesagt, die waren mehr, als deine Genossen von dir erwartet haben.
Mir schien, sagte sie leicht, du hast ähnliche Fragen wie ich. Keine Journalistenfragen.
Bliss nickte langsam. Bin ich auch nicht. Journalist. Das war nur ein Vorwand. Also Viktor heiße ich, Viktor Bliss. Ich bin Lehrer. Geschichte und Englisch. Meine Freunde nennen mich Vik. Einfach Vik.
Der Schwarze auch?
Manfred? Natürlich. Der besonders.
Gut, beschloß sie, dann sag ich auch Vik. Dein Freund ist ein starker Typ, wie? Aber hat mir gefallen.

Zugleich langte sie über den Tisch, dieselbe resolut-fürsorgliche Geste wie am Nachmittag auf der Straße, griff seine Rechte und legte sie auf die noch unbenutzte Gabel: Respektier jetzt meine Arbeit. Iß.

Es war nichts Intimes in dieser Berührung, vielleicht eine Art Sympathiebekundung. Oder ihr besonderes Bedürfnis, einen geistigen Kontakt auch irgendwie körperlich auszudrücken. Wie sie Manfred erwähnte, fiel ihm auf, daß er nicht mehr den Wunsch hatte, wie vorhin noch, von dem plötzlichen Angriff auf Manfreds Leben oder überhaupt von ihm zu berichten. Obwohl er deshalb kaum weniger gegenwärtig war, als kritischer Beobachter im Schatten seiner Gedanken.

Du hast recht, sagte er. Aber wenn ich essen soll, mußt du reden. Gibt es nichts Heiteres von Sotiria zu erzählen? Du hast gesagt, sie hat gelacht, war fröhlich, noch vor der ETMA.

Doch, viel! Katinas Gesicht wurde heller, wie eben, als sie selbst gelacht hatte. Das Bild auf den Plakaten ist nur die eine Sotiria. Sie hat gelacht, wenn sie sich gefreut hat. Also nicht so über Witze. Da hat sie nur gelächelt, mehr aus Höflichkeit, auch wenn sie gut waren. Aber über Kinder, und kleine Tiere, zum Beispiel, da konnte sie richtig laut lachen. Weißt du, daß sie gesungen hat? Eine sehr schöne Stimme. Einfache Volkslieder. Aber auch Theodorakis und Loizos. Mit ihrer Gitarre.

Katina piekte ein Stück Gurke aus der Salatschüssel, zerbiß es krachend mit offenem Mund.

Mikis hat hier in Athen einen Studentenchor. Da wollte Sissu im Winter rein. Also Sissu sagten wir zu Sotiria, so wie zu dir deine Freunde Vik. Es hat ihr nicht mehr genügt, als Amateur zu singen. Sie hat das Singen ernst genommen. Wie alles, was sie getan hat.

Hat sie auch einmal etwas ganz Sinnloses gemacht? frag-

te Bliss, etwas, woran man nicht erkennen kann, warum einer es tut? Jedenfalls nicht gleich. Oder einfach aus Übermut.
Katina zerkaute ein neues Stück Gurke, sann nach.
Ich glaube nicht, daß sie das konnte. Alles was sie tat, sollte einen Sinn haben. Ich weiß schon, was du sagen willst! unterbrach sie sich lebhaft, machte eine abwehrende Handbewegung über den Tisch – das klingt sehr – sehr – was ist das Gegenteil von spontan?
Geplant, wußte Bliss sofort. Berechnet.
Ja, so klingt es. Grimmig. Und abstrakt, gefühllos. Aber es war bei ihr ganz lebendig. Was sie tat, sollte etwas mit ihr zu tun haben. Mit ihrer Mitte. Das war so ein selbstverständlicher Sinn für Schönheit und Harmonie. Wie soll ich das ausdrücken. Ein Sinn, wie ihn euer Mozart gehabt haben muß, um seine Musik zu schreiben. Aber wenn man kein Künstler ist, der solche Schönheit erfinden und verschenken kann? Dann will man wahrscheinlich, daß alle Menschen die vorhandenen Schönheiten genießen können, ja? Also Gerechtigkeit, mit einem großen Wort. Eine schöne Gesellschaft sozusagen. Dann hast du alle Chancen, daß du mit deinem Sinn für Schönheit eine Kommunistin wirst.
Werden schon, dachte Bliss. Die Schwierigkeit fängt an beim Bleiben. Ihm fiel auch Manfreds Vergleich dabei ein, die Seeleute, Indienfahrer, Kolumbus, der Entdekker.
Vielleicht hatte Sissu das Gefühl, nicht mit sich selbst, mit dieser Mitte übereinzustimmen, wenn sie etwas tat, was dazu keine Beziehung hatte? Also unwichtig war.
Katina schaute ihn an, ob er verstünde.
Bliss nickte. Heut mittag hast du es ganz ähnlich beschrieben. Sie lebte gern und wollte, alle sollten so leben können. Wurde das bei der Beerdigung gesagt?

Weißt du selbst, daß wir es so nicht sagen können, Vik, auch wenn wir es meinen. Wie wenige könnten das schon verstehen. Die Frauen mit den kaputten Rücken vor den ETMA-Webstühlen bestimmt nicht. Unsre Bauern und Fischer in Kreta auch nicht. Nicht die Arbeitslosen. Nicht die draußen in Peristeri in den Elendsvierteln hausen.
Die hab ich gesehn, vom Bus, sagte Bliss sinnlos.
Verstehst du, wie ich das meine?
O ja, sagte er, viel zu heftig. Und erklärte: Wir wagen zu selten, das Ungewohnte auszusprechen.
Verstehst du, was ich jetzt meine?
Katina sah ihn unsicher an.
Nein, kannst du wohl nicht verstehen, sagte er etwas resigniert. Noch nicht. Mir fällt da eine Erinnerung ein, seltsam, hab ich nie wieder dran gedacht. Ein Bild. Ich, als Kind, mußte Kohlen aufsetzen in unserm Keller. Nur ein kleines Fenster auf die Straße, vergittert. Spinnweben und Dreck vor dem Glas. Kam kaum Licht durch. Und draußen schien die Sonne. Es war Sommer. Meine Freunde spielten Fußball, ich hörte sie deutlich. Aber ich konnte nicht raus, mußte erst diesen Haufen Kohlen aufschichten.
Das kann ich mir gut vorstellen, nickte Katina, was du dabei empfunden hast. Sie schob ihm die Salatschüssel näher. Willst du das leermachen? Dann gehen wir rüber in mein Zimmer, da sitzen wir besser.
Sie stand auf, räumte die Teller in die Spüle. Als sie sich am Knöchel kratzte, dazu den Fuß hob, sah er ihre Fußsohle, ziemlich schmutzig und rissig, fast wie bei den Bauernfrauen.
Seid viel barfuß gelaufen im Urlaub, wie?
Meine Füße! verstand sie, ja, muß ich noch waschen. Stör dich nicht dran. Ich lauf am liebsten barfuß. Angewohnheit vom Dorf. Ich hab mal unsre Ziegen gehütet.

Ach, ehrlich? lachte er.
War nicht so komisch, sagte sie, öffnete den Eisschrank, prüfte den Inhalt und stellte ihn vor die Alternative Retsina, Mineralwasser oder aus der Taverne Bier holen.
Ja, Wasser, sagte er. Warum immer Alkohol? Ein richtiges Element. Wie auf Leros.
Auf Leros warst du also.
Die meiste Zeit, ja.
Sie drückte ihm zwei Gläser in die Hände. Die kannst du schon mitnehmen. Er ging aber nicht, blieb unter der Tür stehn, sah ihr zu, wie sie den Tisch abräumte und säuberte. Er wunderte sich, wie weit ihm die Empfindung dafür abhanden gekommen war, daß sie nicht in ihrer Muttersprache redeten.
Soll ich dir schnell beim Abwaschen helfen? fragte er. Da lachte sie wieder dieses helle kurze Lachen. Man merkt, daß du ein deutscher Genosse bist. Von unsern hätte das so schnell keiner gesagt. Aber ich bin auch so emanzipiert.
Unmißverständlich, nickte Bliss.
Weißt du was? sagte sie, einen Augenblick vor ihm stehenbleibend, barfuß und schmächtig, daß er das Ziegenmädchen sah – du hast mich jetzt zum zweitenmal lachen gemacht.
Seit dem Montag, vor der ETMA?
Ja. Seit Montag um halb drei.
Wie naheliegend es war und wie abwegig zugleich, sie jetzt um die Hüften zu fassen und zu küssen. Der Impuls kam aus der gleichen unfaßlichen Entfernung in der Gegenwart an wie das Kellerbild.
Glaubst du, es bedeutet, das Leben geht weiter?
Ja, Vik. Es ist nicht einen Augenblick stehengeblieben. Obwohl ich es ganz verzweifelt aufhalten wollte.
Aber du kannst dich neben es stellen, sagte er entschlos-

sen, du kannst eine Weile aus ihm heraustreten und es allein lassen.
Ich weiß nicht genau, wie du das meinst, praktisch. Vielleicht hast du recht. Versuch mal, ob du den Deckel abkriegst, ich hab nasse Hände.
Sie gab ihm die Plastikflasche, nahm die zwei Gläser. Gut, du schaffst es. Dann komm rüber.
Sie schob ihn durch die Tür und über den Flur.
Ihr Zimmer war etwas größer als das ihres Bruders, und belebt, der Schreibtisch unter dem offenen Fenster mit Büchern bedeckt, ein Stapel Kolleghefte, Briefkuverts, Zeitungsausschnitte. Drei verwelkte Rosen in einem Glas ohne Wasser. Fotografien an der Wand daneben, Familie, Erinnerungen. Ein bißchen Mädchen-Nippes. Blätter Rizospastis auf der Bettcouch, auch bürgerliche Zeitungen. Ich habe alles gesammelt über den Mord, erklärte sie, machte sich Platz für einen Türkensitz und wies ihm den Sessel an. Die Gläser auf der Schreibtischkante abgestellt. Er schenkte sie voll. An der Seitenfläche des Schranks das Plakatbild Sotirias, wieder rührte ihn der Blick an, irgendwie vorwurfsvoll, als habe sie ihn längst erwartet.
Hast du Ähnlichkeit mit Sotiria?
Ich? Wie kommst du darauf? Überhaupt nicht. Sie hat dunkles Haar, ich helles. Schwarze Augen. Meine sind grau. Ein weiches Gesicht. Hier, bei mir – sie klopfte an ihre Kieferknochen – überall Kanten.
Das seh ich, sagte er.
Auch sonst nicht, nein.
Ich bin doch spontan, nicht? Ein bißchen direkt. Ich sag schon mal was, eh ich genau weiß, was es bedeutet. Ich bin vom Land. Sissu hat immer erst überlegt, eh sie gesprochen hat. Ganz vorsichtig. Eine Bürgerliche eben, ihr Vater war Bankangestellter. Aber so ein kleiner, weißt

du, der den ganzen Tag Angst hat, daß ihm abends hundert Drachmen in der Kasse fehlen. Der alles zweimal zählt. Und auch so überehrlich. Kann ich dir ein gutes Beispiel erzählen. Im vorigen Jahr, beim KNE-Festival, die Sissu – da hatte sie übernommen, den Odigitis zu verteilen an die Verkäufer auf dem Festplatz. Also den Nachschub zu organisieren. Gleichzeitig war sie auf dem Kinderplatz eingesetzt, zur Betreuung für die Kinder, zum Spielen mit denen. Und das ist ihr völlig über den Kopf gewachsen, die Kinder haben sie einfach nicht losgelassen, und sie mochte die auch so sehr, Kinder merken doch sofort die Wärme von einem Menschen, die Offenheit – gut, also sie ist da nicht weggekommen, und dann waren hundertfünfzig Odigitis nicht verkauft. Sissu war ganz voller Schuldgefühle, hat sich angeklagt und wollte sie selbst bezahlen, 1500 Drachmen!
Hat sie das durchgesetzt? unterbrach Bliss.
Ja, siehst du, das ist das Merkwürdige. Das erklär mir mal. Die Gruppe hat das natürlich abgelehnt. Es war unser Fehler, daß wir ihr zwei Aufgaben übertragen hatten, die sie nicht beide erfüllen konnte. Du kennst sicher solche Situationen, wenn mehr Aufgaben da sind als Genossen. Da hat jeder gedacht: Gottseidank, einer meldet sich – sind wir ein Problem los, sie wirds schon irgendwie schaffen, ihre Sache. Statt daß einer protestiert, ich zum Beispiel, obwohl wir uns damals erst näher kennenlernten, und sag, halt, sie macht das zum erstenmal und weiß gar nicht, was sie übernimmt. Hat der Gruppenvorstand auch hinterher selbstkritisch eingesehn, und wir haben ihr Angebot abgelehnt, das Geld zu ersetzen. Was hat aber Sissu gemacht? Vier Wochen später, als alles schon vergessen war, hat sie mir erzählt, und zwar wie ein Mensch, dem heimlich ein Streich gelungen ist, hat sie mir erzählt, daß sie das Geld der Partei gespendet hat. Was sagst du jetzt.

Und du? Wie hast du reagiert?
Böse war ich. Ich wollte das vor der Gruppe besprechen. So geht es doch auch nicht. Aber da war sie ganz entschieden und hat mir verboten, darüber auch nur ein Wort zu verlieren. Du bist der erste, der dies Ende der Geschichte kennt.
Wenn ich verstehe, was du vorhin über sie gedacht hast, dann hat sie vielleicht eine Verletzung empfunden, eine Störung in ihrem Wunsch nach Harmonie. Es war ein Schaden entstanden, eine kleine Unordnung, die sie reparieren wollte. Dort, wo sie die Möglichkeit hatte.
Kann sein, sagte Katina nachdenklich. Ich fand es kleinbürgerliche Skrupel. Mein Vater ist Fischer, verstehst du? Da wird bezahlt, was gefordert ist, und wird gefordert, was nötig ist. Reell.
Was du jetzt erzählt hast, Katina, macht sie ein bißchen alltäglicher.
Findest du? Also diese Reaktion schien mir gerade ganz anormal. Irgendwie altmodisch. Ein Rückstand von ihrer christlichen Erziehung, wo sie gelernt hat, daß einer alles sieht und anschreibt, was ein Mensch im Verborgenen tut. Erst der Herrgott, dann die Partei.
Ach, so siehst du das. Ja. Kannst du recht haben. Aber vielleicht gibt es wirklich so eine Leerstelle bei den Menschen, die mit etwas besetzt sein will. Etwas Spirituellem.
So! lachte sie, und da rutscht dann die Partei rein! Na, bei mir hab ich die Stelle noch nicht entdeckt! Glaubst du, da fehlt mir was?
Em – zögerte Bliss, vielleicht ist es eine Entwicklungsfrage?
Ja gut, sicher, Entwicklung ist immer richtig. Aber wer entwickelt sich? Und wohin? Meinst du, ich sollte werden wie Sissu? Oder müßte der Marxismus Menschen wie sie erziehen?

Ach Gott, Katina! Hören wir lieber auf damit. Das ist zu schwierig für uns. Bliss trank einen Schluck Wasser, hörte sich schlucken. Nur daß jemand einen Menschen wie Sotiria erziehen sollte, also verbessern sollte – nach allem, was du von ihr erzählst – und was ich in eurer Zeitung gelesen habe – das will mir nicht in den Kopf.
Nach unseren Zeitungen kannst du nicht gehen. Die übertreiben gern.
Das hast du auch schon gemerkt? fuhr es Bliss heraus, obwohl er das im gleichen Augenblick einen ganz unpassenden, ablenkenden Nebengedanken fand, den er am liebsten zurückgeholt, durchgestrichen hätte. Aber bei Katina war er schon empfangen, und sie überging ihn nicht.
Ihre dunklen Augenbrauen zogen sich zusammen. So sollst du nicht mit mir sprechen, Vik. Ich bin kein Schulmädchen.
Hat sich das so angehört? fragte er erschrocken. Blöd von mir. Ich war nur froh, daß du denkst wie ich. Viele merken das nicht mehr, wie falsch unsere Sprache für andere klingt.
Ja, gut, verzieh sie gleich, aber es gibt Wichtigeres. Sie wechselte ihre gekreuzten Beine. Den aufrechten Sitz behielt sie bei, das durchgedrückte Kreuz, das ihre kleine Brust hervorhob und ihre Konzentration. Die Helden sind immer gepriesen worden. Schon beim Homer. Nicht immer die richtigen, stimmt. Vorbilder brauchen wir. Gute oder auch abschreckende. Kennst du die Ilektra?
Bliss nickte.
Nicht die antike. Ilektra Apostolou. Unsere. Stammte aus einer bürgerlichen Familie wie Sotiria. Die war in der illegalen Partei, leitend, hier in Athen, während der Besatzung. Unsere Faschisten haben sie verhört, gefoltert – Wie heißt du? Griechin, hat sie geantwortet. Wo wohnst

du? In Griechenland. Wer sind deine Genossen? Griechen. Für wen arbeitest du? Für das griechische Volk. So ist sie in den Tod gegangen, sehend, ohne ein Wort zu verraten. Oder Belojannis. Von dem es jetzt den Film gibt. Der Mann mit der Nelke. Der hat noch vor dem Gericht das monarchistische Regime angeklagt und nach dem Todesurteil die andern Genossen getröstet, vor der Hinrichtung. Ihr habt doch auch solche.
Schon, stimmte er zu, Rosa Luxemburg, Thälmann, Liebknecht. Unsere Riesen. Aber sie sind für mich nicht so wichtig wie die Tausende Vergessenen, Unbekannten, die auch ihr Leben unvollendet weggegeben haben. Ohne eine eigene Geschichte zu kriegen. Menschen wie du. Oder Sotiria.
Oder du?
Ja. Oder ich. Egal. Wo liegt der Unterschied?
Katina überlegte. Zwischen den griechischen Familienfotos neben ihr an der Wand, von denen die fremden, starren Gesichter alle zu ihm blickten, fiel ihm ein farbiges auf: Katina winzig neben einem der zottigen Beefeaters vor dem Buckingham Palast, zu dem hinaufgrinsend, keß. Wie ist sie von ihrem kretischen Dorf nach London gekommen? Wer hat ihr beigebracht, was sie weiß?
Sie schaute auf das Bild Sotirias an der Schrankwand, wie prüfend. Sissu hatte, glaube ich, wirklich keine richtigen Fehler.
Das ist unglaubhaft, Katina.
Außer daß sie zu sanft war, ein bißchen wirklichkeitsfremd. Nicht in politischen Fragen, da hat sie klar und streng argumentiert, wo sie Bescheid wußte. Wie soll ich das erklären. Sie konnte einen Gegner mit ihren Argumenten in die Enge treiben, und dann tat es ihr leid, wenn der nicht mehr weiter wußte. Dann war sie drauf und dran zu sagen, nimm meine Worte nicht zu ernst

und frag auch noch andre Leute. Wir hatten überlegt, sie in die Leitung unsrer KNE-Gruppe zu wählen, ja? Aber wenn eine lieber alles selber tut, statt andren Genossen Aufträge zu geben und auch mal Druck dahinter zu setzen – ? Ihre Gewissenhaftigkeit, weißt du? Deshalb wollte sie auch noch nicht in die Partei eintreten, sie sei nicht reif genug für die Verantwortung. Wahrscheinlich hat sie nur uns zuliebe vor kurzem den Aufnahmeantrag gestellt. Zu Hause hat sie sich schon bei uns gefühlt. Nicht bei ihren Eltern. Obwohl – zu irgendwelchen Feten oder Essen, wo nur mal geschwatzt wurde, ging sie fast nie mit uns.
Paßt alles, bestätigte Bliss.
Paßt? Wozu?
Sag mir, Katina – hast du geweint, als Sotiria neben dir lag, tot? Oder bist du mit den andern in die Busse, zu den Arbeitern.
Sie sah ihn groß an, sagte ohne Zögern: Geweint, Vik.
Richtig, nickte er, als hätte er eine Zensur zu vergeben.
Ich konnte nicht mit den andern gehen. Erst später.
Du mußt es nicht rechtfertigen, Katina.
Und sie erklärte, angestrengter jetzt, unfertiger: Ich habe ziemlich viel gewußt. Politisch. Mein Vater war Partisan, immer Genosse. Aber selbst erfahren? Hab ich wenig. Bis zu dem Augenblick. Das war so ein Blitz. Hat alles aufgerissen. Mich. Könnte sein, es gibt mich jetzt zweimal. Die eine Katina, die vor der ETMA mit den Arbeiterinnen spricht. Und die andre, die um ihre Freundin weint. Es ist nur drei Tage her. Gestern haben wir sie beerdigt. Plötzlich verstehe ich Dinge, von denen ich nie eine Ahnung hatte. Seltsam – ich merke das vor allem durch deine Fragen, heut mittag schon. Durch die Antworten, die ich dir geben kann. – Wie kommt es, daß du solche Fragen weißt?

Ich bin in deiner Lage, Katina –
Du? fragte sie ungläubig, wie soll das sein? Warum sollst du um Sotiria weinen? Ein deutscher Genosse. Um Sissu. Du hast sie nicht gekannt. Warst nicht dabei. Solidarität trauert nicht.
Fast in deiner Lage, doch.
Kannst du mir das erklären?
Ich weiß nicht. Du sitzt sehr weit weg.
Stimmt, sagte sie sachlich, löste langsam ihren strengen Sitz, rückte heran bis an den Rand der Couch, schlug die Beine seitlich unter, stützte sich auf das Armpolster, schaute ihn wieder an, die Dämmerung ließ nur noch das Weiß ihrer Augen erkennen. Er beugte sich etwas vor, legte die Unterarme auf die Knie, seine Hände ragten in den Raum. Katina blieb ernst, als sie sehr selbstverständlich ihre Rechte darauf legte.
Ich habe ja nur dieses Bild von ihr gesehen, in der Zeitung.
Sie nickte ermutigend, als er gleich wieder stockte.
Sotiria war für mich nicht eine unbekannte griechische Genossin.
Was dann?
Du wirst es nicht verstehen, seufzte er resignierend. Keiner wird es verstehen.
Sie wartete schweigend.
Ich dachte, ich kenne sie. Kenne sie ganz genau. Sofort wußte ich das. Ein Blitz, wie du eben gesagt hast. Schon anders. Aus der Vergangenheit, der Erinnerung. Aber nicht dieses Déjà-vu, wo man überhaupt keine reale Herkunft entdeckt und kennt doch alles haarscharf wieder. Ich hab es dann gefunden, ihre Ähnlichkeit mit meiner Mutter. Ja und auch mit einer Frau, die mir mal sehr wichtig war.
Er spürte einen kleinen Druck ihrer Hand.

Sicher war es meine ganze Situation, daß ich so auf das Bild reagiert habe. Mein Leben, mein ungeklärtes Leben. Ich war lange allein. Verzweifelt, ausweglos. Aber nicht mich haben sie umgebracht, sondern diese junge Frau mit ihren ernsten Augen! Warum? Die war tot. Wie die in meiner Erinnerung. Ich glaube, es war eine Art schrecklicher Beweis für mich, daß die Liebe nicht möglich ist, daß sie immer verhindert wird. Jedenfalls für mich.

Ach Viktor – sagte Katina leise, mit einer kleinen Mißbilligung.

Ja, du nennst das wirklichkeitsfremd. Aber ihre Augen haben das auch ausgedrückt, diese Trauer. Als ob sie ihr eigenes Ende schon wüßte. Erwartete. Ich wollte erfahren, ob das stimmt.

Er fror plötzlich, ein absurdes Zittern der Hände unter ihrer, sie faßte mit ihrer Linken darunter, hielt sie fest. Die großen Hände in den kleinen, dachte er, komisch –

Ich glaube, ich verstehe jetzt etwas. Von dir. Katinas Stimme klang heiser, sie räusperte sich. Vielleicht verdanken wir es ihr, daß wir so miteinander reden können. So offen. Und – forschend. Es hat etwas Unwirkliches an sich.

Oder Zukünftiges, fand er. Ich wollte erkennen, was ihr Tod bedeutet.

Für dich –

Ja, für mich. Auch allgemein. Politisch. Es verschmilzt.

Sie antwortete nicht. Das Schweigen im Raum wie die blaue Dämmerung, eine Hülle. Bilder des Nachmittags in der Herberge unter der Akropolis, dieses ersten wach geträumten Wegs mit dem Mädchen zu seinem Maulbeerbaum. Alles was sie erzählt von Sotiria, reimt sich auf meine Bilder.

Er spürte ihre regungslosen Hände nicht, die Nerven ver-

mittelten die Berührung nicht mehr. Als er die Finger bewegte, sagte sie in die Stille, so überraschend, als ob in einem nächtlichen Park eine Statue zu sprechen begänne: Sie wurde ermordet von den Feinden der Menschen. Deshalb ist sie nicht tot für uns.
Das sagt die Katina, die zu den Arbeiterinnen spricht.
Ja, Vik, das siehst du wohl richtig.
Ich mach mal Licht, seh dich kaum noch. Sie löste ihre Hände von seinen. Er wehrte sich nicht. Sie tastete nach der Leselampe auf ihrem Schreibtisch, schaltete sie ein. Beide blinzelten sie geblendet.
Jetzt fühle ich mich nackt vor deinem Blick, sagte er.
Sie lächelte fast unmerklich. Du mußt dich nicht schämen. Ich bins auch.
Sie goß die Wassergläser aus der Flasche voll, trank.
Du als ihre Freundin mußt es wissen – hat Sotiria viel an den Tod gedacht?
Katina nickte. Sicher. Sie hatte ihn zu Hause, vor Augen. Ihr Vater stirbt seit langem, nach einem Schlaganfall. Ihre Großmutter, die sie sehr geliebt haben muß, ist kaum ein Jahr tot. Damals trug Sissu Trauerkleidung. Wir haben uns gewundert darüber, für aufgeklärte Frauen sind die schwarzen Kleider ein Ausdruck des Patriarchats, erst recht hier in Athen. Auf unserm letzten Morgenspaziergang in den Ferien hat sie mir aus einem Gedicht von Ritsos vorgelesen, darin – ach nein, Vik – jetzt kommen mir doch noch die Tränen – später erzähl ich dir das –
Sie trank wieder, wischte sich die Augen.
Es war mir ganz entfallen, sagte sie erstaunt – in dem Gespräch nach dem Tod ihrer Großmutter – sie hat vom frühen Sterben gesprochen – und vom rechtzeitigen. Es käm darauf an, ob man richtig gelebt hat. Also, wenn einer richtig lebt, kann der Tod nicht zu früh kommen.
Das hat sie gesagt?

So ungefähr, ja.
Dann hat sie es doch geahnt, stellte er fest, daß sie nicht lange zu leben hatte. Deshalb dieser Ernst, diese Ernsthaftigkeit. Sie hat gesehn, wie entsetzlich viele Menschen in dieser Welt noch sinnlos sterben und hat so gelebt, um nicht sinnlos zu sterben.
Nein Vik! Nein nein! protestierte sie aufgeregt, jetzt verwechselst du alles! Sie hat doch gern gelebt! Das hab ich dir auch gesagt. Geliebt hat sie das Leben. Und die Menschen. Das ist das Wichtige! Das war ihre Kraft. Aus dieser Liebe wollte sie den Menschen helfen und hat gewußt, dieser Wunsch ist gefährlich und kann das Leben kosten. Das hat sie gewußt von ihrem Tod – je mehr du tust, um die Menschen von ihrem sinnlosen Leben zu befreien, ihre guten, also ihre schöpferischen, was weiß ich, Kräfte zu entwickeln, je stärker der Sinn deines eigenen Lebens. Und je näher der Tod.
Mein Gott, sagte Bliss, du weißt wirklich mehr, als du wissen kannst. Er trank wieder von dem Wasser, es war lauwarm, fade.
Ich glaube, ich würde jetzt gern von deinem kalten Retsina – aus dem Eisschrank – ein paar Schluck –
Ja gern, sagte sie sofort, stand entschlossen auf, strich ihm übers Haar – ich hol ihn.
Er hielt sie am Handgelenk fest: Du meinst, dieser Tod hat seinen Schrecken verloren?
Sie schaute ihn an, zögerte eine Sekunde: Sotiria hat nicht gelitten. Und in der Tür dann: Komm, bring die Gläser mit. Ortsveränderung. Wir können nicht alle Welträtsel lösen heute.
Da saß er aber fest. Das Gewicht der Gedanken auf den Schultern wie das Gewicht der Welt. Welcher Atlas kann noch tragen, was wir gedacht haben zwischen Himmel und Erde, in diesen Jahren, und erfahren – gelebt – es ist

alles im Kopf, brennt oder glimmt, schmerzt und beglückt. Manfreds Hand auf dem Kopfkäfig – laß doch mal alles weg – wie Lenas Hand auf dem Kopf für den Kultusminister – machs gut für uns – wie eben Katinas mit den Grüßen der Sotiria – vielleicht kriegt sie mich hin, hast du gehofft, mich in die Wüste geschickt, zum kleinen Glück, zu der kleinen Prophetin, die liest mir die Zukunft aus meinen Fragen. Werd ich heut was gewinnen?
Letzte Nacht, die hieß Karin, hat auch was gewinnen wollen, hat ihr Los im falschen Kasten gesucht – hast mich zu früh gezogen, Mädchen, sah aus wie ein Mann und war noch die lebensgroße Niete unter der Haut. Tut mir leid für dich.
Ach Manfred. Du warst jetzt dabei. Kein Verrat mehr. Den ganzen Abend von dir gesprochen, Schwarzer, wird ein langer Bericht.
Er hörte das Rauschen der Klosettspülung, auf dem Flur wurde Licht eingeschaltet. Wo steckst du? rief sie, ich hab eine tolle Idee! Und in der Tür, mit einem andern Gesicht, heiter, fast spitzbübisch, noch zwei Schritte zu ihm, streckte ihm den Arm entgegen, daß er einschlagen mußte – Ela, re! – zog ihn hoch aus dem Sessel.
He! protestierte er, was denkst du, wie alt ich bin!
Und sie riet, den Kopf schief gelegt: Hundertfünfundzwanzig?
Auf ihr Lachen fiel ihm nichts ein, als es ansteckend zu finden. Er folgte ihr in die Küche, mit den Gläsern.
Sie hatte kein Licht in der Küche eingeschaltet, die Flurlampe war hell genug, hockte vor dem Eisschrank, suchte die Flasche raus, reichte sie ihm, und den Kapselheber zum Öffnen. Die Wasserreste aus den Gläsern schüttete sie im Bogen aus dem Fenster, als wäre der Ausguß zu weit. Während er die Gläser in ihren Händen füllte, sie

anstießen und einen ersten Schluck tranken, erzählte sie schon eifrig von Jannis Ritsos, dem Dichter, der alles mit angefaßt habe, was ein Volk abbekommt vom Schicksal, Dreck und Sieg und Hunger und Liebe, und Gedichte schriebe, aus denen man viel erfahren könne, auch über die Zukunft. Dem müßte man erzählen von Sotiria, was sie erlebt hätten mit ihr, in der Gruppe und vor der ETMA, also nicht durch den engen Zeitungsfilter, ihre Gedanken dazu, dann könne er sicher ein schönes Gedicht ausdenken für Sissu, kein Denkmal, sondern ein Bild ihres Lebens. Und das ausdrücken, was beim Begräbnis nicht so richtig gesagt werden konnte.
Wie findest du die Idee?
Das ist dir jetzt auf dem Klo eingefallen?
Ja, warum nicht?
Du bist ein komisches Mädchen, Katina.
Frau, bitte, sagte sie mit leichtem Vorwurf, zweiundzwanzig. Also? Unterstützt du meinen Vorschlag?
Ich zeig dir, warum ich die Idee gut finde, sagte er und holte seine Ritsos-Gedichte aus dem Zimmer: Darin habe ich viel von euch gelesen, auf meiner Insel. In meiner Verbannung.
Sie war beeindruckt, den Band kannte sie nicht, ob sie ihn am Morgen anschauen dürfe? Natürlich.
Sie zog ihn zum Fenster: Schau mal!
Die hastenden Wolken an dem schmalen Stück sichtbaren Himmels schimmerten rot im Widerschein der glühenden Esse Wald.
Schlimm, nicht?
Auch ein Kommentar zur Lage, die Feuer. Ich hab sie gestern schon gesehn, von Kessariani oben.
Katina schien zu verstehn, antwortete nichts. Der Durchzug von hinten war kaum erfrischend, die Luft noch immer heiß. Stickig, als sei ihr der Sauerstoff entzogen. Das

Rauschen des Windes über den Dächern, in den Grünpflanzen und Blumen auf den Balkonen, von einer Stetigkeit, die ihn fast unhörbar machte. Wenige Lichter nur noch in den Fenstern gegenüber. Einmal, im matten Licht der Straßenlaternen, zwei Fußgänger, der eine auf dem Fahrdamm, der andre auf dem Bürgersteig, über die parkenden Wagen hinweg mit Köpfen und Armen redend. Einmal ein fast geräuschlos fahrendes Auto, ohne Licht, schlafwandelt vielleicht. Die Verkehrsgeräusche von den Hauptstraßen sehr entfernt.
Schweigend fasziniert betrachteten sie die Kavalkade der glühenden Wolken. Er spürte die Wärme ihres Körpers an seiner Seite, ihre nackten Arme lagen aneinander, aber das beunruhigte ihn nicht. Sie schien einverstanden mit der Berührung, bewegte den Arm kaum, hielt ihr Glas in der andern Hand. Er dachte, sie zu fragen, ob sie ihm morgen das Grab Sotirias zeigen könne, aber dann wollte er doch nicht mehr über Sotiria sprechen und auch nicht über Manfred.
Plötzlich in die Stille, schrill und überlaut, eine Klingel. Sie erschraken beide. Das Telefon! sagte sie, jetzt! Aber ging sofort, wie gezwungen, in den Flur und nahm ab. Er hörte, daß ihre Stimme, erst unwillig und abwehrend, kleiner wurde, dann nur noch eine Kette von sachlichen, bestätigenden Nä – nä nä – nä endaxi nä, und aufgehängt.
Vik? rief sie ihn nach einer sehr andauernden Pause und stand neben dem Telefon, mit hängenden Schultern, schaute intensiv auf die Fingernägel ihrer Rechten, eine tonlose, beiläufige Stimme: Ich muß weg. Scheiße, wie? Weiß nicht, wie lange. Ich geb dir dein Bettzeug, kannst du schon in Ruhe schlafen.
Wohin? fragte er verstört.
Es werden noch Leute gebraucht, bei den Feuern. Jetzt

sind Wohngebiete in Gefahr. Genossen holen mich gleich ab mit dem Wagen. Ich muß mich schnell umziehen.
Müßt ihr die Villen eurer Aristokraten schützen, ja? sagte Bliss vorwurfsvoll, und sie fragte: Wer sagt das denn?
Sideris.
Ach der! Ist dreiviertel Jahr in Deutschland. Die Villen schützt schon unsre Feuerwehr. Man weiß doch, was die wert sind.
Gut, ich komm mit. Zwei Hände mehr.
Nein nein, sagte sie sofort entschieden, das geht nicht. Das Auto ist voll.
Wieso nicht? Ich hab schon Pkw mit zehn Griechen drin erlebt.
Du bist Ausländer. Es ist gefährlich.
Quatsch, Ausländer. Das Feuer spricht nicht griechisch.
Ich kann das nicht verantworten, Vik.
Verantworte ich selber, sagte er barsch und ließ sie stehn, kramte aus seinem Koffer die festen Schuhe, zog auch die Windjacke an, aber fand die Haarspange nicht. Als er in ihr Zimmer ging, sie nach einer Spange zu fragen, stand sie grade im Slip, entschuldige, murmelte er pro forma und sie, etwas Spott in den Augenwinkeln, ohne Schreckgebärde: Was ist?
Ein Haarclip oder ein Gummi, für meine Strähnen, zeigte er.
Ja, Moment.
Sie zog Jeans und Pulli an, kam in die Küche, suchte den Gummi aus einer Schublade, sah ihm beim Haarbinden zu, reichte ihm ein Handtuch, für Mund und Nase eventuell, naß, prüfte zwischen den Fingerspitzen den Stoff seiner Jacke, zustimmend, inspizierte auch seine Schuhe, gut, besser als meine – und räsonnierte dabei über die Undenkbarkeit, einen Ausländer, Genossen noch dazu,

vorsätzlich in eine solche Situation zu bringen. Sie fand es völlig unmöglich.
Als es klingelte, waren sie bereit. Auf der Treppe schärfte sie ihm ein, die Genossen im Auto erst mal nur griechisch zu begrüßen und den Mund zu halten, sonst würden sie ihn garantiert gleich wieder ausladen, es seien auch Ältere dabei, rauhe Typen, keine Studenten. Der Wagen hielt mit laufendem Motor vor der Tür, zwei Männer vorn, sie quetschten sich hinten zu den zwei Frauen. Auf der raschen Fahrt zur Patission und weiter diskutierten die Männer heftig und ausschließlich über die Brände. Die drei Frauen hatten von hinten keine Chance, sich einzumischen. Als der Fahrer den Kopf drehte, zur Ecke von Bliss, fragte woher er sei, sagte Katina gleich knapp und abwehrend: Jermanos ine, sindrofos. Filos mou. Die Männer schwiegen, verdutzt anscheinend, auch der Beifahrer drehte sich schwerfällig nach ihm um, und er nickte ihm freundlich zu. Milai poli kala ellinika, versicherte Katina noch, und Bliss grinste innerlich darüber, wie raffiniert sie verhinderte, daß die älteren Genossen mit ihr eine Auseinandersetzung über sein nicht beschlossenes Mitkommen anfingen, fürchtete aber zugleich, sie würden nun seine Griechisch-Kenntnisse auf die Probe stellen. Katina, auf dem Schoß der Frau neben ihm, drückte einverständig seinen Arm, lachte ihn kurz an.
Über das fahle Licht der Straßenlampen auf den Gesichtern schlug jetzt von vorn ein wildes Rot. Sie verließen das mit hohen Häusern zugebaute Stadtgebiet. Der Anblick der an vielen Stellen sichtbar lodernden Flammen nahm allen die Sprache. Auf einer Halbkreislinie quer durch das kilometerbreite Tal bis hinauf auf die Hänge des Pendeli waren die Brände entfacht und bewegten sich auf die Hauptstadt zu, wie um sie einzuschließen oder ins Meer zu drängen.

Afto ine polemos, murmelte der Genosse vor ihm, mehr zur Selbstverständigung als zu den andern, hatte sich vorgebeugt, das Gesicht dicht an der Windschutzscheibe, als könnte er so besser seine zweifelnden Augen überzeugen.

Krieg, ja, das ist Krieg. Dort vorn weiß er Fabriken, Lagerplätze, Villengebiete, dazwischen auch Bretterhütten, der bewohnte Zunder der Armen – und viel Grün. Einmal war er mit der Metro bis zu ihrer Endstation Kifissia gefahren – Gärten und Gartenlokale, kleine Parks und überall Bäume in den Straßen und um die Häuser, mächtige Platanen und Palmen, Kiefern, Pinien, Oleander, sehr überraschend so viel bewahrte, gepflegte Natur, nach dem vergifteten Betonlabyrinth der Hauptstadt.

Das also sollte den Athenern geraubt werden von den Brandstiftern – diese schnelle Zuflucht, erreichbare Oase, wo die Luft noch smogfrei, atembar war und menschlicher gelebt werden konnte, wenigstens an Wochenenden. Welcher specknackige Nero feixte jetzt händereibend über das freigesetzte Inferno? Vielleicht wirklich der Versuch, ein Chaos zu schaffen, hilflos diese lasche Demokratie, unter den Obristen gabs so was nicht, der Führer soll her! Aber sind nicht die Flammengarben, wie sie da heraufschießen in die Rauchwolken, mehr noch als die unmittelbare Gefahr: Vorzeichen, Signale für die angedrohte Verwüstung des menschlichen Lebens, das sich freier und schöner entfalten will? Eines Lebens, wie es Sotiria verwirklichen wollte, und wie sie es eben noch in ihren Gesprächen überlegt und sich ihm angenähert haben?

Die Flammen der Brandstifter entzünden von neuem seine Empörung. In hilfloser Wut beißt er seine Fingernägel. Daß die eben erlangte Ruhe und Zuversicht nicht wahr sein soll, in diesen Feuern verbrennt, widerlegt

wird! Er weigert sich, das hinzunehmen, wehrt sich mit seiner Wut gegen den Beweis für die schreckliche Kraft der Zerstörung, die mit ein paar benzingetränkten Lappen die mühevollen Menschenwerke vernichten kann.
Auf Katinas Gesicht wechselt der Rotschimmer mit dem Fahlweiß aus den Scheinwerfern entgegenkommender Autos. Ihre Augen schmal, die Lippen zusammengepreßt, die Wangenknochen noch deutlicher hervorgetreten.
Dieser Schmerz über das nicht umkehrbare Mißverhältnis zwischen der gewaltigen Anstrengung des Aufbauens und der geringen Energie, die nötig ist, das der Natur Abgerungene wieder ins Chaos stürzen zu lassen. Wie entwickelt schon wäre die menschliche Gattung in ihrem Erdhaus, brauchte es zum Einreißen ihrer Werte wenigstens die gleiche Kraft wie zum Erdenken und Bauen? Wie viel Zeit und Mühe angewandt, den Fels auf den Berg zu schleppen, und wie locker, nur angetupft, rollt er hüpfend, von den Naturkräften beschleunigt, wieder hinab. Welch Mut der Hoffnung in diesem Sisyphosmenschen.
Plötzlich zuckendes Blaulicht über die Gesichter, gleich darauf ein zweiter Rettungswagen, stadteinwärts. Also schon Verletzte.
Links im Tal, in der Gegend der Autobahn, eine brennende Fabrik, überwölbt von einer wabernden Feuerwolke – was soll da noch zu retten sein? Auch rechts, am Pendeli, glühende Flächen die Hänge hinauf, erkennbar wie in Explosionen sich entzündende einzelne Nadelbäume an den Flammenfronten – höchstens Löschflugzeuge könnten dort etwas ausrichten, flüstert Katina, morgen, bei Tageslicht.
Vor ihnen sind die Brandherde jetzt unterscheidbar, getrennt voneinander durch dunklere Flecken noch nicht erreichter oder schon abgebrannter Gebiete. Dorthin –

dort wird Hilfe brauchbar sein. Je näher, je langsamer ihre Bewegung, in einer Kolonne von Privatwagen, Schaulustigen, Helfern. Die Straße eingeengt von Reihen parkender Autos, öfter auch entgegenkommende Pkw, gell hupend, aufgeblendete Scheinwerfer, vielleicht mit Verletzten oder entnervten Flüchtenden besetzt, Tankwagen der Feuerwehr, Löschkanonen auf den Dächern, heulen sich den Weg frei mit ihren heiseren Signalhörnern zu den Hydranten, zu den Bränden. Dies Wohngebiet ist nicht unmittelbar gefährdet, die Häuser und Werkstätten am Straßenrand nur rot beleuchtet, aber der heftige Wind treibt schon glühendes Zeug her – Menschen auf den Balkonen und Dächern, in den Gärten, mit Eimern und Werkzeugen. Auch im Wagen ist der Qualm in den Augen, der Geruch von brennendem Harz. Katina hält seinen Arm gepackt, länger schon.

Vor einer Kolonne von haltenden Militärlastwagen werden sie von Polizei gestoppt, keine Weiterfahrt, auch nicht zum Helfen, der Polizist zeigt sie in eine Seitenstraße. Alle Parkplätze zugestellt, alles verstopft, der fährt glatt auf das Privatgrundstück, klar: Notstand, Ausnahmezustand, aber den find ich nie wieder, den Ort, ich darf die Genossen nicht verlieren, nicht Katina, obwohl, die kennt sich hier auch nicht aus, also egal, nein: nicht egal. Katina will er nicht verlieren.

Me ta podia! sagt sie, schiebt ihn zur Tür raus.

Aus dem Kofferraum die Schaufeln und Hacken, lächerliche Werkzeuge, zur eigenen Beruhigung. Die griechischen Männer vorweg, wir haben hier die Leitung der Gruppe, zurück zur Hauptstraße, in die Menge laufender, rufender Menschen, kaum was zu verstehn von den Hinweisen, Informationen, die jeder jedem zu geben hat. Öfter jetzt Frauen auf ihrem Weg, mit weinenden Kindern um sich, Frauen mit Koffern und Taschen bepackt,

Frauen und jüngere Männer, die alte Leute führen, angstgezeichnete Gesichter, die helle, sommerliche Kleidung in lächerlichem Widerspruch zu der hinter ihnen liegenden Gefahr. Bäuerinnen, schwarze Kopftücher, ziehen ihre verstörten, bockenden Hausziegen am Seil hinter sich her. Ein offener Lieferwagen, hysterisch quiekende Schweine und Ferkel darauf, Kleinlaster, Dreiradkarren, Personenwagen, gestopft mit undefinierbaren Haushaltgegenständen. Dadurch drängen die roten Löschfahrzeuge, die Polizeiwagen, immer wieder das aufreizende, die Erregung schürende Blaulicht, die quälenden Hornsignale, übertönen für kurz das schon mächtige Brausen und Knacken des Feuers. Nur zufällig bemerkt er, daß die Bogenlampen der Straßenbeleuchtung ausgefallen sind, so hell ist die Nacht überstrahlt. Auch in den Häusern offensichtlich kein Strom mehr, alle Räume von innen dunkel.
Sie drängen weiter, überholen am Straßenrand im Gänsemarsch trottende Soldaten mit Stahlhelmen und geschulterten Schaufeln, der Genosse Fahrer nimmt keine Rücksicht auf die anderen, es zieht ihn nach vorn, die beiden älteren Frauen bleiben zurück, schließen wieder auf, rennend, keuchen in der heißen, verqualmten Luft, fallen ab, hasten vor, wortlos, so gut sie können, auch Bliss spürt diesen Drang, vorwärtszukommen, eher den Schritt noch zu beschleunigen, in Dauerlauf überzugehen. Keine Gedanken mehr, kein Atem zum Reden.
Sie passieren einen Marmor-Lagerplatz, eine Auto-Schrotthalde, hinter denen, in der Entfernung, Feuerwolken hochschlagen, dann unvermittelt ein offenes, leicht welliges, nur mit wenigen verstreuten Häusern bebautes Gelände. Dahinter das, was Bliss Feuersbrunst nennen muß. Sie stehen. Überwältigt vom Anblick der hochstiebenden, Kaskaden von Funken in die Luft schleudernden

Flammen, von dem unheimlichen, bedrohlichen Knistern und Knallen der lodernden Bäume. Lot blickt nach Gomorrha. Überall auf dem Gelände, besonders um die Gebäude, kämpfen Menschen gegen kleine, vom Funkenflug entzündete Grasbrände – schwarze, mit Zweigen schlagende Silhouetten vor der leuchtend gelben Wand des brennenden Walds.

Hier können wir helfen, hier sind Hände nötig, die brauchen jede Verstärkung, die Häuser müssen geschützt werden, die natürliche Brandschneise vor dem Wohngebiet – was zum Teufel rennt der Alte denn schon wieder weiter?

Wohin denn noch? sagt Bliss englisch zu Katina, ungeduldig, will sich widersetzen, da vorn ist nichts zu retten! und die gibt zurück, er könnte längst friedlich schlafen, im Bett ihres Bruders. Ziemlich barsch. Was ist los mir dir, kleine Genossin? Alle Lockerheit von vorhin verschwunden. Logisch. Das ist kein Abenteuer mehr. Sie hat Angst. Angst? Vielleicht weiß sie selbst nicht, welches Ziel die beiden Männer haben.

Grasasche, halb verbrannte, noch glimmende Nadeln rieseln auf die Köpfe, die Frauen binden Kopftücher um, er steckt seinen Haarschwanz in die Jacke, klappt den Kragen hoch, will das alberne Küchenhandtuch nicht benutzen, hätte nach einer Mütze ihres Bruders fragen sollen. Die Straße führt nicht ins Feuer. Zwei Löschwagen fahren gellend an ihnen vorbei, zeigen mit ihrem Blaulicht, wo sie neben dem Flammenmeer ins Dunkel mündet. Da wird auch noch gekämpft.

Über die flachen Lagerhallen und Werkstätten links im Tal hinweg speit die Fabrik in kurzen Abständen glühende Ausbrüche hoch, die dumpfen Explosionsknalle Sekunden später. Mehrere andere Brandherde zwischen dort und hier. Nach der Windrichtung zu schließen, un-

abhängig voneinander entstanden. Gelegt, um den Einsatz der Wehren zu zersplittern, noch mehr Verwirrung, Hilflosigkeit. Da ist geplante Brandbekämpfung mit Überlegung unmöglich gemacht.
Der Wind trägt Staub. Oder Asche. Oder ist es doch nur der Qualm, der die Augen tränen läßt. Nicht reiben, nicht in Windrichtung schauen! Wozu diese Jacke, die kaum Luft durchläßt, alle anderen sind in ihren lockeren Hemden und Blusen, ohne besondere Ausrüstung, auch die mit den Zweigen die Grasbrände löschen. Katina in ihren leichten Turnschuhen. Naß von Schweiß der Körper. Vielleicht ist es wirklich wichtiger, im Notfall schnell rennen zu können. Er zieht die Jacke aus, hängt sie über den Arm, etwas Erleichterung. Die Brieftasche mit den Ausweisen besser in die Hose. Woran man noch denkt, während da den Menschen ihre Häuser abbrennen und alles, wofür sie Jahrzehnte gearbeitet haben! Katina woran denkst du jetzt? Denkst du etwas? Vor ihnen Löschfahrzeuge, Menschen, Lastwagen, Wohnwagen, Pkw, chaotisch. Der Wald aus der Nähe zeigt sich eher als Park, Gebäude dazwischen.
Er faßt Katina am Arm, bleibt stehn, hält sie fest. Sie blickt ihn an, nicht überrascht, lächelt etwas: Schrecklich, nicht? Das ist die Hölle. Läßt die Schaufel fallen, auf die Zehenspitzen, faßt mit den Händen nach seinem Kopf, küßt ihn auf den Mund. Der kurze Eindruck ihrer Lippen, er kann den Kuß kaum erwidern, sie hebt schon die Schaufel auf, aber das Gefühl der weichen Berührung bleibt noch, während sie erklärt: Es ist auch ein Sanatorium dort drin, Alte und Kranke. Seine Mutter – zeigt sie mit dem Kopf hinter dem Genossen her, komm!
Sie laufen, angefaßt, in einem wiederhergestellten Einverständnis, bis ihm die Jacke vom Arm rutscht, er muß ihre Hand loslassen, sich bücken. Die andern vier sind

vor ihnen in das Gedränge getaucht, Feuerwehrleute mit barocken Helmen, Bereitschaftspolizei, die gleichen Uniformen wie am Nachmittag, viele junge Männer, dazwischen Krankenschwestern, ausgemergelte Alte in Pyjamas und Nachthemden, in Rollstühlen, auf Bahren am Straßenrand, gestützt von Helferinnen, aufgelöste Haare, weinend, schreckensstumm, hysterisches Schreien und Schimpfen überall, ein Polizeilautsprecher, das tiefe Brummen der schweren Dieselmotoren und dahinter das unheimliche, drohende Prasseln der nahen Flammen. Er erkennt im Licht des Feuers und der Scheinwerfer, daß die Bäume neben der Straße abgebrannt sind, kahle schwarze Baumgerippe, auch der Boden darunter schwarz, von hellen Streifen durchzogen – der Campingplatz. Weißlich qualmende, halbverbrannte Campingwagen verstreut, daher der Gestank von schwelendem Plastik! – auch das Empfangsgebäude niedergebrannt bis auf Mauerstümpfe, hier wird nicht mehr gelöscht.
Ihr Fahrer in einer Gruppe von Zivilisten, die gestikulieren, schreien auf einen Feuerwehroffizier ein, der zeigt ihn Katina, die hin, die Gruppe löst sich auf, die Männer rennen weiter auf der Straße, Katina winkt, er erreicht sie, das Sanatorium scheint eingeschlossen, sind noch viele drin, nicht rechtzeitig evakuiert, stoßweise, keuchend bringt sie das raus im Rennen, ein Seitenweg in den verkohlten Park, davor der Löschzug, laufender Motor, worauf wartet der? er liest auf dem Emailschild Sanatorio / Nosokomio IRINI, sie hasten auf dem Sandweg weiter, zwischen den rauchenden Baumskeletten hindurch, auf die Flammenwände zu, bis zu dem zweiten Löschwagen, der versperrt den Weg am Rand der Brandzone, Feuerwehrleute, Männer mit Tüchern vor den Gesichtern, das Brummen des Kompressors, das Zischen der mit Hochdruck aus den Kanonen fliegenden Wasser-

strahlen, die Wehrmänner auf dem Dach versuchen, die Bäume neben dem Weg abzulöschen, den Weg freizukämpfen.
Sie drängen an dem Wagen vorbei, der langsam vorrückt, er sieht im Hintergrund das mehrstöckige Gebäude, gespenstisch beleuchtet von den ringsum brennenden Bäumen. Keine hundert Meter bis dorthin. Er zieht die Jacke wieder an, um die Hitze von den Armen abzuschirmen, befeuchtet wie andre sein Tuch im Löschwasser am Boden, bindet es vors Gesicht. Als der Kompressor plötzlich verstummt, der schwere Wagen auf dem Weg langsam zurücksetzt, sind die Angstschreie, die Hilferufe durch das Zischen und Knacken der Flammen zu hören. Zwei Feuerwehrleute in Schutzanzügen rennen los auf der schmalen, befreiten Schneise – können sie wirklich dort Menschen rausholen – oder wollen sie die Alten beruhigen, daß Hilfe kommt – mehrere Männer, ohne andern Schutz als die Tücher, rennen ihnen nach, die müssen es wissen, da kann er nicht bleiben, läßt die sinnlose Schaufel fallen, reißt sich los von Katinas Hand, die ihn festhalten will, das Tuch hilft wirklich, man kann atmen, nur durch, bis zum Haus erst mal, nicht zur Seite schauen, das Portal das Ziel, gerahmt von zwei lodernden Kiefern, ja Kiefern müssen das sein, die breiten Zweige, welch tolle Wächter, wie vor dem Paradies, dicke flammende Engel, die andern laufen drunter durch, durch den Funkenregen, das geht also, es ist auszuhalten, sind nur Sekunden, dahinter die Stufen, das Tor, also durch durch, Flammen vor den Augen – woher denn die – der Schmerz am Leib – oh verdammt die Jacke, die Kunstfaser – abreißen – hinwerfen – auslöschen – meine Haare – mein Kopf – schreien –

KARDEN

# Die Kapitel

# *Betonung der griechischen Namen*

*Soweit griechische Namen nicht auf der vorletzten Silbe betont werden, ist deren abweichende Betonung hier angegeben.*
*Die Schreibweise der griechischen Namen und Wörter folgt, soweit im lateinischen Alphabeth darstellbar, der griechischen Orthographie.*

*'Alkyon*
*Astéris*
*Avjí*
*Chárilos*
*Ierá Odós*
*Jermanós*
*Kalamatianós*
*Kallíopi*
*Kálymnos*
*Kessarianí*
*Kifissiá*
*Kokkinóu*
*Kórakos*
*Livádi Geranóu*
*Makrónissos*
*Metaxás*
*Mýkonos*
*Pándio*
*Papadópoulos*
*Periklís*
*Peristéri*
*Pétroulas*
*Plátanos*
*Politechnío*

*Póulithra*
*Roúmeli*
*Sideris*
*Sotiría*
*Sýntagma*
*Várkiza*
*Xilóskalo*

Postfach 789, D 4600 Dortmund

Umschlag: Peter Bucker, unter Verwendung einer Zeichnung
von Christian Karden
Lektorat: Wolfgang Elsner
Herstellung: Plambeck & Co Druck und Verlag, Neuss
Auflage: 5.4.3.2.
ISBN 3-88142-364-8

**CIP-Kurztitelaufnahme der Deutschen Bibliothek**

**Schöfer, Erasmus:**
Tod in Athen: e. Gegenwarts-Roman / Erasmus
Schöfer. – Dortmund: Weltkreis-Verlag, 1986.
ISBN 3-88142-364-8